ORIGINAIS

SAGA LUX LIVRO 4

JENNIFER L. ARMENTROUT

Originais

SAGA LUX LIVRO 4

valentina
Rio de Janeiro, 2022
2ª edição

Copyright © 2013 *by* Jennifer L. Armentrout
Publicado mediante contrato com Entangled Publishing, LLC, através da Rights Mix.

TÍTULO ORIGINAL
Origin

CAPA
Beatriz Cyrillo

FOTO DE CAPA
Liz Pelletier

FOTO DA AUTORA
Vanessa Applegate

DIAGRAMAÇÃO
Imagem Virtual Editoração

Impresso no Brasil
Printed in Brazil
2022

CIP-BRASIL. CATALOGAÇÃO NA FONTE
SINDICATO NACIONAL DOS EDITORES DE LIVROS, RJ

A760
2.ed.

Armentrout, Jennifer L.
  Originais / Jennifer L. Armentrout; tradução Bruna Hartstein. - 2. ed. - Rio de Janeiro: Valentina, 2022.
  382 p. ; 23 cm. (Lux; 4)

  Tradução de: Origin
  Sequência de: Opala
  Continua com: Opostos
  ISBN 978-85-5889-056-4

  1. Romance americano. I. Hartstein, Bruna. II. Título. III. Série.

17-45093

CDD: 813
CDU: 821.111(73)-3

Todos os livros da Editora Valentina estão em conformidade com
o novo Acordo Ortográfico da Língua Portuguesa.

Todos os direitos desta edição reservados à

EDITORA VALENTINA
Rua Santa Clara 50/1107 – Copacabana
Rio de Janeiro – 22041-012
Tel/Fax: (21) 3208-8777
www.editoravalentina.com.br

Para minha mãe, a pessoa que mais me apoiou e foi minha maior fã. Você vai fazer falta, e jamais será esquecida.

[1]

Katy

Eu estava pegando fogo de novo. Pior do que quando havia ficado doente por conta da mutação ou de quando tivera ônix borrifado na cara. As células mutantes no meu corpo ricocheteavam como se quisessem furar a pele. Talvez quisessem. Era como se minhas entranhas estivessem expostas. Uma leve umidade cobria minhas bochechas.

Lágrimas, percebi com alguma dificuldade.

Lágrimas de dor e de raiva — uma fúria tão possante que me deixava com um gosto de sangue no fundo da garganta. Talvez fosse isso mesmo. Talvez eu estivesse me afogando no meu próprio sangue.

Não me lembrava muito bem do que havia acontecido após as portas se fecharem. As últimas palavras do Daemon assombravam todo e qualquer momento de consciência. *Eu te amo, Kat. Sempre te amei e sempre te amarei.* Escutara, então, uma espécie de chiado quando as portas se fecharam e me vira sozinha com os Arum.

Acho que eles tinham tentado me comer.

Tudo ficou subitamente preto, até que acordei neste mundo onde o simples ato de respirar era um sofrimento. Pensar na voz dele, em suas palavras, aplacou parte da dor. Mas então me lembrei do sorriso do Blake enquanto segurava o colar com a opala — meu colar; o que o Daemon havia feito para mim antes de partirmos para a incursão — e a raiva aumentou. Eu tinha sido capturada e não sabia se meu namorado havia conseguido escapar com o resto dos nossos amigos.

Não sabia de nada.

Forcei-me a abrir os olhos, piscando ao ser ofuscada pelas luzes fortes que reluziam acima. Por um momento, não consegui distinguir nada. Tudo parecia estar envolto numa espécie de halo. Por fim, minha visão clareou e consegui enxergar um teto branco atrás das luzes.

— Ótimo. Você acordou.

Apesar da queimação terrível, meus músculos tencionaram ao escutar a desconhecida voz masculina. Tentei me virar na direção do som, mas uma dor excruciante se espalhou pelo meu corpo, fazendo meus dedos dos pés se contraírem. Não conseguia mexer o pescoço, os braços ou as pernas.

Meu sangue gelou. Estava presa por algemas nos pulsos e nos tornozelos, e uma coleira no pescoço, tudo revestido em ônix. A súbita sensação de pânico me roubou o ar dos pulmões. Pensei nos hematomas que o Dawson tinha visto no pescoço da Beth e estremeci com um misto de revolta e medo.

Escutei o eco de passos se aproximando e, de repente, um rosto bloqueou a luz. Era um sujeito mais velho, por volta dos cinquenta, e seus cabelos escuros cortados rente à cabeça eram entremeados por fios grisalhos. Ele usava um uniforme militar verde-escuro. Três fileiras de coloridas comendas decoravam o lado esquerdo do peito, enquanto o direito ostentava um emblema de águia com as asas abertas. Mesmo em meio à confusão e à dor, percebi que o sujeito era importante.

— Como está se sentindo? — perguntou ele numa voz sem entonação.

Pisquei lentamente, imaginando se o cara estava falando sério.

— Tudo... tudo dói — grunhi.

— É por causa das algemas, mas acredito que você já saiba. — Estendeu o braço para algo ou alguém atrás dele. — Tivemos que tomar certas precauções ao transportá-la.

Me transportar? Encarei-o, o coração acelerado. Onde diabos eu estava? Ainda em Mount Weather?

LUX 4 ORIGINAIS

— Eu sou o sargento Jason Dasher. Vou soltá-la para que possamos conversar e examiná-la. Está vendo aqueles pontos escuros no teto? — perguntou. Acompanhando o olhar dele, vi alguns pontos quase imperceptíveis. — É uma mistura de ônix e diamante. Você já conhece o efeito, portanto, se tentar nos atacar, a sala inteira será imersa numa nuvem de ônix. Qualquer tolerância que tenha conseguido desenvolver será inútil aqui.

A sala inteira? Em Mount Weather, ele tinha sido apenas borrifado nos nossos rostos. Não liberado num fluxo incessante.

— Você sabia que os diamantes possuem o maior índice de refração da luz? Embora não provoquem a mesma dor que o ônix, em grandes quantidades e aliado ao ônix, eles possuem a capacidade de drenar um Luxen, deixando-o incapaz de recorrer à Fonte. O efeito será o mesmo em você.

Bom saber.

— Como medida de precaução, a sala também é revestida — continuou ele, os olhos castanho-escuros fixos nos meus. — Para o caso de você conseguir, ainda assim, invocar a Fonte ou atacar qualquer membro da minha equipe. Com vocês, híbridos, nunca sabemos a extensão dos seus poderes.

No momento, não acreditava que seria sequer capaz de me sentar sem ajuda, que dirá dar uma de ninja para cima de alguém.

— Entendeu? — Ergueu o queixo enquanto esperava. — Não queremos machucá-la, mas iremos neutralizá-la caso você nos ameace. Compreendeu, Katy?

Eu preferia não responder, mas queria me livrar daquelas malditas algemas.

— Sim.

— Ótimo. — Ele sorriu, mas o sorriso pareceu meio forçado e não muito amigável. — Não queremos vê-la com dor. Não é disso que se trata o Daedalus. Não somos torturadores. Você pode não acreditar agora, mas temos esperanças de que venha a compreender nosso propósito. A verdade por trás da nossa existência e da dos Luxen.

— É meio difícil... acreditar nisso agora.

O sargento Dasher pareceu aceitar a resposta e estendeu a mão em direção a algum ponto debaixo da mesa. Seguiu-se um clique alto e, então, as algemas e a coleira se abriram automaticamente.

Com um suspiro trêmulo, ergui lentamente um dos braços. Meu corpo inteiro alternava entre pontos de dormência e hipersensibilidade. Ele pousou uma das mãos no meu braço, fazendo-me retrair.

— Não vou te machucar — disse. — Só quero ajudá-la a se sentar.

Levando em conta que eu não tinha qualquer controle sobre meus membros trêmulos, não estava em condições de protestar. Em questão de segundos, o sargento me colocou sentada. Agarrei-me às beiradas da mesa para me firmar e inspirei fundo algumas vezes. Minha cabeça pendia do pescoço como um fio de espaguete cozido demais, e meus cabelos, caídos em torno do rosto, bloquearam por um momento a visão da sala.

— Você deve estar um pouco tonta. Vai passar logo.

Ao erguer a cabeça, vi um homem baixo e careca, vestido com um jaleco branco, parado ao lado da porta de um preto tão brilhante que refletia todo o interior da sala. Ele segurava um copinho de papel numa das mãos e o que me pareceu uma braçadeira de um medidor de pressão arterial na outra.

Corri os olhos lentamente pela sala. Mais parecia um estranho consultório médico, repleto de mesinhas com instrumentos cirúrgicos, armários e tubos pretos presos às paredes.

Ao receber um sinal do sargento, o homenzinho de jaleco se aproximou da mesa e, com cuidado, trouxe o copo até minha boca. Bebi avidamente. A água gelada aplacou um pouco a queimação em minha garganta, mas bebi rápido demais e acabei com um acesso de tosse ao mesmo tempo alto e dolorido.

— Sou o dr. Roth, um dos médicos da base. — Ele botou o copo de lado e, metendo a mão no bolso do jaleco, puxou um estetoscópio. — Vou apenas auscultar seu coração, ok? E, em seguida, medir sua pressão arterial.

Contraí-me novamente ao senti-lo pressionar o metal gelado contra minha pele.

Ele, então, o posicionou em minhas costas.

— Inspire fundo. — Acatei a ordem, e o médico repetiu as instruções. — Ótimo. Agora, estique o braço.

Obedeci de novo e imediatamente reparei no vergão vermelho que circundava meu pulso. Havia outro idêntico em torno da outra mão. Engoli em seco e desviei os olhos. Estava prestes a ter um colapso nervoso, o que só piorou quando fitei o sargento. Seus olhos não eram exatamente hostis, mas pertenciam a um estranho. Eu estava absolutamente sozinha — com estranhos que sabiam o que eu era e que tinham me capturado com um propósito.

Minha pressão devia estar nas alturas, a julgar pelo pulsar em minhas veias e pelo aperto em meu peito, o que não podia ser bom sinal. Ao sentir a braçadeira começar a desinflar, inspirei fundo diversas vezes e perguntei:

— Onde estou?

O sargento Dasher entrelaçou as mãos atrás das costas.

— Nevada.

Olhei para ele e, em seguida, para as paredes — completamente brancas exceto pela profusão de pontinhos pretos brilhantes.

— Nevada? Isso... isso fica do outro lado do país. Num fuso horário diferente.

Silêncio.

De repente, a ficha caiu. Deixei escapar uma risada estrangulada.

— Área 51?

Seguiu-se outro momento de silêncio, como se eles não pudessem confirmar a existência de tal lugar. Maldita Área 51. Não sabia se devia rir ou chorar.

O dr. Roth soltou a braçadeira.

— A pressão dela está um pouco alta, mas já era de esperar. Gostaria de fazer um exame mais minucioso.

Imagens terríveis de apalpadas e espetadelas invadiram minha mente. Eu pulei da mesa o mais rápido que pude e tentei me afastar dos homens, as pernas mal aguentando meu peso.

— Não. Vocês não vão fazer isso. Não podem...

— Podemos, sim — interrompeu-me o sargento. — De acordo com a Lei Patriótica, podemos apreender, realocar e deter qualquer um, humano ou não, que configure risco à Segurança Nacional.

— O quê? — Bati com as costas na parede. — Não sou uma terrorista.

— Mas é um risco — retrucou ele. — Esperamos mudar isso, mas como pode ver, seu direito à liberdade foi revogado no momento em que você passou pela mutação.

Minhas pernas cederam e eu escorreguei parede abaixo, caindo sentada com força.

— Não posso... — Meu cérebro se recusava a processar aquela situação. — Minha mãe...

O sargento não disse nada.

Minha mãe... ai, meu Deus, minha mãe devia estar enlouquecendo. Apavorada e devastada. Ela jamais se recuperaria.

Fechei os olhos e pressionei a testa com as mãos.

— Isso é tão errado!

— O que você imaginou que iria acontecer? — perguntou Dasher.

Abri os olhos, respirando com dificuldade.

— Vocês acharam que conseguiriam invadir um órgão do governo e sair sem que nada acontecesse? Que não haveria consequências? — Ele se agachou diante de mim. — Que um grupo de adolescentes, alienígenas ou híbridos, conseguiria chegar tão longe sem que a gente permitisse?

Meu corpo inteiro gelou. Boa pergunta. O que a gente *estava* esperando? Suspeitávamos de que pudesse ser uma armadilha. Eu chegara basicamente a me preparar para tanto, mas não podíamos deixar a Beth apodrecendo naquele lugar. Nenhum de nós conseguiria viver com isso.

Ergui os olhos para o sargento.

— O que... o que aconteceu com os outros?

— Eles escaparam.

O alívio foi imediato. Pelo menos o Daemon não estava trancafiado em algum lugar. Saber disso me deu certo conforto.

— Para ser honesto, só precisávamos capturar um de vocês. Ou você ou o que te transformou. Qualquer um dos dois irá atrair o outro. — Fez uma pausa. — No momento, Daemon Black está desaparecido, mas a gente acredita que isso não vai durar muito. Sabemos por experiência que o vínculo entre um Luxen e o humano transformado por ele ou ela é bastante intenso, especialmente entre um homem e uma mulher. E, pelo que pudemos observar, vocês dois são extremamente... próximos.

O alívio que eu sentira evaporou no mesmo instante, substituído por um súbito medo. Não fazia sentido fingir que não sabia do que ele estava falando, mas jamais confirmaria que tinha sido o Daemon. *Jamais*.

— Sei que está com medo e zangada.

— Tem razão, estou sentindo uma boa dose dessas duas coisas.

— Compreensível. Não somos tão ruins quanto você pensa, Katy. Tínhamos todo o direito de recorrer a meios letais quando a capturamos. Poderíamos ter matado seus amigos. Mas não matamos. — Ele se levantou e entrelaçou as mãos novamente. — Você vai ver que não somos o inimigo aqui.

Não eram o inimigo? *Eram*, sim — uma ameaça pior do que um pelotão inteiro de Arum —, porque tinham o respaldo do *governo*. Porque podiam simplesmente pegar uma pessoa e afastá-la de tudo — da família, dos amigos, de toda uma vida —, sem nenhuma consequência.

Eu estava totalmente ferrada.

Quando me dei conta da real situação em que me encontrava, meu já escasso autocontrole se desfez por completo. Fui tomada por um pavor profundo, que rapidamente se transformou em pânico, produzindo um tenebroso misto de emoções estimuladas pela adrenalina. A razão deu lugar ao instinto — não um instinto nato, mas que fora moldado pelo que eu me tornara após ser curada pelo Daemon.

Coloquei-me de pé num pulo. Meus músculos doloridos gritaram em protesto, e o movimento súbito me deixou tonta, mas continuei em pé. O médico deu alguns passos para o lado, empalidecendo enquanto estendia a mão para a parede. O sargento, por sua vez, sequer piscou. Não parecia nem um pouco apreensivo.

Com todas as violentas emoções que fervilhavam dentro de mim, invocar a Fonte deveria ter sido fácil, mas não encontrei nada, nem aquela sensação de expectativa de quando você está no topo de uma montanha-russa, nem um brotar de estática em volta da pele.

Não havia nada.

Ainda que minha mente estivesse embotada pelo horror e pelo pânico, a realidade se insinuou lentamente, lembrando-me de que não podia recorrer à Fonte ali.

— Doutor? — chamou o sargento.

Eu precisava de uma arma. Contornando o oficial, segui para a mesa com os instrumentos cirúrgicos. Não tinha a menor ideia do que iria fazer se conseguisse escapar daquela sala. A porta talvez estivesse trancada. Naquele momento, porém, não conseguia pensar em nada. Apenas tinha que dar o fora dali. Tipo, imediatamente.

Antes que conseguisse alcançar a bandeja, o médico deu um tapa na parede. Seguiu-se um tenebroso e familiar som de algo sendo liberado numa série de pequenos borrifos. Não houve outro aviso. Nenhum cheiro. Nenhuma mudança na consistência do ar.

De qualquer forma, aqueles pequenos pontos no teto e nas paredes estavam pulverizando ônix no ambiente, e não havia para onde escapar. Fui acometida por um horror profundo. Senti a respiração ser cortada enquanto uma dor causticante brotava em meu escalpo e se espalhava por todo o meu corpo. Como se alguém tivesse me encharcado com gasolina e ateado fogo, fazendo com que labaredas lambessem minha pele. Minhas pernas cederam e caí de joelhos no chão. O ar saturado de ônix arranhava minha garganta e queimava meus pulmões.

Fechei-me numa bola, fincando os dedos no chão e abrindo a boca num grito silencioso. Meu corpo foi tomado por espasmos incontroláveis à medida que o ônix invadia cada célula. Aquilo parecia não ter fim. Não havia a menor esperança de que o fogo pudesse ser aplacado pelo raciocínio rápido do Daemon. Ainda assim, chamei por ele em silêncio repetidas vezes, mas não obtive resposta.

Meu mundo fora reduzido a uma única sensação: dor.

DAEMON

Trinta e uma horas, quarenta e dois minutos e vinte segundos tinham se passado desde que as portas se fecharam, me separando da Kat. Trinta e uma horas, quarenta e dois minutos e dez segundos desde que a vira pela última vez. Kat estava nas mãos do Daedalus havia trinta e uma horas e quarenta e um minutos.

A cada segundo, minuto e hora eu enlouquecia um pouco mais.

Eles haviam me prendido numa cabana simples, com um único aposento. Na verdade, uma prisão adornada com tudo o que pudesse enfurecer um Luxen, mas isso não me deteve. Explodi a porta e o Luxen que tinha sido posto de vigia. Uma fúria indescritível me consumia, envolvendo minhas entranhas como ácido enquanto eu ganhava velocidade e passava em disparada pela fileira de cabanas, evitando a área residencial e seguindo direto para as árvores que circundavam a colônia Luxen, escondida na base das Seneca Rocks. Na metade do caminho, percebi um borrão branco vindo em minha direção.

Eles iam tentar me deter? Nem sonhando.

Parei de supetão. A luz passou direto por mim e se virou. Em sua forma alienígena com contornos humanos, o Luxen parado diante de mim brilhava tanto que iluminava as árvores escuras às suas costas.

Só estamos tentando protegê-lo, Daemon.

Da mesma forma que o Dawson e o Matthew achavam que conseguiriam me proteger me nocauteando lá em Mount Weather e depois me trancafiando numa cabana. Ah, eu tinha uma tremenda conta a acertar com aqueles dois.

Não queremos te machucar.

— Que pena! — Estalei o pescoço. Vários outros Luxen se aproximavam por trás de mim. — Porque não tenho o menor problema em machucar vocês.

O que estava à minha frente estendeu os braços.

Não precisa ser assim.

Não havia outro jeito. Abandonar minha forma humana foi como tirar uma roupa apertada demais. Um brilho avermelhado se espalhou pela relva como sangue. *Vamos acabar logo com isso.*

Nenhum deles hesitou.

Nem eu.

O Luxen avançou num borrão de membros brilhantes. Mergulhei por baixo dos braços dele e me levantei rapidamente. Agarrando-o pelos punhos, dei um chute no meio de suas costas. Assim que ele caiu, outro tomou seu lugar.

Pulei de lado ao mesmo tempo que estendia o braço e derrubava o segundo. Agachei-me, então, escapando por um triz de uma bota com meu nome gravado na sola. O combate físico era mais do que bem-vindo. Despejei toda a fúria e frustração numa série de socos e chutes, nocauteando mais três.

Uma bola de luz cortou a escuridão. Agachei de novo e dei um soco no chão, levantando terra e produzindo uma onda de choque que lançou o maldito Luxen no ar. Pus-me de pé num pulo e o agarrei. Eu emitia uma luz tão intensa que, por um momento, a noite se transformou em dia.

Girei e o arremessei como um disco.

Ele bateu contra uma das árvores e despencou no chão, mas rapidamente se levantou. Avançou de novo, deixando um rastro de luz branca debruada de azul, tal como a cauda de um cometa. Com um grito de batalha desumano, lançou em minha direção uma bola de energia de proporções nucleares.

Ah, então era assim que ele queria brincar?

Desviei o corpo para o lado; a bola passou zunindo e se apagou. Recuando um passo, invoquei a Fonte e deixei o poder se espalhar por todo o meu corpo. Bati com o pé no chão, criando uma cratera e outra onda de choque que desequilibrou o Luxen. Em seguida, estendi o braço e liberei a Fonte. Ela espocou de minha mão como o tiro de um revólver, acertando-o em cheio no peito.

O Luxen caiu, ainda vivo, porém tomado por espasmos.

— O que você pensa que está fazendo, Daemon?

Ao escutar a voz sem entonação do Ethan Smith, me virei. O antigo, que continuava em sua forma humana, estava parado alguns metros atrás de mim, em meio aos Luxen que eu derrubara. Meu corpo vibrou com o poder não liberado. *Eles não deviam ter tentado me deter. Nenhum de vocês deveria ter tentado fazer isso.*

Ethan entrelaçou as mãos diante do peito.

— Você não devia estar disposto a arriscar sua comunidade por uma garota humana.

Havia uma boa chance de que ele viesse a ser meu próximo alvo. *Não vou discutir com você sobre a Kat.*

— Nós somos a sua espécie, Daemon. — Ele deu um passo à frente. — Você tem que ficar conosco. Ir atrás dessa humana só irá...

Estendi o braço e agarrei pelo pescoço o Luxen que tentava se aproximar sorrateiramente. Virei-me para ele ao mesmo tempo que ambos reassumíamos nossa forma humana. Seus olhos brilhavam, amedrontados.

— Jura? — grunhi.

— Merda — murmurou ele.

LUX 4 ORIGINAIS

Suspendi o filho da mãe no ar e o derrubei com toda a força no chão, esganando-o. Terra e pedrinhas voaram para todos os lados enquanto eu me empertigava e voltava a atenção para o Ethan.

O antigo empalideceu.

— Você está lutando contra sua própria espécie, Daemon. Isso é imperdoável.

— Não estou pedindo perdão. Não estou pedindo porra nenhuma.

— Você será expulso da comunidade — ameaçou ele.

— Adivinha só? — Recuei alguns passos, mantendo um olho fixo no Luxen caído, que começara a se recobrar. — Não dou a mínima.

A expressão até então calma e quase dócil do Ethan desapareceu, e foi substituída pela raiva.

— Acha que eu não sei o que você fez com aquela garota? O que seu irmão fez com a outra? Ambos provocaram isso. É por esse motivo que não nos misturamos com eles. Humanos só nos criam problemas. E você vai criar também, vai atrair a atenção do governo para nós. Não precisamos disso, Daemon. Você está arriscando demais por conta de uma simples humana.

— Esse planeta é deles — retruquei, surpreso comigo mesmo pela declaração, mas era verdade. Repeti as palavras que a Kat dissera uma vez: — Nós somos os convidados aqui, meu chapa.

Ethan estreitou os olhos.

— Por enquanto.

Inclinei a cabeça ligeiramente de lado ao escutar isso. Não era preciso ser um gênio para perceber que era um aviso, mas, por ora, minha prioridade era a Kat.

— Não me sigam.

— Daemon...

— Estou falando sério, Ethan. Se você ou qualquer outro vier atrás de mim, não vou ser tão condescendente.

O antigo bufou.

— Ela vale tudo isso?

Um calafrio percorreu minha espinha. Sem o apoio da comunidade Luxen, eu estaria sozinho. Não seria bem-vindo em nenhuma das outras colônias. A notícia se espalharia rápido; Ethan se certificaria disso. Ainda assim, não tive sequer um momento de hesitação.

— Vale — respondi. — Ela é *tudo*.

Ethan inspirou fundo.

— Não apareça mais aqui.

— Que assim seja.

Eu girei nos calcanhares e parti em disparada por entre as árvores, seguindo para casa. Estava confuso demais. Não tinha sequer um plano. Nada de concreto. Mas sabia que ia precisar de algumas coisas. Em primeiro lugar, dinheiro. E um carro. Ir correndo até Mount Weather não era uma opção. Mas voltar para casa ia ser difícil, principalmente porque o Dawson e a Dee estariam lá — e tentariam me impedir.

A essa altura, queria vê-los tentar.

No entanto, enquanto contornava a montanha rochosa e ganhava velocidade, as palavras do Ethan ecoaram em minha mente. *Ambos provocaram isso*. Será? A resposta era simples e estava na minha cara. Dawson e eu tínhamos colocado as meninas em perigo pelo simples fato de termos nos interessado por elas. Nenhum de nós imaginava que elas se machucariam, ou que a cura iria transformá-las em algo não exatamente humano nem Luxen. Mas sabíamos dos riscos.

Eu mais do que ninguém.

Por isso tinha tentado afastar a Kat no começo, fazendo de tudo para mantê-la longe da Dee e de mim. Em parte pelo que havia acontecido com o Dawson, mas também porque os riscos eram muitos. No entanto, acabei trazendo-a para esse mundo. Dei a mão a ela e praticamente a arrastei. E olha o que aconteceu.

Não era para ter sido assim.

Se era para alguém ser capturado em Mount Weather, esse alguém era eu. Não a Kat. Jamais ela.

Amaldiçoando por entre os dentes, alcancei um trecho do terreno iluminado por um luar prateado segundos antes de deixar a mata. Sem me dar conta do que estava fazendo, diminuí a velocidade.

Meu olhar recaiu direto sobre a casa da Kat, e meu peito apertou.

A casa estava escura e silenciosa, como estivera por vários anos antes que ela se mudasse. Uma carcaça vazia e sem vida.

Parei ao lado do carro da mãe dela e soltei um suspiro entrecortado que não ajudou em nada a aliviar a pressão em meu peito. Sabia que estava escuro demais para que alguém conseguisse me ver. De qualquer forma, não me importaria de ser capturado pelo DOD ou o Daedalus. Seria mais fácil assim.

Fechei os olhos e visualizei a Kat saindo pela porta da frente, usando aquela maldita camiseta com os dizeres Meu Blog É Melhor Que O Seu Vlog. Aqueles shorts... aquelas pernas...

Cara, eu tinha sido um verdadeiro babaca, mas ela não se deixara intimidar. Nem por um segundo.

Uma luz se acendeu em minha casa. Um segundo depois, a porta da frente abriu e Dawson saiu para a varanda. A brisa trouxe uma leve maldição.

Precisava reconhecer que o Dawson parecia mil vezes melhor do que da última vez que o vira. As olheiras escuras tinham praticamente desaparecido. E ele engordara um pouco. Tal como antes de o DOD e o Daedalus o capturarem, seria quase impossível distinguir qualquer diferença entre nós, exceto pelo fato de os cabelos dele serem mais compridos e bagunçados. É, meu irmão estava com cara de quem havia ganhado na loteria. Mas, também, ele conseguira resgatar a Bethany.

Isso soava como inveja, eu sabia, mas não dava a mínima.

Assim que pisei no primeiro degrau, uma onda de choque rachou o cimento da escada e chacoalhou as tábuas do piso da varanda.

Dawson empalideceu e recuou um passo. Fui tomado por uma doentia sensação de satisfação.

— Não esperava me ver?

— Daemon. — Ele bateu com as costas na porta. — Sei que você está puto.

Eu liberei outra explosão de energia que acertou as ripas do telhado. A madeira estalou. Uma rachadura surgiu no meio da viga central. A Fonte se espalhou pelo meu corpo, modificando minha visão e fazendo com que o mundo se tornasse todo branco.

— Você não faz ideia.

— Queríamos mantê-lo em segurança até descobrirmos o que fazer... como resgatar a Kat. Só isso.

Inspirei fundo e me aproximei dele até ficarmos cara a cara.

— E vocês acharam que me prender na colônia era a melhor opção?

— A gente...

— Que conseguiriam me deter? — Outra explosão de poder acertou a porta atrás do Dawson, arrancando-a das dobradiças. — Vou salvá-la nem que para isso precise incendiar o planeta inteiro.

[2]

Katy

Levantei do chão, encharcada e gelada até os ossos. Não fazia a menor ideia de quanto tempo havia se passado desde a primeira dose de ônix liberada e o último jato de água congelante que me derrubara de costas.

Ceder e deixá-los fazer o que bem quisessem comigo não me parecera uma boa opção a princípio. Achava que a dor valeria a pena, pois preferia ir para o inferno a facilitar as coisas para eles. Assim que lavaram o ônix da minha pele e pude me mover novamente, avancei para a porta. Não consegui chegar muito longe e, na quarta sessão de ônix e jatos enregelantes, dei-me por vencida.

Estava sem forças, totalmente esgotada.

Quando finalmente consegui me levantar sem cair de novo, andei até a mesa em passos lentos e agonizantes. Tinha quase certeza de que uma fina camada de diamantes encobria a superfície. Eles deviam ter gasto uma fortuna para revestir a sala com diamantes, para não falar no prédio todo — o que provavelmente explicava o problema da dívida nacional. Não que eu devesse me preocupar com isso, mas acho que o ônix havia embotado meu cérebro.

Durante todo o processo, o sargento Dasher saiu e voltou algumas vezes, substituído por homens com uniformes camuflados. As boinas que eles usavam escondiam a maior parte do rosto, mas pelo que pude ver nenhum deles era muito mais velho que eu, talvez por volta dos vinte e poucos.

No momento, havia dois deles na sala, ambos com pistolas presas às coxas. Parte de mim estava surpresa por não terem tentado me sedar, mas o ônix produzira o efeito desejado. O que usava uma boina verde-escura estava parado ao lado dos controles, me observando, com uma das mãos na pistola e a outra no botão da dor. O outro, com o rosto escondido por uma boina cáqui, vigiava a porta.

Apoiei as mãos na mesa. Através das mechas encharcadas de cabelo, meus dedos pareciam demasiadamente brancos e flácidos. Eu tremia tanto de frio que imaginei se não estaria tendo um ataque epilético.

— Pra mim... chega — grunhi.

Um músculo se contraiu no rosto do Boina Cáqui.

Tentei me sentar na mesa porque sabia que, se não fizesse isso, ia acabar caindo, mas a tremedeira era tanta que cambaleei para o lado. Por um segundo, a sala girou. Talvez os danos fossem permanentes. Quase comecei a rir. Que serventia eu teria para o Daedalus se eles me destruíssem?

O dr. Roth, que ficara o tempo todo sentado num canto da sala com uma aparência cansada, se levantou com o medidor de pressão em mãos.

— Ajudem a garota a sentar na mesa.

O Boina Cáqui se aproximou com uma expressão determinada. Eu recuei alguns passos, numa vã tentativa de colocar alguma distância entre nós. Meu coração martelava feito louco. Não queria que ele me tocasse. Não queria que nenhum deles me tocasse.

Com as pernas bambas, recuei mais um passo, até que meus músculos simplesmente pararam de funcionar. Caí de bunda no chão, mas estava tão anestesiada que sequer registrei a dor.

O Boina Cáqui me fitou e, de minha vantajosa posição, pude ver seu rosto inteiro. Seus olhos eram absurdamente azuis e, embora ele parecesse estar para lá de acostumado com aquela rotina, havia certa compaixão no olhar.

Sem dizer uma só palavra, ele se curvou e me levantou do chão. Exalava um cheiro fresco de detergente, do mesmo tipo que minha mãe usava, e que me deixou com os olhos marejados de lágrimas. Antes que eu pudesse, inutilmente, tentar revidar, ele me botou sobre a mesa. Assim que se afastou, agarrei-me às beiradas com uma profunda sensação de déjà-vu.

Porque já estivera nessa posição, é claro.

O médico me deu outro copo de água, que aceitei de bom grado. Em seguida, soltou um sonoro suspiro.

— Cansou de tentar lutar?

Soltei o copinho descartável sobre a mesa e forcei minha língua a se mover. Ela parecia inchada, difícil de controlar.

— Quero ir embora.

— Claro que quer. — Ele enfiou o metal do estetoscópio por baixo da camiseta e o pressionou contra meu peito, tal como fizera antes. — Ninguém nesta sala, ou mesmo no prédio, espera que você deseje ficar, mas lutar conosco antes mesmo de saber o que pretendemos só irá machucá-la. Agora, respire fundo.

Tentei, mas o ar ficou preso na garganta. A fileira de armários brancos ao longo da sala tornou-se um borrão. Eu não ia chorar. Não ia.

O médico continuou o exame, verificando minha respiração e a pressão arterial antes de voltar a falar.

— Katy... Posso te chamar de Katy?

Uma risada curtinha e engasgada escapou de meus lábios. Quanta educação!

— Tudo bem.

Ele sorriu e soltou o aparelho sobre a mesa. Em seguida recuou, cruzando os braços.

— Preciso fazer um exame completo, Katy. Prometo que não vai doer. Vai ser como qualquer outro exame que você já tenha feito.

Uma bola de medo brotou em meu âmago. Fechei os braços em volta da cintura, tremendo.

— Não quero.

— Podemos adiar por um tempinho, mas teremos que fazer. — Virando-se, foi até um dos armários e pegou um cobertor marrom-escuro. Voltando para junto da mesa, cobriu meus ombros curvados. — Assim que recobrar as forças, iremos transferi-la para seu alojamento. Lá você poderá se lavar e vestir algo limpo. Se quiser, pode assistir televisão ou então descansar. Já está tarde, e seu dia amanhã vai ser cheio.

Apertei o cobertor em volta do corpo, tremendo. Ele falava como se eu estivesse num hotel.

— Cheio?

O médico anuiu.

— Temos muito para te mostrar. Quem sabe assim você começa a compreender do que se trata o Daedalus.

Lutei novamente contra a vontade de rir.

— Sei do que se trata o Daedalus. Sei que...

— Você *só* sabe o que te disseram — interrompeu-me ele. — E isso é apenas parte da verdade. — Inclinou a cabeça de lado. — Sei que está pensando no Dawson e na Bethany. Mas não conhece toda a história deles.

Estreitei os olhos, sentindo a raiva aquecer minhas entranhas. Como ele ousava culpar o Dawson e a Bethany pelo que o Daedalus fizera com eles?

— Eu sei o suficiente.

O dr. Roth olhou de relance para o Boina Verde ao lado dos controles e fez um sinal com a cabeça. O jovem soldado saiu da sala em silêncio, me deixando sozinha com o médico e o Boina Cáqui.

— Katy...

— Sei que eles foram torturados — interrompi, mais furiosa a cada segundo. — Sei que vocês trouxeram pessoas para cá e forçaram o Dawson a curá-las e, quando a mutação não funcionou, os humanos morreram. Sei que os mantiveram separados e usaram a Beth para obrigar o Dawson a fazer o que vocês queriam. Vocês são piores que o próprio diabo encarnado.

— Você não sabe a história toda — repetiu ele calmamente, nem um pouco alterado pelas minhas acusações. Virou-se para o Boina Cáqui. — Archer, você estava aqui quando o Dawson e a Bethany chegaram?

Virei-me para o tal Archer, que assentiu com um menear de cabeça.

— Quando eles chegaram, ambos se mostraram bastantes arredios, o que era compreensível, mas depois que a garota passou pela mutação ela se tornou ainda mais violenta. Eles ficaram juntos até que ficou óbvio que isso era um problema para a segurança. Por esse motivo foram separados e, posteriormente, transferidos para locais diferentes.

LUX 4 ORIGINAIS

Balancei a cabeça, incrédula, e apertei o cobertor ainda mais em torno do corpo. Queria gritar a plenos pulmões.

— Não sou burra.

— Não acho que seja — retrucou o médico. — Os híbridos são notoriamente desequilibrados, mesmo aqueles cuja mutação foi bem-sucedida. Bethany era e continua sendo instável.

Uma série de nós se formou em meu estômago. Podia lembrar com facilidade o jeito pancada da Beth na casa do Vaughn. Ela havia me parecido bem quando a encontramos em Mount Weather, mas não fora sempre assim. Será que o Dawson e os outros estavam em perigo? Será que eu podia acreditar em alguma coisa do que esse pessoal estava me contando?

— É por isso que preciso fazer um exame completo, Katy.

Fitei o médico.

— Está insinuando que eu sou instável?

Ele demorou a responder. Senti como se tivessem tirado a mesa de baixo de mim.

— Existe uma chance — disse ele. — Mesmo que a mutação seja bem-sucedida, pode ocorrer certa instabilidade quando o híbrido acessa a Fonte.

Apertei o cobertor até as juntas dos dedos ficarem brancas e tentei forçar meu coração a desacelerar. Não funcionou.

— Não acredito em você. Não acredito em nada do que está dizendo. O Dawson…

— Ele foi um caso lamentável — interveio o médico. — Com o tempo, você vai entender. O que aconteceu com o Dawson não foi proposital. Ele seria libertado assim que nos certificássemos de que conseguiria reassimilar. E a Beth…

— Pode parar — rosnei, surpresa com o tom de minha própria voz. — Não quero mais escutar nenhuma das suas mentiras.

— Você não faz ideia, srta. Swartz, de como os Luxen podem ser perigosos e da ameaça que os híbridos representam.

— Os Luxen não são perigosos! E os híbridos também não seriam se nos deixassem em paz. Não fizemos nada contra vocês. Jamais faríamos. Estávamos quietos até vocês…

— Você sabe por que os Luxen vieram para a Terra? — indagou ele.

— Sei. — Minhas juntas estavam doendo. — Os Arum destruíram o planeta deles.

— E sabe por que o planeta foi destruído? Qual a origem dos Arum?

— Eles estavam em guerra. Os Arum queriam roubar seus poderes e matá-los. — Eu estava completamente por dentro da história dos alienígenas. Os Arum eram o oposto dos Luxen, mais sombras do que luz, e se *alimentavam* de seus "primos" luminosos. — E vocês vêm trabalhando com esses monstros.

O dr. Roth fez que não.

— Como em qualquer grande guerra, os Arum e os Luxen passaram tanto tempo lutando que duvido que muitos saibam o que deu início ao conflito.

— Está tentando dizer que os Arum e os Luxen são como a Faixa de Gaza intergaláctica?

Archer bufou.

— Nem sei por que estamos falando sobre isso — continuei, subitamente tão cansada que não conseguia pensar direito. — Nada disso interessa.

— Interessa, *sim* — rebateu o médico. — Mostra o quão pouco você realmente sabe sobre essa história.

— Bem, imagino que você queira me ensinar, certo?

Ele sorriu. Eu senti vontade de arrancar no tapa aquele sorrisinho condescendente. Infelizmente, isso exigiria que eu soltasse o cobertor e reunisse forças para tanto.

— Em seu auge, os Luxen eram a forma de vida mais poderosa e inteligente de todo o universo. Entretanto, como com qualquer outra espécie, o processo evolutivo criou, em resposta, um predador natural... os Arum.

Fitei-o.

— O que você quer dizer com isso?

Ele me encarou de volta.

— Os Luxen não são as vítimas nessa guerra. Eles foram a causa.

✽ ✽ ✽

LUX 4 ORIGINAIS

DAEMON

— Como você fugiu? — perguntou Dawson.

Foi preciso todo o meu autocontrole para não dar um soco na cara dele. Consegui me acalmar o bastante para não destruir a fundação da casa. Pelo menos, achava que sim.

— Acho melhor você perguntar quantos eu derrubei pra chegar aqui. — Tencionei, esperando. Dawson bloqueava a entrada. — Não tente lutar comigo, irmão. Você não vai conseguir me deter, e sabe disso.

Ele me fitou por um momento. Soltando um palavrão, deu um passo para o lado. Assim que passei por ele, meus olhos se voltaram para a escada.

— Dee está dormindo — informou Dawson, correndo uma das mãos pelo cabelo. — Daemon…

— Cadê a Beth?

— Aqui — respondeu calmamente uma voz vinda da sala de jantar.

Virei-me e, diabos, foi como se a garota tivesse se materializado de um punhado de sombras e fumaça. Tinha esquecido como ela era pequena. Esguia e delicada, com cabelos castanhos abundantes e um queixo ligeiramente pontudo e teimoso. Parecia, porém, mais pálida do que me lembrava.

— Oi. — Meu problema não era com ela. Olhei de volta para o meu irmão. — Você acha inteligente mantê-la aqui?

Dawson foi para o lado dela e apoiou o braço em seus ombros.

— Estamos nos preparando para partir. Matthew ficou de arrumar um lugar pra gente na Pensilvânia, próximo a South Mountain.

Assenti com um menear de cabeça. A área possuía uma quantidade decente de quartzo-beta e, até onde sabíamos, nenhuma comunidade Luxen.

— Mas não queremos partir imediatamente — acrescentou ela, baixinho. Seus olhos dardejavam pela sala sem se fixarem em nenhum ponto em particular. Estava vestida com uma das camisetas do Dawson e um par de calças da Dee. Ambos a engoliam. — Não me parece certo. Alguém tem que ficar aqui com a Dee.

— Mas não é seguro para vocês — ressaltei. — O Matthew pode ficar com ela.

— Estamos bem. — Dawson se curvou e deu um beijo na testa da Bethany. Em seguida, me fitou com uma expressão séria. — Você não devia ter saído da colônia. Nós o deixamos lá para mantê-lo em segurança. Se a polícia te vir ou...

— A polícia não vai me ver. — A preocupação dele fazia sentido. Já que todos achavam que a Kat e eu estávamos desaparecidos ou que até havíamos fugido, o meu ressurgimento levantaria muitas perguntas. — Nem a mãe da Kat.

Ele não pareceu muito convencido.

— Não está preocupado com o DOD?

Não respondi.

Dawson balançou a cabeça, frustrado.

— Merda.

Ao lado dele, Beth mudou o peso de um pé para o outro.

— Você pretende ir atrás dela, não pretende?

— De jeito nenhum — intrometeu-se meu irmão. Vendo que eu continuava calado, soltou tantos palavrões que me deixou realmente impressionado. — Que droga, Daemon, logo você! Sei o que está sentindo, mas isso é loucura. Agora, falando sério, como você escapou da cabana?

Passei por ele com passos decididos e segui para a cozinha. Era estranho estar de volta. Tudo continuava igual — as bancadas de granito cinza, os eletrodomésticos brancos, a tenebrosa decoração em estilo country. Dee quase vomitara ao ver as paredes e a pesada mesa de carvalho da cozinha.

Olhei para a mesa. Como uma miragem, vi a Kat sentada na beirada. Uma dor profunda se cravou em meu peito. Céus, eu sentia tanta falta dela, e me matava não saber o que estava acontecendo, o que eles estariam fazendo com ela.

Por outro lado, tinha uma boa ideia. Sabia o que eles tinham feito com o Dawson e a Beth e, só de pensar nisso, fiquei fisicamente enjoado.

— Daemon? — Dawson veio atrás de mim.

Virei-me para ele.

— Essa conversa é perda de tempo, e não estou com humor para declarar o óbvio. Você sabe o que eu pretendo fazer. Foi por isso que me trancafiou na colônia.

— Não consigo entender como você escapou. O lugar inteiro era revestido em ônix.

Cada colônia possuía cabanas projetadas para confinar um Luxen que tivesse se tornado perigoso para nossa própria espécie ou para os humanos, e que os antigos não quisessem entregar para a polícia humana.

— Sempre há um meio quando existe disposição. — Sorri ao vê-lo estreitar os olhos.

— Daemon...

— Só vim aqui pegar algumas coisas. — Abri a geladeira e tirei uma garrafa de água. Tomei um gole e o encarei. Éramos da mesma altura, de modo que nossos olhos ficaram nivelados. — Estou falando sério. Não me pressiona.

Ele se encolheu, mas seus olhos verdes mantiveram-se fixos nos meus.

— Não há nada que eu possa dizer para fazê-lo mudar de ideia?

— Não.

Dawson recuou alguns passos, esfregando o maxilar. Atrás dele, Beth tinha se sentado numa das cadeiras, os olhos pulando de um objeto para outro, sem nunca se fixarem na gente.

Meu irmão se recostou na bancada.

— Você vai me obrigar a te convencer à força?

Beth ergueu a cabeça e eu ri.

— Gostaria de vê-lo tentar, maninho.

— Maninho? — bufou Dawson, mas um ligeiro sorriso repuxou-lhe os lábios. Beth pareceu visivelmente aliviada. — Você é quantos segundos mais velho que eu, mesmo? — indagou.

— O suficiente. — Joguei a garrafa de água no lixo.

Vários momentos se passaram em silêncio, até que ele disse:

— Vou te ajudar.

— De jeito nenhum. — Cruzei os braços. — Não quero a sua ajuda. Não quero que nenhum de vocês tome parte nisso.

Ele projetou o queixo de maneira determinada.

— Problema seu. Você nos ajudou. E é perigoso demais tentar fazer qualquer coisa sozinho. Pode ser teimoso o quanto quiser e ignorar o fato de que me manteve numa rédea curta, mas não vou deixá-lo fazer isso sozinho.

— Peço desculpas por ter te impedido. Sei agora exatamente como você se sentiu. No seu lugar, teria invadido aquele maldito local na mesma noite em que escapou. Mas não vou deixá-lo me ajudar. Olha o que aconteceu quando todos nos metemos nisso. Não posso me preocupar com vocês. Quero você e a Dee o mais longe possível de toda essa confusão.

— Mas...

— Não vou discutir com você. — Apoiei as mãos nos ombros dele e apertei. — Sei que quer ajudar, e agradeço. Mas, se realmente quiser fazer algo por mim, não tente me deter.

Dawson fechou os olhos, franzindo o rosto e inflando o peito.

— Deixar você fazer isso sozinho é errado. Você não me deixaria.

— Eu sei. Mas vou ficar bem. Sempre fico bem. — Inclinei-me e apoiei a testa na dele. Envolvi seu rosto entre as mãos e mantive a voz baixa. — Você acabou de recuperar a Beth, e não é certo que corra esse risco comigo. Ela precisa de você. E você, dela. E eu preciso da...

— Você precisa da Katy. — Ele abriu os olhos e, pela primeira vez desde que tudo fora por água abaixo em Mount Weather, percebi compreensão em seu olhar. — Eu entendo. Juro.

— Ela também precisa de você — murmurou Beth.

Dawson e eu nos soltamos e ele se virou para ela. Beth continuava sentada à mesa, abrindo e fechando as mãos sobre o colo sem parar.

— O que foi que você disse, querida? — perguntou ele.

— Que a Kat precisa dele. — Ela ergueu os cílios e, embora seus olhos estivessem fixos na gente, não estava nos vendo, não de verdade. — A princípio, eles vão contar um monte de mentiras. Irão enganá-la. Depois, farão coisas...

Senti como se todo o oxigênio tivesse sido sugado do aposento.

Dawson foi imediatamente para o lado dela e se ajoelhou, obrigando-a a encará-lo. Tomou sua mão entre as dele e a levou aos lábios.

— Está tudo bem, Beth.

Ela acompanhou os movimentos de maneira quase obsessiva, mas seus olhos emitiam um brilho estranho, como se ela estivesse muito longe dali. Os pelos da minha nuca se eriçaram, e dei um passo à frente.

— Você não irá encontrá-la em Mount Weather — continuou Beth, lançando um rápido olhar para mim por cima do ombro do Dawson. — Eles irão transferi-la para outro lugar e obrigá-la a fazer coisas.

— Que coisas? — As palavras saíram da minha boca antes que eu conseguisse me segurar.

Dawson me fuzilou com os olhos, mas o ignorei.

— Não precisa falar sobre isso, querida, ok?

Seguiu-se um longo momento de silêncio, até que ela disse:

— Desconfiei assim que o vi, mas vocês pareciam saber o que estavam fazendo. Ele não presta. Esteve lá antes, comigo.

Crispei as mãos ao lembrar da reação da Beth ao vê-lo, mas tínhamos pedido que ela ficasse quieta.

— O Blake?

Ela assentiu lentamente.

— Todos eles são maus. Não é de propósito. — Voltando a atenção para o Dawson, murmurou: — Eu não quero ser má.

— E não é, querida. — Ele acariciou o rosto dela. — Você não é má.

O lábio inferior da Beth tremeu.

— Fiz coisas terríveis. Você não faz ideia. Eu ma...

— Não tem importância. — Dawson se ajoelhou de novo. — Nada disso importa.

Um calafrio percorreu o corpo da Beth. Ela ergueu os olhos, fixando-os em mim.

— Não deixe que façam o mesmo com a Katy. Ela vai se tornar uma pessoa diferente.

Não conseguia me mexer nem respirar.

Ela franziu o rosto.

— Eu mudei. Fecho os olhos e vejo o rosto deles... de todos eles. Por mais que tente, não consigo apagá-los. Estão *dentro* de mim.

Meu bom Deus...

— Olha pra mim, Beth. — Dawson a forçou a encará-lo. — Você está aqui, comigo. Livre daquele lugar. Sabe disso, não sabe? Mantenha os olhos fixos em mim. Não tem nada dentro de você.

Ela sacudiu a cabeça vigorosamente.

— Não. Você não entende. Você...

Resolvi me afastar e deixar meu irmão lidar com a situação. Dawson falou com ela num tom suave e tranquilizador até a Beth se acalmar. Ela, porém, manteve o olhar fixo em algum ponto à frente, balançando a cabeça de um lado para outro lentamente, os olhos arregalados e a boca aberta. Sequer piscava; tampouco parecia ciente de que estávamos ali.

Não tem ninguém em casa, percebi.

Enquanto o Dawson tentava aplacar o que quer que a estivesse afligindo, um horror profundo gelou minhas entranhas. A dor nos olhos do meu irmão ao afastar o cabelo do rosto pálido da Beth me corroeu por dentro. Naquele momento, tudo o que ele queria era poder trocar de lugar com ela.

Agarrei a bancada às minhas costas, incapaz de desviar os olhos.

Podia facilmente me ver fazendo a mesma coisa. Exceto que não seria a Beth quem eu estaria tentando trazer de volta para a realidade, e sim a Kat.

Entrei em meu quarto apenas pelo tempo suficiente para trocar de roupa. Estar ali era ao mesmo tempo uma bênção e uma maldição. Por algum motivo, fazia com que me sentisse mais próximo da Kat. Talvez pelo que havíamos compartilhado em minha cama e por todos os outros momentos antes disso. O que também me rasgava por dentro, pois ela não estava em meus braços, nem mesmo estava segura.

Sequer sabia se algum dia ela estaria segura novamente.

Estava vestindo uma camiseta limpa quando senti a presença da minha irmã. Com um suspiro baixo, virei e a encontrei parada à porta, vestida num pijama rosa-chiclete que eu lhe dera no último Natal.

Dee parecia tão devastada quanto eu.

— Daemon...

— Se vai começar com essa história de que eu preciso esperar e pensar direito, pode parar. — Sentei na beirada da cama e corri uma das mãos pelo cabelo. — Não vou mudar de ideia.

— Sei que não, e não o culpo por isso. — Com passos cautelosos, entrou no quarto. — Mas ninguém quer que você se machuque... ou coisa pior.

— Pior é o que a Kat está passando nesse exato momento. Ela é sua amiga. Ou pelo menos era. E você ainda quer esperar? Sabendo o que eles devem estar fazendo com ela?

Dee se encolheu. Sob a luz suave, seus olhos brilhavam feito esmeraldas.

— Você não está sendo justo — murmurou ela.

Talvez não e, em qualquer outra situação, eu teria me sentido um babaca pelo golpe baixo, mas não consegui sentir nem um pingo de empatia.

— Não podemos te perder — disse ela após alguns momentos de silêncio terrivelmente constrangedor. — Tem que entender que a gente só fez o que fez porque te amamos.

— E eu amo a Kat — retruquei sem hesitar.

Dee arregalou os olhos, provavelmente porque era a primeira vez que me ouvia dizer isso em voz alta — bom, pelo menos em relação a alguém que não era da minha família. Desejava ter dito com mais frequência, especialmente para a Kat. Engraçado constatar como a gente vive metendo os pés pelas mãos. Enquanto nos vemos mergulhados em alguma coisa, nunca dizemos ou fazemos o que precisa ser feito. É sempre depois que acontece algo, quando já é tarde demais, que você se dá conta do que devia ter dito ou feito.

Mas não podia ser tarde demais. O fato de eu ainda estar vivo comprovava isso.

Com os olhos marejados, minha irmã disse em voz baixa:

— Ela também te ama.

A queimação em meu peito se expandiu, subindo para a garganta.

— Eu sempre soube que a Katy gostava de você, mesmo antes de ela admitir para mim ou para si mesma.

Abri um ligeiro sorriso.

— É, o mesmo vale pra mim.

Dee começou a brincar com o cabelo.

— Eu sabia que ela seria... perfeita pra você. A Katy nunca se deixou intimidar pelo seu comportamento de merda. — Suspirou. — Sei que tivemos alguns problemas por causa do... Adam, mas eu a amo também.

Não podia continuar com aquilo — ficar sentado ali e conversar sobre a Kat como se estivéssemos em alguma espécie de velório ou coisa parecida. Era doloroso demais.

Dee inspirou fundo, um sinal claro de que estava prestes a desabafar.

— Gostaria de não ter sido tão dura com ela. Quero dizer, a Katy precisava saber que podia confiar em mim e tudo o mais, mas eu não devia ter remoído essa história por tanto tempo... bem, você entende aonde quero chegar. Teria sido melhor para todo mundo. Odeio pensar que eu talvez nunca mais... — Ela se interrompeu rapidamente, mas eu sabia o que minha irmã queria dizer. Que talvez nunca mais visse a Kat de novo.

— De qualquer forma, perguntei a ela antes do baile se estava com medo de voltar a Mount Weather.

Meu peito apertou como se alguém tivesse me dado um abraço de urso.

— E o que ela respondeu?

Dee soltou o cabelo.

— Ela disse que sim, mas, Daemon, Kat mostrou tanta coragem! Ela chegou até a rir, e eu pedi... — Baixou os olhos para as mãos, o rosto contraído. — Pedi que tomasse cuidado e que mantivesse você e o Dawson seguros. Ela concordou sem pestanejar e, de certa forma, foi exatamente o que fez.

Jesus.

Esfreguei o peito, o ponto onde sentia como se alguém tivesse aberto um buraco do tamanho de um punho.

— Mas, antes de pedir isso a ela, Kat estava tentando conversar comigo sobre o Adam e todo o resto, e eu a cortei. Ela só estava tentando reparar seus erros, mas eu não aceitei. Ela provavelmente me odeia...

— Não é verdade. — Olhei para a Dee no fundo dos olhos. — Kat não te odeia. Ela entendeu. Sabia que você precisava de tempo, e... — Levantei, sentindo subitamente que precisava sair daquele quarto, daquela casa, e cair na estrada.

— Ainda dá tempo — murmurou minha irmã, quase como se estivesse implorando. Maldição, aquilo doeu! — Ainda *dá*.

Fui tomado por uma súbita raiva, e precisei de todo o meu autocontrole para não explodir. Eles terem me mantido naquela maldita cabana tinha sido pura perda de tempo. Inspirei fundo algumas vezes e fiz a pergunta cuja resposta não tinha certeza se queria saber.

— Você tem visto a mãe dela?

Seu lábio inferior tremeu.

— Tenho.

Encarei minha irmã.

— Me conta.

Pela expressão dela, era a última coisa que desejava fazer.

— A polícia esteve na casa delas o dia inteiro depois que... a gente voltou. Conversei com eles e com a sra. Swartz. A polícia acha que vocês fugiram, pelo menos foi o que disseram para a mãe da Katy, mas fiquei com a impressão de que um deles era um espião. Ele se mostrou inflexível demais.

— Claro — murmurei.

— Mas a mãe dela não acredita nisso, é óbvio. Ela conhece a filha. Já o Dawson e a Beth ficaram quietos, na deles, não deram as caras. Qualquer um com dois neurônios ficaria desconfiado. — Ela se sentou e soltou as mãos sobre o colo. — Foi horrível. A mãe da Katy está devastada. Deu pra ver que ela imagina o pior, principalmente depois que o Will e a Carissa "desapareceram" — continuou Dee, fazendo um sinal de aspas com os dedos. — Ela está realmente arrasada.

A culpa se espalhou como ácido, abrindo uma dúzia de buracos em mim. A mãe da Kat não devia estar passando por isso — sentindo falta da filha, preocupada com o sumiço dela, temendo o pior.

— Daemon? Por favor, não nos deixe. Vamos encontrar um meio de resgatá-la, mas, por favor, não nos deixe. Por favor.

Olhei para ela em silêncio. Não podia prometer algo que não tinha a menor intenção de cumprir, e Dee sabia.

— Preciso ir. Você sabe disso. Tenho que recuperá-la.

Seu lábio inferior tremeu de novo.

— Mas e se você não conseguir? E se acabar sendo capturado também?

— Pelo menos vou estar com ela. Vou estar lá para ajudá-la. — Andei até minha irmã e envolvi seu rosto entre as mãos. Lágrimas escorriam por suas bochechas, molhando meus dedos. Odiava vê-la chorar, mas odiava ainda mais o que estava acontecendo com a Kat. — Não se preocupe, Dee.

É de mim que estamos falando. Você sabe muito bem que eu consigo me safar de qualquer situação. E sabe que vou conseguir tirá-la de lá.

E nada nesse mundo iria me deter.

[3]

Katy

Era surpreendente que, com toda a confusão em minha mente, eu ainda fosse capaz de fazer algo normal, como trocar de roupa — um par de calças pretas de moletom e uma camiseta cinza de cotton. Tudo caiu feito uma luva, até mesmo as peças de baixo. Perturbador.

Como se eles soubessem que eu estava chegando. Como se tivessem sorrateiramente vasculhado minha gaveta de calcinhas e sutiãs e anotado meu tamanho.

Senti vontade de vomitar.

Em vez de ficar pensando nisso, o que com certeza me faria surtar e acabar tomando outro banho de ônix e água gelada, foquei a atenção na cela. Ou melhor, no *alojamento*, como o dr. Roth fizera questão de ressaltar.

Ele tinha mais ou menos o tamanho de um quarto de hotel, com uns bons 28 metros quadrados. O piso de azulejos era frio sob meus pés descalços. Não fazia ideia de onde estavam meus sapatos. Havia uma cama de casal encostada numa das paredes, uma mesinha de cabeceira ao lado dela, uma cômoda e uma televisão pregada na parede oposta à cama. O teto era decorado com aqueles assustadores pontinhos pretos de dor, mas não havia nenhuma mangueira no aposento.

E, ao lado da televisão, havia uma porta.

Fui até ela e, usando somente as pontas dos dedos, a abri com cuidado, meio que esperando que uma rede de ônix caísse sobre mim.

Não aconteceu.

Era um banheiro pequeno com outra porta nos fundos. Esta estava trancada.

Girei nos calcanhares e voltei para o quarto.

O percurso até a cela não tinha me permitido ver nada. Havíamos saído da sala onde eu acordara e seguido direto até o elevador, que por sua vez se abrira diante do quarto em que me encontrava no momento. Não tinha sequer tido a chance de dar uma espiada no corredor para ver quantas celas havia no total.

Aposto que eram muitas.

Sem a menor ideia das horas, nem se era dia ou noite, fui até a cama e afastei o cobertor marrom-escuro. Sentei com as costas coladas na parede e dobrei as pernas de encontro ao peito. Puxei, então, o cobertor até o queixo e fiquei olhando para a porta.

Estava cansada — profundamente exausta. Meus olhos estavam pesados e meu corpo doía com o esforço de permanecer sentada, mas a ideia de pegar no sono me apavorava. E se alguém entrasse no quarto enquanto eu dormia? A preocupação tinha fundamento. A porta trancava por fora, o que significava que eu estava completamente à mercê deles.

Para me impedir de pegar no sono, concentrei-me nas milhares de perguntas que fervilhavam em minha mente. Segundo o dr. Roth, os Luxen estavam por trás da guerra que começara só Deus sabia há quanto tempo. Mesmo que fosse verdade, será que isso tinha alguma importância? Acho que não. Não quando a geração atual se encontrava tão distante das artimanhas de seus antepassados. Honestamente, sequer entendia o motivo de ele ter levantado esse assunto. Para mostrar o quão pouco eu sabia? Ou será que havia algo mais? E quanto à Bethany? Será que ela era realmente perigosa?

Balancei a cabeça, frustrada. Mesmo que os Luxen tivessem começado aquela guerra centenas ou milhares de anos antes, não significava que eles fossem perversos. E se a Bethany fosse perigosa, provavelmente era por causa do que tinham feito com ela. Não podia deixá-los me envolver em suas mentiras, mas precisava admitir que as informações tinham mexido comigo.

Ponderei sobre outras várias perguntas. Quanto tempo eles planejavam me manter ali? E quanto às aulas? Minha mãe? Pensei na Carissa. Será que havia sido levada para um lugar como esse? Ainda não fazia ideia de como ela fora transformada, ou de por que o Luc, aquele híbrido adolescente com uma inteligência genial e um tanto assustador, tinha nos ajudado a invadir Mount Weather e dito que eu talvez jamais descobrisse o que acontecera com minha amiga. Não sabia ao certo se conseguiria viver com isso. Jamais descobrir o porquê de ela ter aparecido no meu quarto e se autodestruído não me parecia certo. E se eu acabasse do mesmo jeito, ou como os incontáveis híbridos que o governo sequestrava, o que aconteceria com a minha mãe?

Sem resposta para nenhuma dessas perguntas, deixei que minha mente finalmente se voltasse para o que ela tanto desejava, para o que eu vinha desesperadamente tentando não pensar.

Daemon.

Fechei os olhos e soltei um suspiro. Não precisei sequer me esforçar para visualizá-lo. Seu rosto surgiu nitidamente.

As maçãs proeminentes, os lábios cheios e quase sempre expressivos, e aqueles olhos — aqueles lindos olhos verdes que mais pareciam duas esmeraldas polidas e absurdamente brilhantes. Sabia que minha memória não lhe fazia justiça. Ele possuía uma beleza masculina irreal, daquelas que a gente só encontra nos livros que eu amava.

Cara, como eu sentia falta dos meus livros!

Em sua forma verdadeira, Daemon era extraordinário. Todos os Luxen eram de tirar o fôlego: seres de pura luz, uma visão hipnótica, como observar uma estrela de perto.

Daemon Black podia ser tão temperamental quanto um porco-espinho num dia ruim, mas por baixo de toda aquela carapaça espinhenta era doce, protetor e inacreditavelmente generoso. Havia dedicado a maior parte da vida a manter a família e a comunidade Luxen em segurança, encarando o perigo repetidas vezes sem nunca pensar em seu próprio bem-estar. Eu vivia sendo maravilhada por ele. No entanto, não fora sempre assim.

Uma lágrima furtiva escorreu por minha bochecha.

Apoiando o queixo sobre os joelhos, sequei o rosto. Rezava para que ele estivesse bem — tão bem quanto possível. Que Matthew, Dawson e Andrew estivessem mantendo-o numa rédea curta. Que não o deixassem fazer o que eu sabia que ele desejava: o mesmo que eu desejaria se nossa situação fosse invertida.

Embora quisesse — precisasse — sentir seus braços em volta de mim, este era o último lugar em que gostaria de vê-lo. O último.

Sentindo o coração apertar, tentei pensar em coisas boas — melhores —, mas as lembranças não eram suficientes. Havia uma boa chance de que eu jamais o visse novamente.

Mesmo com os olhos apertados, as lágrimas continuaram escorrendo.

Chorar não resolveria nada, mas a exaustão fazia com que fosse difícil me segurar. Mantive os olhos fechados e comecei a contar até conseguir engolir o emaranhado de emoções que me travava a garganta.

❈ ❈ ❈

Acordei no susto, com o coração martelando e a boca seca. Não me lembrava de ter pego no sono, mas o cansaço devia ter me dominado em algum momento. Inspirei fundo, sentindo um formigamento estranho na pele. Será que eu havia tido um pesadelo? Não conseguia lembrar, mas algo não parecia certo. Desorientada, afastei o cobertor e corri os olhos pela cela escura.

Todos os meus músculos se contraíram quando meus olhos repousaram sobre uma sombra mais densa e escura ao lado da porta. Meus pelos se arrepiaram. O ar ficou preso em meus pulmões e o medo fincou suas garras gélidas em minhas entranhas, me deixando petrificada no lugar.

Eu não estava sozinha.

A sombra se afastou da porta e se aproximou rapidamente. Meu primeiro instinto foi que se tratava de um Arum, e estendi o braço às cegas em busca do colar com a opala, percebendo tarde demais que ele já não estava comigo.

— Você continua tendo pesadelos — disse a sombra.

Ao escutar a voz familiar, o medo deu lugar a uma fúria tão possante que me deixou com um gosto de ácido de bateria na boca. Antes que percebesse, estava de pé

— Blake — rosnei.

[4]

Katy

Meu cérebro desligou e algo muito mais primitivo e agressivo assumiu o controle. Com uma terrível sensação de traição, acertei em cheio o que me pareceu ser a maçã do rosto do Blake. E não foi um soco de menininha. Toda a raiva e o ressentimento acumulados em relação ao surfista estavam presentes naquele soco.

Ele soltou um grunhido de surpresa ao mesmo tempo que uma dor abrasiva se espalhava por minha mão.

— Katy...

— Seu cretino! — Ataquei de novo. Dessa vez, meu punho acertou o maxilar dele.

Blake soltou outro grunhido de dor e recuou alguns passos, cambaleando.

— Jesus!

Girei o corpo, esticando o braço para pegar o pequeno abajur sobre a mesinha de cabeceira. Sem o menor aviso, a luz do teto se acendeu. Não soube ao certo como isso aconteceu. Se os meus poderes não funcionavam ali dentro, os do Blake também não deveriam funcionar. O brilho súbito me pegou desprevenida, e o surfista aproveitou a distração.

LUX 4 ORIGINAIS

Ele avançou, forçando-me a me afastar do abajur.

— Eu não faria isso se fosse você — alertou.

— Vai se foder. — Tentei socá-lo de novo.

Blake agarrou meu punho e torceu. Uma dor aguda se espalhou pelo meu braço. Soltei um ofego, surpresa. Ele, então, me girou, soltando meu braço e desferindo um chute, que quase acertou meu joelho.

— Isso é ridículo — disse, estreitando os olhos amendoados. Um lampejo de raiva cintilou em meio aos riscos verdes.

— Você nos traiu.

O surfista deu de ombros, e, bem, eu meio que... perdi a cabeça novamente.

Lancei-me sobre ele como uma espécie de ninja — uma ninja de quinta categoria, visto que ele se desviou do ataque com facilidade. Minha perna esquerda bateu na cama e, no segundo seguinte, Blake colidiu contra minhas costas. O ar escapou de meus pulmões e eu caí de lado na cama, fazendo-a bater contra a parede.

Blake subiu de joelhos no colchão e me virou de costas, prendendo meus ombros. Bati nos braços dele para me desvencilhar. Ele soltou um palavrão enquanto eu erguia o corpo, me preparando para atacar novamente.

— Para com isso — rosnou o surfista, agarrando meu pulso. Em seguida, capturou o outro e estendeu meus dois braços acima da minha cabeça. Inclinado sobre mim, seu rosto ficou a centímetros do meu. — Para, Katy. Há câmeras espalhadas por todos os lados. Você não pode vê-las, mas elas existem. Eles estão nos observando nesse exato momento. Como acha que as luzes se acenderam? Não por mágica, posso garantir. O quarto inteiro *vai* ser borrifado com ônix. Não sei quanto a você, mas não acho isso muito agradável.

Lutei para me desvencilhar dele, mas Blake acomodou o peso de modo a prender minhas pernas com os joelhos. O pânico começou a se insinuar lentamente em minhas entranhas, fazendo meu pulso acelerar. Não gostava de sentir o peso dele sobre mim. Lembrei-me de como ele havia entrado sorrateiramente em minha casa e se deitado ao meu lado. Me observando dormir. Fui tomada por uma súbita náusea, o que só piorou o pânico.

— Sai de cima de mim!

— Acho melhor não. Você vai tentar me bater de novo.

— Vou mesmo! — Remexi os quadris, mas ele não se moveu. Meu coração martelava tão rápido que achei que fosse ter um ataque cardíaco. Blake me deu uma leve sacudida.

— Você precisa se acalmar. Não vou te machucar, ok? Pode confiar em mim.

Arregalei os olhos e soltei uma risada estrangulada.

— Confiar em você? Enlouqueceu?

— Você não tem escolha. — Uma franja de cabelos cor de bronze caiu-lhe sobre a testa. Em geral, Blake usava o cabelo artisticamente bagunçado, mas pelo visto o gel tinha acabado.

Queria bater nele de novo, e comecei a me contorcer, mas não cheguei a lugar nenhum.

— Vou quebrar a sua cara!

— Compreensível. — Ele me apertou contra o colchão, estreitando os olhos. — Sei que nosso relacionamento não é lá muito estável...

— Nós não temos *nenhum* relacionamento. Não existe nada entre a gente! — Ofegante, tentei forçar meus músculos a pararem de tremer. Blake ficou me encarando em silêncio por alguns instantes, as narinas infladas e os lábios apertados numa linha dura. Senti vontade de desviar os olhos, mas isso seria uma fraqueza, o pior que eu poderia fazer. — Eu te odeio. — Uma declaração inútil, mas que fez com que me sentisse melhor.

Ele se encolheu e, ao falar, a voz foi pouco mais que um sussurro.

— Odeio ter mentido pra você, mas não tive escolha. Se tivesse te falado qualquer coisa, você teria contado para o Daemon e os outros. E eu não podia deixar que isso acontecesse. Nem o Daedalus. Mas não somos o inimigo aqui.

Balancei a cabeça, chocada e irritada demais para acreditar no que quer que fosse.

— Vocês *são* o inimigo, sim! Você armou pra gente! Desde o começo. Tudo foi feito de caso pensado. E você os ajudou. Como pôde?

— Foi necessário.

— Estamos falando da *minha* vida! — Lágrimas brotaram em meus olhos ao lembrar que eu já não tinha mais nenhum controle sobre ela, em parte graças a ele. Lutei para manter a voz firme. — Foi tudo mentira, certo? O Chris? Você querer tirá-lo de lá?

Blake não disse nada por um longo momento.

— Eles teriam deixado o Chris sair quando ele quisesse. A história de estarem mantendo-o contra a própria vontade foi apenas isso... uma história para ganhar a sua simpatia.

— Filho. Da. Puta — sibilei.

— Eu *fui* enviado para verificar se a mutação havia funcionado. Eles não sabiam o que meu tio e o dr. Michaels estavam planejando, mas assim que descobriram que ela havia estabilizado quiseram saber quem tinha sido o responsável e até que ponto você fora transformada. Foi por isso que voltei depois... depois que você e o Daemon me deixaram fugir.

Nosso ato de compaixão tinha sido o derradeiro prego em nossos caixões. O que era tão ironicamente triste que senti vontade de arrancar meus próprios olhos.

Ele soltou um suspiro entrecortado.

— Precisávamos nos certificar de que você era poderosa o bastante para isso. Eles sabiam que o Dawson voltaria para resgatar a Beth, mas queriam ver até onde você conseguiria chegar.

— Isso? — murmurei. — *Isso* o quê?

— A verdade, Katy. Poderosa o bastante para aguentar a verdade.

— Como se você fosse capaz de dizer a verdade. — Virei o corpo, tentando jogá-lo de cima de mim. Murmurando outra maldição, Blake se ergueu, mas sem soltar meus pulsos, e me puxou para fora da cama. Meus pés descalços deslizaram sobre o piso de azulejos enquanto ele me arrastava até o banheiro. — O que está fazendo?

— Você precisa esfriar a cabeça — respondeu ele, o maxilar trincado.

Tentei fincar os pés no chão, mas só consegui me machucar mais. Uma vez dentro do banheiro, joguei o peso do corpo para o lado, fazendo-o colidir contra a pia. Mas antes que eu pudesse atacá-lo de novo ele me deu um empurrão.

Girando os braços em busca de equilíbrio, bati com a perna na mureta de proteção do boxe e caí de bunda lá dentro. Uma fisgada de dor subiu por minhas costas.

Blake parou diante de mim, segurando meu ombro com uma das mãos enquanto com a outra tateava às cegas a parede ao seu lado. Um segundo depois, o chuveiro se abriu num jato congelante.

Gritei para que ele me deixasse levantar, mas em vez disso Blake fechou a outra mão em meu ombro também, me mantendo parada enquanto o chuveiro me ensopava. Cuspi, brandindo os braços para afastar o frio.

— Me deixa sair daqui!

— Não até você estar pronta para me escutar.

— Eu não quero ouvir nada do que você tem a dizer! — As roupas encharcadas grudavam em minha pele. O jato de água corrente colava meu cabelo no rosto. Temendo que Blake quisesse me afogar, tentei unhar seu rosto, mas ele afastou minhas mãos com um tapa.

— Me escuta! — O surfista segurou meu queixo, enterrando os dedos em minhas bochechas, e me forçou a encará-lo. — Pode me culpar o quanto quiser, mas você acha que não estaria aqui, mesmo que jamais tivesse me conhecido? Se acha, então tá louca. Seu destino foi selado no segundo que o Daemon te transformou. Se quiser ficar puta com alguém, fique com ele. Foi *ele* quem te colocou nessa situação.

Estava tão chocada que não conseguia me mexer.

— Você é totalmente maluco. Como ousa culpar o Daemon por isso? Ele salvou a minha vida. Eu teria...

— Ele te transformou, mesmo sabendo que estava sendo vigiado. Daemon não é burro. Ele tinha que saber que o DOD acabaria descobrindo.

Na verdade, nem ele nem a família sabiam sobre a existência dos híbridos até eu virar um.

— Isso é a sua cara, Blake. A culpa sempre é do outro.

Ele estreitou os olhos, escurecendo ainda mais os riscos verdes.

— Você não entende.

— Tem razão. — Afastei as mãos dele com um tapa. — Eu *jamais* vou entender.

Com um balançar de cabeça frustrado, o surfista recuou. Aproveitei para sair do boxe. Blake, então, estendeu a mão e desligou a água. Em seguida, pegou uma toalha e a jogou para mim.

— Não tente me atacar de novo.

— Não me diga o que eu posso ou não fazer. — Usei a toalha para me secar o melhor possível.

Ele crispou as mãos.

LUX 4 ORIGINAIS

— Olha só, eu sei que você tá puta comigo. Tudo bem. Mas é melhor superar logo, temos coisas mais importantes nas quais nos concentrarmos.

— Superar? — Eu ia enforcá-lo com a toalha.

— É. — Ele se recostou na porta fechada, fitando-me com cautela. — Você não faz a menor ideia do que está acontecendo, Kat.

— Não me chame assim. — Zangada, tentei inutilmente secar a roupa.

— Tá mais calma? Precisamos conversar, e você tem que me ouvir. As coisas não são como você pensa. Gostaria de ter podido contar a verdade antes. Mas agora eu posso.

Uma risada estrangulada escapou de meus lábios enquanto eu balançava a cabeça, incrédula.

Blake estreitou os olhos e deu um passo à frente. Empertiguei as costas em resposta, e ele desistiu de se aproximar mais.

— Vamos deixar uma coisa bem clara. Se fosse o Daemon quem estivesse trancafiado em algum lugar, você jogaria até mesmo o pobre menino Jesus debaixo de um ônibus para libertá-lo. E é isso o que você acha que eu fiz. Portanto, não aja como se fosse melhor do que eu.

Será que eu faria uma coisa dessas? Sim, faria, mas a diferença entre nós era que o Blake desejava perdão e aceitação após ter contado mais mentiras do que verdades. E, a meu ver, isso era totalmente insano.

— Você acha que pode se justificar? Bem, achou errado. Não pode. Você é um monstro, Blake. Um monstro de carne e osso. Nada vai mudar isso, não importa quais sejam as suas intenções, nem a verdade.

Um lampejo de inquietação cintilou em seu olhar firme.

Precisei de todo o meu autocontrole para não arrancar o suporte da toalha da parede e o enfiar no olho dele. Joguei a toalha de lado, tremendo mais de raiva do que devido às roupas molhadas.

Ele se afastou da porta e eu recuei um passo, em alerta. O surfista franziu o cenho.

— O Daedalus não é o inimigo aqui. — Abriu a porta do banheiro e voltou para o quarto. — Essa é a verdade.

Eu o segui.

— É muita cara de pau sua dizer uma coisa dessas.

Ele se sentou na cama.

— Sei o que está pensando. Você quer lutar contra eles. Entendo perfeitamente. Juro. Sei que menti sobre quase tudo, mas você não teria acreditado na verdade a menos que a visse com os próprios olhos. Quando isso acontecer, as coisas serão diferentes.

Nada do que eles pudessem me mostrar me faria mudar de opinião, mas sabia que era inútil brigar com o surfista por causa disso.

— Preciso vestir roupas secas.

— Eu espero.

Fitei-o.

— Você não vai ficar aqui enquanto eu me troco.

Blake me lançou um olhar irritado.

— Então se troque no banheiro. E feche a porta. Não vou atentar contra a sua virtude. — Deu uma piscadinha. — A menos que você queira, o que eu toparia de bom grado. As coisas por aqui são um pouco chatas.

Minha palma coçou de vontade de envolver um lugar não muito respeitável e torcer. As palavras que saíram de minha boca foram proferidas com profunda sinceridade. Podia senti-las. *Acreditava* nelas.

— Um dia, eu ainda vou te matar — prometi.

Blake me fitou com um sorrisinho irônico.

— Você já matou, Katy. Conhece a sensação de tirar uma vida, mas não é uma assassina. Você não é capaz de matar a sangue-frio. — Ao me ver inspirar fundo, lançou-me um olhar de quem sabe do que está falando. — Pelo menos, não ainda.

Virei de costas, crispando as mãos.

— Como eu disse, nós não somos o inimigo. Os Luxen são, e você vai ver que não estou mentindo. Estamos aqui para impedi-los de tomar a Terra da gente.

[5]

Katy

ssim que Blake e eu saímos da minha cela, fomos cercados por dois militares. Um deles era o Archer. Não fiquei nem um pouco mais calma ao ver o rosto familiar. Ambos estavam armados até os dentes.

Enquanto eles nos conduziam apressadamente até o elevador, estiquei o pescoço para olhar por cima de seus ombros e fazer um rápido reconhecimento da área. Havia várias portas idênticas à minha, exatamente como no corredor em Mount Weather. Tomei um susto ao sentir a mão pesada de alguém repousar na base das minhas costas.

Archer.

Ele me lançou um olhar que não consegui decifrar. Um segundo depois, já me vi dentro do elevador, esmagada entre ele e o Blake. Não podia nem mesmo erguer o braço para afastar uma mecha úmida e gelada de cabelo que estava grudada em meu pescoço sem bater num dos dois.

Archer se inclinou e, bloqueando minha visão com o corpanzil gigantesco, apertou um dos botões. Franzi o cenho, dando-me conta de que não sabia sequer quantos andares havia naquele lugar.

Como se tivesse lido a minha mente, Blake se virou para mim.

— No momento, estamos no subsolo. A maior parte da base fica debaixo da terra, exceto por dois andares. Você está no sétimo andar subterrâneo. O sétimo e o sexto são acomodações para... ahn, visitantes.

Perguntei-me por que ele estaria me contando isso. A planta do prédio devia ser uma informação importante. Era como... como se ele confiasse em mim com um conhecimento valioso demais, como se eu já fosse um *deles*. Balancei a cabeça para afastar essa ideia ridícula.

— Quer dizer os prisioneiros?

Ao meu lado, Archer enrijeceu.

Blake ignorou o sarcasmo.

— O quinto andar acomoda os Luxen que estão sendo assimilados.

Como os últimos Luxen tinham chegado junto com o Daemon e sua família, ou seja, mais de dezoito anos antes, não dava sequer para imaginar como eles podiam ainda estar sendo assimilados. A resposta mais lógica era que o governo acreditava que esses Luxen não se "encaixavam" entre os humanos por algum motivo. Estremeci.

E subterrâneo? Odiava a ideia de estar debaixo da terra. Era como estar morta e enterrada.

Contorci-me, tentando botar alguma distância entre mim e eles, recuando um passo e inspirando fundo. Blake me fitou com curiosidade, mas foi Archer quem pousou uma das mãos em meu ombro e me puxou de volta, a fim de que eu não ficasse atrás deles. Como se eu pudesse dar uma de ninja e esfaqueá-los pelas costas com minha faca invisível.

De repente, o elevador parou e as portas se abriram. Fui imediatamente assaltada por um cheiro de comida — pão fresco e carne cozida. Meu estômago rugiu feito um troll.

Archer ergueu uma sobrancelha.

Blake riu.

Enrubesci. Bom saber que meu orgulho e constrangimento continuavam intactos.

— Quando foi a última vez que você comeu? — perguntou Archer. Era a primeira vez que ele falava desde que estivéramos na sala com o dr. Roth.

Hesitei.

— Não... não me lembro.

Ele franziu o cenho e eu desviei os olhos ao sairmos para o corredor largo e bem iluminado. Não fazia ideia de que dia era ou de quanto tempo estivera fora de órbita. Até sentir o cheiro de comida, não sabia nem que estava com fome.

— Você tem um encontro marcado com o dr. Roth — informou Blake, virando para a esquerda.

A mão em meu ombro se fechou com mais firmeza e, embora eu quisesse me livrar dela, permaneci quieta. Archer parecia ser o tipo de cara que sabia como quebrar um pescoço em seis segundos. Blake ergueu os olhos da mão para o rosto do militar.

— Ela vai comer alguma coisa primeiro — declarou Archer.

Blake protestou.

— O doutor está esperando. Assim como...

— Eles podem esperar mais dois minutos para que a garota coma alguma coisa.

— Tudo bem. — O surfista levantou a mão como quem diz: *O problema é seu, não meu.* — Vou avisá-los.

Archer me conduziu para a direita. Só então percebi que o outro militar tinha ido com o Blake. Por um segundo, senti como se o mundo estivesse girando. Ele andava como o Daemon, com passos largos e rápidos. Lutei para acompanhá-lo enquanto procurava absorver todo e qualquer detalhe de onde eu estava. O que não foi muito proveitoso. Tudo era branco e iluminado por uma série de luzes ofuscantes. Portas idênticas se estendiam ao longo de ambos os lados do interminável corredor. Mal dava para discernir o zumbido baixo das conversas por trás das portas fechadas.

Ao nos depararmos com um par de portas duplas de vidro, o cheiro de comida ficou mais forte. Assim que ele as abriu com a mão livre, senti como se estivesse sendo escoltada até a sala do diretor da escola, em vez de até um refeitório de aspecto normal.

Mesas simples e quadradas encontravam-se dispostas em três fileiras. As da frente estavam quase todas ocupadas. Archer me conduziu até a primeira mesa livre e me forçou a sentar. Sendo o tipo de garota que detestava ser obrigada a fazer algo contra a vontade, lancei-lhe um olhar irritado.

— Fique aqui — disse ele, girando nos calcanhares.

Para onde diabos ele achava que eu podia ir? Observei-o seguir até a frente do salão, onde um pequeno grupo de pessoas aguardava em fila.

Eu podia arriscar fugir dali correndo, mesmo sem saber para onde ir, mas meu estômago deu um nó diante da simples ideia. Seria preciso subir vários andares. Correndo os olhos pelo salão, eu senti o coração pesar. Os pequenos pontos pretos da dor estavam por todos os lados, e as câmeras, não exatamente escondidas. Provavelmente alguém estava me observando nesse exato momento.

Homens e mulheres de jalecos de laboratório ou uniformes militares zanzavam pelo salão. Nenhum deles me lançou mais do que um rápido olhar ao passar. Continuei ali sentada, desconfortavelmente ereta, imaginando até que ponto era comum para eles ver uma adolescente recém-sequestrada e morta de medo.

Provavelmente comum demais.

Estamos aqui para impedi-los.

Inspirei fundo ao lembrar das palavras do Blake. Impedir quem? Seria possível que os Luxen fossem o inimigo? Minha mente trabalhava sem parar, presa entre querer descobrir o que ele tentara dizer com isso e a incapacidade de acreditar em qualquer coisa que o surfista dissesse.

Archer voltou com um prato de ovos com bacon em uma das mãos e uma caixinha de leite na outra. Colocou-os na minha frente sem dizer uma só palavra, juntamente com um garfo de plástico.

Olhei para o prato enquanto ele se sentava diante de mim. Sentindo um bolo se formar em minha garganta, estendi a mão devagarinho, deixando-a pairar acima do garfo. De repente, lembrei do que o Blake tinha dito sobre sua estadia naquele lugar — que tudo era revestido em ônix. Será que era verdade? O garfo era obviamente inofensivo. Já não sabia mais no que acreditar.

— Está tudo bem, pode comer — disse Archer.

Fechei os dedos em volta do garfo de plástico e, quando nada aconteceu, soltei um suspiro de alívio.

— Obrigada.

Archer me fitou com uma expressão de quem não fazia ideia do motivo de eu estar agradecendo, o que me fez ponderar sobre isso um pouco. Estava surpresa por sua gentileza. Ou, pelo menos, algo que eu via como gentileza. Ele podia ter agido como o Blake ou o outro cara, e não dar a mínima para o fato de eu estar com fome.

Comi rápido. A situação toda era dolorosamente estranha. Archer não falou nada, e não tirou os olhos de mim hora nenhuma, como que em alerta para qualquer eventualidade. Não sabia bem o que ele esperava que eu fizesse com um prato e um garfo de plástico. Em determinado momento, seu olhar pareceu recair sobre minha bochecha esquerda, mas não soube dizer o que ele estava olhando. Não tinha sequer dado uma espiada no espelho enquanto me arrumava.

A comida tinha gosto de serragem, e meu maxilar doía com a mastigação, mas limpei o prato, imaginando que precisaria da energia.

Assim que terminei, deixei o prato e o talher em cima da mesa. Com a mão novamente em meu ombro, Archer me conduziu em silêncio de volta para o corredor, que agora estava mais movimentado. Paramos diante de uma porta fechada e ele a abriu sem bater.

Outra sala com cara de consultório médico.

Paredes brancas. Armários. Bandejas com instrumentos cirúrgicos. E uma mesa de exame com… *apoios para os pés*.

Recuei alguns passos, fazendo que não. Meu coração martelava feito louco enquanto meu olhar dardejava entre o dr. Roth e o Blake, sentado numa cadeira de PVC. O outro sujeito que acompanhara o surfista mais cedo não estava em nenhum lugar à vista.

Archer apertou meu ombro, me detendo antes que eu conseguisse fugir.

— Não faça isso — falou num tom que apenas eu pudesse escutar. — Não queremos um repeteco de ontem.

Virei-me para ele, encarando aqueles olhos profundamente azuis.

— Não quero fazer isso.

Ele nem piscou.

— Você não tem escolha.

Quando finalmente entendi o significado daquelas palavras, meus olhos se encheram de lágrimas. Olhei de relance para o médico e, em seguida, para o Blake. O surfista virou a cara, trincando o maxilar. Fui tomada por um profundo desespero. Até aquele momento, não sei bem o que estava pensando. Talvez que minha opinião tivesse alguma importância no que estava para acontecer à minha volta e *comigo*.

O dr. Roth pigarreou.

— Como está se sentindo hoje, Katy?

Senti vontade de rir, mas minha voz soou como o coaxar de um sapo.

— O que você acha?

— Vai ficar mais fácil. — Ele deu um passo para o lado, fazendo sinal para que eu subisse na mesa. — Especialmente depois que acabarmos com isso.

Meu peito apertou, as mãos abrindo e fechando ao lado do corpo. Nunca havia tido um ataque de pânico, mas tinha quase certeza de que estava prestes a ter um.

— Não quero que eles fiquem na sala. — As palavras saíram ásperas e atropeladas.

Blake olhou rapidamente em torno e se levantou, revirando os olhos.

— Vou esperar lá fora.

Senti vontade de chutá-lo quando ele passou por mim, mas Archer continuava ali. Virei-me para ele, sentindo como se meus olhos estivessem pulando para fora das órbitas.

— Não — respondeu o militar, postando-se diante da porta e entrelaçando as mãos. — Não vou sair.

Eu queria chorar. Lutar era inútil. A sala, tal como o corredor e o refeitório, tinha paredes brilhantes. Sem dúvida uma mistura de ônix e diamantes.

O médico me entregou uma daquelas horrorosas camisolas hospitalares e apontou em direção à cortina.

— Pode se trocar ali atrás.

Atordoada, segui para a área indicada. Com dedos trêmulos, tirei a roupa e vesti a camisola. Ao sair de trás da cortina, estava com as pernas bambas, e o corpo ao mesmo tempo quente e frio. Tudo parecia brilhante demais. Meus braços tremiam ao subir na mesa acolchoada. Segurei as pequenas tiras que amarravam a camisola, incapaz de erguer os olhos.

— Vou tirar um pouco de sangue primeiro — informou o médico.

Durante todo o processo, alternei entre momentos de profunda percepção e total alienamento. Ao mesmo tempo que senti até a ponta dos dedos dos pés a fisgada da agulha em minha veia e a leve pressão da borracha que apertava meu braço, não escutei nada do que o médico estava dizendo.

Assim que tudo acabou e me vi novamente vestida, sentei na mesa de novo e baixei os olhos para o tênis branco que ele tinha me dado. Exatamente o meu tamanho. Meu peito subia e descia com cada inspiração lenta e profunda.

Eu estava anestesiada.

O dr. Roth explicou os testes que seriam feitos com o sangue. Algo sobre uma profunda análise diagnóstica do meu DNA para verificar o nível da mutação. Ele me falou também que eu não estava grávida, o que não era nenhuma novidade; quase ri ao escutar isso, mas estava enjoada demais para fazer qualquer coisa além de respirar.

Terminados os exames e explicações, Archer deu um passo à frente e me conduziu para fora da sala. Ele havia ficado calado o tempo todo. Encolhi-me ao senti-lo pousar a mão em meu ombro. Não queria que ninguém me tocasse. Ele respeitou e não tentou de novo.

Blake, que estava recostado contra a parede do corredor, abriu os olhos ao escutar a porta bater.

— Até que enfim. Estamos atrasados.

Mantive os lábios apertados. Sabia que iria chorar se abrisse a boca para dizer qualquer coisa. E não queria chorar. Não na frente do Archer, do Blake ou de qualquer um ali.

— Certo — disse o surfista de modo arrastado enquanto seguíamos pelo corredor. — Isso vai ser divertido.

— Cala a boca — mandou Archer.

Blake fez cara feia, mas permaneceu quieto até pararmos diante de um par de portas duplas, do tipo que a gente vê em hospitais. Pressionou, a seguir, um botão preto embutido na parede e as portas se abriram diante do sargento Dasher.

Ele estava vestido como da vez anterior, com um uniforme militar completo.

— Fico feliz que você tenha finalmente podido se juntar a nós.

Uma vontade louca e histérica de cair na gargalhada borbulhou novamente em minha garganta.

— Desculpe. — Deixei escapar uma risadinha.

Os três me fitaram ao mesmo tempo, sendo a expressão do Blake a mais curiosa. Balancei a cabeça e inspirei fundo de novo. Sabia que precisava manter a calma. Tinha que prestar atenção, agir com inteligência. Estava atrás das linhas inimigas. Surtar e acabar tomando um banho de ônix não me ajudaria em nada. Tampouco ter um colapso nervoso e encontrar um canto onde pudesse me balançar para frente e para trás.

Foi difícil — provavelmente a coisa mais difícil que eu já fizera na vida —, mas consegui me controlar.

O sargento Dasher girou nos calcanhares.

— Tenho algo pra te mostrar, Katy. Espero que isso facilite as coisas.

Tinha lá minhas dúvidas, mas o segui mesmo assim. O corredor se dividia em dois, e seguimos pelo da direita. Esse lugar devia ser enorme — um labirinto gigantesco de salas e corredores.

O sargento parou diante de uma porta. Um painel de controle embutido na parede piscava uma luzinha vermelha na altura do olho. Ele se postou na frente dela. A luz ficou verde e, com um suave ruído de sucção, a porta se abriu, revelando um aposento grande e quadrado cheio de médicos. Era ao mesmo tempo uma sala de espera e um laboratório. Passei pela porta e me retraí imediatamente ao sentir o cheiro de antissépticos. O cenário e o cheiro me trouxeram uma série de lembranças.

Eu conhecia lugares desse tipo — já estivera em alguns.

Com meu pai durante a doença. Ele havia passado um bom tempo num aposento muito semelhante enquanto era tratado contra o câncer. Congelei.

Havia várias estações semicirculares no meio da sala, cada qual com dez poltronas reclináveis que eu sabia que seriam confortáveis. Muitas estavam ocupadas com gente — humanos — em diferentes estágios de alguma doença. Desde pessoas recém-diagnosticadas, com os olhos ainda brilhando e um ar otimista, até outras de aspecto debilitado que mal pareciam cientes de onde estavam. Todas estavam conectadas a bolsas de soro e algo que não se parecia em nada com quimioterapia. O líquido era límpido, mas brilhava sob a luz, tal como acontecia com a Dee quando ela sumia e reaparecia.

LUX 4 ORIGINAIS

Médicos zanzavam de um lado para outro, verificando as bolsas e conversando com os pacientes. Nos fundos havia uma série de mesas compridas, onde outros membros da equipe analisavam algo em microscópios ou dosavam medicamentos. Alguns estavam sentados diante de computadores, os jalecos brancos farfalhando em torno das cadeiras.

O sargento Dasher parou ao meu lado.

— Você está familiarizada com tudo isso, não está?

Lancei-lhe um olhar penetrante, vagamente ciente do Archer grudado do meu outro lado e do Blake parado um pouco atrás. Ele obviamente não era tão falante perto do sargento.

— Estou. Como você sabe?

Um pequeno sorriso se insinuou nos lábios dele.

— Fizemos nosso dever de casa. Que tipo de câncer seu pai teve?

Encolhi-me. As palavras *câncer* e *pai* ainda eram como um soco na boca do estômago.

— No cérebro.

O sargento voltou os olhos para a estação mais próxima da gente.

— Quero que conheça alguém.

Antes que eu pudesse responder, ele se adiantou e parou ao lado de uma das poltronas que estava de costas para nós. Archer fez um sinal com a cabeça e, embora relutante, posicionei-me de modo a ver para quem o sargento estava olhando.

Era uma criança. De uns nove ou dez anos, careca e com a pele acinzentada. Não saberia dizer se era menino ou menina, porém os olhos eram de um azul brilhante.

— Essa é a Lori. Ela é uma de nossas pacientes. — Ele deu uma piscadinha para a garota. — Lori, essa é a Katy.

Lori fixou aqueles olhos grandes e amigáveis em mim ao mesmo tempo que estendia uma das mãozinhas terrivelmente pálidas.

— Oi, Katy.

Peguei sua mãozinha fria e a apertei, sem saber ao certo o que mais eu deveria fazer.

— Oi.

O sorriso dela se ampliou.

— Você também tá doente?

Por um momento, não soube o que dizer.

— Não.

— Katy está aqui para nos ajudar — explicou o sargento Dasher. A garotinha puxou a mão de volta e a meteu debaixo do cobertor cinza-claro. — Lori tem linfoma primário do sistema nervoso central, estágio quatro.

Senti vontade de desviar os olhos. Era covardia, e eu *sabia*. Mas aquele era o mesmo tipo de câncer que meu pai tivera. E provavelmente terminal. Não me parecia justo. Lori era jovem demais para passar por isso.

Ele sorriu para a menina.

— É uma doença agressiva, mas a Lori é muito forte.

Ela assentiu com um menear de cabeça fervoroso.

— Sou mais forte do que a maioria das meninas da minha idade!

Forcei um sorriso enquanto o sargento se afastava para o lado, a fim de permitir que um dos médicos checasse as bolsas. Os brilhantes olhinhos azuis da menina dardejaram entre nós três.

— Eles estão me dando um remédio que vai fazer com que eu melhore — disse ela, mordendo o lábio inferior. — E o bom é que esse remédio não me faz passar mal.

Não soube o que responder. Não consegui sequer falar até nos afastarmos da menina e seguirmos para um canto onde ninguém poderia nos escutar.

— Por que está me mostrando isso? — perguntei.

— Você entende a gravidade da doença — respondeu ele, baixando os olhos para o chão do laboratório. — Como o câncer, as doenças autoimunes, as infecções por estafilococos e outras mazelas podem tirar a vida de uma pessoa, muitas vezes antes que ela realmente comece. Há décadas tentamos descobrir a cura para o câncer ou o Alzheimer, sem nenhum sucesso. A cada ano surge uma nova doença capaz de destruir uma vida.

Pura verdade.

— Mas aqui — continuou ele, abrindo os braços — temos uma chance de derrotar essas doenças, com a sua ajuda. O seu DNA é valiosíssimo para nós, assim como a estrutura química dos Luxen. Podemos injetá-la com o vírus da AIDS que você não ficará doente. Já fizemos essa experiência. O que quer que exista no DNA dos Luxen faz com que tanto eles quanto os híbridos sejam resistentes a todas as doenças humanas conhecidas. O mesmo acontece com os Arum.

Um calafrio percorreu minha espinha.

— Vocês realmente injetam doenças nos Luxen e nos híbridos?

Ele assentiu.

— Sim. Isso nos permite analisar como o organismo dos híbridos e dos Luxen trabalham para combater a doença. Esperamos conseguir replicar essa característica, e já conseguimos sucesso em alguns casos, especialmente com o LH-11.

— LH-11? — perguntei, virando-me para o Blake. Ele conversava com outra criança, um garoto que estava sendo administrado com algum tipo de fluido. Ambos riam. Tudo parecia... tão normal.

— Replicação genética — explicou o sargento. — Ela desacelera o crescimento de tumores inoperáveis. Lori tem respondido bem. O LH-11 é resultado de anos de pesquisa. Esperamos que seja a resposta.

Corri os olhos pela sala, sem saber o que dizer.

— A cura para o câncer?

— E muitas outras doenças, Katy. É disso que se trata o Daedalus, e você pode nos ajudar a tornar isso uma realidade.

Apoiei as mãos na parede. Parte de mim queria acreditar no que eu estava vendo e escutando — que o Daedalus estava apenas tentando encontrar a cura para várias doenças —, mas eu sabia que não era só isso. Acreditar neles era como acreditar no Papai Noel.

— Isso é tudo? Vocês estão apenas tentando transformar o mundo num lugar melhor?

— Exatamente. Mas há outras formas de fazermos isso além da descoberta de novos medicamentos. Formas que *você* pode nos ajudar a implementar.

Senti como se estivesse sendo o alvo da lábia de um exímio vendedor, mas mesmo na posição em que me encontrava podia reconhecer o poder que a cura para doenças tão letais representaria, o quanto isso transformaria o mundo num lugar melhor. Fechei os olhos e inspirei fundo.

— Como?

— Vem comigo. — Sem me dar muita escolha, Dasher me pegou pelo cotovelo e me conduziu até a outra ponta do laboratório, onde uma seção da parede parecia ser tomada por uma janela fechada com uma espécie de persiana. Ele deu uma batida e a persiana se abriu com uma série de cliques mecânicos. — O que você está vendo?

O ar escapou de meus pulmões.

— Luxen — respondi.

Não tive a menor dúvida de que as pessoas sentadas em poltronas reclináveis do outro lado da janela, permitindo que os médicos tirassem seu sangue, não eram desse mundo. Toda aquela beleza deslumbrante entregava de cara. Assim como o fato de que muitos estavam em sua forma verdadeira. Um brilho suave irradiava pela sala.

— Algum deles dá a impressão de não querer estar aqui? — perguntou ele, baixinho.

Apoiei as mãos na janela e me aproximei para enxergar melhor. Os que não pareciam um vaga-lume humano estavam rindo ou sorrindo. Alguns beliscavam petiscos, enquanto outros conversavam. A maior parte parecia mais velha, por volta dos vinte ou trinta.

Nenhum deles parecia estar ali à força.

— Então, Katy? — instigou ele.

Fiz que não, profundamente confusa. Será que eles estavam ali por vontade própria? Não conseguia entender como.

— Eles querem ajudar. Ninguém os está forçando.

— Mas vocês estão me forçando — retruquei, ciente de que o Archer estava bem atrás da gente. — Assim como forçaram o Dawson e a Bethany.

O sargento Dasher inclinou a cabeça ligeiramente de lado.

— Não precisa ser assim.

— Então você não nega?

— Há três tipos de Luxen, srta. Swartz. Os que são como esses aí, do outro lado da janela, que entendem que a biologia deles pode ajudar a melhorar nossas vidas. Tem também aqueles que foram assimilados pela sociedade e que configuram pouco ou nenhum risco.

— E o terceiro grupo?

Ele ficou em silêncio por um momento.

— Aqueles que confirmam o medo que a chegada dos Luxen na Terra despertou em várias gerações antes da nossa. Os que desejam controlar o planeta e subjugar a humanidade.

Virei a cabeça para ele.

— Como é que é?

Seus olhos encontraram os meus.

— Quantos Luxen você acha que existem, srta. Swartz?

Balancei a cabeça.

— Não sei. — Daemon uma vez me dissera quantos ele achava que tinham vindo para a Terra, mas eu não me lembrava do número. — Milhares?

Dasher respondeu com autoridade.

— Cerca de quarenta e cinco mil.

Uau, definitivamente uma boa quantidade.

— Cerca de setenta por cento desses quarenta e cinco mil foram assimilados. Dez por cento são como esses aí, do outro lado da janela, totalmente confiáveis. Mas os últimos vinte por cento? Nove mil Luxen que desejam ver a humanidade subjugada por eles. Nove mil seres que podem provocar tanta destruição quanto uma pequena bomba atômica. Mal conseguimos mantê-los sob controle no momento, e para que eles consigam criar um verdadeiro caos em nossa sociedade basta que atraiam mais Luxen para o lado deles. Quer saber outra estimativa chocante?

Fitei-o, sem a menor ideia do que dizer.

— Deixa eu te fazer uma pergunta. Em que grupo você acha que o Daemon Black, a família dele e os amigos se encontram?

— Eles não têm o menor interesse em subjugar nem mesmo uma mosca! — Soltei uma risada estrangulada. — Insinuar uma coisa dessas é ridículo.

— Será? — Ele fez uma pausa. — A gente nunca conhece alguém de verdade. Tenho certeza de que quando você conheceu o Daemon e a família dele, jamais teria desconfiado de que eles não eram humanos. Estou correto?

Agora ele havia me pegado.

— Você precisa admitir que, se eles foram tão bons em esconder o fato de que não são humanos, podem com facilidade esconder algo tão impalpável quanto sua verdadeira aliança — continuou o sargento. — Você esquece que eles não são humanos, tampouco fazem parte dos dez por cento em que nós confiamos, isso eu posso garantir.

Abri a boca para retrucar, mas não saiu nada. Eu não ia — não podia — acreditar no que ele estava dizendo, mesmo que tivesse dito tudo aquilo sem um pingo de emoção. Como se estivesse apenas declarando os fatos, como um médico ao contar ao paciente que ele tem um câncer terminal.

O sargento se virou de costas para a janela e ergueu o queixo.

— Estima-se que existam centenas de milhares de Luxen espalhados pelo espaço, que viajaram para outros pontos do universo. O que você acha que aconteceria se eles viessem para cá? Lembre-se que estamos falando de Luxen que tiveram pouco ou nenhum contato com a humanidade.

— Eu... — Um calafrio incômodo subiu por minha espinha e seguiu para os ombros. Virando a atenção novamente para a janela, observei um dos Luxen assumir sua forma verdadeira. Ao falar, não reconheci minha própria voz. — Não sei.

— Eles nos destruiriam por completo.

Inspirei fundo, ainda sem querer acreditar no que ele estava dizendo.

— Isso me parece um pouco exagerado.

— Parece? — Ele fez outra pausa, com uma expressão de curiosidade. — Veja nossa própria história. A nação mais forte tenta sempre derrubar a mais fraca. Os Luxen e os Arum não são diferentes da gente nesse quesito. Princípio básico do darwinismo.

— A sobrevivência do mais forte — murmurei e, por um momento, quase consegui visualizar a cena. Uma invasão de proporções hollywoodianas. Sabia o bastante a respeito dos Luxen para reconhecer que, se tantos viessem para cá com intenção de assumir o controle, aconteceria exatamente isso.

Fechei os olhos e fiz que não de novo. Ele estava tentando ferrar com a minha mente. Não havia nenhum exército Luxen prestes a nos invadir.

— E o que tudo isso tem a ver comigo?

— Além do fato de você ser forte, assim como o Luxen que a transformou, e do seu sangue poder vir a nos ajudar a aperfeiçoar o LH-11? Adoraríamos estudar a conexão entre você e aquele que a transformou. Poucos conseguiram fazer isso com sucesso, e seria um tremendo ganho para nós encontrar outro Luxen capaz de criar híbridos estáveis.

Pensei em todos os humanos que o Dawson fora obrigado a transformar e ver morrer. Não aguentaria ver o Daemon passar por uma coisa dessas, transformar humanos apenas para...

Inspirei fundo.

— Foi isso o que aconteceu com a Carissa?

— Quem?

— Você sabe quem — respondi, cansada. — Ela foi transformada, mas a mutação não se estabilizou. Carissa veio atrás de mim e acabou se autodestruindo. Ela era... — Uma boa pessoa. Mas me detive, pois percebi que mesmo que o sargento soubesse de algo ele não me diria nada, e tampouco se importava.

Alguns momentos se passaram antes que ele continuasse.

— Essa, porém, não é a única preocupação do Daedalus. Atrair para cá o Luxen que te transformou seria ótimo, mas esse não é o nosso foco.

Lancei-lhe um olhar penetrante, sentindo o coração acelerar. Estava profundamente surpresa. Eles não estavam interessados em atrair o Daemon?

— A gente queria você — declarou o sargento.

Senti como se o chão tivesse sido roubado debaixo dos meus pés.

— Como assim?

A expressão dele não era nem calorosa nem fria.

— Veja bem, srta. Swartz. Precisamos de ajuda para lidar com esses nove mil Luxen. E, quando o resto deles vier para a Terra, e eles virão, precisaremos de tudo ao nosso alcance para salvar a humanidade. Isso significa híbridos como você, que podem lutar. Com sorte, muitos mais.

Que diabos? Tinha certeza de que havia entrado num universo alternativo. Meu cérebro praticamente implodiu.

Dasher me fitou com atenção.

— Então, a pergunta é: você vai ficar do nosso lado ou vai se voltar contra sua própria espécie? Porque você terá que fazer essa escolha, srta. Swartz. Terá que optar entre seu próprio povo e aqueles que a transformaram.

[6]
DAEMON

Após me despedir do Dawson e da Bethany, saí de casa com o dia amanhecendo. O que acontecera com a Beth me assombrava a cada passo. Ela parecia melhor, mas quem era eu para saber? De qualquer forma, não tinha dúvidas de que meu irmão cuidaria dela.

Olhei de volta para casa. Uma parte fria e distante de mim reconheceu que talvez eu jamais voltasse a ver esse lugar, ou meu irmão e minha irmã. Isso, porém, não afetou em nada minha decisão.

Segui na direção oposta à colônia, ganhando velocidade. Embora me mantivesse na forma humana, estava me movendo rápido o bastante para não ser rastreado.

Dawson tinha dito que meu carro estava guardado na casa do Matthew, a fim de ajudar a desviar a atenção da polícia local, pelo menos da que não era comprada pelo DOD e que poderia estar realmente preocupada com o desaparecimento de mais dois adolescentes.

Levei menos de cinco minutos para percorrer a distância até a cabana do Matthew, localizada no meio do nada. Diminuí a velocidade ao chegar perto da entrada da garagem e ver o SUV dele.

Sorri.

Precisava sair do estado, no mínimo atravessar a fronteira com a Virgínia. Poderia fazer o trajeto inteiro em minha forma verdadeira. Provavelmente seria até mais rápido, mas isso me cansaria, e tinha quase certeza de que o teatrinho que eu planejava armar em Mount Weather seria exaustivo.

Levando em consideração o quão irritado eu estava com o Matthew no momento, ia adorar pegar o carro dele "emprestado", uma vez que o meu chamaria a atenção de pessoas que não valiam a perda de tempo. Sentei atrás do volante, baixei o braço e arranquei a tampa do compartimento onde ficavam os fios.

Quando Dawson e eu éramos pequenos, brincávamos de fazer "ligação direta" nos carros, no estacionamento de um shopping em Cumberland, só por diversão. Levamos umas duas tentativas até descobrirmos a carga exata necessária para ligar o motor e não fritar os computadores de bordo ou todo o sistema elétrico. A gente, então, trocava os veículos de vaga e ficava esperando para ver a cara de susto dos donos quando encontravam seus carros em outro lugar.

Quando criança, a gente se entediava com facilidade.

Fechei os dedos em volta dos fios e enviei uma carguinha de nada. O motor deu uma engasgada e, em seguida, ligou.

Eu não havia perdido meu toque mágico.

Sem perda de tempo, tirei o carro da garagem e segui para a rodovia. De forma alguma Matthew seria tão compreensivo quanto o Dawson, pelo menos não no momento.

Meu irmão tinha prometido cuidar de algumas coisas para mim. Ele havia transferido dinheiro suficiente, a fim de que Kat e eu pudéssemos sobreviver por uns dois anos, para uma conta que eu cuidadosamente mantinha fora do radar para o caso de alguma merda acontecer.

E acontecera uma merda, definitivamente.

Dawson e Dee também tinham contas estrategicamente escondidas para "qualquer eventualidade", assim como os Thompson. Matthew nos instruíra a fazer isso. Eu costumava achar que era paranoia, mas, diabos, tinha sido uma jogada esperta. De forma alguma eu poderia voltar, nem a Kat. Teríamos que encontrar uma maneira de ela ver a mãe, mas nenhum de nós poderia permanecer na região depois que eu a tirasse de lá. Seria perigoso demais.

Porém, antes de seguir para Mount Weather, tinha uma visitinha a fazer. Blake não poderia ter nos traído sozinho.

Certo híbrido adolescente tinha muito a explicar.

Passava um pouco do meio-dia quando estacionei o carro do Matthew atrás do posto de gasolina abandonado que ficava na mesma rua que a boate do Luc. Não que a trilha esburacada de terra pudesse ser chamada de rua. A última coisa que eu queria era que eles me vissem chegando. Algo a respeito do Luc não se encaixava direito. O simples fato de ele ser um pirralho adolescente e ter uma boate já era suspeito o bastante. Para não falar que ele estava com outros Luxen numa área desprotegida dos Arum.

Tinha definitivamente algo errado com o garoto.

Mantendo a forma humana, entrei na mata que ficava atrás do posto. A luz do sol incidia através dos galhos e o ar quente abraçava o meu corpo enquanto eu atravessava correndo o terreno irregular. Segundos depois, contornei a última fileira de árvores e entrei na clareira coberta por um mato alto.

Na última vez em que estivera ali com a Kat, a clareira não passava de um campo de relva congelada. Agora os juncos açoitavam minhas pernas e dentes-de-leão despontavam em meio ao capim. Kat adorava dentes-de-leão. Ela não conseguia parar de brincar com eles enquanto treinávamos nossa tolerância ao ônix. Assim que via as pequenas flores amarelas começarem a brotar, Kat arrancava a cabeça e soprava.

Parei diante da porta sem janelas com um sorrisinho sacana nos lábios. *Gatinha insana.*

Apoiei as mãos na porta de aço e deixei-as escorregar pelo meio, procurando por fendas ou trancas que eu pudesse manipular. Fora de questão, não conseguiria destrancá-la tão cedo.

Recuei alguns passos e corri os olhos pela fachada do prédio. Uma construção quadrada e sem janelas, mais parecida com um armazém do que uma boate. Segui contornando, chutando caixas de papelão vazias que encontrava pelo caminho. Nos fundos, encontrei uma entrada de carga e descarga.

Bingo.

Pressionei as mãos na pequena fenda entre as portas até escutar o maravilhoso som das trancas se abrindo. Empurrei rapidamente uma delas e entrei numa sala escura destinada ao estoque de suprimentos. Atendo-me às sombras, prossegui colado à parede, meu olhar recaindo sobre contêineres brancos e pilhas de papéis. Um cheiro inconfundível de álcool impregnava o ar. Detectando outra porta adiante, fui até ela e a abri. Assim que entrei no estreito corredor decorado com quadros de recados totalmente desenhados com bonecos de palitinho — *que diabos?* —, os pelos da minha nuca se eriçaram e um calafrio percorreu minha espinha.

Arum.

Atravessei o mais rápido possível o corredor, prestes a assumir minha forma verdadeira. Em vez disso, parei de supetão, cara a cara com a ponta ameaçadora de uma espingarda com o cano cortado.

Isso ia doer.

O orgulhoso dono daquele exterminador de caipiras era ninguém mais, ninguém menos, que nosso Armário em Forma de Homem, ainda vestido com seu tradicional macacão.

— Mãos para o alto, e nem pense em dar uma de vaga-lume para cima de mim, gatinho.

Trincando o maxilar, levantei as mãos.

— Tem um Arum aqui.

— Não brinca — retrucou o segurança.

Arqueei uma sobrancelha.

— Quer dizer que o Luc trabalha com os Arum, também?

— Luc não trabalha com ninguém. — Ele deu um passo à frente, os olhos estreitados. — Cadê a garota que está sempre com você? Escondida por aí em algum lugar?

Ele olhou rapidamente por cima do meu ombro. Eu aproveitei o momento de distração e, antes que ele pudesse reagir, arranquei a arma da mão dele e a virei.

— Como você se sente com esse brinquedo apontado para sua cabeça? — perguntei.

O grandalhão inflou as narinas.

— Não é muito agradável.

— Imaginei que não. — Meu dedo coçou no gatilho. — Prefiro manter meu belo rosto intacto.

O segurança soltou uma risadinha.

— Você realmente tem um belo rosto.

Banjos começaram a tocar em minha mente.

— Ah, que lindo! — disse outra voz. — O amor está no ar!

— Não exatamente — repliquei, fechando os dedos da mão livre em torno do cano.

— Você achou que eu não perceberia sua chegada?

Sem tirar os olhos do grandalhão, abri um sorrisinho presunçoso.

— Faz diferença?

— Faz. Se você queria me pegar de surpresa, acho que sim. — Luc saiu das sombras e entrou em meu campo de visão. Estava vestido com uma calça de moletom preta e uma camiseta com os dizeres Zumbis Também Precisam Ser Amados. Legal. — Abaixe a arma, Daemon.

Sorrindo com frieza, deixei o calor envolver minha mão. Um cheiro de metal queimado se espalhou pelo ar. Ao me certificar de que a arma estava inutilizada, entreguei-a de volta ao grandalhão.

Ele baixou os olhos para a espingarda e suspirou.

— Odeio quando isso acontece.

Observei Luc subir no balcão do bar e começar a balançar as pernas como uma criança petulante. Sob a iluminação difusa do ambiente, o contorno de seus olhos estranhamente violeta parecia fora de foco.

— Você e eu precisamos...

Girei nos calcanhares e, com um rugido, abandonei a forma humana. Atravessei correndo a pista de dança vazia, seguindo direto para uma massa de sombras que se formava sob uma das gaiolas.

O Arum se virou e, um segundo antes de colidirmos um contra o outro como dois pedregulhos rolando colina abaixo, pude vê-lo em sua forma verdadeira — negro como o céu da meia-noite e brilhante como vidro. O impacto chacoalhou as gaiolas e fez as paredes tremerem.

— Jesus! — exclamou Luc. — Por que não podemos ser todos amigos?

LUX 4 ORIGINAIS

O Arum passou os braços em volta da minha cintura no exato instante em que o lancei de costas na parede. O reboco rachou e fragmentos voaram pelos ares. Ele, porém, não me soltou. O filho da puta era forte.

Com um giro do corpo, ele se soltou e estendeu um braço esfumaçado em direção ao meu peito. Esquivei-me com um pulo para o lado e me preparei para mandar o desgraçado desta para melhor.

— Rapazes. *Rapazes!* Não quero brigas na minha boate — berrou Luc, parecendo irritado.

Nós o ignoramos.

A energia estalava em minhas palmas, lançando centelhas brancas no ar.

Vocccê não sssabe com quem esssstá ssse metendo, sibilou o Arum, as palavras ecoando em meu cérebro, o que só me deixou mais puto ainda. Soltei a bola de energia.

Ela o acertou no ombro.

Ele recuou alguns passos com o impacto e, em seguida, virou a cabeça de volta para mim, inclinando-a ligeiramente de lado. Sua forma tornou-se um pouco mais sólida.

Uma onda de estática desceu pelos meus braços. As luzes pulsavam por todo o salão. Aquele cara estava começando a me dar nos nervos.

— Eu não faria isso se fosse você — aconselhou Luc. — Hunter está com muita fome.

Estava prestes a mostrar ao Luc o que eu achava de seu conselho quando outra pessoa surgiu do corredor que levava ao escritório dele. Uma mulher — uma mulher bonita, de cabelos louros e, sem sombra de dúvida, humana. Seus olhos se arregalaram.

— Hunter?

Que. Diabos.

A distração fez com que o Arum olhasse rapidamente por cima do ombro para a mulher ao mesmo tempo que a Fonte em mim retrocedia. Ele devia ter dito alguma coisa para ela, pois a garota franziu o cenho e replicou:

— Mas ele é um *deles*.

Hunter se virou novamente para mim, inflando o peito e recuando um passo. Um segundo depois, um homem com mais ou menos a minha altura surgiu à minha frente. Seus cabelos eram castanho-escuros e os olhos, de um azul clarinho típico dos Arum, estavam fixos em mim.

— Serena — disse ele. — Volte para o escritório do Luc.

O cenho, já franzido, enrugou ainda mais, tão parecido com o jeito que a Kat fazia que meu peito doeu.

— Como?

Ele se virou para ela de novo, estreitando os olhos. Meio segundo depois, o segurança atravessou a pista de dança e passou um braço em volta dos ombros dela.

— Você realmente não devia estar aqui agora.

— Mas...

— Vamos lá. Tenho uma coisa pra te mostrar — disse o grandalhão.

Hunter o fitou de cara feia.

— Mostrar o quê?

O segurança deu uma piscadinha por cima do ombro.

— Só uma coisa.

Assim que eles desapareceram corredor adentro, o Arum fez um muxoxo.

— Não gosto nada disso.

Luc deu uma risadinha.

— Ela não faz o tipo dele.

Espera um pouco. O que diabos estava acontecendo? Um Arum com uma humana?

— Quer fazer o favor de diminuir essa luz? — pediu o babaca. — Você está me ofuscando.

O poder fervilhou por todo o meu corpo. Queria dar um murro na cara do imbecil, mas ele não estava me atacando, o que era estranho. E parecia estar *realmente* com a mulher, tipo, namorando, o que era mais bizarro ainda.

Assumi a forma humana.

— Não gosto do seu tom de voz.

Ele soltou uma risadinha presunçosa.

Estreitei os olhos.

— Vocês dois, comportem-se. — Luc entrelaçou as mãos. — A gente nunca sabe quando pode vir a precisar de um aliado improvável.

Hunter e eu nos entreolhamos. Nós dois bufamos. Pouco provável.

LUX 4 ORIGINAIS

O garoto deu de ombros.

— Certo. Hoje é um dia muito especial pra mim. Tenho aqui o Hunter, que não necessita de um sobrenome e só aparece quando quer alguma coisa ou alguém para se alimentar, e o Daemon Black, com uma cara de quem deseja me dar uma surra.

— Acertou em cheio — rosnei.

— Se importa em me explicar por quê?

Crispei as mãos.

— Como se você não soubesse.

Ele fez que não.

— Realmente não sei, mas vou arriscar um chute. Não estou vendo a Kat, e tampouco posso senti-la. Portanto, imagino que sua pequena invasão a Mount Weather não deu lá muito certo.

Dei um passo à frente, sentindo a raiva borbulhar dentro de mim.

— Você invadiu Mount Weather? — Hunter abafou uma risada. — Por acaso é louco?

— Cala a boca — respondi, mantendo os olhos fixos no Luc.

Hunter pigarreou.

— A pequena bandeira branca da amizade que hasteamos vai descer rapidinho se você me mandar calar a boca de novo.

Lancei-lhe um rápido olhar de relance.

— Cala. A. Boca.

Sombras escuras envolveram os ombros do Arum. Encarei-o.

— Que foi? — perguntei, erguendo as mãos num gesto universal de "vem me pegar". — Estou louco para descarregar minha raiva em alguém.

— Rapazes. — Luc suspirou, descendo do balcão. — Sério mesmo? Será que vocês dois não podem deixar esse caso de amor pra outra hora?

Hunter o ignorou e deu um passo à frente.

— Você acha que consegue me derrubar?

— Se eu acho? — Bufei, parando cara a cara com o alienígena. — Tenho certeza.

O Arum riu e cutucou meu peito com um dedo comprido — *cutucou meu peito!*

— Bem, acho que vamos descobrir.

Agarrei-lhe o pulso, fechando os dedos em sua pele fria.

— Cara, você realmente...

— Já chega! — gritou Luc.

Um segundo depois, eu estava pregado na parede de um dos lados do salão e Hunter do outro, ambos a alguns metros do chão. A expressão do Arum provavelmente refletia a minha. Lutamos contra a força invisível, mas nenhum de nós chegou a lugar algum.

Luc andou até o centro do salão.

— Não tenho o dia todo, rapazes. Tenho um monte de coisas pra fazer. Quero tirar um cochilo agora à tarde. Ver um filme novo que eles colocaram no Netflix e aproveitar um maldito cupom que ganhei para um Whopper Jr.

— Ahn... — falei.

— Olhe só. — Ele se virou para mim com uma expressão sombria. Naquele momento, pareceu bem mais velho do que eu sabia que era. — Imagino que você ache que tive algo a ver com a captura da Kat. Está errado.

Bufei.

— E eu devo acreditar em você?

— Tenho cara de quem dá a mínima se você acredita ou não? Vocês invadiram Mount Weather, uma fortaleza do governo. Não é preciso muita imaginação para deduzir que alguma coisa deu errado. Eu cumpri a minha parte do acordo.

— Blake nos traiu. A Kat está com o Daedalus.

— E eu te falei para não confiar em ninguém que tivesse algo a ganhar ou perder. — Luc soltou o ar com força. — Blake é... bem, ele é quem é. Mas antes que você saia julgando, pergunte a si mesmo quantas pessoas seria capaz de sacrificar para reavê-la.

A força que me segurava desapareceu, fazendo com que eu escorregasse parede abaixo até botar os pés no chão. Encarei o adolescente, e percebi que ele estava falando a verdade.

— Preciso resgatá-la.

— Se o Daedalus está com a sua garota, pode desistir — comentou Hunter, do outro lado do salão. — Eles são uns filhos...

— E você? — interrompeu-o Luc. — Eu te mandei ficar no escritório. Ignorar uma ordem minha não é o melhor jeito de conseguir algo de mim.

Hunter deu de ombros e, um segundo depois, estava de volta com os pés no chão, parecendo tão fofo quanto um pit bull.

Luc nos fitou com irritação.

— Sei que vocês estão com problemas, e dos grandes, mas adivinhem só? Vocês não são os únicos alienígenas envolvidos em alguma merda. Existem problemas maiores do que os dos dois. É, eu sei, é difícil de acreditar.

Olhei de relance para o Hunter, que deu de ombros de novo e disse:

— Alguém não ganhou seu copo de leite morno hoje de manhã.

Eu ri.

Luc virou a cabeça para ele. Maldição, eu não podia acreditar que estava parado num mesmo aposento com um Arum sem tentar matá-lo — nem ele a mim.

— Fique feliz por eu gostar de você — disse baixinho o adolescente. — Olha só, preciso conversar com o Daemon. Por que não arruma algo pra fazer? Talvez você queira nos ajudar?

O Arum revirou os olhos.

— Tenho meus próprios problemas. — Ele começou a andar de volta para o corredor, mas parou e olhou para mim. — A gente se vê por aí.

Ofereci-lhe o dedo do meio como despedida.

Assim que ele sumiu de vista, Luc se virou para mim e cruzou os braços.

— O que aconteceu?

Vendo que eu não tinha nada a perder, contei a ele tudo que transcorrera em Mount Weather. Luc soltou um assobio baixo e balançou a cabeça.

— Cara, sinto muito. De verdade. Se o Daedalus está com ela, não tem nada que eu...

— Não diga isso — rosnei. — Eu não a perdi. A gente conseguiu tirar a Bethany. *Você* conseguiu escapar.

Ele piscou.

— É, vocês conseguiram tirar a Bethany, mas a Katy foi capturada no processo. E eu... não sou como ela.

Não fazia ideia do que ele queria dizer com aquilo. Virei de costas e corri os dedos pelo cabelo.

— Você sabia que o Blake ia nos trair?

Seguiu-se um momento de silêncio.

— Se eu disser que sim, o que você vai fazer?

Deixei escapar uma risada amarga.

— Vou te matar.

— Compreensível — retrucou ele, com calma. — Deixa eu perguntar uma coisa. Você teria ajudado seu irmão a resgatar a Bethany se soubesse que o Blake os trairia?

Virei-me de volta para ele, balançando lentamente a cabeça enquanto sentia a verdade ser esfregada na minha cara. Se soubesse que a Kat não voltaria para casa, acho que jamais teria concordado, e não conseguia colocar em palavras o fato de que teria preferido ela ao meu irmão.

Ele inclinou a cabeça ligeiramente de lado.

— Eu não sabia. O que não significa que confiasse no Blake. Não confio em ninguém.

— Ninguém?

Luc ignorou a pergunta.

— O que você quer de mim, já que obviamente não está aqui para me matar? Quer que eu desligue o sistema de segurança novamente? Sem problema. E não vou te cobrar nada, mas vai ser uma missão suicida. Eles vão estar esperando.

— Não quero que você desligue nada.

Ele me fitou, confuso.

— Mas você pretende ir atrás dela?

— Pretendo.

— Vai acabar sendo pego.

— Eu sei.

Luc ficou me olhando em silêncio por um tempo tão longo que achei que o garoto tivesse tido um derrame.

— Então você veio aqui só pra me dar uma surra?

Torci os lábios.

— É, foi.

O garoto balançou a cabeça.

— Faz ideia no que está se metendo?

— Faço. — Cruzei os braços. — E sei que, assim que eles me pegarem, vão querer que eu crie outros híbridos.

— Você já teve que ver pessoas morrendo, uma atrás da outra? Não? Pergunte ao seu irmão.

Não hesitei nem por um momento.

— Ela vale o que quer que aconteça comigo.

— Há coisas piores — retrucou ele, baixinho. — Se você e o Hunter deixassem de lado suas diferenças por dois segundos, ele provavelmente te diria. Tem coisas acontecendo naquele lugar que vão te fazer surtar.

— Mais motivo ainda para eu tirar a Kat de lá.

— E qual é o plano? Como você vai fazer isso? — perguntou ele, curioso.

Boa pergunta.

— Ainda não pensei nisso.

Luc me fitou por alguns instantes e, em seguida, caiu na gargalhada.

— Ótimo plano. Adorei. Quase nada pode dar errado.

— Como você escapou, Luc?

Ele inclinou a cabeça de lado.

— Você não quer saber o que eu tive que fazer. Nem conseguirá fazer o mesmo.

Um calafrio arrepiou minha pele. Acreditava no garoto.

Ele recuou um passo.

— Preciso cuidar de outra coisa, portanto...

Meu olhar recaiu no corredor.

— Trabalhando com os Arum, é?

Luc fez um muxoxo.

— Os Arum e os Luxen não são tão diferentes assim. Eles são tão malucos quanto vocês.

Engraçado, mas eu não via desse modo.

Luc baixou os olhos e soltou um palavrão. Ao olhar de novo para mim, disse:

— O ponto fraco do Daedalus é a arrogância. Eles querem criar o que jamais deveria ser criado. Querem controlar o que não pode ser controlado. Estão brincando com a evolução, meu amigo. Nos filmes, isso nunca termina bem, estou certo?

— Não. Não termina. — Fiz menção de me virar para sair.

— Espera um pouco — chamou ele, me detendo. — Eu posso te ajudar.

Encarei-o, inclinando a cabeça de lado também.

— Como assim?

Aqueles olhos ametista, tão perturbadoramente semelhantes aos do Ethan, se fixaram nos meus. Havia alguma coisa um pouco estranha neles, algo na linha que circundava as pupilas.

— O grande trunfo deles é que o mundo não sabe que eles existem. Nem que *nós* existimos.

Não conseguia desviar os olhos. Cheguei à conclusão de que aquele garoto era realmente meio assustador.

Ele, então, sorriu.

— Eles têm algo que eu quero, e aposto que está no mesmo lugar onde estão mantendo a Katy.

Estreitei os olhos. Essa história de uma mão lava a outra não era muito a minha.

— O quê?

— Algo chamado LH-11. É isso o que eu quero.

— LH-11? — Franzi o cenho. — Que merda é essa?

— O começo de tudo e o fim do começo — respondeu ele de forma misteriosa. Um brilho estranho cintilou em seus olhos arroxeados. — Você vai saber quando vir. Consiga isso pra mim e prometo que conseguirei tirá-lo de onde você estiver.

Encarei-o.

— Não duvido da sua incrível capacidade, mas como conseguirá tirar a Kat e a mim de um lugar que nem sabe qual é?

Ele arqueou uma sobrancelha.

— Você deve duvidar da minha incrível capacidade, sim, se está perguntando. Tenho amigos em tudo quanto é lugar, Daemon. Vou entrar em contato, e eles me avisarão no instante em que você der as caras.

Rindo baixinho, balancei a cabeça, incrédulo.

— Por que eu deveria confiar em você?

— Não estou te pedindo isso. Mas você não tem escolha. — Fez uma pausa. Inferno, mas o garoto tinha razão. — Consiga o LH-11 pra mim, e irei me certificar de que você e a sua *gatinha* saiam do buraco onde estiverem. Prometo.

[7]

Katy

A impressão era de que havia se passado uma eternidade desde que eu comera um prato de purê de batatas com bolo de carne moída no almoço. Estava inquieta demais para tentar assistir televisão. A espera silenciosa me botou andando de um lado para outro da cela. Meus nervos estavam tão à flor da pele que, cada vez que escutava o som de passos no corredor, meu coração vinha parar na boca e eu me afastava da porta.

Estava assustadiça, reagindo a todo e qualquer barulho. Sem a menor ideia de hora ou mesmo dia, sentia como se estivesse presa numa bolha de vácuo.

Enquanto passava pela centésima vez diante da cama, ponderei sobre o que eu descobrira. Algumas das pessoas estavam aqui por vontade própria — tanto humanos quanto Luxen, talvez até alguns híbridos. O Daedalus estava testando o LH-11 em pacientes com câncer, mas só Deus sabia o que esse LH-11 era de verdade. Parte de mim podia aceitar isso — se os Luxen estivessem realmente aqui porque queriam ajudar. Descobrir a cura para doenças letais era importante. Se eles tivessem simplesmente pedido em vez de me trancafiarem numa cela, eu teria oferecido meu sangue de bom grado.

Não conseguia deixar de pensar nas coisas que o sargento Dasher dissera. Será que havia realmente nove mil Luxen soltos pelo mundo, tramando contra a humanidade? E centenas de milhares que poderiam chegar à Terra a qualquer momento? Daemon havia mencionado a existência de vários outros, mas jamais dissera nada sobre sua espécie, mesmo que só um pequeno grupo, querer assumir o controle.

E se fosse verdade?

Não podia ser.

Os Luxen não eram o inimigo. Os Arum e o Daedalus é que eram. A organização podia até ter uma bela embalagem, mas estava podre por dentro.

Dei um pulo ao escutar o som de passos no corredor. A porta se abriu. Archer.

— O que houve? — perguntei, imediatamente alerta.

A boina, que parecia permanentemente grudada à sua cabeça, escondia-lhe os olhos, mas seu maxilar estava trincado.

— Estou aqui para te levar até a sala de treinamento.

Archer apoiou a mão em meu ombro de novo, o que me fez pensar se ele achava que eu tentaria fugir. Eu queria, é claro, mas não era burra.

— Sala de treinamento? Por quê? — perguntei, assim que entramos no elevador.

Ele não respondeu, o que me deixou ainda mais apreensiva e irritada. O mínimo que aquelas pessoas podiam fazer era me dizer o que estava acontecendo. Tentei me desvencilhar da mão dele, mas ela permaneceu grudada em meu ombro o trajeto inteiro.

Archer era um homem de poucas palavras, o que só servia para aumentar meu nervosismo, mas não era apenas isso. Havia algo de diferente em relação a ele. Algo que eu não conseguia identificar, mas que estava ali.

Quando finalmente saímos no andar onde ficavam as salas de treinamento, meu estômago estava embrulhado. O corredor era idêntico ao da ala médica, exceto que havia muitas portas duplas. Paramos diante de uma delas, ele inseriu o código e as portas se abriram.

Blake e o sargento Dasher já estavam lá. Dasher se virou para nós com um sorriso tenso. Havia algo de diferente em sua expressão. Um quê de desespero nos olhos castanho-escuros que me inquietou. Não consegui evitar pensar no resultado do exame de sangue.

— Olá, srta. Swartz — cumprimentou ele. — Espero que tenha aproveitado o tempo para descansar.

Bem, isso não soava muito animador.

Dois homens com jalecos de laboratório estavam sentados diante de uma série de monitores. As salas exibidas nas telas pareciam acolchoadas. Meus dedos estavam dormentes, tamanha a força com que os apertava.

— Estamos prontos — disse um deles.

— O que está acontecendo? — perguntei, odiando o modo como minha voz falhou na metade da pergunta.

Blake manteve uma expressão neutra, enquanto Archer se posicionava ao lado da porta.

— Precisamos verificar a extensão dos seus poderes — explicou o sargento, posicionando-se atrás dos dois sujeitos. — Você poderá usar a Fonte dentro da sala. Sabemos, pelas nossas investigações, que você possui algum controle sobre ela, mas não sabemos até onde vai o seu poder. Híbridos cuja mutação foi bem-sucedida podem reagir tão rápido quanto um Luxen. Podem controlar a Fonte com a mesma facilidade.

Meu coração pulou uma batida.

— Qual é o objetivo disso? Por que vocês precisam saber? É óbvio que minha mutação foi um sucesso.

— Não temos tanta certeza assim, Katy.

Franzi o cenho.

— Não entendo. Você disse antes que eu era forte...

— Você é forte, mas nunca usou seus poderes de maneira consistente sem a presença do Luxen que a transformou. É possível que estivesse sendo alimentada pelo poder dele. Um híbrido pode parecer ter sido transformado com sucesso, mas descobrimos que quanto mais ele recorre à Fonte, mais evidente se torna a instabilidade. Precisamos testar se existe algum grau de imprevisibilidade na sua mutação.

Quando finalmente compreendi o significado daquelas palavras, senti vontade de fugir dali correndo, mas meus pés pareciam enraizados.

— Em suma, você quer ver se eu vou me autodestruir como... — Como a Carissa, mas não consegui dizer o nome dela em voz alta. Ao ver que ele não confirmava nem negava, recuei um passo, tomada por uma nova onda de terror. — E se isso acontecer? Quero dizer, no que diz respeito a mim, eu sei, mas e quanto ao...?

— Ao que te transformou? — completou ele. Fiz que sim. — Pode falar, srta. Swartz. Sabemos que foi o Daemon Black. Não precisa continuar tentando protegê-lo.

Eu jamais confirmaria.

— Sabemos que o Luxen e o humano transformado por ele ficam conectados em um nível biológico quando a mutação se estabiliza. Mas não é algo que a gente compreenda totalmente. — Ele fez uma pausa e soltou um pigarro. — De qualquer forma, quando o híbrido se torna instável, a conexão é anulada.

— Anulada?

Ele assentiu.

— A conexão biológica entre os dois é rompida. Provavelmente porque, nesses casos, a mutação não foi tão profunda quanto se suspeitava. Ainda não sabemos todos os detalhes.

Fui invadida por uma profunda sensação de alívio. Não era como se eu não temesse pela minha própria vida, mas pelo menos sabia que se implodisse Daemon continuaria vivo. Ainda assim, protelei, sem a menor vontade de entrar naquela sala.

— Essa é a única forma de romper a conexão?

O sargento não respondeu.

Estreitei os olhos.

— Não acha que eu tenho o direito de saber?

— Tudo a seu tempo — retrucou ele. — Ainda não é a hora.

— Acho que é uma ótima hora.

Ele ergueu as sobrancelhas, surpreso, o que me deixou ainda mais irritada.

— Que foi? — perguntei, levantando as mãos. Archer se aproximou, mas o ignorei. — Acho que tenho o direito de saber tudo.

A surpresa se desfez, substituída por uma expressão de frieza.

— Ainda não é a hora.

Recusei-me a ceder e crispei as mãos.

— Não vejo hora melhor.

— Katy... — Ignorei o suave aviso do Archer, e ele se aproximou ainda mais, praticamente colando o peito em minhas costas.

— Não. Quero saber o que mais pode quebrar a conexão. Obviamente existe um modo. Também quero saber quanto tempo vocês acham que podem me manter aqui. — Assim que destravei a língua, não consegui mais segurá-la. — E quanto à escola? Vocês querem um híbrido ignorante zanzando descontroladamente por aí? E quanto a minha mãe? Meus amigos? Minha vida? Meu blog? — Certo, o blog era, sem dúvida, o menor dos meus problemas, mas, que inferno, era importante para mim. — Vocês roubaram a minha vida, e acham que eu vou simplesmente ficar aqui e aceitar isso? Que não devo exigir respostas? Ah, quer saber? Vão se foder!

Qualquer traço de amabilidade que pudesse haver na expressão do sargento Dasher desapareceu. Ao vê-lo me fitar, percebi que provavelmente devia ter ficado de boca fechada. Eu precisava extravasar, mas o olhar que ele me lançou foi assustador.

— Não tolero esse tipo de linguagem. E não tolero garotinhas de língua afiada que não entendem o que está acontecendo. Estamos tentando tornar tudo o mais confortável possível, mas temos nossos limites, srta. Swartz. Não ouse me questionar, nem a ninguém da minha equipe. Iremos lhe revelar mais quando acharmos que é apropriado, não antes. Entendeu?

Podia sentir cada respiração do Archer e, ao que parecia, ele havia prendido o ar, esperando pela minha resposta.

— Sim — cuspi. — Entendi.

Archer inspirou fundo.

— Ótimo — disse o sargento. — Já que estamos resolvidos, vamos prosseguir.

Um dos homens sentados diante dos monitores apertou um botão e a pequena porta que dava para a sala de treinamento se abriu. Archer me conduziu até o outro aposento e só me soltou depois que eu já estava lá dentro.

Girei nos calcanhares e, com os olhos arregalados, observei-o recuar em direção à porta. Fiz menção de pedir a ele que não me deixasse sozinha, mas Archer desviou os olhos. E, então, sumiu, fechando a porta ao sair.

Sentindo o coração martelar com força, corri os olhos pelo cômodo. Ele tinha cerca de seis metros por seis metros, com um piso de cimento e outra porta no lado oposto. As paredes não eram acolchoadas. Eu não tinha tanta sorte. Eram brancas, com algumas manchas amarronzadas. Seria aquilo... sangue seco?

Ó céus!

O medo, porém, rapidamente deu lugar a uma sensação de alerta. A descarga de poder foi leve a princípio, como se alguém estivesse roçando as pontas dos dedos pelos meus braços, mas aumentou velozmente, espalhando-se para o meu âmago.

Era como respirar ar puro pela primeira vez. A sensação de dormência e exaustão desapareceu, substituída por um zumbido baixo de energia no fundo do meu crânio, que foi se espalhando pelas veias até preencher o frio em minha alma.

Fechei os olhos e visualizei o Daemon. Não que com isso pudesse vê-lo *de verdade*, mas aquela sensação me fazia lembrar dele. Enquanto a Fonte me envolvia, imaginei-me em seus braços.

Um interfone estalou e a voz do sargento Dasher ecoou pelo aposento. Ergui a cabeça.

— Precisamos testar seus poderes, Katy.

Não estava com a menor vontade de falar com o cretino, mas queria acabar logo com aquilo.

— Certo. Você quer que eu invoque a Fonte ou não?

— Você vai fazer isso, mas precisamos testar seus poderes sob estresse.

— Sob estresse? — murmurei, correndo os olhos em torno. Uma sensação incômoda brotou em meu estômago e se espalhou como erva daninha, ameaçando me sufocar. — Já estou bastante estressada.

O interfone estalou de novo.

— Não é desse tipo de estresse que estamos falando.

Antes que eu tivesse a chance de digerir as palavras dele, escutei uma batida alta que reverberou por todo o cômodo. Girei nos calcanhares.

A porta do outro lado se abriu lentamente. A primeira coisa que reparei foi num par de calças pretas de moletom idênticas às minhas e, em seguida, uma camiseta branca que encobria quadris estreitos. Ergui os olhos e soltei um ofego de surpresa.

A garota diante de mim não era uma estranha. Parecia ter sido em outra vida, mas a reconheci imediatamente. Seus cabelos louros estavam presos num rabo de cavalo, deixando à mostra um rosto bonito, ainda que marcado por hematomas e arranhões.

— Mo — falei, dando um passo à frente.

A garota que estivera na jaula ao lado da minha quando Will me capturara me fitou de volta. Tinha imaginado inúmeras vezes o que havia acontecido com ela, e acho que agora eu sabia. Esperei um pouco e repeti o nome de novo, e então a ficha caiu com uma nitidez impressionante. Sua expressão transmitia o mesmo vazio que a da Carissa quando a vira pela última vez.

Meu coração foi parar nos pés. Duvido que houvesse algo que eu pudesse fazer que a faria se lembrar de mim.

Ela entrou na sala e esperou. Segundos depois, o interfone estalou novamente e a voz do sargento Dasher se fez ouvir.

— Mo irá nos ajudar na primeira rodada de testes de estresse.

Primeira rodada? Haveria outras?

— O que ela…

Mo estendeu a mão e a Fonte crepitou sobre seus dedos. O choque me deixou petrificada até o último momento. Pulei para o lado, mas a explosão de luz branco-azulada acertou meu ombro. Uma fisgada de dor desceu pelo braço. O impacto fez com que eu girasse e quase perdesse o equilíbrio.

Confusa, levei a mão ao ombro, nem um pouco surpresa ao perceber a camiseta chamuscada.

— Que diabos foi isso? — exigi saber. — Por que…?

Ajoelhei ao ver Mo arremessar outra bola de energia. Ela passou pelo ponto exato onde eu me encontrava e explodiu contra a parede atrás de mim. Num piscar de olhos, Mo estava bem na minha frente. Tentei me levantar, mas ela deu uma joelhada que acertou meu queixo em cheio, lançando minha cabeça para trás. Caí de bunda, chocada e cega pelas estrelinhas de dor que pulsavam diante dos olhos.

Mo estendeu o braço, me agarrou pelo rabo de cavalo e me suspendeu com surpreendente facilidade. Em seguida, desferiu um soco logo abaixo do meu olho. A explosão de dor fez meus ouvidos zumbirem, mas também provocou algo mais.

Ela me arrancou do estupor.

De repente, entendi do que se tratava o tal teste de estresse. A compreensão me deixou ao mesmo tempo enjoada e horrorizada. Precisava acreditar que se o Daedalus sabia tanto, então devia saber que a gente já se conhecia. Que vê-la ali, parecendo fisicamente bem melhor do que quando a vira na jaula, não apenas faria com que eu abaixasse a guarda, como também confirmaria a inutilidade de lutar contra eles.

Mas eles queriam que eu lutasse — que lutasse com a Mo, utilizando a Fonte. Que maneira melhor de provocar um estresse profundo do que transformar alguém num saco de pancadas ambulante?

Mo acertou outro soco sob meu olho. E foi um golpe sério, com tudo. Um gosto metálico se espalhou por minha boca ao mesmo tempo que eu invocava a Fonte, exatamente como o sargento queria.

Mas a Mo... ela era muito mais rápida, e mais preparada.

Enquanto eu tomava a surra do século, agarrei-me ao único fiapo de esperança que ainda me restava: Daemon não seria sujeitado a isso.

* * *

DAEMON

Larguei o carro do Matthew a vários quilômetros da estradinha de acesso que levava a Mount Weather. Esperava que quem o encontrasse o devolvesse para ele intacto. Era um carro gostoso de dirigir, não tanto quanto a Dolly, mas também poucos eram.

Percorri os últimos três quilômetros em minha forma verdadeira, abrindo caminho em meio à vegetação densa. Alcancei a estradinha em questão de minutos e, segundos depois, estava no limite da mata, olhando para a familiar cerca que protegia o terreno.

Havia, sem dúvida alguma, mais guardas de vigia — pelo menos três ao lado do portão, e podia apostar que tinha outros mais lá dentro. Tanto as câmeras como o sistema de segurança não seriam desligados dessa vez. Eu não queria que fossem.

Queria ser capturado.

LUX 4 ORIGINAIS

Dawson achava que eu não tinha pensado direito a respeito disso. Muita coisa estava em jogo — não apenas o meu futuro, mas o das nossas famílias, minha e da Kat. Assim que o DOD descobrisse que eu estava ali, as coisas iam ficar difíceis. Entrar não seria o problema e, se conseguisse botar as mãos no que quer que o Luc desejava, ele nos tiraria de lá — se não estivesse mentindo. Se estivesse, eu encontraria algum outro jeito.

Parte de mim esperava que a Kat ainda estivesse ali, que não tivesse sido transferida para outro local. Era provavelmente tolice rezar por isso. Tinha a sensação de que estava prestes a sofrer uma bela decepção.

Sim, eu desejava ser capturado, mas não significava que facilitaria as coisas para eles.

Reassumindo a forma humana, saí da proteção das árvores ao encontro da forte luz do sol. A princípio, os guardas não notaram a minha presença. Dei mais um passo, pensando na conversa que tivera com a Kat na noite em que ela finalmente admitira seus sentimentos por mim.

Tinha dito a ela que nossa loucura combinava, no bom sentido, mas até então não me dera conta da total veracidade dessas palavras. O que estava prestes a fazer confirmaria isso definitivamente.

O primeiro guarda, que estava puxando algo — um celular? — do bolso da calça cargo preta, se virou, os olhos perscrutando as árvores. Seu olhar passou por mim e, em seguida, voltou. Ele soltou o celular e gritou, levando uma das mãos ao revólver preso na coxa e a outra ao comunicador no ombro. Os outros dois surgiram por trás dele, sacando as armas.

Hora do show.

Ainda na forma humana, invoquei a Fonte, mas percebi o exato instante em que eles se deram conta do que eu era. Provavelmente por causa dos olhos. O mundo parecia envolto num manto brilhante.

Os estalos secos que se seguiram me disseram que eles não estavam ali de brincadeira.

Levantei a mão, e foi como se as balas tivessem atingido uma parede invisível. Na verdade, a energia as deteve. Eu podia ter rebatido, mas tudo o que fiz foi pará-las. Elas despencaram no chão sem machucar ninguém.

— Sugiro que não tentem isso de novo — alertei, abaixando a mão.

Claro que eles não me deram ouvidos. Por quê? Seria fácil demais.

O que estava na frente descarregou a arma em cima de mim, mas desviei todas as balas. Em poucos segundos, estava de saco cheio daquilo. Virando-me, estendi um braço em direção às árvores. Elas começaram a sacudir. Os galhos soltaram uma chuva de espinhos verdes no ar. Usando o poder para controlá-los, virei-me de volta.

Milhares de espinhos cortaram o ar, passando por mim e seguindo direto até os chocados vigias.

Os homens foram transformados em almofadinhas de alfinetes humanas, mas sem riscos letais. No entanto, pelos grunhidos de dor e surpresa, devia estar doendo à beça. Os vigias caíram de joelhos, as armas esquecidas ao lado, no chão. Com um brandir da mão, lancei os revólveres no meio da mata, para nunca mais serem encontrados.

Passei pelos vigias caídos com um sorrisinho presunçoso. Invoquei a Fonte novamente e deixei que a energia descesse pelo braço. Uma bola de luz acertou o portão da cerca elétrica. A explosão irradiou pela malha de arame da cerca, fritando o sistema elétrico e abrindo um buraco grande o bastante para que eu pudesse passar.

Percorri com calma o campo de relva bem aparada pelo qual tínhamos passado correndo na vez anterior, até parar diante das portas. Inspirei fundo quando elas se abriram.

Uma tropa de oficiais irrompeu de dentro, vestidos como se estivessem prontos para encarar o Armagedom ou acompanhar uma equipe da SWAT. Seus rostos estavam escondidos atrás de capacetes com viseiras, como se isso pudesse ajudá-los. Eles entraram em posição de tiro, com um dos joelhos no chão e mais de uma dúzia de rifles semiautomáticos apontados para mim. Deter tantas balas ia ser um pouco mais complicado.

Alguns iriam morrer.

O que era uma bosta, mas não me deteria.

De repente, uma figura alta e esguia surgiu de dentro do corredor mal iluminado. Sem tirar a mira dos rifles de cima de mim, a tropa de uniforme preto se dividiu para que a elegantemente vestida dama pudesse caminhar com facilidade até a frente.

— Nancy Husher — rosnei, cerrando os punhos. Eu conhecia a mulher havia anos. Jamais gostara dela, menos ainda depois que descobri que ela trabalhava para o Daedalus e sempre soubera o que realmente havia acontecido com o Dawson.

Ela me ofereceu um de seus famosos sorrisinhos de lábios apertados, daqueles que diz que você vai tomar uma faca pelas costas enquanto ganha um beijo no rosto. Exatamente a pessoa que eu queria encontrar.

— Daemon Black — disse Husher, batendo palma. — Seja bem-vindo.

[8]

Katy

Depois da desastrosa sessão de treinamento, descobri o verdadeiro gosto do medo sempre que alguém se aproximava da porta da cela. Meu coração martelava dolorosamente até o som dos passos se afastarem. Quando a porta enfim se abriu e Archer entrou com o jantar, quase vomitei.

Não tinha o menor apetite.

E não conseguia dormir à noite.

Sempre que fechava os olhos, via a Mo parada diante de mim, pronta para me dar uma surra histórica. O vazio que lhe enevoava os olhos rapidamente se transformara em determinação. A surra não teria sido tão severa se eu tivesse revidado, mas não tinha. Lutar contra ela seria errado.

Quando a porta se abriu na manhã seguinte, só tinha conseguido dormir algumas poucas horas. Era o Archer novamente, que, com seu jeito quieto, fez sinal para que eu o seguisse.

Estava enjoada, mas não tinha escolha a não ser acompanhá-lo. A náusea ficou mais forte quando o elevador parou no andar das salas de treinamento. Precisei de toda a minha força de vontade para sair de dentro do elevador, em vez de me agarrar desesperadamente a uma das barras.

Ele, porém, passou direto pela sala da véspera e atravessou outro par de portas duplas, que se abriram para um corredor decorado com mais portas.

— Para onde estamos indo?

Archer não disse nada até pararmos diante de uma porta de aço que brilhava com uma abundância de ônix e diamantes.

— O sargento Dasher deseja te mostrar uma coisa.

Mal podia esperar pela próxima surpresa.

Ele encostou o dedo no painel de segurança e a luzinha, até então vermelha, ficou verde. Seguiu-se uma série de cliques mecânicos. Prendi a respiração ao vê-lo abrir a porta.

O aposento era iluminado por uma única lâmpada fraca no teto. Não havia cadeiras nem mesas. À direita, um espelho grande tomava toda uma parede.

— O que é isso? — perguntei.

— Algo que você precisa ver — respondeu o sargento atrás da gente, me fazendo virar com um pulo. De que buraco ele tinha surgido? — Algo que eu espero que garanta que não tenhamos um repeteco de nossa última sessão de treinamento.

Cruzei os braços e ergui o queixo.

— Nada do que você possa me mostrar irá mudar minha decisão. Não vou lutar contra outros híbridos.

A expressão do Dasher não se alterou.

— Como expliquei antes, precisamos nos certificar de que você é estável. É esse o objetivo dessas sessões. Atrás do espelho está o motivo pelo qual precisamos ter certeza de que você é forte e capaz de controlar a Fonte.

Confusa, olhei de relance para o Archer. Ele estava ao lado da porta, o rosto escondido pela boina.

— O que tem do outro lado?

— A verdade — respondeu Dasher.

Soltei uma risada engasgada que repuxou a pele do meu rosto, fazendo os arranhões arderem.

— Quer dizer que do outro lado está um aposento cheio de militares ensandecidos?

Ele me lançou um olhar áspero como lixa e estendeu o braço, acionando um interruptor na parede.

As luzes se acenderam subitamente, só que do outro lado. Era um daqueles espelhos usados nas delegacias de polícia para identificação de criminosos, e o aposento do outro lado não estava vazio.

Meu coração deu um pulo e me aproximei um passo.

— O que...?

Havia um homem sentado numa cadeira, contra a vontade. Seus pulsos e tornozelos estavam presos por algemas revestidas em ônix. Uma franja de cabelos louros platinados cobria-lhe a testa, até que ele lentamente ergueu a cabeça.

Um Luxen.

A beleza extraordinária comprovava isso, assim como o verde vibrante dos olhos — tão semelhantes aos do Daemon que senti uma fisgada no peito e minha garganta fechou.

— Ele... ele pode nos ver? — perguntei. Parecia que sim. Seus olhos permaneciam fixos no ponto onde eu estava.

— Não. — Dasher se aproximou do espelho. Um pequeno interfone encontrava-se ao alcance de seu braço.

O belo semblante do homem transmitia dor. As veias do pescoço estavam saltadas e o peito subia e descia com uma respiração entrecortada.

— Sei que vocês estão aí.

Lancei um olhar penetrante na direção do sargento.

— Tem certeza de que ele não pode nos ver?

Dasher assentiu.

Com relutância, voltei a atenção para o outro cômodo. O Luxen suava e tremia.

— Ele... ele está com dor. Isso é tão errado! É uma completa...

— Você não sabe quem está sentado ali, srta. Swartz. — Dasher apertou o botão do interfone. — Olá, Shawn.

Os lábios do Luxen se repuxaram num dos cantos.

— Meu nome não é Shawn.

— Esse é o nome que você recebeu há anos. — O sargento balançou a cabeça, frustrado. — Ele prefere ser chamado pelo nome verdadeiro. Como você sabe, não é algo que a gente consiga pronunciar.

LUX 4 ORIGINAIS

— Com quem você está falando? — Shawn exigiu saber, o olhar recaindo inquietantemente no ponto onde eu me encontrava. — Outro humano? Ou melhor? Uma abominação... um maldito híbrido?

Soltei um ofego antes que conseguisse me deter. O problema não eram as palavras, mas o ódio e o desprezo contidos nelas.

— Shawn é o que você chamaria de terrorista — explicou o sargento, e o Luxen bufou. — Ele fazia parte de um grupo que monitoramos por uns dois anos. Eles planejavam explodir a Golden Gate Bridge durante a hora do rush. Centenas de vidas...

— Milhares!!! — interrompeu Shawn, os olhos verdes cintilando. — A gente teria matado *milhares*. E depois...

— Mas não mataram. — Dasher sorriu. Meu estômago foi parar no chão. Era provavelmente o primeiro sorriso de verdade que eu o via abrir. — Nós impedimos vocês. — Olhou de relance para mim. — Ele foi o único que conseguimos capturar com vida.

Shawn soltou uma risada amargurada.

— Vocês podem ter nos impedido, mas isso não significa nada, seus *primatas* imbecis. Somos superiores. A humanidade não é *nada* comparada conosco. Vocês vão ver. Os humanos cavaram suas próprias covas, e não podem impedir o que está para acontecer. Todos vocês irão...

Dasher desligou o interfone, interrompendo o discurso.

— Já escutei essa bobagem inúmeras vezes. — Virou-se para mim, inclinando a cabeça ligeiramente de lado. — É com isso que estamos lidando. O Luxen aí dentro deseja matar os humanos. E há muitos como ele. É por esse motivo que estamos agindo assim.

Sem palavras, olhei para o Luxen enquanto meu cérebro digeria o que eu havia acabado de testemunhar. O interfone estava desligado, mas a boca do homem ainda se mexia, destilando ódio pelos cantos. O tipo de raiva cega demonstrada por todos os terroristas, independentemente de quem ou *o quê* eles eram.

— Entendeu agora? — perguntou o sargento, atraindo minha atenção.

Passei os braços em volta da cintura e balancei a cabeça lentamente em negação.

— Você não pode julgar uma raça inteira com base em apenas alguns poucos indivíduos. — As palavras soaram vazias até para mim.

— Tem razão — concordou Dasher, baixinho. — Mas esse só seria o caso se estivéssemos lidando com humanos. Não podemos obrigar esses seres a seguirem nosso padrão moral. E, acredite em mim, eles não seguem.

❋ ❋ ❋

As horas viraram dias. E os dias, provavelmente semanas, mas eu não tinha como ter certeza. Entendia agora como o Dawson não conseguira manter uma noção de tempo. Tudo ali se misturava; não conseguia sequer lembrar a última vez em que tinha visto o sol ou um céu estrelado. Após o primeiro dia, já não recebia mais um café da manhã, o que tornava ainda mais difícil saber que horas eram. Só sabia que tinham se passado quarenta e oito horas quando era levada até o dr. Roth para mais exames de sangue. Já o encontrara umas cinco vezes, talvez mais.

Tinha perdido a conta.

Tinha perdido um monte de coisas. Pelo menos era como me sentia. Peso. A capacidade de rir ou sorrir. As lágrimas. A única coisa que conseguia manter era a raiva, e cada vez que era obrigada a lutar contra a Mo ou algum outro híbrido que não conhecia — e que não queria me dar ao trabalho de conhecer naquelas circunstâncias —, a raiva e a frustração aumentavam um pouco mais. Era surpreendente que eu conseguisse sentir tanta coisa.

Mas não havia desistido ainda. Não tinha revidado em nenhum dos testes de estresse. Era a única forma de controle que me restava.

Eu me recusava a lutar contra eles — a surrá-los ou, porventura, matá-los caso alguma coisa saísse do controle. Era como estar numa versão real, embora surtada, de *Jogos Vorazes*.

Jogos Vorazes para híbridos alienígenas.

Fiz menção de sorrir, mas me contraí ao sentir a fisgada em meu lábio cortado. Eu podia me recusar a dar uma de *Exterminador* para cima deles, mas os outros híbridos *não* estavam ali de brincadeira. Alguns chegavam até a falar enquanto me batiam, dizendo que eu precisava lutar, que precisava me preparar para a chegada dos demais Luxen e para enfrentar aqueles que já estavam aqui. Era óbvio que eles acreditavam piamente que os Luxen eram os verdadeiros vilões. Eles podiam estar comprando aquela baboseira toda, mas eu não. Ainda assim, uma pequena parte de mim se perguntava como o Daedalus conseguia controlar tantos de nós sem que houvesse alguma verdade no que eles diziam.

Havia também o Shawn, o Luxen que desejava matar milhares de humanos. Se o que o Dasher dissera era verdade, então havia muitos outros como ele soltos pelo mundo afora — esperando para tomar a Terra. Mas pensar que o Daemon ou a Dee, ou até mesmo a Ash, pudessem participar de algo assim... não dava nem para considerar.

Forçando meus olhos a se abrirem, vi a mesma coisa que sempre via depois de ser retirada da sala de treinamento e levada — praticamente inconsciente — de volta para a cela. Um teto branco com os pequeninos pontos pretos — uma mistura de ônix e diamantes.

Céus, eu odiava aqueles pontos.

Inspirei fundo e soltei um grito, desejando imediatamente não ter feito isso. Uma dor aguda irradiou de minhas costelas, decorrente de um chute da Mo. Meu corpo inteiro pulsava. Não havia pedacinho nenhum que não estivesse doendo.

Um movimento no canto mais afastado da cela, próximo à porta, chamou minha atenção. De forma lenta e dolorosa, virei a cabeça.

Archer estava parado ali, com um pano embrulhado na mão.

— Estava começando a ficar preocupado.

Pigarreei e, com uma fisgada de dor, abri a boca.

— Por quê?

Ele se aproximou, os olhos escondidos atrás da boina, como sempre.

— Você ficou apagada por um bom tempo, o mais longo até agora.

Virei a cabeça de volta para o teto. Não tinha me dado conta de que ele estava monitorando as surras. Não o vira em nenhuma das outras vezes após acordar. Nem o Blake. Já não via o cretino fazia um tempo, e não sabia nem se ele continuava por ali.

Inspirei fundo e devagar. Por mais triste que isso pudesse soar, sentia falta dos abençoados momentos de apagão. Nem sempre era tudo preto ou um vazio imensurável. De vez em quando sonhava com o Daemon e, quando acordava, tentava me agarrar a essas imagens fugazes que pareciam perder nitidez e se apagar assim que abria os olhos.

Archer se sentou na beirada da cama. Meus olhos se abriram imediatamente. Os músculos doloridos tencionaram. Embora ele não fosse tão mau quanto o resto, considerando tudo, eu não confiava em ninguém.

Ele mostrou o embrulho.

— É gelo. Achei que pudesse ajudar.

Observei-o com cautela.

— Não... não entendi.

— Para o seu rosto. — Ajeitou o embrulho na mão. — Ele não está lá muito bonito.

Não achava que estivesse. Ignorando a dor pulsante no ombro, tentei tirar o braço de dentro do cobertor.

— Posso fazer isso.

— Você está com cara de que não consegue levantar um dedo. Fique quieta. E não fale nada.

Não sabia se devia ficar ofendida com o lance de *não fale nada*, mas ao senti-lo pressionar o embrulho de gelo contra minha bochecha, suguei o ar com força.

— Eles podiam ter pedido a um dos Luxen que a curasse, mas sua recusa em lutar não está tornando as coisas mais fáceis para você. — Ele pressionou o gelo num ponto um pouco mais abaixo, e eu me contraí. — Tente se lembrar disso da próxima vez que for para a sala de treinamento.

Tentei fazer uma careta, mas doeu.

— Ah. Como se fosse minha culpa.

Ele balançou a cabeça, frustrado.

— Não foi o que eu quis dizer.

— Lutar contra eles é errado — falei após alguns segundos. — Não vou me autodestruir. — Pelo menos, achava que não. — Obrigá-los a fazer isso é... desumano. E eu não...

— Vai, sim — retrucou ele, calmamente. — Você não é diferente deles.

— Não sou diferente... — Fiz menção de me sentar, mas desisti ao ver o olhar do Archer. — Mo nem parece mais um ser humano. Nenhum deles parece. Eles são como robôs.

— Eles são treinados.

— T-treinados? — gaguejei, enquanto ele pressionava o gelo contra meu queixo. — Eles são autômatos...

— Não interessa o que eles são. Se você prosseguir com isso, recusando-se a lutar, a dar ao sargento Dasher o que ele quer, vai continuar sendo um saco de pancadas humano. E com que objetivo? Mais dia, menos dia, um dos híbridos vai acabar te matando. — Ele baixou a voz, tanto que me perguntei se os microfones conseguiriam captar. — E sabe o que vai acontecer com aquele que te transformou? Ele vai morrer também, Katy.

Meu peito apertou com um tipo totalmente diferente de dor. Vi o rosto do Daemon em minha mente — aquele rosto expressivo, com seu costumeiro e irritante sorrisinho presunçoso —, e a profunda saudade me deixou com a garganta queimando. Minhas mãos se crisparam sob o cobertor enquanto um buraco se abria em meu peito.

Vários minutos se passaram sem que nenhum de nós dissesse nada. Continuei deitada, os olhos fixos no ombro do Archer, na camuflagem marrom e branca do uniforme, procurando algo para dizer, qualquer coisa que aliviasse o vazio dentro de mim, até que, enfim, encontrei.

— Posso te fazer uma pergunta?

— Você não devia estar falando. — Ele trocou o embrulho de gelo de uma mão para outra.

Ignorei o conselho. Tinha quase certeza de que enlouqueceria se continuasse em silêncio.

— É verdade que existem Luxen dispostos a tomar a Terra? Outros como Shawn?

Ele não respondeu.

Fechei os olhos e soltei um suspiro cansado.

— Você vai morrer se me responder?

Outro momento se passou.

— O fato de você estar perguntando já é resposta suficiente.

Será?

— Existem humanos bons e maus, não é verdade, Katy?

Achei estranho o modo como ele disse *humanos*.

— É, mas isso é diferente.

— Tem certeza?

Quando o gelo pousou novamente sobre a minha bochecha, não doeu tanto.

— Acho que sim.

— Porque os humanos são mais fracos? Lembre-se de que eles possuem acesso a armas de destruição em massa, assim como os Luxen. Você realmente acha que os Luxen não sabem o que acontece aqui? — perguntou baixinho. Enrijeci. — Que alguns não têm seus próprios motivos para apoiar o Daedalus, enquanto outros temem perder a vida que construíram aqui? Você realmente quer uma resposta para essa pergunta?

— Quero — murmurei, mas estava mentindo. Parte de mim não queria saber.

Archer moveu o embrulho de gelo de novo.

— Existem Luxen que querem tomar a Terra, sim, Katy. A ameaça é real. E se por acaso eles um dia tiverem que escolher um lado, qual você acha que vai ser? Qual você vai escolher?

DAEMON

Eu estava prestes a quebrar o pescoço de alguém.

Quem saberia dizer quantos dias haviam se passado desde que a Nancy me recebera de braços abertos em Mount Weather? Dois? Uma semana? Ou mais? Diabos. Não fazia ideia de que dia era ou de quanto tempo havia se passado. Assim que fui escoltado até o interior da base, Nancy desapareceu, e deu-se início a uma série de procedimentos estúpidos — exames de sangue, avaliação física e o interrogatório mais imbecil já visto do lado de cá das montanhas Blue Ridge. Concordei com tudo a fim de acelerar o processo, mas depois disso merda nenhuma aconteceu.

Fui enfiado numa cela — provavelmente do mesmo tipo em que meu irmão fora mantido —, mais furioso a cada segundo. Não conseguia invocar a Fonte. Podia, porém, assumir minha forma verdadeira, o que só servia para iluminar o aposento quando estava escuro. Não exatamente útil.

Comecei a andar de um lado para outro, sem conseguir evitar imaginar pela milésima vez se a Kat não estaria fazendo a mesma coisa em algum outro lugar. Não conseguia senti-la, mas aparentemente nossa bizarra conexão só funcionava quando estávamos próximos. Havia uma chance, embora bem pequena, de que ela ainda estivesse em Mount Weather.

Quem saberia dizer que horas eram quando a porta de cela se abriu e três aspirantes a G.I. Joe fizeram sinal para que eu saísse. Passei por eles, rindo ao escutar um deles soltar um palavrão quando dei-lhe uma topada com o ombro.

— Que foi? — desafiei, encarando-o, pronto para uma boa briga. — Algum problema?

O sujeito bufou.

— Anda.

Um deles, uma alma bastante corajosa, me deu uma cutucada no ombro. Virei-me para ele com um olhar assassino, e o idiota se encolheu.

— É, achei que não.

Passado o ligeiro momento de tensão, os três me conduziram por um corredor praticamente idêntico ao que havíamos cruzado ao resgatar a Beth. Entramos no elevador e descemos uns dois andares. Saímos em outro corredor repleto de militares, alguns de uniforme e outros de terno. Todos eles abriram uma boa distância de nosso animado grupinho.

Minha já inexistente paciência foi colocada à prova ao pararmos diante de um par de portas duplas escuras e brilhantes. Meu sexto sentido me dizia que a maldita era revestida em ônix.

Os soldadinhos fizeram algum abracadabra sigiloso com o painel de controle e as portas se abriram, revelando uma mesa comprida e retangular. O aposento não estava vazio. Ah, não. Lá dentro estava minha amiga predileta.

Nancy Husher estava sentada à cabeceira da mesa, as mãos entrelaçadas à frente e o cabelo puxado num severo rabo de cavalo.

— Olá, Daemon.

Eu não estava com o menor humor para brincadeiras.

— Ah, você continua por aqui? Achei que tivesse se esquecido de mim.

— Eu jamais me esqueceria de você, Daemon. Você é valioso demais.

— *Isso* eu sei. — Sem esperar pela ordem, sentei, me recostei na cadeira e cruzei os braços. Os soldadinhos fecharam as portas e se plantaram ao lado delas. Descartando-os com um simples olhar, me virei para a Nancy. — Que foi? Nenhum exame de sangue ou avaliação física hoje? Nenhuma série interminável de perguntas estúpidas?

Nancy estava obviamente lutando para manter uma expressão calma. Pedi a qualquer que fosse o Deus que estivesse nos observando que me permitisse acionar todos os botõezinhos da mulher.

— Não. Não há necessidade. Já conseguimos tudo o que queríamos.

— E o que seria isso?

Ela ergueu um dos dedos e parou com ele no ar.

— Você acha que sabe o que o Daedalus está tentando fazer. Pelo menos, tem algumas suposições.

— Honestamente, não dou a mínima para o que o seu grupinho surtado está fazendo.

— Não? — Ela ergueu uma sobrancelha.

— Não.

O sorriso se alargou.

— Sabe o que eu acho, Daemon? Você rosna demais. Tem uma língua afiada e músculos para garantirem que se safe com ela, mas na verdade não tem o menor controle sobre a situação e, lá no fundo, sabe disso. Portanto, pode continuar com seus sarcasmos. Acho divertido.

Trinquei o maxilar.

— Divertir você é meu objetivo de vida.

— Bom saber. Já que esclarecemos isso, podemos seguir em frente? — Ao me ver assentir, seu olhar tornou-se ainda mais penetrante. — Em primeiro lugar, quero deixar claro que se ameaçar a mim ou qualquer outra pessoa, temos armas que eu detestaria usar contra você, mas usarei.

— Estou certo que sim.

— Detestaria, mesmo. São armas com munição PEP, Daemon. Sabe o que significa a sigla? Projéteis de Energia Pulsante. Eles interferem nos eletrônicos e nas ondas de luz de maneira catastrófica. Um único tiro é fatal para a sua espécie. Odiaria perder você. Ou a Katy. Entende aonde quero chegar?

Cerrei o punho.

— Entendo.

— Sei que tem suas suposições em relação ao Daedalus, mas esperamos mudá-las durante sua estadia aqui.

— Hum, suposições? Ah, está se referindo à época em que você e seus lacaios me fizeram acreditar que meu irmão estava morto?

Nancy sequer piscou.

— Seu irmão e a namorada foram capturados pelo Daedalus por causa do que o Dawson fez com a Bethany… para a segurança deles. Sei que você não acredita, mas isso não é problema meu. Existe um motivo para que os Luxen sejam proibidos de curar os humanos. As consequências são grandes e, na maioria dos casos, resulta numa alteração instável do DNA humano, especialmente fora de um ambiente controlado.

Inclinei a cabeça de lado, lembrando o que acontecera com a Carissa.

— O que você quer dizer com isso?

— Mesmo que o humano sobreviva à mutação com a nossa ajuda, há uma chance de que ela seja instável.

— Com a ajuda de vocês? — Ri com frieza. — Injetar só Deus sabe o quê nas pessoas é ajudá-las?

Ela fez que sim.

— Se não fizéssemos isso, a Katy morreria. Era o que teria acontecido.

Enrijeci, mas meu coração acelerou.

— Às vezes a mutação retrocede. Mas, em outras, leva à morte. Em outras ainda, ela se estabiliza por um momento, mas a pessoa entra em combustão sob estresse. E tem as vezes em que ela se estabiliza perfeitamente. Precisamos determinar cada caso, visto que nós não podemos permitir híbridos instáveis no meio da sociedade.

A raiva percorreu minhas veias como um trem de carga.

— Você fala como se vocês estivessem fazendo um favor ao mundo.

— E estamos. — Ela se recostou na cadeira, tirando as mãos de cima da mesa. — Estamos estudando os Luxen e os híbridos, tentando descobrir a cura para diversas doenças. E estamos impedindo híbridos potencialmente perigosos de machucarem pessoas inocentes.

— Kat não é perigosa — rosnei.

Nancy inclinou a cabeça ligeiramente de lado.

— Isso ainda precisa ser comprovado. A verdade é que ela nunca foi testada. E é o que estamos fazendo agora.

Inclinei o corpo para a frente bem devagarinho, enquanto a sala ganhava uma espécie de manto branco ofuscante.

— E o que isso significa?

Nancy ergueu uma das mãos, dispensando os três subordinados ao lado da porta.

— A Katy mostrou sinais de raiva extrema, um indício de instabilidade em um híbrido.

— Jura? A Kat ficou zangada? Talvez porque vocês estão mantendo ela em cativeiro contra a vontade? — As palavras deixaram um gosto ácido em minha boca.

— Ela atacou vários membros da minha equipe.

Abri um largo sorriso. *Essa é a minha garota.*

— Sinto muito por ouvir isso.

— Eu também. Temos muita esperança em vocês dois. A forma como vocês trabalham juntos? É uma relação perfeitamente simbiótica. Poucos Luxen e humanos alcançaram isso. Na maioria das vezes, a mutação age como um parasita para o humano. — Ela cruzou os braços, esticando o tecido marrom do paletó do terno. — Vocês podem vir a representar a diferença para o que estamos tentando alcançar.

— Curar várias doenças e proteger pessoas inocentes? — bufei. — Só isso? Você realmente acha que eu sou burro?

— Não. Pelo contrário, acho que você é o oposto disso. — Nancy soltou o ar com força pelo nariz enquanto se aproximava novamente da mesa e apoiava as mãos sobre o tampo cinza-escuro. — O objetivo do Daedalus é transformar o quadro da evolução humana. Para se conseguir isso, de vez em quando é preciso recorrer a medidas drásticas, mas os resultados finais valem cada gota de sangue, suor ou lágrimas.

— Desde que não seja o seu sangue, o seu suor ou as suas lágrimas, certo?

— Ah, eu tenho dado tudo de mim, Daemon. — Abriu um sorriso de orelha a orelha. — E se eu dissesse que podemos não só erradicar as doenças mais virulentas, como também impedir guerras antes que elas comecem?

Esse era o ponto, concluí.

— Como vocês fariam isso?

— Você acha que algum país iria querer lutar contra um exército de híbridos? — Ela inclinou novamente a cabeça. — Sabendo o que um bem-sucedido híbrido é capaz de fazer?

Parte de mim estava enojada pelas implicações. A outra estava simplesmente puta da vida.

— Vocês querem criar híbridos para que eles possam morrer lutando suas guerras estúpidas? Vocês torturaram meu irmão por isso?

— Você fala em tortura. Eu prefiro o termo motivação.

Certo, esse era um daqueles momentos na vida em que eu realmente desejava arrebentar alguém contra a parede. E acho que ela sabia.

— Vamos direto ao ponto, Daemon. Precisamos da sua ajuda... da sua vontade de ajudar. Se as coisas transcorrerem tranquilamente para a gente, o mesmo vai acontecer para você. O que é preciso para que cheguemos a um acordo?

Nada nesse mundo deveria fazer com que eu considerasse a proposta. Era algo contra a natureza; absolutamente errado. Mas eu era um homem de barganhas e, no final das contas, não interessava o que o Daedalus queria, nem o que o Luc queria, só uma coisa importava.

— Só tem uma coisa que eu quero.

— O quê?

— Ver a Kat.

O sorriso da Nancy não titubeou.

— E o que você está disposto a fazer em troca disso?

— Qualquer coisa — respondi sem hesitar, e estava falando sério. — Farei *o que for preciso*, mas quero ver a Kat primeiro. Quero vê-la agora.

Um brilho calculista surgiu em seus olhos.

— Então tenho certeza de que podemos chegar a um acordo.

[9]

Katy

inhas pernas doíam enquanto eu seguia mancando atrás do Archer para a sala de treinamento. Quem eu teria que enfrentar hoje? A Mo? O cara com um moicano? Ou a garota de lindos cabelos ruivos? Não fazia diferença. Eu ia levar uma surra. A única coisa certa era que eles não permitiriam que os outros híbridos me matassem. Eu era *valiosa* demais.

Archer diminuiu o passo, deixando que o alcançasse. Ele não tinha dito nada desde que saíra da minha cela na véspera, mas já estava acostumada com o silêncio. No entanto, não conseguia entender qual era a dele. Archer não parecia apoiar o que o Daedalus estava fazendo, mas jamais dissera nada abertamente. Talvez para ele isso fosse apenas um emprego.

Paramos diante das portas que eu passara a odiar. Quando elas se abriram, inspirei fundo e entrei. Não fazia sentido protelar o inevitável.

O sargento Dasher nos aguardava lá dentro, vestido com o mesmo uniforme de sempre, desde que o vira pela primeira vez. Imaginei se ele por acaso teria um estoque interminável deles. Caso contrário, devia gastar uma fortuna com lavagem a seco.

Esse era o tipo de coisa imbecil em que eu pensava antes de virar um gigantesco saco de pancadas.

LUX 4 ORIGINAIS

Dasher me olhou de cima a baixo. Pela rápida espiadela no espelho embaçado do banheiro, eu sabia que estava com uma aparência belíssima. Do lado direito do rosto, tanto minha bochecha quanto meu olho estavam inchados, com um tom feioso de roxo. O lábio inferior encontrava-se partido. E o resto do corpo ostentava uma miríade de hematomas.

Ele balançou a cabeça e deu um passo para o lado, a fim de permitir que o dr. Roth fizesse um rápido checkup. O médico tirou minha pressão, auscultou meus pulmões e, em seguida, verificou meus olhos com uma caneta de luz.

— Ela me parece um pouco pior — comentou ele, metendo o estetoscópio por baixo do jaleco. — Mas vai poder participar do teste.

— Seria legal se ela realmente participasse — resmungou um dos sujeitos sentados diante dos monitores. — E não ficasse apenas parada ali.

Fuzilei-o com os olhos, mas antes mesmo que eu pudesse abrir a boca, o sargento disse:

— Hoje vai ser diferente.

Cruzei os braços e o encarei.

— Não vai, não. Não vou lutar contra eles.

Ele ergueu o queixo ligeiramente.

— Talvez a gente tenha te introduzido ao teste de forma incorreta.

— Jesus! — repliquei, sorrindo comigo mesma ao vê-lo estreitar os olhos. — Qual parte foi incorreta?

— Não queremos que você lute apenas por lutar, Katy. Queremos ter certeza de que a sua mutação é viável. Já percebi que não está disposta a machucar outro híbrido sem motivo.

Um fiapo de esperança se acendeu dentro de mim, como um broto frágil despontando do solo. Talvez firmar o pé e acumular todos aqueles hematomas tivesse significado alguma coisa. Um pequeno passo, que provavelmente não significava nada para eles, mas muito para mim.

— Mas precisamos testar seus poderes sob grande estresse. — Ele fez sinal para os caras diante dos monitores, e minha esperança desceu pelo ralo. A porta se abriu. — Acho que você vai aceitar melhor o teste de hoje.

Ó céus, eu não queria passar por aquela porta, mas me forcei a botar um pé na frente do outro, recusando-me a mostrar qualquer sinal de fraqueza.

A porta se fechou às minhas costas. Fiquei parada, olhando para a outra e aguardando, sentindo uma série de nós se formar em meu estômago. De que forma eles poderiam tornar isso mais aceitável? Não havia nada que eles pudessem...

Nesse instante, a outra porta se abriu e Blake entrou.

Abafei uma risada seca e amarga ao vê-lo entrar tranquilamente no aposento, mal prestando atenção à porta que se fechou logo atrás. De repente, a declaração do Dasher sobre o teste ser mais aceitável fez sentido.

Blake franziu o cenho ao parar diante de mim.

— Você está com uma cara péssima.

A raiva que já fervilhava dentro de mim começou a soltar faíscas.

— E isso te surpreende? Você sabe o que eles fazem aqui.

Ele correu os dedos pelo cabelo, os olhos perscrutando meu rosto.

— Katy, tudo o que precisa fazer é invocar a Fonte. Você está tornando as coisas mais difíceis.

— *Eu* estou tornando as coisas...? — Interrompi-me ao sentir a raiva aumentar ainda mais. A Fonte vibrou em minhas entranhas, e meus pelos se eriçaram. — Você é louco.

— Olhe só pra você. — Brandiu a mão diante de mim. — Tudo o que precisava fazer era concordar com o que eles estão pedindo, e assim teria evitado tudo isso.

Dei um passo à frente, fuzilando-o com os olhos.

— Se você não tivesse nos traído, tudo isso teria sido evitado.

— Não. — Um lampejo de tristeza cruzou o rosto dele. — Você teria terminado aqui de qualquer jeito.

— Não concordo.

— Você não quer concordar.

Inspirei fundo para me acalmar, mas a raiva estava me dominando. Blake fez menção de botar a mão em meu ombro, mas afastei-a com um tapa.

— Não me toque.

Ele me fitou por um momento, estreitando os olhos.

— Como eu disse antes, se quiser ficar puta com alguém, fique com o Daemon. Foi ele quem causou isso. Não eu.

Era o bastante.

LUX 4 ORIGINAIS

Toda a raiva e frustração acumuladas me varreram por dentro como um furacão nível cinco. Meu cérebro desligou e eu ataquei sem pensar. Acertei o maxilar dele de raspão, ao mesmo tempo que a Fonte mostrava a cara. Uma bola de energia escapou de minha mão e atingiu o Blake, fazendo-o girar no próprio eixo.

Ele parou ao bater na parede e soltou uma risada de surpresa.

— Que droga, Katy. Isso dói.

A energia crepitava por minha espinha, fundindo-se com os ossos.

— Como ousa culpar o *Daemon* por isso? Não é culpa dele!

O surfista se virou e se recostou na parede. Com as costas da mão, limpou o fio de sangue que escorria do lábio. Um brilho estranho acendeu seus olhos, e ele, então, se afastou da parede.

— Isso é total culpa dele.

Lancei o braço à frente, liberando outra bola de energia, mas Blake se desviou, rindo ao girar com os braços abertos.

— Isso é o melhor que você tem a oferecer? — atiçou ele. — Vamos lá. Prometo que vou pegar leve, *gatinha*.

Perdi a cabeça ao escutar o apelido — o apelido que o Daemon me dera. Em um segundo, Blake estava em cima de mim. Pulei para o lado, ignorando o protesto doloroso dos músculos. Blake abriu o braço num arco, e uma luz branco-avermelhada crepitou. Girei no último instante, mal evitando ser atingida em cheio.

Deixei-me envolver novamente pela descarga de energia e lancei outra bola de luz, que com um arco através do aposento atingiu Blake no ombro.

Ele recuou alguns passos cambaleantes e se dobrou ao meio, apoiando as mãos nos joelhos.

— Você pode fazer melhor do que isso, *gatinha*.

Uma raiva cega encobriu meus olhos como um véu. Lancei-me sobre ele como um lutador de MMA e em alta velocidade. Caímos no chão num emaranhado de braços e pernas, comigo por cima. Continuei socando o surfista sem parar, sem ver onde estava atingindo, sentindo somente a dor que se espalhava pelos meus dedos ao se conectarem à carne.

Blake meteu os braços entre os meus e os abriu, tirando meu equilíbrio. Titubeei por um instante e, com um remexer dos quadris, ele rolou por cima de mim. Minhas costas bateram com força no chão e o ar escapou de meus pulmões. Continuei desferindo golpes, mirando o rosto dele, determinada a arrancar seus olhos das órbitas.

Ele capturou meus pulsos e os prendeu logo acima da minha cabeça, debruçando-se sobre mim. Havia um corte sob seu olho esquerdo, e a bochecha estava começando a inchar. Fui tomada por uma maldosa satisfação.

— Posso te perguntar uma coisa? — Blake riu, fazendo com que os riscos verdes das íris dos seus olhos cintilassem ainda mais. — Você contou ao Daemon que me beijou? Aposto que não.

Sentia cada respiração reverberar por todo o corpo. Minha pele estava sensível demais ao peso e à proximidade dele. O poder se acumulou novamente em minhas entranhas, e a sala pareceu ser subitamente envolvida num brilhante manto branco. A fúria me consumia, corroendo cada célula e comandando cada simples inspiração de ar.

O sorriso dele se ampliou.

— Como também nunca contou a ele como a gente gostava de se aconchegar...

O poder explodiu de dentro de mim. De repente, estávamos flutuando, tanto ele quanto eu, levitando a mais de um metro do chão. Meu cabelo escorria pelas minhas costas, e o dele caiu sobre os olhos.

— Merda — murmurou Blake.

Num movimento brusco, soltei meus pulsos e soquei o peito dele com ambas as mãos. Com uma expressão de choque no rosto pálido, Blake foi arremessado de costas contra a parede. O cimento rachou e trincou como uma teia de aranha. A sala inteira tremeu com o impacto. A cabeça do Blake pendeu para a frente e ele escorregou parede abaixo. Parte de mim esperava que ele se recobrasse antes mesmo de bater no chão, mas... não foi o que aconteceu. O surfista se estatelou com um baque surdo que fez com que minha raiva evaporasse imediatamente.

Como se eu estivesse sendo suspensa por fios invisíveis subitamente cortados, aterrissei nos calcanhares e dei um passo à frente para recuperar o equilíbrio.

— Blake? — Minha voz soou como um coaxar.

Ele não se moveu.

Ah, não...

LUX 4 ORIGINAIS

Com os braços trêmulos, fiz menção de me ajoelhar, mas algo escuro e grosso começou a se espalhar por baixo do corpo dele. Olhei para a parede. O contorno do Blake ficara nitidamente impresso, uma forma escavada em baixo-relevo, com uns noventa centímetros de profundidade.

Ai, meu Deus, não…

Baixei os olhos lentamente. O sangue formava uma poça sob o corpo inerte e continuava se espalhando pelo piso de cimento cinza, escorrendo em direção aos meus tênis.

Recuei alguns passos, a boca aberta, mas sem emitir nenhum som. Blake não se mexeu. Não girou o corpo com um gemido para se levantar. Estava totalmente imóvel. E a pele exposta das mãos e dos braços já começava a empalidecer, adquirindo um tom fantasmagórico de branco que contrastava fortemente com o profundo vermelho do sangue.

Blake estava morto.

Ai, meu Deus.

O tempo pareceu retardar e, em seguida, acelerar. Se o surfista estava morto, então o Luxen que o transformara também estava, pois era assim que a coisa funcionava. Eles estavam conectados, como Daemon e eu, e se um morresse… o outro morria também.

Blake havia provocado isso de diversas formas. Eu mesma tinha prometido matá-lo, porém as palavras… palavras o vento leva. As ações… essas, são outra história. E o surfista, mesmo com todas as coisas terríveis que havia feito, era um produto das circunstâncias. Ele estava apenas me provocando. Tinha matado, sim, mas não de propósito. E nos traíra para salvar o amigo.

Assim como eu tinha feito — e faria de novo.

Pressionei a boca com a mão trêmula. Tudo o que dissera a ele voltou numa enxurrada. Naquele breve segundo em que tinha cedido à fúria — um instante insignificante de tempo —, eu havia mudado, dado um passo sem volta. Meu peito subia e descia com rapidez, ao mesmo tempo que os pulmões se comprimiam dolorosamente.

O interfone foi acionado, o zumbido inicial quebrando o silêncio tumular e me sobressaltando. A voz do sargento Dasher ecoou pela sala, mas não consegui tirar os olhos da forma sem vida do Blake.

— Perfeito — disse ele. — Você passou no teste de estresse.

Aquilo tinha passado do ponto — estar ali, tão longe da minha mãe, do Daemon e de tudo que eu conhecia, ser obrigada a fazer uma série de exames e a lutar contra outros híbridos. E agora isso? Era simplesmente demais.

Joguei a cabeça para trás e abri a boca para gritar, mas não saiu som algum. Archer entrou e, com gentileza, botou a mão em meu ombro e me conduziu para fora da sala. Dasher disse alguma coisa, soando como um pai orgulhoso, e então fui levada para um dos consultórios, onde o dr. Roth aguardava para tirar mais sangue. Eles trouxeram uma Luxen para me curar. Os minutos viraram horas, mas continuei muda, totalmente anestesiada.

※ ※ ※

DAEMON

Passar cinco horas com as mãos imobilizadas por algemas revestidas em ônix, ter os olhos vendados e ser forçado a entrar num avião não era a minha ideia de algo divertido. Acho que eles tinham medo de que eu derrubasse a aeronave, o que era estupidez. Ela estava me levando para onde eu queria ir. Não sabia que local era esse, mas tinha que ser onde estavam mantendo a Kat.

Se ela não estivesse lá, eu ia virar o bicho.

Quando o avião aterrissou, fui conduzido até um carro que estava à nossa espera. Mesmo vendado, consegui perceber uma luz brilhante, além de um cheiro seco e ácido, vagamente familiar. O deserto? Durante o percurso de duas horas, dei-me conta de que estava voltando para o lugar onde estivera havia quase treze anos.

A Área 51.

Abri um sorrisinho presunçoso. A venda era inútil. Eu sabia onde estávamos. Assim que eram descobertos, todos os Luxen eram levados para a remota Base Aérea de Edwards. Eu era jovem, mas jamais me esqueceria da secura do ar ou do cenário inóspito do lago Groom.

Quando o veículo enfim parou, soltei um suspiro e esperei que abrissem a porta ao meu lado. Um par de mãos me agarrou pelos ombros e me arrastou para fora do carro. Quem quer que estivesse me segurando tinha muita sorte por eu estar com as mãos algemadas, ou o coitado voltaria para casa com o maxilar quebrado.

O ar seco do deserto de Nevada me envolveu por alguns metros e, então, uma lufada de ar frio soprou minha franja. A venda, porém, só foi retirada depois que entramos num elevador.

Nancy Husher sorriu.

— Desculpe por isso, mas precisamos tomar certas precauções.

Olhei para ela.

— Eu sei onde estamos. Já estive aqui antes.

Ela arqueou uma única sobrancelha fina.

— Muitas coisas mudaram desde que você era criança, Daemon.

— Dá pra tirar isso? — Remexi os dedos.

Ela olhou de relance para um dos soldados com uniforme camuflado. Ele parecia jovem, mas a boina cáqui escondia a maior parte do rosto.

— Pode tirar as algemas. Ele não vai nos dar trabalho. — Nancy olhou de volta para mim. — Acredito que o Daemon saiba que, como mecanismo de defesa, o lugar inteiro é revestido em ônix.

O guarda deu um passo à frente e pescou uma chave no bolso. O maxilar trincado dizia que ele não tinha muita certeza se deveria acreditar nela, mas as algemas foram destrancadas mesmo assim. Elas arranharam a pele já machucada dos meus pulsos ao serem retiradas. Remexi os ombros para aliviar a dor nos músculos rígidos. Afora as manchas avermelhadas que circundavam meus pulsos, até que não estava tão mal.

— Vou me comportar — prometi, estalando o pescoço. — Mas quero ver a Kat imediatamente.

O elevador parou e as portas se abriram. Nancy saiu primeiro e, em seguida, o soldado fez sinal para que eu saísse também.

— Tem algo que você precisa ver primeiro.

Estanquei.

— Isso não fazia parte do acordo, Nancy. Se você quer que eu colabore, então me deixe ver a Kat agora.

Ela lançou um olhar por cima do ombro.

— O que eu quero te mostrar tem a ver com ela. Depois você poderá vê-la.

— Eu quero... — Girei e encarei o guarda que respirava no meu cangote. — Falando sério, cara, dá um espaço.

Embora ele fosse meia cabeça mais baixo que eu e não chegasse aos meus pés no que dizia respeito à capacidade de chutar traseiros, o sujeito não recuou.

— Continue. Andando.

Enrijeci.

— E se eu me recusar?

— Daemon — chamou Nancy, a voz transbordando impaciência. — Tudo o que está fazendo é protelar o que você quer.

Por mais que odiasse admitir, ela estava certa. Com um último olhar cheio de promessas para o babaca, virei-me de volta e segui a mulher corredor acima. Tudo era branco, exceto por pequenos pontos pretos nas paredes e no teto.

Não lembrava muito bem do interior do prédio, mas lembrava que eram muito poucos os lugares que tínhamos permissão para ir. Éramos mantidos a maior parte do tempo num andar comunal até sermos assimilados e liberados.

A ideia de estar ali de volta me incomodava por milhões de motivos.

Nancy parou diante de uma porta e se inclinou ligeiramente. Uma luz vermelha se acendeu no painel e incidiu sobre seu olho direito. A luz, então, ficou verde e a porta destrancou. Isso ia ser complicado, pensei, imaginando se o sistema teria sido preparado para reconhecer caso eu tentasse assumir a forma da Nancy. Por outro lado, o que quer que houvesse no prédio me deixara tão seco quanto as areias de um deserto, de modo que não sabia sequer se conseguiria fazer isso.

Dentro da pequena sala circular, homens de uniforme averiguavam diversos monitores. Cada uma das telas mostrava um aposento, corredor ou piso diferente.

— Saiam — ordenou ela.

Os homens se levantaram e saíram rapidamente, deixando-me sozinho com a Nancy e o idiota que nos acompanhara.

— O que você queria me mostrar?

Ela contraiu os lábios.

LUX 4 Originais

— Essa é uma das várias salas de controle espalhadas pelo prédio. Daqui, podemos monitorar tudo o que acontece no Rancho Paraíso.

— Rancho Paraíso? — Soltei uma risada amarga. — É assim que vocês chamam esse lugar agora?

Ela deu de ombros e se virou para um dos computadores, digitando algo velozmente no teclado.

— Todos os aposentos possuem câmeras. Isso nos ajuda a monitorar as atividades por vários motivos.

Alisei a barba que começava a despontar em meu rosto.

— Certo.

— Uma das nossas preocupações ao trazermos novos híbridos é nos certificar de que eles não sejam um perigo para si mesmos ou para os outros — começou ela, cruzando os braços. — É um processo que encaramos com muita seriedade. São feitas várias rodadas de testes para assegurar que eles são viáveis.

Não estava gostando nem um pouco do rumo daquela conversa, principalmente se tinha algo a ver com a Kat.

— Katy mostrou que guarda alguns ressentimentos e que pode se tornar muito perigosa.

Trinquei os dentes com tanta força que fiquei surpreso por eles não terem rachado.

— Se ela fez alguma coisa é porque foi provocada.

— Tem certeza? — Nancy apertou um botão no teclado e a tela acima e à esquerda se acendeu.

Kat.

O ar escapou de meus pulmões. Meu coração parou e, em seguida, acelerou.

A tela mostrava a Kat, sentada com as costas pressionadas contra uma parede. A imagem era granulada, mas só podia ser ela — *era ela*. Estava com a mesma roupa da noite em que fora capturada em Mount Weather, o que provavelmente acontecera semanas antes. Fiquei imediatamente confuso. Quando aquilo fora gravado? Não podia ser uma imagem em tempo real.

Os cabelos pendiam para a frente, ocultando seu belo rosto. Fiz menção de dizer a ela que erguesse os olhos, mas no último segundo percebi que isso faria com que eu parecesse um imbecil.

— Como pode ver, não tem ninguém perto dela — comentou Nancy. — Aquele na sala com ela é o sargento Dasher. Ele está conduzindo o interrogatório inicial.

De repente, Kat ergueu o queixo e se levantou num pulo. Começou a correr em volta de um homem alto, vestido com um uniforme militar. No segundo seguinte, ela despencou no chão. Observei, horrorizado, ela se contorcer, até que um dos homens soltou uma mangueira de água presa à parede.

Nancy apertou outro botão, e a imagem mudou. Levei um instante para me recobrar da última cena e entender o que estava acontecendo agora, mas, quando entendi, fui tomado por uma fúria sanguinária.

A tela mostrava a Kat e o canalha do Blake, preparados para lutar. Ela girou o corpo e estendeu a mão para o abajur, mas ele se meteu na frente, bloqueando-a. Quando a Kat armou um soco, me enchi de orgulho. Essa era a *minha* gatinha, cheia de garras e atitude.

O que aconteceu a seguir, porém, me deixou com vontade de fugir correndo da sala. Blake interceptou o soco, torceu o braço dela e a jogou longe. A dor era visível no rosto da Kat. Ele, então, a lançou de costas na cama, prendendo-a com o próprio corpo.

Minha visão ficou vermelha como sangue.

— Isso não está acontecendo agora — explicou Nancy calmamente. — Já faz um tempinho. Foi assim que ela chegou. A imagem não tem som.

Com a respiração pesada, virei-me de volta para o monitor. Eles estavam lutando, e Blake estava obviamente em vantagem. Kat, porém, não desistia, arqueando as costas e contorcendo o corpo debaixo do dele. Fui invadido por uma profunda violência, estimulada por uma fúria indescritível e um sentimento de impotência como jamais sentira antes, e que tinha o gosto do sangue do Blake. Crispei as mãos, com vontade de socar o monitor, já que o rosto dele não estava disponível.

Quando ele a arrancou da cama e a arrastou pelo chão da cela até sair do campo de visão da câmera, virei de volta para a Nancy.

— O que aconteceu? Para onde ele a levou?

— Para o banheiro, onde não há câmeras. Acreditamos que vocês mereçam um pouco de privacidade. — Ela apertou outro botão, acelerando o vídeo alguns minutos. Blake surgiu à direita e se sentou na cama, na cama *da Kat*. Ela, então, apareceu alguns segundos depois, totalmente encharcada.

Dei um passo à frente, expelindo o ar pelo nariz. Os dois trocaram algumas palavras e, em seguida, Kat se virou, abriu uma cômoda e tirou uma muda de roupa. Feito isso, desapareceu de novo banheiro adentro.

Blake apoiou a cabeça entre as mãos.

— Eu vou matá-lo — prometi, para ninguém em particular, mas determinado a cumprir a promessa. De um jeito ou de outro, ele ia pagar por isso, por tudo o que tinha feito.

O soldado pigarreou.

— Blake já não é mais um problema.

Encarei-o, a respiração ofegante.

— Como assim?

Ele pressionou os lábios numa linha fina.

— Ele está morto.

— O quê?

— Blake está morto — repetiu o cara. — Katy o matou dois dias atrás.

Senti como se o chão tivesse se aberto sob os meus pés. Minha primeira reação foi dizer que ele estava mentindo. Não queria acreditar que a Kat tivesse feito algo desse tipo — que ela tivesse sido obrigada a passar por isso.

Nancy desligou o monitor e olhou para mim.

— Não mostrei isso para deixá-lo chateado ou irritado. Você precisava ver com seus próprios olhos que a Katy provou ser perigosa.

— Não tenho dúvidas de que, se ela fez isso, teve um motivo. — Meu coração martelava de encontro ao peito. Eu *precisava* vê-la. Se a Kat havia feito uma coisa dessas... não conseguia nem imaginar o que ela devia estar passando. — No lugar dela, eu teria feito a mesma coisa.

Nancy fez um ruído baixo de reprovação, e decidi incluí-la em minha lista de Pessoas Que Vão Morrer Dolorosamente.

— Odiaria pensar que você também é instável.

— A Kat não é instável. Tudo o que esses vídeos mostram é ela assustada e se defendendo.

Nancy fez um murmúrio de quem discorda.

— Os híbridos podem ser tão imprevisíveis!
Olhei para ela no fundo dos olhos.
— Assim como os Luxen.

[10]

DAEMON

Eles deixaram que eu me limpasse numa área comunal deserta. A princípio, não concordei com a perda de tempo. Precisava ver a Kat, mas eles não me deram muita escolha, o que acabou sendo uma coisa boa, visto que eu estava com cara de quem havia recém-voltado de uma temporada nas montanhas. Os pelos no meu rosto já começavam a espetar. Após tomar um rápido banho e me barbear, eu vesti a calça de moletom preta com a camiseta branca que tinham me arrumado. O mesmo padrão de uniforme que eles usavam quando eu era criança. Nada como vestir todo mundo igual para que a pessoa se sinta como um rosto sem nome no meio de uma multidão de outros rostos sem nome.

Tal como antes, a ideia era manter todos na linha, controlados. A meu ver, o Daedalus não era nada diferente do DOD.

Quando a ficha finalmente caiu, quase comecei a rir. Provavelmente sempre fora o Daedalus quem estivera por trás dos panos, comandando o show, mesmo na época em que eu fora assimilado, há tantos anos.

O guarda que veio me buscar era o mesmo idiota de antes, e a primeira coisa que ele fez foi verificar o barbeador descartável em busca da lâmina.

Arqueei uma sobrancelha.

— Não sou tão burro assim.

— Bom saber — respondeu ele. — Pronto?

— Pronto.

Ele deu um passo para o lado, a fim de que eu entrasse no corredor primeiro. Com o sujeito grudado no meu quadril, seguimos para outro elevador.

— Colado desse jeito, meu chapa, sinto como se devesse te convidar pra jantar ou algo do gênero. Pelo menos, me diga seu nome.

Ele pressionou um dos andares.

— O pessoal aqui me chama de Archer.

Estreitei os olhos. Algo nele me lembrava o Luc, o que não era um bom sinal.

— Mas esse é o seu nome?

— Desde que eu nasci.

O cara era tão cativante quanto... bem, quanto eu num dia ruim. Pousei os olhos no painel do elevador e fiquei observando os números vermelhos em contagem regressiva. Um nó se formou em minhas entranhas. Estava prestes a descobrir se a Nancy tinha dito a verdade sobre a Kat estar ali ou não.

Eu não tinha ideia do que faria se ela não estivesse. Provavelmente perderia a cabeça.

Não consegui me impedir de perguntar:

— Você a viu... a Kat?

Archer trincou o maxilar e, por um momento, minha imaginação correu solta. Até que ele respondeu:

— Já. Fui designado para cuidar dela. Tenho certeza de que isso o deixa radiante.

— Ela está bem? — perguntei, ignorando a alfinetada.

Ele se virou para mim com uma expressão surpresa. Por ora, trocar farpas e insultos não estava na minha lista de coisas a fazer.

— Ela está... como seria de esperar.

Não gostei do tom da resposta. Inspirei fundo e corri uma das mãos pelos cabelos úmidos. A imagem da Beth surtando pipocou em minha mente. Um estremecimento desceu pelos músculos do meu braço. Não tinha dúvidas de que conseguiria lidar com a Kat, qualquer que fosse a condição em que a encontrasse. Eu a ajudaria a superar. Nada nesse mundo poderia me impedir, mas não queria que ela tivesse passado por nada que a deixasse traumatizada.

Tipo, matar o Blake.

— Na última vez que verifiquei, ela estava dormindo — informou Archer assim que o elevador parou. — Ela não tem dormido bem desde que a trouxeram para cá, mas parece que está tirando o atraso hoje.

Anuí lentamente e saí do elevador atrás dele. Imaginei que era muito corajoso da parte deles designar apenas um guarda para mim, mas, por outro lado, eles sabiam o que eu queria, e eu sabia o que estaria em risco se agisse como um idiota.

Meu coração martelava de encontro ao peito, as mãos abrindo e fechando ao lado do corpo. Fui tomado por uma profunda ansiedade, mas ao chegarmos à metade do amplo corredor senti algo que não sentia havia tempos.

Um arrepio quente na nuca.

— Ela está aqui. — Minha voz soou áspera.

Ele lançou um rápido olhar para mim por cima do ombro.

— Está. Ela está aqui, sim.

Não precisava dizer a ele que, até então, tinha certas dúvidas, que uma parte de mim temia que eles houvessem apelado para a minha fraqueza. Devia estar escrito na minha cara, já que eu não havia me dado ao trabalho de tentar esconder.

Kat estava *aqui*.

Archer parou diante de uma porta e digitou um código após passar pelo escâner ocular. Seguiu-se um ruído baixo das trancas se abrindo. Com a mão na maçaneta, olhou de relance para mim.

— Não sei quanto tempo eles o deixarão ficar com ela.

Dizendo isso, abriu a porta.

Como se estivesse num sonho ou andando sobre areia movediça, dei um passo, sem sentir o chão debaixo dos pés. O ar pareceu ficar mais denso, atrapalhando meu avanço. Na verdade, estava me movendo feito um raio, mas não parecia rápido o bastante.

Com os sentidos em alerta, entrei na cela, vagamente ciente da porta que se fechou atrás de mim. Meu olhar recaiu direto sobre a cama encostada na parede.

Meu coração parou. O mundo inteiro pareceu congelar.

Avancei com passos cambaleantes e quase caí de joelhos no chão, mas consegui me recobrar no último instante. Minha garganta e meus olhos ardiam.

Enroscada de lado, de frente para a porta, Kat parecia terrivelmente pequena no meio da cama de casal. Seus cabelos cor de chocolate ocultavam a bochecha e a parte superior do braço que estava para fora das cobertas. Embora estivesse dormindo, o rosto estava contraído como se não conseguisse encontrar conforto nem mesmo no sono. As mãos estavam pressionadas sob o queixo, os lábios, ligeiramente entreabertos.

Sua beleza me atingiu como um raio no centro do peito. Congelei, não sei por quanto tempo, incapaz de tirar os olhos dela. Mas então, com dois passos largos, alcancei a beirada da cama.

Mantendo os olhos fixos nela, abri a boca para falar, mas nada saiu. Eu estava sem palavras. Kat era a única que conseguia fazer isso comigo, sério.

Sentei ao seu lado, sentindo o coração martelar contra o peito ao vê-la se mexer, mas ela não despertou. Parte de mim odiava a ideia de acordá-la. De perto, podia ver as sombras escuras despontando sob suas pestanas grossas, como manchas levemente azuladas. Para ser honesto, estava feliz — não, *exultante* — simplesmente por estar ali, mesmo que isso significasse passar todo o nosso tempo apenas admirando-a.

No entanto, não consegui me impedir de tocá-la.

Estendi o braço lentamente e, com cuidado, afastei as mechas que lhe encobriam o rosto, espalhando-as em leque sobre o travesseiro branco. Dava para ver agora os leves hematomas que cruzavam sua bochecha, num tom suavemente amarelado. Um corte fino repartia o lábio inferior. Tomado por uma súbita raiva, inspirei fundo e soltei o ar devagar.

Apoiando as mãos uma de cada lado dela, abaixei a cabeça e pressionei um leve beijo sobre o lábio cortado, jurando para mim mesmo que quem quer que tivesse lhe provocado dor e aqueles hematomas iria pagar caro. De maneira instintiva, deixei que o calor da cura fluísse de mim para ela, apagando os hematomas.

LUX 4 ORIGINAIS

Um suspiro quente e suave roçou meus lábios. Ergui os olhos, sem querer me afastar demais. Com um tremelicar dos cílios e encolher dos ombros, Kat inspirou com mais força. Esperei, o coração na boca.

Ela abriu as pálpebras lentamente e seus olhos cinza, ainda desfocados pelo sono, percorreram meu rosto.

— Daemon?

Escutar sua voz rouca de sono foi como voltar para casa. A ardência em minha garganta virou um bolo. Recostando-me na cama, rocei as pontas dos dedos pelo queixo dela.

— Oi, gatinha — respondi, minha própria voz soando dolorosamente áspera.

Ela continuou me fitando enquanto os olhos desanuviavam pouco a pouco.

— Isso é um sonho?

Soltei uma risada estrangulada.

— Não, gatinha. Não é um sonho. Sou eu mesmo.

Após um instante de silêncio, ela se ergueu nos cotovelos. Uma mecha de cabelo caiu sobre seu rosto. Empertiguei-me, a fim de lhe dar um pouco mais de espaço. Meu coração martelava numa velocidade supersônica, acompanhando o dela. Kat, então, se sentou completamente e envolveu meu rosto entre as mãos. Fechei os olhos, sentindo o toque suave no fundo da alma.

Ela deslizou as mãos pelas minhas faces como que tentando se convencer de que eu era real. Cobri as dela com as minhas e abri os olhos. Kat me observava com os olhos arregalados e marejados de lágrimas.

— Está tudo bem — falei. — Vai ficar tudo bem, gatinha.

— Como... como você chegou aqui? — Engoliu em seco. — Não entendo.

— Você não vai gostar. — Pressionei um beijo em sua palma, feliz ao sentir o estremecimento que percorreu seu corpo. — Eu me entreguei.

Ela tentou se afastar, mas segurei-lhe as mãos, impedindo-a. Sim, eu era um cara egoísta. Não estava pronto para abrir mão de seu toque.

— Daemon, o que...? O que você estava pensando? Não devia...

— Eu não ia te deixar passar por isso sozinha. — Deslizei as mãos pelos braços dela e envolvi-lhe os cotovelos. — De jeito nenhum.

Sei que não era o que você queria, mas *isso* também não era o que eu queria.

Ela balançou a cabeça ligeiramente, a voz pouco mais que um sussurro.

— Mas e a sua família, Daemon? Seus...

— Você é mais importante. — Assim que as palavras saíram, percebi a veracidade delas. Para mim, a família sempre viera em primeiro lugar, e Kat era parte dessa família... uma parte fundamental. Ela era o meu futuro.

— Mas as coisas que eles vão obrigá-lo a fazer... — Uma solitária lágrima escapou dos olhos marejados e escorreu pela face dela. — Não quero que você passe...

Capturei a lágrima com um beijo.

— E eu não vou deixá-la sozinha. Você... você é tudo pra mim, Kat. — Abri um sorriso ao escutar seu suave ofego. — Vamos lá, gatinha, você realmente esperava outra coisa de mim? Eu te amo.

Então, ela pousou as mãos nos meus ombros e flexionou os dedos até enterrá-los no algodão da camiseta. Ficou me observando sem dizer nada por tanto tempo que comecei a me preocupar. De repente, com um pulo, envolveu meu pescoço, quase me derrubando da cama.

Ri de encontro ao topo de sua cabeça enquanto me recobrava. Num segundo estava do meu lado e, no seguinte, no meu colo, envolvendo-me com os braços e as pernas. Essa — *essa* era a Kat que eu conhecia.

— Você é maluco — murmurou de encontro ao meu pescoço. — Absolutamente louco, mas eu te amo. Eu te amo tanto! Não te quero aqui, mas eu te amo.

Corri uma das mãos pelas suas costas e fechei os dedos em volta do quadril.

— Nunca vou cansar de ouvir você dizer isso.

Ela pressionou o corpo contra o meu, enterrando os dedos nos cabelos da minha nuca.

— Senti tanto a sua falta, Daemon.

— Você não faz ideia... — Eu já não tinha mais palavras. Senti-la de encontro a mim após tanto tempo era uma doce tortura. Cada uma de suas inspirações reverberava por *todo* o meu corpo, em algumas áreas mais do que em outras. Totalmente inapropriado, mas Kat sempre exercera um tremendo poder sobre mim. Toda e qualquer noção de certo e errado voou pela janela.

Kat se afastou, os olhos perscrutando os meus, e, em seguida, reclamou a distância. Seu beijo foi ao mesmo tempo inocente e desesperado, totalmente perfeito. Fechei a mão com mais força em suas costas e inclinei-lhe a cabeça. Mesmo que o beijo tivesse começado de forma suave, assumi o controle, aprofundando-o, despejando todo o medo que sentira a cada minuto que passáramos separados, e todo o amor que me consumia. Seu gemido ofegante me fez estremecer e, quando o corpo se remexeu de encontro ao meu, quase perdi a cabeça.

Agarrei-lhe os quadris e a afastei. Era a última coisa que eu queria fazer.

— Estamos sendo monitorados, lembra?

Um forte rubor subiu por seu pescoço e se espalhou pelas faces.

— É verdade. Há câmeras em todos os cômodos, exceto...

— No banheiro — completei, observando sua expressão de surpresa. — Eles me colocaram a par de tudo.

— De tudo? — Ao me ver assentir, Kat empalideceu e, rapidamente, saiu de cima do meu colo. Ajeitou-se ao meu lado e manteve os olhos fixos à frente. Vários minutos se passaram, até que ela inspirou fundo e disse: — Estou... feliz por você estar aqui, mas preferia que não estivesse.

— Eu sei. — Não me senti ofendido pela declaração.

Ela prendeu o cabelo atrás da orelha.

— Daemon, eu...

Com dois dedos sob seu queixo, ergui sua cabeça, obrigando-a a me encarar.

— Eu sei — repeti, analisando seus olhos. — Eles me mostraram algumas coisas e me contaram sobre...

— Não quero falar sobre isso — interrompeu-me ela imediatamente, deslizando as mãos sobre os joelhos dobrados.

Fui tomado por uma súbita preocupação, mas forcei um sorriso.

— Certo. Não tem problema. — Passei um braço em volta de seus ombros e a puxei mais para perto. Ela não opôs resistência. Em vez disso, derreteu-se ao meu lado, fechando os dedos em minha camiseta. Depositei-lhe um beijo na testa e mantive a voz baixa. — Vou tirar a gente daqui.

Kat crispou a mão que segurava minha camiseta e ergueu a cabeça.

— Como? — perguntou num sussurro.

Inclinei-me e cochichei em seu ouvido.

— Confie em mim. Sei que eles estão nos observando, e não quero lhes dar motivo para nos separar.

Ela assentiu com um menear de cabeça, mas os lábios assumiram uma expressão tensa.

— Você viu o que eles estão fazendo aqui?

Fiz que não, e ela inspirou fundo. Numa voz sussurrada, me contou sobre os humanos doentes que estavam sendo tratados, os Luxen e os híbridos. Enquanto conversávamos, deitamos na cama, um de frente para o outro. Deu para ver que ela estava deixando um monte de coisas de fora. Por exemplo, Kat não mencionou nada sobre o que vinha fazendo ou como arrumara aqueles hematomas. Imaginei que tinha algo a ver com o Blake e que por isso estava evitando o assunto. Ela, porém, falou sobre uma garota chamada Lori que estava morrendo de câncer. Seu rosto se contraiu ao falar sobre a menina. Kat não sorriu sequer uma vez. Perceber isso me incomodou, e quase arruinou nosso reencontro.

— Eles disseram que há Luxen perversos espalhados pelo planeta. E que por isso me trouxeram pra cá, para que eu aprenda a lutar contra eles.

— Como é que é?

Ela tencionou.

— Segundo eles, há milhares de Luxen dispostos a destruir os humanos, e muitos mais a caminho. Imagino que não tenham te falado nada disso, certo?

— Não. — Quase comecei a rir, mas então me lembrei do que o Ethan tinha dito. Uma coisa não podia estar conectada a outra, certo? — Eles me disseram que querem criar mais híbridos. — Uma expressão preocupada cruzou-lhe o rosto, e desejei não ter dito nada. — Que tipo de câncer a Lori tem? — perguntei, correndo uma das mãos pelo braço dela. Não conseguia parar de tocá-la desde que entrara na cela.

Com as pontas dos dedos acariciando meu queixo, Kat e eu estávamos o mais colados que um comportamento apropriado permitia, levando em consideração que estávamos sendo vigiados.

— O mesmo tipo que meu pai teve.

Apertei sua mão.

— Sinto muito.

Seus dedos traçaram a curva do meu maxilar.

— Eu só a vi uma vez, mas ela não está muito bem. Eles estão administrando algum tipo de medicamento obtido através dos Luxen e híbridos. Chamado LH-11.

— LH-11?

Ela anuiu e, em seguida, franziu o cenho.

— Por quê?

Puta merda, era isso o que o Luc queria. O que levantava a questão: o que diabos o Luc queria com um soro que o Daedalus estava usando em humanos doentes? Ao ver o sulco em sua testa se aprofundar, diminuí ainda mais o pequeno espaço que nos separava, mantendo a voz baixa.

— Eu te conto depois.

Um lampejo de compreensão cintilou em seus olhos, e ela ergueu ligeiramente a perna, apoiando-a sobre a minha. Prendi a respiração, e um tipo diferente de entendimento surgiu em seus olhos. Kat mordeu o lábio inferior, obrigando-me a lutar para não soltar um gemido.

Aquele belo tom avermelhado brotou em suas faces novamente, o que não ajudou nem um pouco a situação. Corri a mão pelo braço dela, provocando um estremecimento que aguçou meus sentidos.

— Faz ideia do que eu daria por um pouco de privacidade agora?

Ela abaixou as pestanas.

— Você é terrível.

— Sou mesmo.

Sua expressão se anuviou.

— Sinto como se tivéssemos um relógio suspenso sobre as nossas cabeças, como se nosso tempo estivesse acabando.

Provavelmente estava.

— Não pense nisso.

— É meio difícil não pensar.

Seguiu-se uma ligeira pausa. Envolvi-lhe o rosto, acariciando o maxilar delicado com o polegar. Vários momentos se passaram.

— Você viu minha mãe?

— Não. — Queria explicar o motivo, falar mais, porém divulgar qualquer coisa no momento seria um risco. De repente, tive uma ideia. Podia assumir minha forma verdadeira e conversar com ela mentalmente, mas duvidava de que eles fossem gostar disso, e não estava disposto a arriscar nosso tempo juntos. — Dee está de olho nela.

Kat continuou com os olhos fechados.

— Sinto falta dela — murmurou, partindo meu coração. — Uma falta gigantesca.

Não fazia ideia do que dizer, mas também o que poderia ser dito? *Sinto muito* não ajudaria em nada. Assim sendo, procurei por uma distração, me refamiliarizando com os ângulos de seu rosto, a graciosa coluna do pescoço, a curvatura dos ombros.

— Me conte algo que eu ainda não saiba.

Vários momentos se passaram, até que ela disse:

— Eu sempre quis um Mogwai.

— Um o quê?

Kat não abriu os olhos, mas um ligeiro sorriso finalmente se esboçou em seus lábios, aliviando parte da pressão em meu peito.

— Você viu *Gremlins*, não viu? Lembra do Gizmo? — Quando assenti, Kat riu. O som foi áspero, como se ela não risse há tempos. O que provavelmente era o caso. — Mamãe me deixou assistir quando eu era criança, e fiquei obcecada com o Gizmo. Eu queria um mais do que qualquer outra coisa no mundo. Cheguei a prometer a ela que não o alimentaria depois da meia-noite, nem o deixaria se molhar.

Apoiei o queixo sobre sua cabeça e sorri ao imaginar a cena: uma pequena bola de pelos branca e marrom botando ovos verdes.

— Não sei, não.

— Como assim? — Ela se aconchegou ainda mais, fechando os dedos na gola da camiseta.

Passei o braço em volta da sua cintura e inspirei pelo que me pareceu a primeira vez em semanas.

— Se eu tivesse um Mogwai, definitivamente o alimentaria depois da meia-noite. Aquele gremlin com um moicano era simplesmente o máximo, um verdadeiro capeta.

Ela riu de novo, e o som reverberou dentro de mim, fazendo com que me sentisse mil quilos mais leve.

— Por que será que isso não me surpreende? Aquele gremlin é a sua cara.

— O que eu posso dizer? É por causa da minha personalidade cativante.

[11]

Katy

Parte de mim ainda acreditava que era um sonho. Que eu acordaria e Daemon não estaria mais lá. Ficaria sozinha com minhas lembranças, assombrada pelo que eu havia feito. O medo e a vergonha tinham me impedido de contar a ele sobre o Blake. Matar o Will fora diferente. Um ato de legítima defesa, e, ainda assim, o canalha conseguira atirar em mim. Mas o Blake? Uma simples reação à raiva.

Como o Daemon poderia continuar olhando para mim da mesma forma, sabendo que eu era uma assassina? Porque era isso o que eu tinha feito: assassinado o Blake.

— Terra para Kat — disse ele.

— Estou aqui — repliquei, tocando-o para afastar as lembranças incômodas. Para ser sincera, não conseguia parar de tocá-lo. Precisava me convencer de que ele estava realmente ali. Acho que ele estava fazendo o mesmo, mas, por outro lado, o Daemon sempre gostara de ficar de chamego, algo que eu adorava a respeito dele. Ainda assim, eu desejava mais. Sentia uma necessidade desesperada de me perder em seus braços, de um jeito que só conseguia fazer com ele.

LUX 4 ORIGINAIS

Corri a ponta do dedo pelo seu lábio inferior. Daemon trincou o maxilar, os olhos brilhando. Enquanto meu coração dava uma rápida cambalhota, ele fechou aqueles belos olhos, o rosto assumindo uma expressão tensa. Fiz menção de puxar a mão de volta.

Ele agarrou meu pulso.

— Não.

— Sinto muito. É só que você... — Fiz uma pausa, sem saber direito como explicar.

Um sorrisinho meio de lado iluminou seu rosto.

— Eu aguento. E você?

— Também. — *Na verdade, não*, admiti para mim mesma. Queria pular em cima dele, sem nada entre a gente. Queria *ele*. Mas brincadeirinhas desse tipo, embora prazerosas, não eram apropriadas naquela situação, e o exibicionismo não fazia muito a minha praia. Assim sendo, conformei-me com a segunda melhor opção, entrelaçando nossos dedos. — Eu estou me sentindo mal por ficar feliz de você estar aqui.

— Não sinta. — Ele abriu os olhos, as pupilas brilhando feito diamantes. — Eu não gostaria de estar em nenhum outro lugar, juro.

Bufei.

— Sério?

— Sério. — Daemon me deu um beijo suave e se afastou rapidamente. — Pode parecer loucura, mas é verdade.

Queria perguntar como ele planejava nos tirar dali. Daemon devia ter um plano. Pelo menos, esperava que sim. Ele não podia ter invadido o Daedalus sem alguma ideia de como escapar. Não que eu não viesse pensando nisso também. Só não conseguia enxergar nenhuma saída. Passei a língua nos lábios, e os olhos dele faiscaram.

— E se...? — Engoli em seco e procurei manter a voz baixa. — E se esse for o nosso futuro?

— Não. — O braço que envolvia minha cintura me apertou ainda mais e, no instante seguinte, estava pressionada contra o corpo dele. Daemon roçou os lábios naquela parte sensível logo abaixo da orelha e cochichou junto ao meu ouvido: — Esse não é o nosso futuro, gatinha. Prometo.

Suguei o ar com força. As lembranças de estar tão perto dele não faziam jus à realidade. A sensação daquele peito forte contra o meu entorpeceu minha mente, mas foram as palavras que me aqueceram por dentro. Daemon jamais prometia algo que não pretendesse cumprir.

Apoiando a cabeça no espaço entre o pescoço e o ombro, inalei o perfume de sabonete e de natureza, tão exclusivo a ele.

— Diz — pedi num sussurro.

Ele correu a mão pelas minhas costas, provocando uma série de deliciosos arrepios.

— Dizer o quê, gatinha?

— Você sabe.

Esfregou o queixo em meu cabelo.

— Eu amo... meu carro, a Dolly.

Dei um leve muxoxo.

— Não é isso.

— Ah! — Sua voz esbanjava inocência. — Já sei. Eu amo *Caçadores de Fantasmas*.

— Você é um babaca.

Ele riu baixinho.

— Mas você me ama.

— Amo mesmo. — Dei-lhe um beijo no ombro.

Seguiu-se uma pausa, durante a qual senti seu coração acelerar. O meu entrou rapidamente em compasso.

— Eu amo você — disse ele, a voz rouca. — Eu te amo mais que tudo.

Aconcheguei-me a ele, relaxando pela primeira vez desde que chegara ali. Não é que eu me sentisse mais forte por causa da presença dele, embora, de certa forma, me sentisse, sim. Agora tinha alguém do meu lado, alguém para cobrir minha retaguarda. Não estava mais sozinha e, se a situação fosse invertida, teria feito a mesma coisa. Duvidava de que...

A porta da cela se abriu subitamente. Daemon enrijeceu, assim como eu. Olhando por cima do ombro dele, vi o sargento Dasher e a Nancy Husher. E, atrás da dupla de babacas, estavam o Archer e mais outro guarda.

— Estamos interrompendo alguma coisa? — perguntou Nancy.

Daemon bufou.

— Não. Tínhamos acabado de comentar o quanto estávamos tristes por vocês não terem vindo nos visitar ainda.

LUX 4 ORIGINAIS

Nancy entrelaçou as mãos. Vestida num terninho preto, parecia uma propaganda ao vivo para mulheres que detestavam cores.

— Por algum motivo, duvido muito.

Apertei os dedos na camiseta do Daemon enquanto voltava os olhos para o sargento. Seu olhar não transmitia hostilidade, mas isso não me dizia grande coisa.

Ele pigarreou.

— Temos trabalho a fazer.

Num piscar de olhos, Daemon sentou-se mais empertigado, posicionando o corpo de modo a ficar na minha frente.

— Que tipo de trabalho? — perguntou, entrelaçando os dedos entre os joelhos. — Creio que ainda não tive o prazer de conhecê-lo.

— Este é o sargento Dasher — expliquei, tentando sair de trás dele. Daemon mudou de posição, bloqueando-me novamente.

— É mesmo? — Sua voz assumiu um tom grave e perigoso, que fez com que meu estômago fosse parar no chão. — Acho que já te vi antes.

— Acredito que não — respondeu Dasher, calmamente.

— Já, sim. — Nancy apontou para mim. — Eu mostrei a ele o vídeo do dia em que a Katy chegou aqui e você a conheceu.

Fechei os olhos e murmurei uma maldição. Daemon ia matá-lo.

— É verdade, eu vi. — Cada palavra foi pontuada por um olhar que eu tinha certeza ser assassino. Entreabri um dos olhos. Dasher não parecia tão calmo quanto de costume. As linhas em torno da boca estavam tensas. — Guardei aquelas imagens num lugar bastante especial — completou.

Pressionei uma das mãos em suas costas.

— O que você quer?

— Precisamos fazer alguns testes com vocês dois juntos. Depois disso a gente vê — respondeu o sargento.

Meus músculos se retesaram, o que não passou despercebido pelo Daemon. Mais testes de estresse? Isso jamais daria certo com meu namorado envolvido.

— Nada muito complicado nem intenso. — Nancy deu um passo para o lado e apontou para a porta. — Por favor. Quanto mais rápido começarmos, mais rápido terminaremos.

Daemon não se moveu.

Nancy nos fitou calmamente.

— Preciso lembrá-lo da sua promessa, Daemon?

Lancei-lhe um olhar penetrante.

— Que promessa?

Antes que ele pudesse responder, Nancy interveio.

— Ele prometeu fazer qualquer coisa que pedíssemos *sem* criar problemas se o trouxéssemos até você.

— Como é que é? — Encarei-o. Ao ver que ele continuava calado, senti vontade de socá-lo. Só Deus sabia o que eles o obrigariam a fazer. Sugando o ar com força, saí de trás dele e me levantei. Um segundo depois, Daemon estava de pé e novamente diante de mim. Prendi o cabelo atrás das orelhas e calcei os tênis.

Ninguém disse nada ao sairmos para o corredor. Olhei de relance para o Archer, mas ele estava com a atenção fixa no Daemon. Eu devia ter deixado de ser a ameaça nível cinco, ou seja, alerta máximo. Ao pararmos diante do elevador, Daemon me deu a mão e parte da tensão se esvaiu de meus ombros. Quantas vezes eu já havia entrado naqueles elevadores? Tinha perdido a conta, mas dessa vez era diferente.

Daemon estava comigo.

Eles nos conduziram até o andar da ala médica e nos levaram para uma sala com capacidade para acomodar dois pacientes. O dr. Roth nos aguardava e, com uma expressão ansiosa, conectou nós dois a um medidor de pressão arterial.

— Tenho esperado muito tempo para testar alguém como você — disse para o Daemon numa voz esganiçada.

Ele arqueou uma sobrancelha.

— Mais um fã. Eles estão em tudo quanto é lugar.

— Só você pra ver isso como uma coisa boa — murmurei.

Ele abriu um sorriso.

O médico enrubesceu.

— Não é sempre que encontramos um Luxen tão poderoso. Achávamos que o Dawson seria, mas...

O semblante do Daemon tornou-se sombrio.

— Você *trabalhou* com o meu irmão?

Ai, meu Deus.

LUX 4 Originais

Com os olhos arregalados, o dr. Roth se virou para a Nancy e o sargento. Enquanto desprendia as braçadeiras, soltou um pigarro.

— A pressão deles é idêntica. E perfeita. Doze por oito.

Nancy anotou a informação numa prancheta que eu podia jurar que tinha surgido do nada em suas mãos. Mudei de posição na cadeira, voltando a atenção novamente para o Daemon. Ele estava fuzilando o médico com os olhos, como se quisesse arrancar informações dele na base da porrada.

Em seguida, o doutor verificou nossos pulsos. A taxa em repouso estava na casa dos cinquenta, o que pelo visto era uma boa coisa, porque ele praticamente começou a assobiar.

— A Katy apresentou tanto pressão quanto pulsação altas todas as vezes em que a examinei. Ao que parece, a presença dele interfere nas respostas dela, acalmando-a. Isso é ótimo.

— Por quê? — perguntei.

Ele pegou o estetoscópio.

— É um bom indicador de que a mutação ocorreu de forma perfeita, em nível celular.

— Ou de que eu sou absolutamente incrível — sugeriu Daemon com frieza.

O comentário arrancou um ligeiro sorriso do médico e reacendeu minha ansiedade. Alguém mais desavisado poderia achar que aquele jeito naturalmente presunçoso e arrogante era um bom sinal, mas eu sabia por experiência que essas respostas sarcásticas significavam que ele estava prestes a explodir.

— Os batimentos cardíacos estão em perfeita sincronia. Excelente — murmurou Roth, virando-se para o Dasher. — Ela passou no teste de estresse, certo? Nenhum sinal aparente de instabilidade?

— Ela correspondeu perfeitamente às expectativas.

Inspirei fundo e pressionei a barriga com uma das mãos. Eu tinha correspondido às expectativas deles? Então eles esperavam que eu matasse o Blake? Não conseguia sequer pensar nisso.

Daemon olhou de relance para mim, estreitando os olhos.

— De que se tratam esses testes de estresse exatamente?

Abri a boca para responder, mas não sabia o que dizer. Não queria que ele soubesse o que tinha acontecido — o que eu havia feito. Virei-me para o Dasher, que estava com uma expressão impenetrável. Rezei para que o homem recorresse ao bom senso. Se ele contasse ao Daemon sobre as lutas, meu namorado provavelmente viraria o bicho.

— Os testes são um procedimento padrão — respondeu ele. — Estou certo de que a Katy pode te explicar.

Procedimento padrão. Até parece. Só se levar uma surra e assassinar alguém fossem consideradas coisas normais, mas, de certa forma, fiquei grata pela mentira.

— Como ele disse, apenas um procedimento padrão.

Uma expressão de dúvida cruzou o rosto do Daemon, que se virou de volta para o médico.

— Esses testes são os mesmos pelos quais o Dawson passou?

Ninguém respondeu, o que foi resposta suficiente. Daemon continuou parado, mas os olhos pareciam duas adagas, a boca pressionada numa linha fina. Estendeu o braço e fechou a mão em volta da minha, a delicadeza do gesto em total desacordo com a postura ameaçadora.

— Podemos, então, seguir para a fase mais importante do nosso trabalho hoje. — O médico foi até um carrinho lotado de instrumentos. — Uma das características mais notáveis de nossos amigos extraterrestres é a capacidade que eles têm de curar não só a si mesmos, como outros. Acreditamos que desvendando essa habilidade conseguiremos obter a informação necessária para replicá-la e assim curar várias doenças.

Ele pegou alguma coisa e se virou de volta para a gente, mantendo o objeto escondido dentro da mão.

— O objetivo do próximo exercício, Daemon, é verificar a rapidez com que você consegue curar. Precisamos checar isso antes de seguirmos adiante.

A ansiedade que vinha aumentando pouco a pouco explodiu como uma bola de canhão.

— O que vocês pretendem fazer? — perguntou ele, baixinho.

Roth engoliu em seco visivelmente ao se aproximar da gente, e reparei que Archer e o outro guarda também estavam fechando o cerco.

— Queremos que você cure a Katy.

Daemon apertou minha mão e se inclinou ligeiramente para a frente.

LUX 4 ORIGINAIS

— Curá-la de quê, exatamente? Estou um pouco confuso. Já cuidei dos hematomas... que, a propósito, *adoraria* saber como ela arrumou.

Corri os olhos em volta, a pulsação a mil. Os pontos pretos estavam por todos os lados, e tive a sensação de que estávamos prestes a vivenciar mais uma vez a calorosa acolhida do ônix.

— Não vai ser nada grave — explicou gentilmente o médico. — Apenas um leve arranhão que ela mal vai sentir. Em seguida, vou tirar um pouco de sangue de vocês e monitorar seus sinais vitais. Só isso.

De repente, tudo em que conseguia pensar era no Dawson e na Bethany, em todas as coisas que eles tinham feito com ela para obrigá-lo a curar outras pessoas. Fiquei ao mesmo tempo enjoada e tonta. Dasher tinha dado a entender que capturar o Daemon não era uma prioridade, mas agora que ele estava aqui íamos descobrir todas as facetas do Daedalus. E como eles poderiam trazer outras pessoas para serem curadas sem saber exatamente a extensão dos poderes do meu namorado?

— Não — sibilou Daemon. — Você não vai machucá-la.

— Você prometeu — interveio Nancy. — Quantas vezes terei que lembrá-lo disso?

— Não concordei em aceitar que vocês a machuquem — retrucou ele, as pupilas começando a brilhar.

Archer se aproximou ainda mais. O outro guarda foi para junto da parede e parou ao lado de um botão de aparência nem um pouco amigável. A merda estava prestes a ser jogada no ventilador. Quando o dr. Roth mostrou o que tinha escondido na mão, Daemon me soltou e, com um pulo, se colocou na minha frente.

— Isso não vai acontecer, meu chapa — rosnou, crispando as mãos.

A luz da sala refletiu no bisturi de aço que Roth segurava. De maneira esperta, o bom médico recuou um passo.

— Prometo que ela mal vai sentir. Eu sou médico. Sei como fazer uma incisão limpa.

Os músculos das costas do Daemon tencionaram.

— Não.

Nancy soltou um murmúrio de impaciência e abaixou a prancheta.

— Podemos fazer isso de uma forma fácil ou difícil.

Ele virou a cabeça na direção dela.

— Difícil para você ou para mim?

— Para você e para a Katy. — Ela deu um passo à frente. Ou era muito corajosa ou muito estúpida. — Podemos te prender. Ou podemos continuar e acabar logo com isso. A escolha é sua.

Daemon estava com cara de quem achava que eles estavam blefando, mas eu sabia que cumpririam a ameaça. Se nós não cooperássemos, eles mergulhariam a sala em ônix, o prenderiam, fariam o que quisessem comigo e depois o soltariam. De qualquer forma, o negócio iria acontecer. Cabia a nós decidir se seria do jeito fácil ou difícil.

Levantei da cadeira, as pernas bambas.

— Daemon.

Ele lançou um olhar para mim por cima do ombro.

— Não.

Forcei um sorriso e dei de ombros.

— Vai acontecer de qualquer forma. Confie em mim. — Uma expressão de sofrimento estampou-se no rosto dele ao escutar as três últimas palavras. — Se a gente aceitar, vai acabar logo. Você prometeu.

— Eu *não* prometi que deixaria eles machucarem você.

— Eu sei... mas você está aqui, e... — E era por isso que eu não o queria ali. Virei-me para o médico e estendi a mão. — Ele não vai permitir que ninguém faça isso. Pode deixar que eu mesma me corto.

Daemon me fitou com incredulidade. O médico se virou para a Nancy, que assentiu com um menear de cabeça. Era óbvio que a posição dela, qualquer que fosse, estava acima da do sargento.

— Prossigam — disse ela. — Acredito que a Katy saiba o que vai acontecer se decidir usar esse bisturi da maneira errada.

Lancei-lhe um olhar de puro ódio ao sentir o metal frio em contato com a palma. Reunindo coragem, virei-me para o Daemon. Ele continuava me fitando como se eu fosse louca.

— Pronto?

— Não. — Ele inspirou fundo, inflando o peito, e algo muito raro aconteceu. Um lampejo de impotência cintilou em seus olhos, escurecendo o verde das íris. — Kat...

— A gente precisa fazer isso.

Nossos olhos se encontraram e ele estendeu a mão.

— Deixa que eu faço.

Enrijeci.

— De jeito nenhum.

— Me dá o bisturi, Kat.

Eu não queria dar o instrumento a ele por vários motivos. Em primeiro lugar, porque não queria que se sentisse culpado, mas também porque temia que ele o transformasse num projétil. Mudei ligeiramente de posição e abri a mão esquerda. Jamais me cortara antes, pelo menos não de propósito. Meu coração martelava enlouquecidamente de encontro ao peito e meu estômago dava cambalhotas. A ponta do bisturi era absurdamente afiada, me levando à conclusão de que não seria preciso muita força para atingir o objetivo.

Posicionei-o acima da mão aberta e fechei os olhos.

— Espera! — gritou Daemon, me fazendo pular. Ao erguer os olhos, suas pupilas estavam completamente brancas. — Eu preciso estar em minha forma verdadeira.

Agora era eu quem o fitava como se ele fosse louco. Daemon fizera várias curas rápidas em sua forma humana. Ele só virava um vaga-lume ambulante quando a coisa era séria. Não fazia ideia do que estaria planejando.

Ele se virou para a Nancy e o sargento, que ostentavam expressões idênticas de desconfiança.

— Quero me certificar de que posso fazer isso rápido. Não quero vê-la com dor, nem que fique nenhuma cicatriz.

Eles pareceram aceitar a explicação, e a Nancy anuiu. Daemon inspirou fundo e, em seguida, seu corpo começou a perder definição. Estava se transformando. O contorno desapareceu, assim como as roupas. Por um segundo, esqueci onde estávamos, que eu estava segurando um bisturi e prestes a cortar minha própria carne, e que éramos basicamente prisioneiros do Daedalus.

Observá-lo assumir sua forma verdadeira era simplesmente fascinante.

Antes que desaparecesse por completo, seu corpo recomeçou a tomar forma. Braços. Pernas. Torso. Cabeça. Por um breve instante, pude vê-lo, *realmente* vê-lo. Sua pele era translúcida como a de uma caravela-do-mar, a malha de veias emitiam um brilho perolado. Os traços ainda eram os mesmos, porém mais definidos e proeminentes, até que, de repente, ele começou a brilhar como o sol. Um ser de luz em forma de homem com contornos avermelhados; tão lindo de se olhar que me trouxe lágrimas aos olhos.

Não quero que você faça isso, sério.

Como sempre, escutar sua voz em minha mente foi um choque. Acho que jamais me acostumaria com isso. Fiz menção de responder em voz alta, mas me detive. *Você não devia ter vindo, Daemon. Era isso o que eles queriam.*

A cabeça luminosa se inclinou ligeiramente de lado. *Vir atrás de você era a única coisa que eu podia fazer. O que não significa que tenha que aceitar toda e qualquer coisa. Agora, anda logo com isso antes que eu mude de ideia e veja se realmente não consigo invocar a Fonte para matar alguém.*

Meu olhar recaiu sobre o bisturi, e meus músculos se contraíram. Ajeitei o cabo em minha mão, sentindo vários pares de olhos fixos em mim. Covarde como era, fechei os olhos com força, encostei a lâmina na palma e cortei.

Soltei um sibilo ao sentir a dor causticante e larguei o bisturi, observando o sangue começar a brotar imediatamente da ferida. Era como um corte de papel, só que um milhão de vezes pior.

Minha Nossa Senhora, mãe do Cristo de cueiros, escutei Daemon dizer.

Acho que não é assim que se fala, retruquei, fechando a mão com força para aplacar a queimação.

Mal percebi o médico se abaixar e pegar o bisturi enquanto erguia os olhos para fitá-lo. Com sua luz me envolvendo, Daemon estendeu o braço, os dedos tornando-se mais visíveis ao se fecharem em volta da minha mão machucada.

Abre, pediu ele.

Fiz que não, e seu suave suspiro reverberou em minha mente. Com delicadeza, ele abriu meus dedos, o toque tão quente quanto uma roupa recém-saída da secadora. *Cara, isso doeu mais do que eu esperava.*

O suspiro deu lugar a um rosnado baixo. *Você realmente achou que não ia doer, gatinha?*

Esquece. Deixei-o me conduzir até a cadeira e sentei, observando-o se ajoelhar diante de mim, a cabeça abaixada. Um leve calor se espalhou por minha palma à medida que a cura começava a surtir efeito.

— Fantástico — murmurou o médico.

LUX 4 Originais

Meus olhos estavam fixos na cabeça curvada e brilhante do Daemon. O calor que emanava dele se espalhou pela sala. Estendi o braço e apoiei a mão não machucada em seu ombro. Ele piscou, e o contorno avermelhado retrocedeu um ou dois milímetros. Interessante.

Você sabe que gosto de sentir seu toque quando estou em minha forma verdadeira. Sua voz provocou um arrepio em minha espinha.

Por que você sempre faz com que qualquer coisa soe como uma perversão? Mas não puxei a mão de volta.

Ele riu, e a risada ecoou por todo o meu corpo. A dor em minha palma desapareceu. *Não sou eu quem tem a mente suja, gatinha.*

Revirei os olhos.

Ele fechou ambas as mãos em volta da minha. A essa altura, tinha certeza de que não havia mais nem sinal do corte. *Agora, pare de tentar me distrair.*

Bufei. *Eu? Você é um verdadeiro cretino imbecil.*

— Fascinante — murmurou o dr. Roth. — Eles estão se comunicando. Nunca deixo de me maravilhar quando testemunho isso.

Daemon o ignorou. *Assumi essa forma para te dizer que falei com o Luc antes de ir até Mount Weather.*

Empertiguei-me, toda ouvidos. *Ele teve algo a ver com isso?*

Não. E acredito nele. Luc vai nos ajudar a sair daqui. Só preciso...

— Mostre a mão, Katy — interveio Nancy.

Senti vontade de ignorá-la, mas ao erguer os olhos, vi o outro guarda se aproximando do Daemon, segurando o que me pareceu uma arma de choque. Desvencilhei minha mão das dele e a estendi com a palma aberta.

— Satisfeita?

— Daemon, reassuma a forma humana — ordenou ela numa voz irritada.

Daemon esperou um segundo e, então, se levantou. Em sua forma verdadeira, parecia mais alto e muito mais intimidador. Sua luz piscou uma última vez, mais vermelha do que branca, e, em seguida, se apagou.

Lá estava ele, só não mais um vaga-lume ambulante. Os olhos, porém, continuavam cintilando num branco ofuscante.

— Não sei se você percebeu, mas não gosto de receber ordens.

Nancy inclinou a cabeça ligeiramente de lado.

— E eu não sei se você percebeu, mas estou acostumada a ter minhas ordens acatadas.

O rosto dele se acendeu num sorrisinho presunçoso.

— Já escutou o provérbio que diz: É mais fácil capturar leões com mel do que com vinagre?

— Acho que o correto é "moscas" — murmurei.

— Tanto faz.

O dr. Roth examinou minha mão.

— Extraordinário. Apenas uma linha fina, ligeiramente rosada. E que deve desaparecer por completo em menos de uma hora. — Virou-se para a Nancy e o Dasher, praticamente cantarolando de animação. — Já vi outros Luxen curarem no mesmo espaço de tempo, mas não a ponto de fechar o corte completamente.

Como se o Daemon precisasse de ajuda para se sentir especial.

O médico balançou a cabeça e ergueu os olhos para ele.

— Verdadeiramente incrível.

Antes que ele pudesse começar a babar sobre o meu namorado, a porta se abriu e um oficial com as bochechas tão vermelhas quanto o cabelo bagunçado entrou, botando os bofes para fora.

— Temos um problema — anunciou ele, inspirando fundo diversas vezes para recuperar o fôlego.

Nancy lançou-lhe um olhar afiado. Não pude deixar de imaginar que o cara ia receber um sermão depois por ter invadido a sala.

Dasher pigarreou.

— Do que se trata, Collins?

O oficial correu os olhos pela sala, passando por mim e pelo Daemon duas vezes antes de finalmente repousá-los no sargento.

— É um problema no *nono* andar do prédio B, senhor. Que requer sua atenção imediata.

[12]

Katy

Prédio B? Lembrava vagamente de ter escutado alguém mencionar outro prédio, conectado ao que eu me encontrava por uma via subterrânea, embora não tivesse a mínima ideia do quê ou de quem era mantido lá. Mas eu estava totalmente preparada para descobrir. O que quer que fosse devia ser extremamente sério, visto que o sargento Dasher saiu da sala sem mais palavras.

Grudada em seus calcanhares, Nancy parou na porta e pediu:

— Pode levá-los de volta para os alojamentos, doutor? — Fez uma pausa. — Acho que você vai querer se juntar a nós — dizendo isso, saiu também.

Virei-me para o Archer.

— O que está acontecendo?

Ele me fitou como se eu fosse idiota por perguntar. Franzi o cenho.

— O que tem no prédio B?

O outro soldado deu um passo à frente.

— Você faz perguntas demais. Precisa aprender a calar a boca.

Pisquei. Foi a gota d'água. No segundo seguinte, Daemon segurava o guardinha corpulento pelo pescoço, pressionando-o contra a parede. Arregalei os olhos.

— E você precisa aprender a ser mais delicado ao falar com as damas — rosnou.

— Daemon! — guinchei, preparando-me para o banho de ônix.

Que nunca aconteceu.

Daemon soltou os dedos um a um da garganta do soldado e recuou. Ele se recostou na parede, ofegando. Archer não havia movido um músculo.

— Você o deixou fazer isso? — acusou o soldado, apontando para o Archer. — Que diabos! Por quê?

Archer deu de ombros.

— Ele tem razão. Você precisa aprender boas maneiras.

Abafei a vontade de rir ao ver o Daemon fuzilando o soldado com os olhos como se quisesse partir seu pescoço. Corri para o lado dele, envolvi-lhe a mão e a apertei.

Ele baixou os olhos, mas, por um momento, não pareceu me reconhecer. Em seguida, abaixou a cabeça e roçou os lábios em minha testa. Relaxei os ombros, aliviada. Duvidava de que o Archer fosse permitir uma segunda rodada.

— Deixa pra lá — cuspiu o sujeito. Com isso, girou nos calcanhares e saiu da sala, deixando o colega sozinho para lidar com nós dois.

Ele não parecia preocupado.

O trajeto de volta para as celas transcorreu sem incidentes. Até que o Archer disse:

— Não. Vocês não vão ficar juntos num mesmo quarto.

Virei-me para ele.

— Por que não?

— Tenho ordens de levá-los para seus alojamentos… plural. — Digitou o código. — Não dificultem as coisas. Se tentarem, tudo o que eles vão fazer é mantê-los separados mais tempo.

Fiz menção de protestar, porém a forma como seus lábios estavam pressionados numa linha dura me disse que ele não seria convencido do contrário. Inspirei com força.

— Pode pelo menos nos dizer o que tem no prédio B?

Archer olhou para o Daemon e, em seguida, para mim. Murmurando uma maldição por entre os dentes, deu um passo à frente, o queixo abaixado.

LUX 4 ORIGINAIS

Ao meu lado, Daemon enrijeceu, e Archer o fitou com irritação. Numa voz baixa, disse:

— Tenho certeza de que eles vão mostrar a vocês mais cedo ou mais tarde, e vocês vão desejar não terem visto. Os originais são mantidos lá.

— Originais? — repetiu Daemon, franzindo o cenho. — Que diabos é isso?

Archer deu de ombros.

— Isso é tudo o que eu posso revelar. Agora, Katy, por favor, entre.

Daemon fechou a mão com força em volta da minha. Em seguida, abaixou a cabeça, capturou meu queixo com a outra e o ergueu, forçando-me a fitá-lo. Seus lábios colaram nos meus, e o beijo... o beijo foi feroz, ardente e abrasador, fazendo meus dedos dos pés se enroscarem dentro dos tênis e roubando meu ar. Pressionei a mão livre em seu tórax, sentindo o roçar de nossas bocas liquefazer minhas entranhas. Apesar da plateia, fui invadida pelo calor da luxúria quando ele aprofundou o beijo, apertando-me com firmeza de encontro a si.

Archer soltou um sonoro suspiro.

Daemon ergueu a cabeça e deu uma piscadinha para mim.

— Vou ficar bem.

Assenti com um menear de cabeça, e mal percebi meus pés me carregando para dentro da cela, mas lá estava eu, olhando para a cama onde o Daemon estivera sentado, enquanto a porta era fechada e trancada atrás de mim.

Pressionei as mãos sobre o rosto e fiquei assim por um ou dois minutos, petrificada. Quando pegara no sono na véspera, estava fisicamente exausta por ter invocado a Fonte e emocionalmente abalada pelo que eu tinha feito. A sensação de impotência que havia sentido ao deitar na maldita cama e ficar olhando para o teto continuava lá.

Mas as coisas agora eram diferentes. Tinha que continuar repetindo isso; não podia permitir que o desespero assumisse o controle. Evitar pensar no que eu havia feito provavelmente não era algo que os terapeutas do planeta fossem sugerir como uma prática saudável, mas era necessário. Até pegar no sono, eu...

Balancei a cabeça.

As coisas agora *eram* diferentes. Daemon estava aqui. E, por falar nele, tinha a sensação de que ele continuava por perto. Embora não sentisse mais o arrepio quente na nuca, sabia que ele estava próximo; sentia isso em um nível celular.

Virei, os olhos fixos na parede. De repente, me lembrei da porta do banheiro. Girando nos calcanhares, entrei no aposento e testei a maçaneta. Trancada. Rezando para que minhas suspeitas estivessem corretas, bati.

— Daemon?

Nada.

Com as mãos espalmadas na porta, fechei os olhos e colei o rosto na madeira fria. Seria possível que eles houvessem nos colocado em celas contíguas, conectadas por um banheiro? Por outro lado, eles haviam mantido o Dawson e a Bethany juntos a princípio. Não fora isso o que ele dissera? Mas minha sorte não era...

A porta se abriu subitamente, fazendo com que meu corpo fosse projetado para a frente. Um par de braços fortes e um peito másculo me capturaram antes que eu caísse.

— Uau, gatinha...

Ergui os olhos, o coração martelando com força.

— A gente compartilha o banheiro!

— Estou vendo. — Um pequeno sorriso iluminou seu rosto, os olhos faiscando.

Fechei os punhos na camisa dele, balançando nos calcanhares.

— Não acredito. Você está na cela ao lado da minha! Tudo o que a gente...

Daemon fechou os dedos com firmeza nos meus quadris e colou a boca na minha, retomando o beijo devorador de almas que havíamos começado no corredor. Ao mesmo tempo, foi me empurrando para trás. De alguma forma, não saberia dizer como, fora o fato de que ele era habilidoso, conseguiu fechar a porta sem tirar as mãos de mim.

Aqueles lábios... eles se moviam sobre os meus de forma enlouquecedoramente lenta e profunda, como se estivéssemos nos beijando pela primeira vez. As mãos passeavam pelo meu corpo. Quando minhas costas bateram contra a bancada da pia, ele me suspendeu, me botou sentada na beirada e, com os quadris, forçou meus joelhos a se abrirem. Aquele calor escaldante voltou com tudo, uma chama que ardia intensamente em resposta ao beijo profundo e demorado.

Meu peito subia e descia rápido enquanto eu me agarrava aos ombros dele, totalmente entregue. Já tinha lido histórias românticas suficientes para saber que Daemon e um banheiro eram o tipo de coisa das quais fantasias eram feitas, porém...

Consegui finalmente botar alguma distância entre nós — embora não muita. Com os lábios dele ainda roçando os meus, falei:

— Espera. A gente precisa...

— Eu sei — interrompeu-me ele.

— Que bom. — Pressionei seu peito com as mãos trêmulas. — Então estamos de acordo...

Ele me beijou de novo, atordoando meus sentidos. Conduziu o beijo de forma lenta e exploratória, afastando-se ligeiramente e mordiscando meu lábio até me fazer soltar um gemido ofegante que teria me deixado constrangida em qualquer outra situação.

— Daemon...

Ele interrompeu o que eu pretendia dizer fechando a boca sobre a minha. As mãos começaram a subir pelas laterais do meu corpo, parando somente quando as pontas dos dedos roçaram a parte logo abaixo dos seios. Meu corpo se contraiu em resposta, e percebi então que se não interrompesse aquilo logo íamos acabar perdendo um tempo extremamente valioso.

Afastei-me, inspirando fundo. O ar tinha o gosto do Daemon.

— A gente devia aproveitar para conversar.

— Eu sei. — Aquele tradicional meio sorriso iluminou-lhe o rosto. — Era isso o que eu estava tentando te dizer.

Meu queixo caiu.

— Como assim? Você não estava tentando conversar. Estava...

— Te beijando até te deixar sem chão? — perguntou ele, inocentemente. — Desculpa. É tudo o que eu mais quero. Bem, não *tudo*, mas chega bem perto das outras coisas...

— Já entendi — resmunguei, desejando me abanar. Recostei no espelho de plástico e soltei as mãos sobre o colo. Tocá-lo não estava ajudando. Muito menos aquele meio sorrisinho presunçoso. — Uau!

Mantendo as mãos exatamente onde estavam antes, logo abaixo dos meus seios, Daemon inclinou a cabeça e pressionou a testa contra a minha. Numa voz baixa, disse:

— Quero me certificar de que sua mão está curada.

Franzi o cenho.

— Está, sim.

— Preciso ter certeza. — Ele se afastou um tiquinho, os olhos perscrutando os meus de maneira significativa, até que compreendi o que ele queria dizer. Daemon sorriu ao ver a compreensão cruzar meu rosto. Um segundo depois, estava em sua forma verdadeira... absurdamente ofuscante dentro do pequeno aposento. Fui forçada a fechar os olhos. *Segundo eles, não há câmeras aqui dentro, mas estou certo de que há escutas. Além disso, não confio no fato de terem permitido que tenhamos acesso um ao outro. Eles devem ter imaginado que a gente faria isso, de modo que deve haver uma razão por trás.*

Estremeci. *Eu sei, mas eles permitiram que o Dawson e a Bethany ficassem juntos até...* Forcei-me a afastar o pensamento. Estávamos perdendo tempo. *O que o Luc te falou?*

Ele disse que pode nos ajudar a escapar daqui, mas não entrou em detalhes. Ao que parece, Luc tem gente de confiança aqui dentro, e essa pessoa irá me contatar assim que eu conseguir algo para ele... algo que você mesma já mencionou. O LH-11.

As palavras me deixaram em choque. *Por que ele quer esse negócio?*

Não faço ideia. Daemon plantou as mãos de novo em meus quadris e me tirou de cima da pia. Movendo-se rápido demais para que eu pudesse acompanhar, se sentou sobre a tampa da privada e me ajeitou em seu colo. Uma das mãos subiu por minhas costas, se fechou em volta da minha nuca e puxou minha cabeça, acomodando-a contra o seu ombro. O calor que emanava dele em sua forma verdadeira já não era mais tão intenso quanto da primeira vez. *E, na verdade, não faz diferença, faz?*

Saboreei a sensação de estar em seus braços. *Será que não? Esse negócio está sendo dado a humanos doentes. O que o Luc pode querer com isso?*

Honestamente, não pode ser pior do que o uso que o Daedalus está fazendo, não importa o quanto eles aleguem que o estejam usando com boas intenções.

Verdade. Suspirei. Não queria criar esperanças. Mesmo que o Luc estivesse do nosso lado e disposto a ajudar, ainda havia muitos obstáculos no nosso caminho. Quase impossíveis de serem superados. *Já vi esse LH-11. Talvez a gente consiga se aproximar dele de novo.*

Temos que conseguir. Alguns instantes se passaram em silêncio, até que ele disse: *Não podemos continuar aqui para sempre. Tenho a sensação de que eles estão permitindo isso, mas que se nós abusarmos irão nos separar.*

Concordei com um menear de cabeça. O que eu não conseguia entender era o motivo de eles estarem permitindo que nos encontrássemos sem supervisão. Algo que poderíamos fazer sempre que quiséssemos. Será que estavam tentando provar que não tinham a intenção de nos separar? Afinal de contas, eles haviam jurado que não eram o inimigo. Mas havia tanta coisa sobre o Daedalus que eu não entendia, tipo a história com o Blake...

Estremecendo, afundei o rosto no ombro dele e inspirei fundo. Queria afastar a lembrança do Blake, fingir que ele nunca havia existido.

— Kat?

Ergui a cabeça e abri os olhos, dando-me conta de que o Daemon estava de volta à forma humana.

— Daemon?

Seus olhos viajaram pelo meu rosto.

— O que eles têm feito com você?

Congelei. Nossos olhares se cruzaram por um momento, mas então levantei do colo dele e me afastei alguns passos.

— Nada muito sério. Apenas testes.

Daemon apoiou as mãos nos joelhos dobrados e disse baixinho:

— Sei que não é só isso, Kat. Como você arrumou os hematomas no rosto?

Olhei de relance para o espelho. Eu estava pálida, mas não restava nenhum vestígio das lutas.

— É melhor a gente não falar sobre isso.

— Acho que eles não dão a mínima para esse assunto. Os hematomas desapareceram porque eu te curei, mas eles estavam lá antes... já suaves, mas continuavam lá. — Ele se levantou, mas não tentou se aproximar. — Você pode conversar comigo. Já devia saber disso.

Meus olhos recaíram novamente sobre ele. Deus do céu, eu sabia. Tinha aprendido da forma mais difícil no último inverno. Se tivesse confiado a ele meus segredos, Adam ainda estaria vivo e provavelmente nenhum de nós estaria nesta situação.

A culpa abriu um buraco em meu estômago, só que agora era diferente. Contar a ele sobre os exames e os testes de estresse simplesmente o deixaria irritado, com vontade de retaliar. Além disso, admitir que havia matado o Blake — e não exatamente em legítima defesa — era tão horrível que não dava nem para considerar. Não queria sequer pensar nisso, que dirá conversar a respeito.

Daemon suspirou.

— Não confia em mim?

— Confio. — Arregalei os olhos. — Confio em você com a minha vida, mas... Apenas não tenho nada a dizer sobre o que vem acontecendo aqui.

— Acho que você tem muito a dizer.

Fiz que não.

— Não quero discutir com você.

— Não estamos discutindo. — Ele cruzou a distância que nos separava e apoiou as mãos em meus ombros. — Você está sendo teimosa feito uma mula, como sempre.

— Olha quem está falando!

— Ótimo filme — retrucou ele. — Adoro assistir a filmes antigos no meu tempo livre.

Revirei os olhos, mas abri um sorriso.

Com todo carinho, ele envolveu meu rosto entre as mãos e abaixou ligeiramente a cabeça, me fitando por trás das pestanas grossas.

— Estou preocupado com você, gatinha.

Meu peito apertou. Daemon raramente admitia estar preocupado com o que quer que fosse, e essa era a última coisa que eu queria que ele fizesse.

— Estou bem. Juro.

Ele continuou me fitando como se conseguisse ver através de mim, através das mentiras.

LUX 4 ORIGINAIS

DAEMON

Horas haviam se passado desde que Kat e eu nos separamos e eles me trouxeram uma lamentável desculpa de comida para o jantar. Tentei assistir televisão e até dormir, mas saber que ela estava do outro lado da porta ou escutá-la se movendo pelo banheiro tornava qualquer coisa quase impossível. Uma vez, mais ou menos no meio da madrugada, escutei seus passos perto da porta, e soube que ela estava ali, lutando contra a mesma necessidade que eu. Tínhamos, porém, que ser cautelosos. Qualquer que fosse o motivo de eles terem nos colocado num espaço com acesso um ao outro não podia ser boa coisa, e eu não queria arriscar que um de nós acabasse sendo transferido.

Mas estava preocupado com ela. Sabia que a Kat estava me escondendo algo, mantendo em segredo o que quer que tivesse acontecido antes da minha chegada. Assim sendo, tal como um perfeito idiota que não consegue se controlar, levantei da cama e abri a porta do banheiro.

Estava escuro e quieto, mas eu não havia me enganado. Kat estava parada ali, os braços pendendo ao lado do corpo, inacreditavelmente imóvel. Vê-la daquele jeito abriu um buraco em meu peito. Em geral, ela não conseguia ficar parada ou sentada sem se mexer por mais do que vinte segundos, mas agora...

Dei-lhe um beijo com ternura e disse:

— Vai dormir, gatinha. Assim nós dois poderemos descansar.

Ela assentiu com um menear de cabeça e, em seguida, falou aquelas três palavrinhas que jamais deixavam de botar minha alma de joelhos.

— Eu te amo.

Dizendo isso, voltou para sua própria cela, e eu para a minha. Finalmente consegui dormir.

Nancy apareceu assim que o dia raiou. Nada como abrir os olhos e ver aquele rosto e sorriso plastificados para começar bem o dia.

Eu esperava reencontrar a Kat, mas fui levado até a ala médica para mais exames de sangue e, em seguida, me mostraram a sala hospitalar que ela havia mencionado.

— Onde está a garotinha? — perguntei, correndo os olhos pelas cadeiras em busca da menina sobre a qual a Kat havia falado, mas sem encontrá-la. — Acho que o nome dela é Lori, ou algo assim.

Nancy manteve uma expressão impassível.

— Infelizmente, ela não respondeu ao tratamento como a gente esperava. Lori morreu alguns dias atrás.

Merda. Rezei para que a Kat não descobrisse.

— Vocês estavam dando a ela o LH-11?

— Isso mesmo.

— E não funcionou?

Ela estreitou os olhos.

— Você está fazendo perguntas demais, Daemon.

— Ei, eu estou onde vocês queriam, e provavelmente meu DNA está sendo usado para esse negócio. Não acha que eu tenho o direito de me sentir um pouco curioso a respeito disso?

Ela me fitou por um momento e, então, se virou para um dos pacientes cuja bolsa de fluido estava sendo trocada.

— Você pensa demais, e sabe muito bem o que as pessoas dizem sobre a curiosidade.

— Que é o provérbio mais clichê e idiota de todos os tempos?

Os lábios dela se curvaram num dos cantos.

— Eu gosto de você, Daemon. Você é irritante e metido a espertinho, mas eu gosto de você.

Abri um sorriso tenso.

— Ninguém resiste ao meu charme.

— Tenho certeza de que isso é verdade. — Ela fez uma ligeira pausa ao ver o sargento entrar na sala conversando baixinho com um dos médicos. — Lori foi tratada com o LH-11, mas não teve uma resposta favorável.

— Como assim? — perguntei. — O câncer não foi curado?

Nancy não respondeu, o que foi o bastante. Imaginei que não ter tido uma resposta favorável envolvesse mais do que apenas o fato de o câncer não ter sido curado.

— Sabe o que eu acho? — indaguei.

Ela inclinou a cabeça ligeiramente de lado.

— Nem imagino.

LUX 4 Originais

— Brincar com DNA humano, híbrido e alienígena é um convite a problemas. Vocês realmente não fazem a mínima ideia do que têm nas mãos.

— Mas estamos aprendendo.

— E cometendo erros? — retruquei.

Ela sorriu.

— Erros não existem, Daemon.

Não tinha tanta certeza, mas, de repente, meu olhar foi atraído para a janela nos fundos da sala. Estreitei os olhos. Podia ver outros Luxen lá dentro. Muitos pareciam tão felizes quanto uma criança na Disneylândia.

— Ah! — Nancy sorriu, meneando a cabeça na direção da janela. — Vejo que você percebeu. Eles estão lá porque querem ajudar. Se ao menos você fosse tão solidário quanto eles.

Bufei. Não fazia ideia do motivo de aqueles Luxen estarem ali, parecendo felizes da vida, e não dava a mínima. Talvez alguma facção do Daedalus estivesse realmente tentando fazer algo pelo bem da humanidade, mas isso não justificava o que eles haviam feito com o meu irmão no processo.

À minha volta, médicos e técnicos de laboratório zanzavam de um lado para outro. Algumas das bolsas conectadas aos pacientes continham um líquido estranho e brilhante que se assemelhava vagamente ao sangue que vertíamos em nossa forma verdadeira.

— Aquilo é o LH-11? — perguntei, apontando para uma das bolsas.

Nancy fez que sim.

— Uma das versões. A mais nova. Mas isso não lhe diz respeito. Precisamos...

Suas palavras foram interrompidas pelo soar súbito de uma sirene, um som agudo e ensurdecedor. Luzes vermelhas piscaram no teto, fazendo com que médicos e pacientes se fitassem, alarmados. O sargento Dasher saiu da sala pisando duro.

Nancy soltou uma maldição por entre os dentes e se virou para a porta.

— Washington, acompanhe o sr. Black de volta para o alojamento imediatamente. — Em seguida, apontou para outro guarda. — Williamson, tranque a sala. Ninguém entra, ninguém sai.

— O que está acontecendo? — perguntei.

Ela me lançou um olhar irritado e, sem dizer nada, saiu. Pro inferno com voltar para a cela quando as coisas estavam obviamente começando a ficar divertidas. Já no corredor, o pulsar das luzes vermelhas em contraste com a iluminação fraca criava um irritante efeito estroboscópico.

Meu Guarda-Costas do Momento deu um passo à frente e, de repente, um verdadeiro caos se instaurou por todo o corredor.

Soldados jorravam de dentro das salas, trancando-as e assumindo uma posição de guarda diante das portas. Outro surgiu no final do corredor, segurando um walkie-talkie com tanta força que as juntas dos dedos estavam brancas.

— Temos atividade no elevador dez, saindo do prédio B. Desliguem o elevador agora.

Ah, novamente o infame prédio B.

Um pouco mais adiante no corredor, outra porta se abriu. Vi primeiro o Archer e, em seguida, a Kat. Ela pressionava uma das mãos na parte interna do cotovelo oposto. Atrás dela surgiu o dr. Roth. Estreitei os olhos ao ver uma sinistra seringa em sua mão. Ele passou pela Kat e pelo Archer e seguiu direto para o sujeito com o walkie-talkie.

Ela se virou, e seus olhos encontraram os meus. Dei um passo em sua direção. De forma alguma iria deixá-la sozinha quando a merda atingisse o ventilador, o que pelo visto estava acontecendo agora.

— Aonde você pensa que vai? — vociferou Washington, fechando a mão na arma presa à coxa. — Tenho ordens de levá-lo de volta para seu alojamento.

Virei-me para ele lentamente e, em seguida, para os três elevadores do outro lado do corredor. Todos estavam parados em andares diferentes, a luz vermelha acesa.

— Exatamente como você pretende me levar de volta para o meu andar?

Ele estreitou os olhos.

— Usando a escada?

Não é que o idiota conseguia pensar? Sem dar a mínima, virei de costas, mas ele rapidamente fechou a mão no meu ombro.

— Se tentar me impedir, vou acabar com você — avisei.

O que quer que Washington tivesse visto no meu rosto deve ter lhe assegurado que eu não estava brincando, pois não tentou mais me deter quando me desvencilhei de sua mão com um remexer do ombro e segui direto até a Kat, passando o braço em volta dos ombros dela. Seu corpo estava visivelmente tenso.

— Está tudo bem? — perguntei a ela, olhando para o Archer. Ele também mantinha a mão sobre a arma, mas sua atenção não estava na gente. Os olhos estavam fixos no elevador do meio. Escutava alguma coisa no comunicador auditivo e, pela sua expressão, não era coisa boa.

Kat assentiu, afastando do rosto uma mecha de cabelo que se soltara do rabo de cavalo.

— Você sabe o que está acontecendo?

— Alguma coisa com o prédio B. — De repente, meu instinto me disse que talvez fosse melhor voltarmos para nossas celas. — Isso nunca aconteceu antes?

Kat fez que não.

— Não. Talvez seja algum tipo de treinamento.

As portas duplas no final do corredor se abriram subitamente e um enxame de oficiais com uniforme da SWAT passou por elas, armados até os dentes e com os rostos encobertos por capacetes com viseiras.

Minha reação foi imediata. Passei um braço em volta da cintura da Kat e a apertei de encontro à parede, protegendo-a com meu corpo.

— Não acho que isso seja um treinamento.

— Não é — confirmou Archer, sacando a arma.

A luz do painel sobre o elevador do meio piscou, indicando que ele estava passando do sétimo para o sexto e, em seguida, para o quinto andar.

— Achei que os elevadores tivessem sido desligados — gritou alguém.

Os homens de preto se colocaram em posição, ajoelhando-se diante do elevador. Outra pessoa respondeu:

— Desligá-los não irá detê-lo. Você sabe muito bem.

— Não quero saber — gritou o homem para o rádio. — Deem um jeito de parar o maldito elevador antes que ele atinja o térreo. Joguem cimento sobre a cabina se for preciso. Mas detenham o maldito!

— Deter o quê? — Olhei de relance para o Archer.

A luz vermelha indicou que o elevador agora estava no quarto andar.

— Um original — respondeu ele, trincando o maxilar. — Tem uma escada à direita, no fundo do corredor. Sugiro que vocês vão para lá agora.

Meu olhar recaiu de novo sobre o elevador. Parte de mim desejava ficar e ver o que diabos era um original e por que eles estavam agindo como se o monstro de *Cloverfield* estivesse prestes a irromper de dentro da máquina, mas a Kat estava ali e, pelo visto, o que quer que estivesse lá dentro não era amigável.

— O que diabos está acontecendo com eles ultimamente? — murmurou um dos homens de preto. — Eles têm se rebelado sem parar.

Fiz menção de me afastar, mas Kat me impediu.

— Não — disse ela, os olhos cinza arregalados. — Quero ver isso.

Tencionei os músculos.

— De jeito nenhum.

Um *ding* ecoou por todo o andar, sinalizando que o elevador havia chegado. Estava prestes a jogar a Kat sobre o ombro e sair correndo. Ela, porém, adivinhou minha intenção e me fitou com uma expressão desafiadora.

Mas então seu olhar dardejou por cima do meu ombro. Virei a cabeça a tempo de ver as portas do elevador se abrindo lentamente. O ruído das travas de segurança das armas sendo liberadas ecoou pelo corredor.

— Não atirem! — ordenou o dr. Roth, brandindo a seringa como uma bandeira branca. — Deixem que eu cuido disso. O que quer que vocês façam, não atirem. Não...

Uma pequena sombra surgiu de dentro do elevador, seguida por uma perna de calça preta, um tronco e diminutos ombros.

Meu queixo caiu.

Era um menino — uma *criança*. Com não mais do que uns cinco anos de idade. Ele parou diante de todos aqueles adultos com armas *enormes* apontadas para ele.

E sorriu.

Foi então que a tão famosa merda atingiu o ventilador.

[13]

DAEMON

au... — murmurei.

Os olhos do menino eram violeta, que nem os do Luc, duas contas ametista com aquelas linhas estranhas em torno das pupilas. E ele fitava de modo frio e calculista os oficiais à sua frente.

O dr. Roth deu um passo adiante.

— Micah, o que você está fazendo? Você sabe que não pode vir para este prédio. Onde está…?

De repente, várias coisas aconteceram. Tão rápido que eu jamais teria acreditado se não tivesse visto com meus próprios olhos.

O garoto ergueu uma das mãos, e o movimento foi seguido por uma série de estalos sucessivos… das balas deixando os canos dos rifles. O ofego horrorizado que a Kat soltou me disse que ela estava pensando o mesmo que eu. Será que eles iam realmente atirar numa criança?

As balas, porém, pararam em pleno ar, como se o garoto fosse um Luxen ou um híbrido. Mas ele não era um alienígena. Eu teria sentido. Talvez fosse um híbrido, porque os projéteis estancaram ao atingirem uma brilhante parede azulada ao redor dele. A luz se expandiu, engolindo as dezenas de balas e acendendo-as como se elas fossem vaga-lumes azuis. Elas permaneceram suspensas no ar por um segundo e, então, explodiram, desaparecendo por completo. O garoto fez um gesto com os dedos como se os tivesse chamando para brincar e, de uma forma à la Magneto, as armas foram arrancadas das mãos dos oficiais e voaram em direção a ele. Elas também pararam em pleno ar e se acenderam em vibrantes tons de azul. Um segundo depois, não restava nada além de pó.

Kat enterrou os dedos em minhas costas.

— Puta...

— Merda — completei.

O médico tentava abrir caminho em meio aos soldados.

— Micah, você não pode...

— Não quero voltar para aquele prédio — disse o menino numa voz ao mesmo tempo esganiçada e sem entonação.

Washington, o Imbecil, deu um passo à frente, empunhando uma pistola. O dr. Roth soltou um grito e Micah, imediatamente, virou a cabeça. O guardinha empalideceu ao ver o menino crispar os punhos. Em seguida, caiu de joelhos no chão, dobrando o corpo e segurando a cabeça entre as mãos. Sua boca se abriu num grito silencioso enquanto sangue vertia de seus olhos.

— Micah! — O dr. Roth empurrou o oficial para tirá-lo do caminho. — Isso é mau! Muito mau, Micah!

Mau — aquilo era *mau*? Eu podia pensar em uma dúzia de palavras mais adequadas do que *mau*.

— Jesus Cristinho — murmurou Kat. — O garoto parece o Damien, de *A Profecia*.

Eu teria rido, porque com aquele cabelinho castanho de cuia e o sorriso levemente endiabrado, o menino parecia mesmo o pequeno Anticristo. Exceto que a situação não tinha graça, não com Washington caído de cara no chão e o menino com aqueles olhos violeta fixos em mim.

Cara, eu não gostava nadinha de aberrações em forma de criança.

— Ele ia me machucar — defendeu-se Micah, sem tirar os olhos de mim. — E vocês vão me obrigar a voltar para o meu quarto. Não quero voltar para lá.

LUX 4 Originais

Vários oficiais recuaram ao verem o menino dar um passo à frente. O dr. Roth, porém, permaneceu onde estava, segurando a seringa escondida atrás das costas.

— Por que você não quer voltar para o seu quarto, Micah?

— Talvez a melhor pergunta seja: por que ele está olhando para você? — sussurrou Kat.

Verdade.

Micah contornou os oficiais com cuidado, que, a essa altura, tentavam manter uma distância segura do garoto. Os passinhos dele eram leves e extremamente felinos.

— Os outros não querem brincar comigo.

Havia outros como ele? Meu Pai do céu...

O médico se virou para ele com um sorriso.

— Talvez porque você não queira compartilhar seus brinquedos com eles?

Kat abafou o que me pareceu uma risada quase histérica.

Os olhos do menino se voltaram para o médico.

— Compartilhar não é a forma como a gente assegura dominância. Como. É. Que. É?

— Compartilhar não significa que esteja abrindo mão do controle, Micah. Já te ensinamos isso.

O garotinho deu de ombros e seu olhar recaiu novamente sobre mim.

— Quer brincar comigo?

— Ahn... — Não fazia a menor ideia do que responder.

Micah inclinou a cabeça ligeiramente de lado e sorriu. Duas covinhas despontaram em suas bochechas gorduchas.

— Ele pode brincar comigo, dr. Roth?

Se o médico dissesse que sim, eu ia ficar muito puto.

O dr. Roth assentiu.

— Mais tarde, Micah, mas agora você precisa voltar para o seu quarto.

O menino fez um beicinho.

— Não quero voltar para lá!

Eu meio que esperava que a cabeça dele começasse a girar no próprio eixo, e talvez isso tivesse acontecido se o médico não houvesse tentado se aproximar, empunhando a seringa.

Micah virou e soltou um grito ao mesmo tempo que crispava as diminutas mãos. O dr. Roth soltou a seringa e caiu de joelhos no chão.

— Micah — ofegou ele, pressionando as têmporas. — Você tem que parar com isso.

Micah bateu o pé.

— Eu não quero...

Um dardo surgiu do nada e se enterrou no pescoço do garoto. Ele esbugalhou os olhos e, em seguida, suas pernas cederam. Antes que pudesse cair de cara no chão, dei um pulo à frente e o peguei nos braços. Micah era absurdamente assustador, mas era uma criança.

Ergui os olhos e vi o sargento Dasher parado à minha direita.

— Excelente mira, Archer — elogiou ele.

Archer guardou a arma de volta no coldre com um curto menear de cabeça.

Voltei a atenção novamente para o garoto. Seus olhos estavam abertos, fixos nos meus. Ele não se mexia, mas continuava ali, totalmente consciente.

— Que diabos foi isso? — murmurei.

— Alguém leve o Washington para a ala médica e se certifique de que os miolos dele não tenham sido completamente fritos. — Dasher continuou distribuindo ordens. — Roth, leve o garoto para a sala de exames imediatamente. Descubra como ele conseguiu escapar do prédio B e onde diabos está seu rastreador.

Roth se levantou com dificuldade, esfregando as têmporas.

— Sim... senhor.

Com os olhos brilhando, Dasher se aproximou do médico e disse em voz baixa:

— Se ele fizer isso de novo, será eliminado. Entendeu?

Eliminado? Jesus. Alguém apareceu ao meu lado e estendeu os braços para pegar o garoto. Eu não queria soltá-lo, mas isso não chegou a se tornar um problema. Micah fechou a mão na minha camiseta e apertou com força enquanto o oficial tentava puxá-lo.

De pertinho, aqueles olhos estranhos pareciam ainda mais bizarros. O círculo em torno das pupilas era irregular, como se a linha preta estivesse borrada em alguns pontos.

Eles não sabem que a gente existe.

LUX Originais

Dei um pulo para trás, chocado, soltando a mão que segurava minha camiseta. A voz do garoto ressoara em minha mente. Impossível, mas era verdade. Observei, incrédulo, o oficial tomá-lo nos braços e começar a se afastar. O mais estranho era que ele tinha dito exatamente a mesma coisa que o Luc.

Aquele garoto não era como a Kat nem como eu. Era algo completamente diferente.

❋ ❋ ❋

Katy

Puta merda elevada à enésima potência.

Uma simples criança havia desarmado quinze homens e provavelmente teria feito muito mais se o Archer não o tivesse derrubado com um tranquilizante. Para ser honesta, não fazia ideia do que eu tinha acabado de ver nem o que o garoto era, porém o Daemon me parecera bastante assustado. Fui tomada por um súbito pânico. Será que o menino havia feito algo com ele?

Afastei-me da parede e corri até ele.

— Você está bem?

Daemon passou os dedos pelo cabelo e anuiu.

— Alguém precisa levar esses dois de volta para os alojamentos — disse o sargento Dasher, inspirando fundo e, em seguida, dando outra série de ordens. Archer se aproximou da gente.

— Espera. — Passei um braço em volta do Daemon, me recusando a sair dali. — O que foi *isso*?

— Não tenho tempo para explicações. — Dasher estreitou os olhos. — Leve-os de volta para os alojamentos, Archer.

Fui tomada por uma raiva súbita, amarga e potente.

— Arrume tempo.

Dasher virou a cabeça em minha direção, e fuzilei-o com os olhos. Atraído pela troca, Daemon fixou a atenção no sargento. Senti os músculos sob minha mão tencionarem.

— Aquele garoto não é um Luxen nem um híbrido — disse ele. — Acho que vocês nos devem uma resposta direta.

— Ele é o que nós chamamos de original — respondeu Nancy, aproximando-se por trás do sargento. — Como um novo começo: a origem de uma espécie perfeita.

Abri a boca para replicar, mas a fechei de novo. A origem de uma espécie perfeita? Senti como se tivesse mergulhado de cabeça num filme de ficção científica bem ruim, exceto que era tudo real.

— Vá em frente, sargento. Deixe as explicações comigo. — Nancy projetou ligeiramente o queixo, enquanto Dasher a observava com incredulidade. — Quero um relatório completo de como e por que ocorreram dois incidentes com os originais em menos de vinte e quatro horas.

Dasher soltou o ar com força pelo nariz.

— Sim, senhora.

Fiquei meio chocada ao vê-lo bater os calcanhares e se virar para ir cumprir as ordens, mas isso confirmava minha suspeita de que era a Nancy quem comandava o show.

Ela estendeu a mão em direção a uma das portas fechadas.

— Venham, vamos sentar.

Com o braço ainda em torno do Daemon, nós a seguimos até uma pequena sala com uma mesa redonda e cinco cadeiras. Sempre uma sombra, Archer veio se juntar a nós, mas se postou ao lado da porta enquanto a gente se sentava.

Daemon apoiou um dos cotovelos na mesa, a outra mão em minha perna e se debruçou sobre o tampo, os olhos brilhantes fixos na Nancy.

— Certo. Então aquele garoto é um original. Mas o que isso significa exatamente?

Nancy se recostou na cadeira e cruzou as pernas.

— Não estávamos preparados para compartilhar essa informação com vocês ainda, mas levando em consideração o que os dois testemunharam não temos escolha. Às vezes as coisas não saem como planejadas, e precisamos nos adaptar.

— Verdade — retruquei, apoiando a mão sobre a do Daemon. Ele virou a palma para cima e entrelaçou os dedos com os meus, mantendo nossas mãos sobre a minha perna.

LUX 4 ORIGINAIS

— O Projeto Originais é a maior realização do Daedalus — começou Nancy com um olhar determinado. — Ironicamente, ele teve início com um acidente ocorrido há mais de quarenta anos. A princípio, foi só um, mas hoje em dia existem mais de cem. Como eu disse antes, de vez em quando o que a gente planeja não acontece. Como consequência, temos que nos adaptar.

Olhei de relance para o Daemon. Ele parecia tão atônito e impaciente quanto eu, que, para piorar, ainda estava com uma sensação de enjoo no fundo do estômago. De alguma forma, tinha certeza de que o que quer que estivéssemos prestes a escutar ia dar um nó em nossas mentes.

— Quarenta anos atrás, tínhamos em nossa companhia um Luxen e uma híbrida que ele havia transformado. Tal como vocês, os dois eram jovens e estavam apaixonados. — Ela repuxou o lábio superior numa espécie de sorrisinho indulgente. — Eles podiam se ver à vontade e, em determinado momento durante a estadia deles aqui, a garota ficou grávida.

Ai, Jesus.

— Não percebemos nada a princípio, não até a barriga dela começar a crescer. Entendam, naquela época não tínhamos o hábito de testar os hormônios relativos à gravidez. E, pelo que descobrimos no decorrer dos anos, a concepção entre os Luxen é extremamente difícil, de modo que sequer cogitamos a hipótese de que um deles poderia vir a engravidar uma humana, híbrida ou não.

— É verdade? — perguntei ao Daemon. Fazer bebês não era algo sobre o qual costumávamos conversar. — Os Luxen têm dificuldade em engravidar?

Daemon trincou o maxilar.

— É, mas até onde sei não podemos engravidar humanos. É como esperar um filhote de um cachorro com um gato.

Eca. Fiz uma careta.

— Bela analogia.

Daemon soltou uma risadinha presunçosa.

— Ele tem razão — confirmou Nancy. — Os Luxen não podem procriar com humanos, em geral, nem com híbridos, mas quando a mutação ocorre de maneira perfeita e completa em nível celular, e quando existe um *desejo* verdadeiro, isso pode acontecer.

Por algum motivo, senti um súbito calor subir por minha nuca. Falar sobre bebês com a Nancy era muito pior do que conversar sobre sexo com a minha mãe, o que já tinha sido ruim o bastante, algo que me deixara com vontade de socar a mim mesma.

— Quando descobrimos que a híbrida estava grávida, nossa equipe ficou dividida, sem saber se devíamos ou não interromper a gravidez. Isso pode soar insensível — comentou ela ao perceber o modo como o Daemon enrijeceu. — Mas vocês precisam entender que não sabíamos o que essa gravidez poderia acarretar, nem como seria a criança. Não fazíamos a menor ideia de com o que estávamos lidando, mas felizmente o aborto foi vetado, de modo que tivemos a oportunidade de analisar essa ocorrência.

— Então... então eles tiveram o bebê? — perguntei.

Nancy fez que sim.

— Foi uma gravidez normal pelos padrões humanos... entre oito e nove meses. O bebê foi apenas um pouquinho prematuro.

— Para uma Luxen, a gravidez dura cerca de um ano — informou Daemon. Encolhi-me ao imaginar que era um tempo demasiadamente longo para ficar carregando trigêmeos. — Mas, como eu disse, elas não engravidam com facilidade.

— Quando a criança nasceu, não havia nada de extraordinário em sua aparência, exceto pelos olhos. Eles eram violeta, uma cor extremamente rara entre os humanos, com um círculo escuro e irregular em torno das íris. Os exames de sangue comprovaram que o DNA do bebê era um misto de Luxen e humano, porém diferente do DNA de um híbrido. Só depois que a criança começou a crescer foi que percebemos o que isso significava.

Eu não fazia a menor ideia do que poderia ser.

Nancy abriu um ligeiro sorriso — um sorriso genuíno, como o de uma criança na manhã de Natal.

— A taxa de crescimento era normal, igual a de uma criança humana. Ele, porém, logo mostrou sinais de uma inteligência singular, aprendendo a falar muito antes do esperado. Os testes indicaram que seu QI estava acima de duzentos, o que é raríssimo. Apenas um por cento da população possui um QI acima de cento e quarenta. E isso não foi tudo.

Lembrei que o Daemon tinha me dito que os Luxen amadureciam mais rápido do que os humanos, não na aparência física, mas na capacidade intelectual e social, o que me parecera duvidoso, levando em consideração o modo como ele agia às vezes.

Ele me lançou um olhar demorado, como se soubesse o que eu estava pensando. Apertei-lhe a mão.

— O que você quer dizer com isso não foi tudo? — eu perguntei, virando-me de volta para a Nancy.

— Bem, na verdade, essas experiências parecem não possuir limites, é um aprendizado contínuo. Cada criança, cada geração, apresenta habilidades diferentes. — Um ligeiro brilho iluminou seus olhos enquanto ela falava. — A primeira criança era capaz de fazer algo que nenhum híbrido jamais conseguiu. Ela podia curar.

Recostei-me na cadeira, piscando repetidas vezes.

— Mas... eu achava que apenas os Luxen conseguiam fazer isso.

— Nós também, até conhecermos o Ro. Demos esse nome a ele em homenagem ao primeiro faraó egípcio documentado, que se acreditava ser um mito.

— Espera um pouco. Vocês escolheram o nome dele? E quanto aos pais? — perguntei.

Ela deu de ombros, mas com apenas um, e essa foi toda a resposta que obtivemos.

— O poder que Ro tinha de curar a si mesmo e aos outros era semelhante ao de um Luxen, obviamente herdado do pai. No decorrer de sua infância, descobrimos que ele era capaz de se comunicar telepaticamente não somente com Luxen e híbridos, mas também com humanos. Além disso, ele era imune à mistura de ônix com diamantes. Possuía também a força e a velocidade dos Luxen, porém mais aprimorados. E, tal como nossos amigos alienígenas, ele podia invocar a Fonte com a mesma facilidade. Sua capacidade de solucionar problemas e desenvolver estratégias em tão tenra idade era incomparável. A única coisa que nem ele nem os outros originais são capazes de fazer é mudar a aparência. Ro era o espécime perfeito.

Levei alguns momentos para digerir tudo o que ela estava dizendo, e quando finalmente consegui uma coisa chamou mais a minha atenção do que todo o resto. Uma pequena palavra, porém demasiadamente poderosa.

— Onde ele está agora?

Parte do brilho em seus olhos se apagou.

— Ro não está mais conosco.

O que explicava o uso do verbo no pretérito.

— O que aconteceu com ele?

— Ele morreu, pura e simplesmente. Mas Ro não foi o único. Vários outros nasceram, e pudemos aprender como a concepção era possível. — Nancy começou a falar rápido, empolgada. — O fator mais interessante é que a concepção pode ocorrer entre qualquer Luxen e híbrida cuja mutação tenha transcorrido com sucesso.

Daemon se recostou na cadeira e soltou a mão da minha. Em seguida, franziu o cenho com desconfiança.

— Quer dizer que o Daedalus encontrou um bando de Luxen e híbridas cheios de amor pra dar e dispostos a participar dessa experiência enquanto estavam aqui? Porque isso me parece um pouco estranho. Esse lugar não é dos mais românticos. Não contribui muito para criar o clima.

Senti o estômago revirar ao perceber aonde o Daemon queria chegar com aquela pergunta, e o ar da sala tornou-se estagnado. Havia um motivo para a Nancy estar sendo tão aberta com a gente. Afinal, segundo o dr. Roth, Daemon e eu éramos "espécimes perfeitos", um Luxen e uma híbrida cuja mutação transcorrera em nível celular.

O olhar da agente tornou-se subitamente frio.

— Você ficaria surpreso em saber o que duas pessoas apaixonadas são capazes de fazer quando arrumam alguns momentos de privacidade. E, para ser sincera, o negócio só leva alguns instantes mesmo.

De repente, o fato de compartilharmos um banheiro fez sentido. Será que a Nancy esperava que eu e o Daemon cedêssemos à nossa luxúria animal e começássemos a fazer bebezinhos Daemon?

Pai do céu, quando ela confirmou, achei que ia vomitar.

— Afinal, nós não impedimos vocês de passarem alguns momentos sozinhos, impedimos? — Seu sorriso me deixou oficialmente assustada. — Os dois são jovens e estão superapaixonados. Tenho certeza de que farão bom uso de seu tempo livre mais cedo ou mais tarde.

O sargento Dasher não havia mencionado nada disso durante seu belo discurso sobre proteger o mundo contra uma invasão alienígena ou encontrar a cura para várias doenças. Mas, por outro lado, como ele próprio dissera, o Daedalus possuía várias facetas.

Daemon abriu a boca, sem dúvida para dizer algo que me deixaria com vontade de chutá-lo, mas eu o interrompi.

— Acho difícil de acreditar que vocês encontraram tantas pessoas dispostas a... bem, você sabe.

— Em alguns casos, a gravidez foi totalmente acidental. Em outros, nós auxiliamos o processo.

Inspirei fundo, mas o ar ficou preso em meus pulmões.

— Vocês auxiliaram o processo?

— Não é o que você está pensando. — Ela riu, um som esganiçado, destruidor de nervos. — Tivemos alguns voluntários no decorrer dos anos, Luxen e híbridos que entendiam o verdadeiro propósito do Daedalus. Em outros casos, recorremos à fertilização *in vitro*.

Um bolo de fel me subiu à garganta, o que não era nada bom levando em consideração que eu estava com a boca aberta. O risco de acabar vomitando ali mesmo era enorme.

Um músculo continuava pulsando no maxilar do Daemon.

— Como assim? Quer dizer que o Daedalus atua também como Parperfeito.com para Luxen e híbridas?

Nancy o fitou de modo seco, e não consegui evitar um calafrio de revolta. Fertilização *in vitro* significava que tinha que haver uma híbrida para carregar o bebê. E, por mais que a Nancy afirmasse que sim, duvidava de que todas elas tivessem se voluntariado para tanto.

As pupilas do Daemon estavam começando a brilhar.

— Quantos originais vocês já criaram?

— Centenas — repetiu ela. — Os mais jovens são mantidos aqui, mas à medida que envelhecem eles são transferidos para outras localidades.

— E como vocês conseguem controlá-los? Pelo que eu vi, ninguém tem muito controle sobre o Micah.

Ela pressionou os lábios numa linha fina.

— Nós utilizamos rastreadores, o que normalmente faz com que eles permaneçam onde têm que ficar. Mas, de vez em quando, eles encontram um meio de neutralizar esses dispositivos. Os que não são controláveis são tratados de acordo.

— Tratados de acordo? — murmurei, horrorizada com a imagem que me veio à mente.

— Os originais são superiores em quase todos os aspectos. Eles são seres formidáveis, mas podem se tornar muito perigosos. Quando não conseguem ser assimilados, precisamos tomar as providências necessárias.

Minha imaginação tinha acertado na mosca.

Daemon deu um soco na mesa, fazendo com que o Archer se aproximasse, levando a mão à arma.

— Vocês estão basicamente criando uma raça de bebês cobaias e, se eles não forem aceitáveis, então são eliminados?

— Não espero que você entenda — retrucou Nancy calmamente, levantando e se postando atrás da cadeira. Suas mãos se fecharam sobre o encosto. — Os originais são uma espécie perfeita, mas como com qualquer raça, ser ou criatura, existem aqueles que... não se encaixam. Isso acontece. Mas o lado positivo e vantajoso supera o negativo.

Fiz que não.

— O que tem de tão positivo nisso?

— Muitos dos nossos originais cresceram e foram assimilados pela sociedade. Nós os treinamos para que alcancem a elite do sucesso. Cada um deles é moldado desde o nascimento para assumir um determinado papel. Eles irão se tornar médicos inigualáveis, pesquisadores aptos a descobrir os segredos do desconhecido, senadores e políticos capazes de enxergar o quadro geral e promover mudanças sociais. — Ela fez uma pausa e se virou para o Archer. — E alguns se tornarão soldados incomparáveis, unindo-se aos times de híbridos e humanos, criando um exército indestrutível.

Os pelos da minha nuca se eriçaram. Virei-me lentamente na cadeira e meus olhos encontraram os do Archer. Sua expressão era indecifrável.

— Você é um...?

— Archer? — chamou Nancy, sorrindo.

Ele ergueu a mão que estava posicionada sobre a arma e a levou até o olho esquerdo. Com as pontas dos dedos, removeu uma lente colorida, que revelou uma íris tão brilhante quanto uma pedra de ametista.

Suguei o ar com força.

— Santa loucura...

LUX 4 ORIGINAIS

Daemon soltou uma maldição por entre os dentes. Agora fazia sentido por que eles haviam designado somente o Archer para vigiar a mim e ao Daemon. Se ele fosse um pouquinho parecido com o Micah, conseguiria lidar com a gente com os pés nas costas.

— Uau, quer dizer que você é uma pérola rara — murmurou meu namorado.

— Sou mesmo. — Os lábios do Archer se repuxaram num meio sorriso. — Mas isso é segredo. Não queremos que os outros oficiais ou soldados se sintam desconfortáveis perto de mim.

O que explicava por que ele havia derrubado o Micah com um dardo tranquilizante, em vez de dar uma de super-homem para cima do garoto. Minha língua coçou com milhares de perguntas, mas permaneci calada diante das implicações do quê e de quem ele era.

Daemon cruzou os braços e voltou a atenção novamente para a Nancy.

— Revelação interessante, mas tenho uma pergunta mais importante a fazer.

Ela abriu os braços de forma acolhedora.

— Vá em frente.

— Como vocês determinam quem vai gerar esses bebês?

Ó céus! Meu estômago revirou ainda mais, e me debrucei sobre a mesa, agarrando a beirada do tampo.

— Na verdade, é simples. Além da fertilização *in vitro*, a gente procura por Luxen e híbridas como vocês.

[14]

DAEMON

gente tinha que escapar dali. E logo. Não conseguia pensar em outra coisa.

Enquanto éramos escoltados de volta para nossas celas, olhei para o Archer com novos olhos, bem mais atentos. Ele sempre me parecera diferente, mas eu jamais teria imaginado que o cara era algo além de um reles humano. Não tinha sentido nada de especial em relação a ele, pelo menos, nada além de seu jeito um tanto arredio, mas havia reparado que a Kat parecia à vontade perto dele. Afora algumas respostas espertinhas, que eu mais do que ninguém não podia condenar, Archer me parecia um sujeito razoavelmente legal.

E, para ser honesto, não dava a mínima para o que ele era. Descobrir que o cara era mais do que um simples humano apenas significava que precisaria observá-lo com mais atenção. O que *realmente* importava era o fato de eles estarem gerando crianças ali.

Isso me deixava absurdamente incomodado, e zangado.

Assim que eu escutei a porta ser trancada atrás de mim, fui para o banheiro. Kat teve a mesma ideia. Um segundo depois, a porta que dava para a cela dela se abriu. Kat entrou e, em seguida, a fechou silenciosamente.

Ela estava pálida.

— Quero vomitar.

— Me deixa sair da frente, então.

Kat franziu o cenho.

— Daemon, eles... — Balançou a cabeça como se não conseguisse aceitar, os olhos arregalados. — Não sei nem o que dizer. Isso vai além de qualquer coisa que eu poderia imaginar.

— Concordo. — Recostei na pia enquanto ela se sentava na beirinha da tampa da privada. — Dawson nunca falou nada sobre isso com você?

Ela fez que não. Dawson raramente falava sobre o período em que passara com o Daedalus, mas, quando falava, em geral era com a Kat.

— Não, mas ele disse que algumas coisas eram insanas. Provavelmente estava se referindo a isso.

Antes de continuar, assumi minha forma verdadeira. *Desculpa*, pedi ao vê-la se encolher. *Luc me avisou que algumas coisas aqui me fariam surtar. Por falar nele, reparou que os olhos do Archer e do Micah são iguais aos dele? O Luc também tem a mesma linha estranha e irregular em torno das pupilas. Diabos, eu devia ter desconfiado que o garoto não era um híbrido normal. Ele é um original.*

Kat esfregou as palmas das mãos nas coxas. Ela sempre ficava irrequieta quando estava nervosa. Normalmente, eu achava bonitinho, mas detestava saber o motivo que a deixara assim agora. *Isso é muito mais sério que a nossa situação*, disse ela. *Quantas crianças você acha que eles têm aqui? E quantos estão aí fora, espalhados pelo mundo, fingindo serem pessoas normais?*

Bem, isso não é muito diferente do que a gente faz.

Nós não somos super-homens capazes de derrubar uma pessoa com um simples crispar das mãos.

Esse poder me dava certa inveja. O que é uma pena. Não seria nada mal poder lançar mão de algo assim quando alguém te dá nos nervos.

Kat estendeu a mão e me deu um tapa na perna. *E que merda foi aquela história? Ela* — aquela louca maquiavélica de terno — *nunca mencionou nada sobre isso.*

Quase todas as mulheres que usam ternos são maquiavélicas.

Kat inclinou a cabeça ligeiramente de lado. *Certo. Preciso concordar com isso. Mas será que podemos manter o foco?*

Agora que você concordou, sim. Estendi o braço e apertei de leve o nariz dela, que me fitou com irritação. *Precisamos dar o fora daqui, e rápido.*

Concordo. Kat deu um tapa na minha mão quando tentei apertar seu nariz de novo. *Sem ofensa, mas não estou com a menor vontade de fazer bebezinhos esquisitos com você no momento.*

Engasguei com a risada. *Seria uma bênção ter um filho meu. Admita.*

Ela revirou os olhos. *Sério, seu ego não conhece limite, qualquer que seja a situação.*

Ei. Gosto de ser consistente.

Isso você definitivamente é, disse ela, a voz soando seca em minha mente.

Por mais que eu adore a ideia de fazer um bebê com você, não vai acontecer nessas circunstâncias.

Um belo rubor encobriu-lhe as bochechas. *Fico feliz que estejamos de acordo.*

Eu ri.

Precisamos botar as mãos nesse LH-11 e dar um jeito de entrar em contato com o Luc. O que me parece impossível. Kat voltou os olhos para a porta fechada. *Sequer sabemos onde esse negócio é mantido.*

Nada é impossível, lembrei-lhe. *Mas acho que precisamos de um plano.*

Alguma ideia? Ela puxou o elástico que lhe prendia o cabelo e correu os dedos pelas ondas para desembaraçá-las. *Talvez a gente possa soltar os originais. Aposto que isso causaria uma boa distração. Ou talvez você possa assumir a forma de um dos membros da equipe...*

Ambas eram boas ideias, mas havia alguns problemas: podia apostar que o Daedalus tinha algum mecanismo de defesa preparado para o caso de um Luxen tentar assumir a forma de um deles. Além disso, como conseguiríamos entrar no outro prédio para soltar um bando de mini supersoldados?

Kat se virou para mim e, mordendo o lábio inferior, estendeu a mão. Seus dedos atravessaram o halo de luz e roçaram meu braço. Meu corpo inteiro se contraiu. Eu ficava hipersensível em minha forma verdadeira. *Não são boas ideias, são?*

São ótimas, mas...

Difíceis de serem levadas a cabo. Ela deslizou a mão pelo meu braço, inclinando a cabeça ao mesmo tempo que seu olhar percorria meu corpo.

LUX 4 ORIGINAIS

A luz que eu emitia se refletia em suas bochechas, conferindo a elas um leve brilho rosado. Kat era linda, e eu estava total e desesperadamente apaixonado por ela.

Ela projetou o queixo ligeiramente para a frente e inspirou fundo, arregalando os olhos.

Certo, eu talvez tivesse pensado isso em "voz alta".

E pensou mesmo. Um leve sorriso repuxou-lhe os lábios. *Adoro ouvir isso.*

Ajoelhei-me para que nossos olhos ficassem nivelados e envolvi-lhe o rosto com uma das mãos. *Prometo que esse não será nosso futuro, gatinha. Vou te proporcionar... uma vida normal.*

Seus olhos cintilaram. *Não espero uma vida normal. Só quero uma vida com você.*

Certo, isso provocou uma sensação muito louca em meu peito. Como se meu coração tivesse parado de bater por um momento e eu fosse cair morto diante dela. *De vez em quando, acho que não...*

Que não o quê?

Balancei a cabeça. Não importava. Abaixei a mão e recuei, quebrando o contato. *Luc disse que vai saber quando eu puser as mãos no LH-11. Sem dúvida o espião dele deve ser alguém próximo da gente. Tem alguma ideia de quem poderia ser?*

Não, nenhuma. Os únicos com quem lidei até agora foram o médico, o sargento e o Archer. Fez uma pausa, franzindo o nariz. Kat sempre fazia isso quando estava se concentrando. *Sempre achei que o Archer fizesse parte do Time Mentalmente Sadio, mas descobrir que ele é um deles... um original... Não sei mais o que pensar.*

Pensei nisso por um momento. *Ele tem sido bacana com você, não é?*

Parte do colorido se esvaiu do rosto dela. *Ã-hã.*

Contei até dez antes de continuar. *E os outros, não?*

Ela não respondeu de imediato. *Falar sobre isso não vai nos ajudar a escapar daqui.*

Provavelmente não, mas...

— Daemon — disse Kat em voz alta, estreitando os olhos. *Precisamos de um plano para fugir. É disso que eu preciso. Não de uma sessão de terapia.*

Levantei. *Não sei, não. A terapia pode te ajudar a controlar esse temperamento, gatinha.*

Deixa pra lá. Ela cruzou os braços e contraiu os lábios. *De volta ao que interessa... alguma outra opção? Pelo visto, vai ser um Deus nos acuda. Se alguma coisa der errado e formos pegos, estaremos totalmente ferrados.*

Prendi a respiração e retornei à forma humana. Em seguida, dei de ombros.

— Tem razão — concordei.

Katy

Dias se passaram e, embora não tivéssemos visto mais nenhum original correndo solto pela base nem ninguém tivesse tentado coagir o Daemon ou a mim a fazermos bebês como se não houvesse amanhã, uma sensação desconfortável se instalara em minhas entranhas.

Os testes de estresse foram retomados, mas sem incluir nenhum outro híbrido. Por algum motivo, fui mantida longe dos outros, embora soubesse que eles continuavam ali. Durante os testes, era forçada a usar a Fonte em alvos de treino absurdamente surreais.

Só que sem armas nem balas.

Continuava sem conseguir acreditar que eles estivessem realmente me treinando, como se eu tivesse me alistado no exército ou coisa parecida. Cerca de um dia antes, perguntei novamente ao Daemon, no banheiro, sobre os outros Luxen.

Uma expressão de surpresa cruzou o rosto dele.

— Por que você está perguntando isso?

Conversar sabendo que eles provavelmente estavam nos escutando era difícil. De forma rápida e baixa, contei a ele sobre o Shawn e o que o sargento Dasher tinha dito.

— Isso é loucura. — Ele fez que não. — Quero dizer, sei que há Luxen que detestam os humanos, mas uma invasão? Milhares de Luxen se virando contra a humanidade? Não acredito nisso.

LUX 4 ORIGINAIS

Dava para ver que não. Eu também não queria acreditar. Daemon não tinha motivo para mentir para mim, mas o Daedalus tinha tantas facetas! Uma delas talvez fosse verdadeira.

A história toda era muito maior do que o Daemon ou eu. Queríamos escapar dali, ter um futuro onde não fôssemos vistos como malditos experimentos científicos ou controlados por uma organização secreta. No entanto, o que o Daedalus estava fazendo com os originais teria consequências que nenhum de nós dois conseguia sequer começar a compreender.

Não parava de pensar na franquia de filmes *O Exterminador do Futuro*, em como os computadores haviam adquirido inteligência e assumido o controle do mundo. Agora, imaginem se trocássemos os computadores pelos originais. Merda, se os substituíssemos por Luxen, Arum ou híbridos? Teríamos um evento apocalítico em nossas mãos. Coisas desse tipo jamais terminavam bem nos filmes ou nos livros. Por que no mundo real seria diferente?

Tampouco tínhamos conseguido avançar em nosso plano de fuga. Éramos meio que um fracasso nesse aspecto. Queria ficar pau da vida com o Daemon por ter se colocado nessa situação sem um plano em mente, mas não podia, pois ele havia feito isso por mim.

Algum tempo depois de terem me trazido o almoço, Archer apareceu e me conduziu até o consultório médico. Esperava encontrar meu namorado, mas ele havia sido levado para algum lugar mais cedo. Odiava não saber o que ele estava passando.

— O que vamos fazer hoje? — perguntei, sentando na mesa de exames. Estávamos sozinhos no consultório.

— Estamos esperando o médico.

— Isso eu já tinha deduzido. — Olhei de relance para Archer e inspirei fundo. — Qual é a sensação? Quero dizer, de ser um original?

Ele cruzou os braços.

— Qual é a sensação de ser uma híbrida?

— Não sei. — Dei de ombros. — Acho que me sinto como sempre me senti.

— Exatamente — retrucou ele. — Não somos tão diferentes assim.

Ele era totalmente diferente de qualquer outro que eu já tivesse visto.

— Você conheceu seus pais?

— Não.

— E isso não te incomoda?

Seguiu-se uma pausa.

— Não é algo no qual eu fique pensando. Não posso mudar o passado. Na verdade, não posso mudar quase nada.

Odiava aquela voz sem entonação, como se nada daquilo o afetasse.

— Então você é o que é? Simples assim?

— Isso mesmo. Simples assim, Katy.

Suspendi as pernas e as cruzei debaixo do corpo.

— Você cresceu aqui?

— Cresci.

— Já morou em algum outro lugar?

— Por um pequeno período. Quando entrei na adolescência, fui transferido para outro local a fim de ser treinado. — Fez uma pausa. — Você está fazendo muitas perguntas.

— E daí? — Apoiei o queixo no punho fechado. — Só estou curiosa. Já morou sozinho em algum lugar que não fosse um estabelecimento do governo?

Ele flexionou o maxilar e, em seguida, fez que não.

— Não tem vontade?

Archer abriu e fechou a boca, mas não respondeu.

— Tem, sim. — Sabia que estava certa. Embora sua expressão se mantivesse impassível e os olhos estivessem escondidos sob a boina, tinha certeza. — Mas eles jamais permitiriam, certo? Quer dizer que você nunca frequentou uma escola normal? Nunca foi a um Applebee's?

— Já fui a um Applebee's — retrucou ele de modo seco. — E no Outback, também.

— Meus parabéns. Então você já viu de tudo.

Ele fez um muxoxo.

— Não precisa ser sarcástica.

— Já esteve num shopping? Entrou numa biblioteca normal? Se apaixonou? — A enxurrada de perguntas devia estar dando nos nervos dele. — Já se fantasiou no Halloween e saiu para brincar de doce ou travessura? Já comemorou o Natal? Já comeu um peru assado demais e fingiu que ele estava gostoso?

LUX 4 ORIGINAIS

— Imagino que você já tenha feito todas essas coisas. — Ao me ver assentir, Archer deu um passo à frente e, de repente, estava cara a cara comigo, tão próximo que a ponta da boina roçava minha testa. Fiquei chocada, pois não o vira se mover, mas me recusei a recuar. Um ligeiro sorriso repuxou-lhe os lábios. — Imagino também que essas perguntas tenham um propósito. Que você talvez queira provar para mim que eu ainda não vivi de verdade, que não experimentei a vida, todas as pequeninas coisas que fazem com que uma pessoa tenha motivo para viver. É isso o que está tentando fazer?

Engoli em seco, incapaz de desviar os olhos.

— É.

— Você não precisa me provar nem ressaltar nada disso — disse ele, empertigando-se. As palavras seguintes ressoaram em minha mente. *Sei que jamais vivi de verdade um dia que fosse, Katy. Todos nós sabemos disso.*

Soltei um ofego ao sentir a intromissão daquela voz em meu cérebro e o conformismo embutido nas palavras.

— Todos vocês? — murmurei.

Ele assentiu e recuou um passo.

— Todos nós.

A porta se abriu, fazendo com que nos calássemos. O dr. Roth entrou, seguido pelo sargento, a Nancy e mais outro guarda. Esqueci imediatamente sobre o que estava conversando com o Archer. Ver o sargento e a Nancy juntos não era bom sinal.

Roth foi direto até a bandeja de instrumentos cirúrgicos e começou a vasculhá-la. Meu sangue gelou ao vê-lo pegar um bisturi.

— O que está acontecendo?

Nancy se sentou numa cadeira colocada num dos cantos, com a prancheta em mãos.

— Temos que terminar os testes para podermos seguir em frente.

Fiquei branca ao lembrar do último teste que envolvera um bisturi.

— Detalhes?

— Como você já provou que a sua mutação é estável, podemos nos focar no aspecto mais importante dos poderes dos Luxen — explicou ela, sem conseguir atrair a minha atenção. Meus olhos estavam fixos no médico. — E, como esperávamos, o Daemon provou ter um controle formidável sobre a Fonte. Ele passou em todos os testes. A última cura que fez em você foi um sucesso, mas precisamos nos certificar de que ele é capaz de curar ferimentos mais graves antes de trazermos as cobaias.

Meu estômago foi parar no chão. Minhas mãos tremiam tanto que me agarrei na beirada da mesa.

— O que você quer dizer com isso?

— Antes de trazermos algum humano para ele, precisamos ter certeza de que o Daemon pode curar um ferimento grave. Não há motivo para sujeitarmos um humano a algo assim se ele não for capaz de curá-lo.

Ai, meu Deus...

— Ele pode curar ferimentos graves — soltei, encolhendo-me ao ver o médico parar diante de mim. — Como você acha que eu fui transformada?

— Pode ter sido acidental, Katy. — O sargento se postou do outro lado da mesa.

Tentei inspirar fundo, mas meus pulmões pareciam ter parado de funcionar. Mesmo sem saber direito como replicar a mutação, o Daedalus tinha sujeitado o Dawson e a Beth a coisas inimagináveis, numa tentativa de forçar o irmão do meu namorado a transformar outros humanos. O que eles não sabiam era que precisava haver um desejo real, uma necessidade por trás da cura. O tipo de desejo e necessidade decorrentes do amor. Por esse motivo era tão difícil replicá-la.

Quase disse isso a eles para salvar minha própria pele, mas me dei conta de que provavelmente não faria a menor diferença. Will não havia acreditado quando lhe contei. Não havia nada de científico no processo. A coisa toda era quase mágica.

— Na última vez, percebemos que manter o Daemon presente durante o processo não é uma boa ideia. Ele será trazido depois que terminarmos — continuou Dasher. — Agora, deite-se de barriga para baixo, Katy.

Fiquei levemente aliviada ao me dar conta de que seria muito difícil eles conseguirem cortar minha garganta nessa posição, mas mesmo assim tentei protelar.

— E se ele não conseguir me curar? E se o que aconteceu antes foi acidental?

— Isso porá um fim ao nosso experimento — declarou Nancy, ainda sentada no canto. — Mas você e eu sabemos que esse não será o caso.

— Se você já sabe que esse não será o caso, então por que precisamos fazer isso? — Não era só a dor que eu queria evitar. Não queria que o Daemon tivesse que passar por isso. Tinha visto o que esse negócio fizera com o Dawson, o que faria com *qualquer um.*

— Precisamos testar para termos certeza — interveio o dr. Roth com uma expressão solidária. — Preferiria sedá-la, mas não temos como saber como isso afetaria o processo.

Virei-me para o Archer, mas ele desviou os olhos. Nenhuma ajuda ali. Não teria nenhuma ajuda de ninguém naquela sala. O negócio iria acontecer, e seria um horror.

— Deite-se de bruços, Katy. Quanto antes começarmos, mais rápido iremos terminar. — O sargento Dasher apoiou as mãos sobre a mesa. — A não ser que prefira que a forcemos.

Ergui os olhos e o fitei, empertigando os ombros. Será que ele realmente achava que eu iria fazer isso de bom grado e facilitar as coisas para eles? Ele não fazia ideia do que estava prestes a encarar.

— Vocês vão ter que me forçar — declarei.

Dasher me botou de bruços num piscar de olhos. Foi um tanto constrangedor a rapidez com que ele e o outro guarda conseguiram me colocar deitada de barriga para baixo. O sargento segurou meus pés, enquanto o guarda manteve minhas mãos pregadas ao lado da minha cabeça. Debati-me como um peixe por alguns segundos até perceber que isso não me levaria a lugar algum.

Tudo o que eu conseguia mexer era a cabeça e, ao erguê-la, meus olhos ficaram no mesmo nível que o peito do guarda.

— O inferno tem um lugarzinho especial guardado para vocês.

Ninguém respondeu, pelo menos não em voz alta.

A voz do Archer ressoou em minha mente. *Feche os olhos e inspire fundo quando eu mandar.*

Apavorada demais para prestar atenção ao que ele estava dizendo ou pensar no porquê de estar tentando me ajudar, suguei o ar com força.

Minha camiseta foi suspendida e o ar frio encobriu minha pele, provocando uma série de arrepios da base da coluna até os ombros.

Ó céus. Ó céus. Ó céus. O medo fincou suas garras afiadas em mim, desligando meu cérebro.

Katy.

Senti a ponta fria do bisturi em contato com a pele, logo abaixo da omoplata.

Katy, inspire fundo!

Abri a boca.

O médico fez um movimento rápido com o braço e imediatamente minhas costas pareceram em chamas, uma dor profundamente intensa e abrasiva como se minha pele estivesse sendo separada dos músculos.

Não inspirei fundo. Não consegui.

Em vez disso, gritei.

[15]

DAEMON

Eu não estava me sentindo tão incrível.

Cerca de quatro minutos antes, meu coração havia começado a martelar feito louco. Enjoado, mal conseguia me concentrar em botar um pé na frente do outro.

A sensação era vagamente familiar. Assim como a falta de ar. Tinha experimentado essa mesma amostra do inferno quando a Kat foi baleada, mas isso não fazia o menor sentido. Ela estava razoavelmente segura ali, pelo menos protegida de psicopatas armados, e não havia motivo algum para alguém machucá-la. Quero dizer, não no momento, embora eu soubesse que eles tinham feito coisas terríveis com a Beth para forçar meu irmão a tentar transformar os humanos.

Um arrepio quente se espalhou por minha nuca quando o guarda e eu entramos no corredor da ala médica. Kat estava em alguma sala próxima. Ótimo.

No entanto, o enjoo, assim como a angustiante sensação de que algo ruim havia acontecido e a crescente pressão em meu peito só foram piorando à medida que me aproximava dela.

Isso não era bom. Nada bom.

Tropecei e quase perdi o equilíbrio, o que me fez pensar "que diabos!". Eu *nunca* tropeçava. Tinha um gingado maravilhoso. Ou equilíbrio. Tanto faz.

O aspirante a Rambo parou diante de uma das muitas portas sem janelas e passou pelo escâner ocular. Com um clique, a porta se abriu. O ar escapou de meus pulmões assim que dei uma boa olhada na sala.

Meu pior pesadelo tinha se concretizado, ganhando vida com uma nitidez e detalhes horripilantes.

Não havia ninguém perto dela, embora houvesse gente na sala. Eu, porém, sequer reparei neles. Tudo o que conseguia ver era a Kat. Ela estava deitada de bruços, a cabeça virada de lado. O rosto contorcido ostentava uma palidez doentia, os olhos praticamente fechados. Uma fina camada de suor lhe cobria a testa.

Deus do céu, quanto sangue! Escorrendo pelas costas da Kat, formando poças na mesa de exames onde ela estava deitada e pingando em baldes posicionados sob ela.

Suas costas... suas costas estavam num estado caótico. Músculos cortados e ossos expostos. Era como se o Freddy Krueger a tivesse pego de jeito. Tinha certeza de que a coluna estava... não consegui sequer terminar esse pensamento.

Acho que levei um segundo entre entrar na sala e correr até ela, derrubando o guardinha idiota que estava no caminho. Tropecei de novo e estendi as mãos para me firmar na beirada da mesa. Elas se fecharam sobre sangue — sangue da Kat.

— Jesus — murmurei. — Kat... ai, meu Deus, Kat...

Ela sequer piscou. Nada. Uma mecha de cabelo estava grudada em sua bochecha pálida, coberta de suor.

Meu coração batia descompassadamente. Lutei para não desmoronar, sabendo que não era o meu batimento que estava falhando. Era o dela. Não fazia ideia de como isso tinha acontecido. Não que eu não quisesse saber, queria sim, mas não era o mais importante no momento.

— Estou aqui — falei, sem dar a menor atenção às outras pessoas na sala. — Vou dar um jeito nisso.

Ainda nada. Virei-me de costas com um palavrão, me preparando para abandonar a forma humana, porque consertar isso... consertar isso exigiria tudo o que havia em mim.

LUX 4 ORIGINAIS

Meu olhar encontrou o da Nancy por um segundo.

— Vaca!

Ela bateu a ponta da caneta na prancheta e fez um ligeiro ruído de reprovação.

— Precisamos ter certeza de que você pode curá-la mesmo em casos extremamente severos. Os cortes foram feitos com precisão para serem fatais, mas para levarem um tempo, ao contrário de um ferimento no estômago ou em vários outros órgãos vitais. Ela terá que ser curada.

Um dia eu ainda ia matar aquela mulher.

Abastecido por uma raiva feroz, assumi minha forma verdadeira; o rugido emergiu das profundezas do meu ser. A mesa tremeu. Os instrumentos retiniram e caíram da bandeja. As portas dos armários se abriram.

— Jesus — murmurou alguém.

Posicionei as mãos sobre a Kat. *Estou aqui, gatinha. Estou aqui, meu amor. Vou resolver isso pra você. Vou fazer a dor ir embora.*

Não obtive resposta, o que me deixou com um gosto amargo de medo na boca. O calor irradiava de minhas mãos, envolvendo a Kat numa luz branca debruada de vermelho. De maneira vaga, escutei a Nancy dizendo:

— Está na hora de passarmos para a fase da mutação.

Curar a Kat me deixou exausto. Sorte do pessoal na sala, pois tinha certeza de que, se conseguisse mover as pernas, teria matado pelo menos dois deles antes que os guardinhas me contivessem.

Eles tentaram me tirar de lá assim que a curei. Até parece que eu ia deixá-la sozinha com eles. Por fim, Nancy e Dasher saíram, mas o médico continuou lá, verificando os sinais vitais dela. Segundo ele, ela estava bem. Perfeitamente curada.

Eu queria matá-lo.

E acho que ele percebeu, pois se manteve fora do meu alcance.

O médico, enfim, foi embora. Somente o Archer permaneceu. Ele não disse nada, o que por mim tudo bem. O pouco respeito que eu tinha pelo sujeito evaporou assim que me dei conta de que ele estivera na sala o tempo todo enquanto eles faziam... faziam aquilo com ela. Tudo apenas para provar que eu era forte o bastante para trazê-la de volta dos portões da morte.

Eu sabia o que viria a seguir: uma fila interminável de humanos moribundos.

Afastei essa realização da mente e me concentrei na Kat. Puxei a maldita cadeira de rodinhas que a Nancy tinha usado para o lado da mesa e me sentei. Peguei-lhe a mão inerte e comecei a traçar círculos com o polegar, na esperança de alcançá-la de alguma forma. Kat ainda não havia acordado. Rezei para que ela tivesse desmaiado antes de tudo começar.

Algum tempo depois, uma enfermeira entrou para limpá-la. Eu não queria ninguém perto dela, mas também não queria que a Kat acordasse coberta de sangue. Desejava que ela não se lembrasse de nada do que havia acontecido — nada.

— Pode deixar comigo — falei, me levantando.

A enfermeira fez que não.

— Mas eu...

Dei um passo na direção dela.

— Eu faço isso.

— Deixa o cara fazer — interveio Archer, os ombros empertigados. — Pode ir.

A enfermeira deu a impressão de que ia discutir, mas acabou saindo. Archer se virou de costas enquanto eu retirava a roupa encharcada de sangue e começava a limpar as costas da Kat. Elas... elas estavam cheias de cicatrizes — vergões vermelhos e feiosos logo abaixo das omoplatas —, o que me remeteu a um dos livros que a Kat tinha em casa sobre um anjo caído que tivera as asas arrancadas.

Não sabia dizer o porquê de terem ficado cicatrizes dessa vez. A bala havia deixado apenas uma leve marca no peito dela, mas nada semelhante a isso. Talvez fosse por causa do tempo que eu levara para curá-la. Ou talvez porque o buraco da bala fosse bem pequeno... ao contrário disso.

Um som baixo e animalesco escapou de minha garganta, assustando o Archer. Reunindo o restante da minha energia, terminei de trocá-la.

Em seguida, voltei a me sentar e peguei-lhe novamente a mão. O silêncio na sala era denso feito neblina, até que Archer o quebrou.

— Podemos levá-la de volta para o quarto.

Pressionei os lábios em seus dedos frouxos.

— Não vou deixá-la sozinha.

— Não estava sugerindo isso. — Ele fez uma ligeira pausa. — Eles não me deram nenhuma ordem direta. Você pode ficar com ela.

Imaginei que uma cama seria melhor. Assim sendo, forcei-me a levantar e, trincando o maxilar, passei os braços por baixo dela.

— Espera. — Ao ver o Archer parar ao nosso lado, repuxei os lábios num rosnado. Ele recuou, levantando as mãos. — Só ia sugerir que posso carregá-la. Você tá com cara de quem não consegue nem andar direito no momento.

— Você não vai tocar nela.

— Eu...

— Não — grunhi, suspendendo a Kat da mesa. Ela parecia uma pluma de tão leve. — De jeito nenhum.

Archer balançou a cabeça, frustrado, mas se virou e seguiu para a porta. Satisfeito, ajeitei a Kat o melhor que pude em meus braços, preocupado com a possibilidade de suas costas lhe causarem dor. Quando tive certeza de que ela estava bem aconchegada, dei um passo e, em seguida, outro.

O retorno até a cela foi tão fácil quanto andar descalço num piso de lâminas de barbear. Já não tinha mais quase energia nenhuma. Deitá-la de lado e subir na cama ao lado dela esgotou o restante das minhas forças. Quis puxar o cobertor para que ela não sentisse frio, mas meu braço parecia uma pedra entre nós.

Em qualquer outra situação, eu teria preferido convidar a Nancy para um jantar romântico do que aceitar a ajuda do Archer, mas não disse nada quando ele puxou o cobertor e o ajeitou sobre a gente.

Ele, em seguida, saiu, e Kat e eu ficamos finalmente sozinhos.

Observei-a até não conseguir mais manter os olhos abertos. Passei, então, a contar suas respirações até começar a esquecer qual fora o último número. Quando isso aconteceu, passei a repetir seu nome sem parar, e continuei fazendo isso até resvalar para um sono sem sonhos.

Katy

Acordei no susto. Inspirei fundo e esperei que o ato me fizesse queimar de dentro para fora, que a dor continuasse presente, rasgando cada molécula do meu ser.

No entanto, eu estava bem. Cansada e dolorida, mas levando em consideração tudo o que havia acontecido, bem. De forma estranha, sentia as coisas que o médico havia feito como se fossem um sonho, porém, deitada ali, ainda podia sentir as mãos fantasmagóricas segurando meus pulsos e tornozelos, me impedindo de mover.

Um tenebroso misto de emoções que iam da raiva à impotência revirou meu estômago. O que eles tinham feito para provar que o Daemon podia curar ferimentos fatais era pavoroso, embora essa palavra parecesse demasiadamente leve, nem forte nem pesada o bastante.

Enjoada e desconfortável em minha própria pele, forcei meus olhos a se abrirem.

Daemon estava ao meu lado, dormindo profundamente. As bochechas pareciam encovadas, com olheiras escuras circundando os olhos, uma marca arroxeada de exaustão. Seu rosto estava pálido e os lábios entreabertos. Várias mechas onduladas de cabelos castanhos encobriam-lhe a testa. Eu jamais o vira tão visivelmente cansado antes. O peito subia e descia de maneira constante, mas, ainda assim, uma fisgada de medo gelou minhas veias.

Levantei-me num dos cotovelos e me debrucei sobre ele, pousando a mão livre em seu peito. Seu coração batia ligeiramente acelerado sob minha palma, assim como o meu.

Enquanto o observava dormir, esse misto tenebroso de emoções assumiu uma nova forma. Uma bola cristalizada de amargura e ódio, envolvida numa fúria profunda. Crispei a mão pousada sobre o peito dele.

O que eles tinham feito comigo era repreensível, mas o que tinham forçado o Daemon a fazer passava muito disso. E de agora em diante as coisas só piorariam. Eles começariam a trazer humanos, e se o Daemon não conseguisse transformá-los com sucesso, eu seria castigada só para puni-lo.

Eu me transformaria numa Bethany, e ele num Dawson.

Fechei os olhos com força e soltei o ar num longo suspiro. Não. Eu não ia deixar isso acontecer. *Nós* não podíamos deixar isso acontecer. Só que, na verdade, já estava acontecendo. Parte de mim se tornara mais sombria devido às coisas que eu tinha feito e que fora forçada a passar. E se essas atrocidades continuassem se acumulando — o que sem dúvida aconteceria —, de que forma poderia o resultado ser diferente? Como poderíamos não acabar nos transformando numa Bethany e num Dawson?

Foi quando me toquei.

Abri novamente os olhos e deixei meu olhar percorrer as maçãs salientes do rosto do Daemon. Eu não precisava ser mais forte do que a Beth, pois tinha certeza de que ela havia sido e ainda era. Nem o Daemon precisava ser melhor do que o Dawson. Nós tínhamos que ser mais fortes e melhores do que eles — o *Daedalus*.

Eu abaixei a cabeça e depositei um suave beijo sobre os lábios dele, jurando naquele momento que sairíamos dessa. Não era só o Daemon que podia fazer promessas. Ele não tinha que resolver a situação toda sozinho.

Nós a resolveríamos — juntos.

De repente, um dos braços dele circundou minha cintura e Daemon me puxou de encontro a si. Em seguida, um lindo olho verde se abriu.

— Oi — murmurou ele.

— Não tive a intenção de te acordar.

Sua boca se repuxou num dos cantos.

— E não acordou.

— Você já estava acordado? — Ao ver o sorriso se ampliar, balancei a cabeça, frustrada. — Quer dizer que você estava deitado aí me deixando observá-lo feito uma pervertida?

— Por aí, gatinha. Achei melhor deixá-la aproveitar a visão ao máximo, mas aí você me beijou e… bem, gosto de participar dessa parte. — Ele abriu o outro olho também e, como sempre, fui imediatamente cativada por aquele olhar luminoso. — Como está se sentindo?

— Bem. Na verdade, ótima. — Ajeitei-me ao lado dele e apoiei a cabeça em seu braço. Daemon entranhou a mão em meus cabelos. — E você? Sei que a cura deve ter te esgotado.

— Não se preocupe comigo. O que eles...

— Eu sei o que eles fizeram. E sei por que fizeram. — Abaixei o queixo ligeiramente enquanto deslizava uma das mãos entre nós. Ele enrijeceu ao sentir os nós dos meus dedos roçarem seu estômago. — Não vou mentir. Doeu pra cacete. Durante o processo, desejei... você não quer saber o que eu desejei, mas só estou bem por sua causa. Ainda assim, odeio o que eles o obrigaram a fazer.

Seguiu-se um longo silêncio, durante o qual senti sua respiração em contato com a minha testa.

— Você é maravilhosa. — Foi tudo o que ele disse.

— Como assim? — Ergui os olhos. — Eu não sou maravilhosa, Daemon. Você é que é. As coisas que você pode fazer... O que já fez por mim. Você...

Ele pousou um dedo em meus lábios, me calando.

— Depois de tudo que você passou, sua preocupação é comigo? Sim, você é maravilhosa, gatinha. Realmente é.

Senti um sorriso repuxar meus lábios, o que era meio estranho após tudo o que acontecera.

— Bom, que tal isso? Nós dois somos maravilhosos.

— Gostei. — Daemon colou os lábios nos meus num beijo doce e carinhoso, tão envolvente quanto qualquer outro, pois trazia uma promessa... a promessa de mais, de um futuro. — Sabe de uma coisa? Sei que não te disse o bastante, e que deveria aproveitar cada oportunidade para dizer, mas eu te amo.

Inspirei fundo. Escutá-lo dizer aquelas três palavrinhas sempre me comovia profundamente.

— Eu sei que ama, mesmo que não fique repetindo isso o tempo todo. — Estendi a mão e corri as pontas dos dedos pelo maxilar dele. — Também te amo.

Daemon fechou os olhos e tencionou o corpo. Parecia estar sugando aquelas palavras para o fundo da alma.

— Está muito cansado? — perguntei após alguns instantes fitando-o feito uma idiota apaixonada.

Seu braço me apertou ainda mais.

— Bastante.

— Não seria melhor assumir sua forma verdadeira?

Ele deu de ombros, mas com um ombro só.

— Provavelmente.

— Então assuma.

— Você é bem mandona, sabia?

— Cala a boca e assuma sua forma verdadeira para que possa se recuperar mais rápido. Mandona assim?

Ele riu baixinho.

— Amo quando você faz isso.

Abri a boca para ressaltar que ele estava se acostumando bem rápido com a palavra amor, mas Daemon mudou ligeiramente de posição e colou os lábios novamente nos meus. O beijo foi mais profundo, faminto, urgente. Mesmo com os olhos fechados, pude perceber o brilho branco quando ele começou a se transformar. Soltei um ofego, surpresa, e me deixei perder no calor e na intimidade daquele momento. Quando ele se afastou, mal consegui abrir os olhos de tão ofuscante era sua luz.

— Melhor? — perguntei em voz alta, num tom carregado de emoção.

Sua mão encontrou a minha. Era estranho ver aqueles dedos luminosos se entrelaçarem aos meus. *Melhorei no instante em que você acordou.*

[16]

DAEMON

Após se certificarem de que eu possuía inacreditáveis poderes de cura, o Daedalus não perdeu mais tempo. Assim que acharam que eu havia descansado o bastante, me levaram até uma das salas no andar da ala médica. O aposento de paredes brancas continha apenas duas cadeiras de plástico posicionadas uma diante da outra.

Virei-me para a Nancy com as sobrancelhas erguidas.

— Bela decoração.

Ela ignorou o comentário.

— Sente-se.

— E se eu preferir ficar em pé?

— Não dou a mínima. — Ela se virou para uma câmera instalada num dos cantos e fez um sinal afirmativo com a cabeça. Em seguida, voltou a me encarar. — Você sabe o que a gente espera. Vamos começar com um dos nossos novos recrutas. Ele tem 21 anos e goza de perfeita saúde.

— Tirando o ferimento fatal que vocês estão prestes a infligir nele, certo?

Nancy me fitou com uma expressão impassível.

— Ele concordou com isso?

— Sim. Você ficaria surpreso com o número de pessoas dispostas a arriscar a própria vida para se tornarem algo mais.

Eu estava mais surpreso com o nível de imbecilidade de certas pessoas. Concordar com uma mutação cuja taxa de sucesso era menor do que um por cento não me parecia muito inteligente, mas quem era eu para julgar?

Ela me entregou um bracelete largo.

— Isso é um pedaço de opala. Tenho certeza de que você sabe o que ela faz. A opala irá aumentar seus poderes de cura e assegurar que você não se esgote no processo.

Peguei o bracelete de prata e olhei para a pedra preta com uma chama vermelha no centro.

— Você está realmente me entregando um pedaço de opala, mesmo sabendo que ela neutraliza o ônix?

Ela me lançou um olhar afiado.

— Você sabe que temos soldados equipados com aquelas devastadoras armas sobre as quais lhe falei. Elas suplantam e muito a opala em suas mãos.

Prendi o bracelete no pulso, acolhendo de bom grado a injeção de energia. Olhei de relance para a Nancy e percebi que ela me fitava como se eu fosse seu ganso dos ovos de ouro. Tinha a sensação de que mesmo que eu fosse de sala em sala matando todo mundo, ela não ordenaria que usassem as tais armas contra mim. A menos que eu fizesse algo realmente insano.

Eu era simplesmente especial demais.

E estava mais do que puto. A desgraçada podia ter me dado o pedaço de opala quando eu precisara curar a Kat. Juro que um dia ainda daria uma boa lição na mulher.

O animadíssimo soldadinho entrou na sala e, sem esperar ordem alguma, se aboletou numa das cadeiras. O garoto parecia ter menos do que 21 anos e, embora eu tentasse me manter indiferente a toda a situação, não consegui evitar uma pontada de culpa.

Não porque eu planejasse falhar de propósito. Por que eu faria isso? Se não criasse um híbrido com sucesso, eles acabariam voltando seus olhos sádicos e perversos para a Kat.

Assim sendo, estava totalmente disposto a me empenhar na história de "é preciso ter um *desejo real* de curar a pessoa", mas não fazia a menor ideia se isso iria funcionar. Se não funcionasse, meu mais novo melhor amigo terminaria a vida como um simples humano sem graça ou se autodestruiria em poucos dias.

Pelo bem tanto dele quanto da Kat, esperava de coração que ele embarcasse no reino dos híbridos felizes.

— Como vamos fazer isso? — perguntei à Nancy.

Ela fez sinal para um dos dois guardinhas que tinham chegado na sala com o Paciente Zero. Ele deu um passo à frente brandindo uma faca de aspecto assustador, do tipo usada pelo Michael Myers no filme *Halloween*.

— Jesus — murmurei, cruzando os braços. Isso ia ser uma tremenda sujeira.

Nosso Paciente Burro Demais para Viver pegou a faca com confiança. Antes que ele pudesse fazer qualquer coisa com ela, a porta se abriu e a Kat entrou, acompanhada de perto pelo Archer.

Meus braços penderam ao lado do corpo ao mesmo tempo que sininhos de alarme ressoavam em minha mente.

— O que ela está fazendo aqui?

Nancy abriu um sorrisinho tenso.

— Achamos que você poderia precisar de um pequeno incentivo.

A ficha caiu como uma explosão de fogos de artifício. O incentivo deles era um aviso. Eles sabiam que a gente estava ciente do que havia acontecido com a Bethany após o Dawson falhar. Observei minha namorada se desvencilhar da mão do Archer e seguir pisando duro para um dos cantos. Ela se plantou lá.

Voltei a atenção para a Nancy, fitando-a fixamente até que, após alguns instantes, ela desviou os olhos.

— Vamos logo com isso — falei.

Ela fez um sinal com a cabeça para o Paciente com Grandes Probabilidades de Morrer, que, sem dizer uma única palavra, enfiou a faca de serial killer de uma só vez na própria barriga. Ele, então, a puxou e a deixou escorregar de sua mão. Um dos guardas se adiantou e rapidamente a pegou.

— Puta merda! — exclamei, arregalando os olhos. Nosso Paciente Zero tinha coragem.

Kat se encolheu e virou a cara quando o sangue começou a jorrar do ferimento.

— Isso... isso é perturbador.

Com o corpo empalidecendo rapidamente e o sangue vertendo daquele jeito, o cara teria menos de dois minutos de vida. O soldado se dobrou ao meio, segurando a barriga. Um cheiro metálico impregnou o ar.

— Anda logo — ordenou Nancy, mudando o peso de uma perna para outra, os olhos traindo a ansiedade.

Com um balançar de cabeça de fascinação macabra, ajoelhei-me ao lado do cara e pousei as mãos sobre sua barriga. Elas ficaram imediatamente cobertas de sangue. Eu não costumava ter um estômago delicado, mas, maldição, dava para ver os intestinos do sujeito. Que tipo de poção mágica o garoto tinha tomado para fazer uma coisa dessas por vontade própria? Jesus.

Abandonando a forma humana, deixei que minha luz vermelho--esbranquiçada envolvesse o garoto e a maior parte da sala. Concentrei-me no ferimento e imaginei as bordas irregulares se fechando, detendo a perda de sangue. Para ser honesto, não tinha a menor ideia de como transcorria o processo de cura. Era algo que simplesmente acontecia por si só. Visualizei o corte e, de forma intermitente, flashes de energia pipocaram em minha mente por conta própria. Tudo em que conseguia me concentrar era na luz que percorria minhas veias e... na Kat.

Ergui os olhos e inspirei fundo. Nancy parecia extasiada, como uma mãe ao ter a primeira visão do filho recém-nascido. Procurei pela Kat, e lá estava ela. Ela me fitava com uma expressão de fascínio em seu lindo rosto.

Ao sentir meu coração pular uma batida, virei-me de volta para o rapaz que estava curando. *Estou fazendo isso por ela*, disse a ele. *Pelo seu próprio bem, reze para que seja o suficiente.*

O cara levantou a cabeça num movimento brusco. Seu rosto já começara a recobrar a cor.

Com a opala, não senti a costumeira exaustão que normalmente sentiria após uma cura tão intensa.

Soltei-o e me levantei, recuando um passo. Permaneci em minha forma verdadeira enquanto o garoto se colocava de pé, as pernas ainda bambas. Olhei de relance para a Kat mais uma vez. Ela pressionava o queixo com uma das mãos. Ao seu lado, Archer parecia ligeiramente assustado com a coisa toda. Foi então que algo me ocorreu.

Retornando à forma humana, virei-me para a Nancy, que observava o Paciente Zero com tanta esperança e fascínio que me deixou enjoado.

— Por que eles não podem criar os híbridos? — perguntei. — Os originais têm o poder de cura. Por que então eles não fazem isso?

Nancy sequer me fitou enquanto fazia sinal para a câmera.

— Eles podem curar basicamente qualquer ferimento, mas não conseguem curar doenças nem transformar ninguém. Não sabemos o motivo, mas essa é uma limitação. — Ela conduziu o sujeito de volta à cadeira com surpreendente gentileza. — Como está se sentindo, Largent?

Ele inspirou fundo algumas vezes e, em seguida, pigarreou.

— Um pouco dolorido, mas, afora isso, bem... ótimo. — Abriu um sorriso enquanto olhava da Nancy para mim, e de volta para ela. — Funcionou?

— Bem, você continua vivo — respondi de modo seco. — Já é um bom começo.

A porta se abriu e o dr. Roth entrou com o estetoscópio balançando sobre o peito. Ele me lançou um rápido olhar de esguelha.

— Maravilha. Eu estava assistindo através dos monitores. Realmente formidável.

— Ã-hã. — Dei um passo na direção da Kat, porém o som cortante da voz da Nancy, como unhas arranhando um quadro-negro, me deteve.

— Fique onde está, Daemon.

Virei a cabeça lentamente, ciente de que os outros dois guardas tinham se posicionado entre mim e a Kat.

— Por quê? Eu fiz o que você queria.

— Ainda não constatamos nada, afora o fato de que você o curou. — Nancy contornou a cadeira, observando o médico e o Largent. — Como estão os sinais vitais dele?

— Perfeitos — respondeu o médico, se levantando e pendurando o estetoscópio de volta no pescoço. Ele, então, enfiou a mão por dentro do jaleco e tirou um pequeno estojo preto. — Podemos administrar o Prometeu.

— Que negócio é esse? — perguntei, observando o médico retirar do estojo uma seringa com um líquido azul brilhante. Pelo canto do olho, vi o Archer inclinar a cabeça ligeiramente de lado enquanto olhava para a seringa.

— Prometeu vem do grego — disse Kat. — Se lembro bem, ele era um dos titãs. Segundo a mitologia, foi quem criou o homem.

Um lampejo de admiração cintilou em meus olhos.

Ela deu de ombros.

— Pelo menos é o que dizia um dos livros paranormais que eu li.

Não consegui conter um pequeno sorriso. Kat e seu hábito nerd de leitura. Fazia com que eu quisesse beijá-la e outras coisas mais. E ela percebeu, porque corou imediatamente. De qualquer forma, não seria agora.

O dr. Roth enrolou a manga do uniforme do Largent.

— O Prometeu deve agir rápido, sem que precisemos esperar pela febre. Ele vai acelerar o processo de mutação.

Diabos, imaginei se o Largent estava realmente de acordo em ser a primeira cobaia de laboratório. Mas isso não fez a menor diferença. Assim que eles injetaram a gosma azul nele, o garoto se dobrou ao meio — o que não era um bom sinal —, e Roth incorporou imediatamente o médico. Os sinais vitais foram parar na estratosfera. O pessoal na sala pareceu ficar um pouco nervoso. Aproveitando que ninguém estava prestando atenção em mim, comecei a me aproximar da Kat. Estava na metade do caminho quando Largent se levantou da cadeira num pulo, derrubando Roth de bunda no chão.

Coloquei-me entre a Kat e a área onde Largent se encontrava. Ele deu alguns passos titubeantes à frente e, em seguida se dobrou ao meio, agarrando os joelhos. O suor escorria de sua testa e pingava no chão. Um odor doce e enjoativo substituiu o cheiro metálico de sangue.

— O que está acontecendo? — Nancy exigiu saber.

O médico começou a preparar o estetoscópio enquanto andava até o soldado e pousava a mão em seu ombro.

— Como está se sentindo, Largent?

Os braços do garoto tremiam.

— Estou com câimbras — ofegou ele. — No corpo inteiro. Parece que minhas entranhas estão... — Ele se empertigou de supetão e jogou a cabeça para trás. Em seguida, abriu a boca e soltou um grito.

Uma substância preto-azulada jorrou de sua boca, acertando em cheio o jaleco branco do médico. Largent, então, cambaleou para o lado, o grito rouco terminando numa espécie de gorgolejo. O mesmo líquido escorria pelo canto dos olhos, nariz e ouvidos.

— Ó céus — falei, recuando alguns passos. — Acho que o que vocês injetaram nele não está funcionando.

Nancy me lançou um olhar assassino.

— Largent, pode me dizer o que...?

O soldadinho girou no próprio eixo e correu — melhor dizendo, disparou na velocidade da luz — em direção à porta. Kat gritou e cobriu a boca com as mãos. Tentei me posicionar de modo a bloquear aquela visão nada agradável, mas não deu tempo. Largent colidiu contra a porta com um baque surdo e molhado, de carne se desfazendo, batendo nela com a mesma velocidade de alguém que pula da janela do quinquagésimo andar.

A sala recaiu imediatamente em silêncio, até que Nancy o quebrou.

— Bem, isso foi decepcionante.

Katy

Enquanto eu vivesse, jamais conseguiria apagar da mente a visão do soldado até então relativamente normal se transformando em algo que parecia ser o primeiro estágio de uma infecção zumbi, para em seguida se espatifar contra a porta.

Tivemos que esperar a equipe de limpeza chegar e abrir um caminho para que pudéssemos sair sem pisar em... ahn, na coisa. Enquanto esperávamos, eles não permitiram que o Daemon e eu nos aproximássemos um centímetro que fosse um do outro. Como se aquela confusão tivesse, de alguma forma, sido culpa dele. Meu namorado tinha curado o sujeito — feito a parte dele. O que quer que houvesse no Prometeu havia provocado aquilo. O sangue não estava nas mãos do Daemon.

ORIGINAIS

Assim que saímos para o corredor, os soldados levaram o Daemon para um lado e Archer me conduziu para o outro. Nós estávamos a meio caminho dos elevadores quando a porta do da direita se abriu e dois outros soldados saíram, escoltando uma criança.

Parei de supetão.

Não era qualquer criança. Ela era um deles — um original. Ao vê-lo, todos os meus pelos se arrepiaram. Não era o Micah, mas tinha o cabelo escuro cortado no mesmo estilo. Talvez um pouco mais jovem, mas eu nunca fora boa em dizer a idade.

— Continue andando — mandou Archer, pousando uma das mãos em minhas costas.

Forcei minhas pernas a se moverem. Não sei por quê, mas aqueles garotos me deixavam de cabelo em pé. Certo. Provavelmente havia mil razões para aquelas crianças me deixarem apavorada. Em especial o brilho surreal de inteligência em seus olhos estranhamente coloridos e o sorrisinho infantil que parecia zombar dos adultos em torno.

Deus do céu. Daemon e eu precisávamos escapar daquele lugar por um caminhão de razões.

Ao passarmos por eles, o garotinho ergueu a cabeça e olhou direto para mim. Assim que nossos olhos se cruzaram, um forte arrepio de apreensão subiu por minha espinha e explodiu em minha nuca. Fiquei imediatamente tonta e parei de novo, me sentindo estranha. Perguntei-me se o garoto não estaria fazendo algum tipo de truque mental Jedi comigo.

O menino arregalou os olhos.

Meus dedos ficaram dormentes.

Ajude a gente, e a gente irá ajudar vocês.

Meu queixo caiu. Eu não... não era possível. Meu cérebro travou, as palavras se repetindo sem parar. O garoto, então, quebrou o contato e, de repente, eles estavam atrás de nós. Continuei parada onde estava, confusa, tremendo de adrenalina.

O rosto do Archer surgiu diante do meu, os olhos estreitados.

— Ele falou alguma coisa com você.

Forcei-me a sair do transe e imediatamente levantei a guarda.

— Por que você diz isso?

— Porque você está com cara de quem viu assombração. — Pousando uma das mãos em meu ombro, me virou e me deu um leve empurrão em direção aos elevadores. Assim que as portas se fecharam, ele pressionou o botão de parar. — Os elevadores não possuem câmeras, Katy. Com exceção dos banheiros, é a única área do prédio livre de olhares vigilantes.

Sem a menor ideia de onde ele queria chegar com aquilo e ainda chocada com tudo o que acabara de acontecer, recuei um passo, batendo de costas na parede.

— Certo.

— Os originais conseguem pescar pensamentos. Isso a Nancy não contou a vocês. Eles podem ler a mente. Assim sendo, tome cuidado com o que pensa quando estiver perto de algum deles.

Meu queixo caiu.

— Eles podem ler a mente? Espera um pouco, isso significa que você também pode!

Ele deu de ombros com indiferença.

— Eu tento não fazer isso. Escutar o pensamento das pessoas é mais irritante do que qualquer outra coisa, mas quando você é jovem não pensa sobre isso. Apenas faz. E eles fazem o tempo todo.

— Eu... Isso é loucura. Quer dizer que eles podem ler nossas mentes? O que mais podem fazer? — Sentia como se tivesse caído na toca de um coelho e acordado numa HQ dos X-Men. E quanto às coisas que eu havia pensado quando estava perto do Archer? Tinha certeza de que em algum momento havia pensado em como escapar dali...

— Nunca contei a ninguém o que eu pesquei de você — disse ele.

— Ai, meu Deus... você está fazendo isso nesse exato momento. — Meu coração começou a martelar feito louco. — Por que eu deveria confiar em você?

— Provavelmente porque eu nunca te pedi para fazer isso.

Pisquei. Não era a mesma coisa que o Luc tinha dito?

— Por que você não contou nada a Nancy?

Ele deu de ombros novamente.

— Não vem ao caso.

— Vem, sim. É totalmente...

LUX 4 Originais

— Não. Não vem. Não no momento. Olhe só, não temos muito tempo. Tome cuidado quando estiver perto dos originais. Eu sei o que ele te falou. Já viu o filme *Jurassic Park*?

— Já. — Que pergunta estranha!

Um sorrisinho manhoso se desenhou em seus lábios.

— Lembra dos velociraptors? Soltar os originais no mundo seria o mesmo que abrir as portas das jaulas desses dinossauros. Entende aonde quero chegar? A nova leva de originais é muito diferente da que o Daedalus produziu no passado. Eles estão evoluindo e se adaptando de maneira incontrolável. Podem fazer coisas que eu sequer imagino. O Daedalus já está tendo problemas em mantê-los na linha.

Lutei para processar tudo aquilo. De forma estranha, meu bom senso continuava se recusando a aceitar aquelas informações, embora eu soubesse que qualquer coisa era possível. Afinal, eu mesma era uma híbrida de humano com alienígena.

— Por que esses originais são diferentes?

— Eles administraram o Prometeu neles para ajudar a acelerar o processo de aprendizado e desenvolvimento dos poderes. — Archer bufou. — Como se precisassem disso. Mas, ao contrário do coitado do Largent, o Prometeu funcionou neles.

Encolhi-me ao lembrar do corpo disforme do Largent.

— O que tem nesse soro?

Ele me lançou um olhar cético.

— Você sabe quem foi Prometeu na mitologia grega. Não posso acreditar que não tenha deduzido ainda.

Credo, bela forma de me fazer sentir uma idiota.

Archer riu.

Fuzilei-o com os olhos.

— Você está lendo a minha mente, não está?

— Desculpa. — Ele não parecia nem um pouco arrependido. — Você mesma disse. Acredita-se que Prometeu tenha criado a humanidade. Pense nisso um pouco. O que o Daedalus está fazendo?

— Tentando criar uma espécie perfeita, mas isso não me diz grande coisa.

Ele balançou a cabeça, frustrado, ao mesmo tempo que estendia a mão e batia com a ponta do dedo na parte interna do meu cotovelo.

— Você recebeu o soro pouco depois de ter sido transformada. Aquela foi a primeira versão criada pelo Daedalus, mas eles queriam algo mais rápido, mais eficaz. O Prometeu é a versão que está sendo testada agora, e não apenas em humanos curados pelos Luxen.

— Eu... — A princípio, não entendi, mas então me lembrei das bolsas de fluido na sala onde pessoas doentes recebiam a medicação produzida pelo Daedalus. — Eles estão administrando em pessoas doentes, certo?

Ele fez que sim.

— Então isso significa que o Prometeu é o LH-11? — Ao vê-lo assentir novamente, tentei não refletir muito a respeito, com medo de que o Archer estivesse tentando se intrometer em minha mente. — Por que está me contando isso?

Ele virou meio de lado e religou o elevador. Com um longo olhar em minha direção, disse:

— Temos um amigo em comum, Katy.

[17]

Katy

Eu mal conseguia conter minha ansiedade enquanto esperava por alguns momentos a sós com o Daemon. Nós não vínhamos abusando dos privilégios do banheiro, sabendo que era exatamente o que eles queriam. Pareceu levar uma eternidade até que, enfim, senti o familiar arrepio quente na nuca. Esperei ainda mais uns dois minutos antes de entrar correndo no banheiro e bater suavemente na porta que dava para a cela dele.

Ele apareceu em menos de um segundo.

— Sentiu minha falta?

— Assuma seu lado vaga-lume. — Mudei o peso de um pé para o outro. — Anda logo.

Daemon me fitou com desconfiança, mas um segundo depois tinha virado um cometa ofuscante. *O que houve?*

Contei rapidamente a ele tudo sobre o encontro com o garotinho assustador no corredor, o que o Prometeu realmente era e o que o Archer tinha dito sobre os originais e sobre a gente ter um amigo em comum. *Não sei se acredito em nada disso, mas ou o Archer não contou a ninguém as coisas que escutou da gente, ou contou e, por algum motivo, eles resolveram ficar quietos a respeito.*

A luz do Daemon pulsou. *Essa história está cada vez mais bizarra.*

Não brinca! Recostei-me na pia. *Se eles resolverem injetar aquele negócio em mais alguém...* Estremeci. *Talvez da próxima vez decidam esperar a mutação se estabilizar sozinha.*

Ou isso ou tenho a sensação de que irão receber uma conta bem salgada do setor de limpeza.

Eca. Isso foi realmente...

Daemon estendeu um braço de luz e acariciou meu rosto com seus dedos quentes. *Sinto muito que você tenha sido forçada a ver aquilo.*

E eu sinto por você ter sido obrigado a tomar parte nessa loucura. Inspirei fundo. *Mas você sabe que o que aconteceu com o Largent não foi culpa sua, certo?*

Sei. Confie em mim, gatinha. Não vou assumir nenhuma culpa desnecessária. Ele soltou um suspiro que reverberou por todo o meu corpo. *Agora, voltando ao Archer...*

Conversamos mais uns dois minutos sobre nosso guardinha particular. Chegamos à conclusão de que havia uma boa chance de que ele fosse o espião do Luc, embora isso não fizesse sentido. Archer sem dúvida tinha acesso ao LH-11 e poderia tê-lo arrumado para o mafioso adolescente. Não podíamos confiar nele — não cometeríamos o erro de confiar em ninguém novamente.

No entanto, tive uma ideia. Uma que deixou o Daemon bastante interessado. Assim que puséssemos nossas mãos no LH-11, teríamos somente uma chance de escapar. E, se os originais fossem realmente como os velociraptors, eles poderiam se tornar a distração perfeita, proporcionando à gente uma pequena oportunidade de fugir dali.

O que quer que fizéssemos seria arriscado, com cerca de noventa e nove por cento de chance de dar errado. Mas tanto eu quanto o Daemon preferíamos confiar apenas um no outro do que no Luc — ou até mesmo no Archer. Estávamos escaldados demais.

Daemon reassumiu a forma humana e me deu um rápido beijo antes de voltarmos para nossas celas. Essa era sempre a parte mais difícil — nos forçarmos a retornar para nossas próprias camas —, porém a última coisa de que precisávamos era o risco de acabarmos nos deixando levar pelo momento... de nos perdermos um no outro. Porque, aparentemente, isso era o que sempre acontecia quando estávamos juntos. Tampouco acreditávamos que eles nos permitiriam livre acesso à cela um do outro — tudo parecia um teste.

Voltei para a cama, me sentei e puxei os joelhos para junto do corpo, apoiando o queixo sobre eles. Esses momentos de silêncio sem nada para fazer eram os piores. Em pouco tempo, coisas sobre as quais não desejava pensar pipocavam em minha mente e tiravam o foco do que era realmente importante.

Desejava de verdade que o Daemon visse que eu estava aguentando firme, que não iria surtar. Não queria que ele se preocupasse comigo.

Fechei os olhos e mudei ligeiramente de posição, apoiando a testa sobre os joelhos. Repeti para mim mesma a expressão mais patética possível: há sempre uma luz no fim do túnel. Em seguida, completei-a com outra tão piegas quanto: há males que vêm para o bem.

Perguntei a mim mesma quanto tempo eu conseguiria continuar repetindo isso.

❊ ❊ ❊

DAEMON

Dessa vez, o maravilhoso time por trás do Daedalus resolveu esperar até a mutação se estabilizar. A nova cobaia era outro recruta que aparentemente se considerava indestrutível. Ele se esfaqueou no peito, em vez de na barriga, pouco abaixo do coração. De qualquer forma, provocou uma tremenda sujeira. Kat foi obrigada a presenciar de novo. Curei o idiota. No geral, tudo correu bem, exceto pelo fato de que não consegui chegar nem perto do LH-11. Uma pena, porque sobrou um pouco de soro na seringa.

Kat e eu não estávamos contando com o Luc, mas se conseguíssemos botar as mãos no LH-11 e alguém, quer fosse o Archer ou não, resolvesse nos ajudar a escapar, eu ia aceitar a ajuda de bom grado. O plano dela de soltar os garotos era ótimo, só que não tínhamos a menor ideia de como conseguir isso. Para não falar que tampouco sabíamos o que estaríamos soltando. Por mais que eu odiasse admitir, havia gente inocente dentro daqueles prédios.

Nos três dias seguintes, enquanto esperávamos que a segunda cobaia mostrasse sinais de estar passando pela mutação, fui requisitado para curar mais três soldados e alguém que só podia ser uma civil — uma mulher que parecia nervosa demais para ter aceitado aquilo sem coerção. Ela não se esfaqueou por livre e espontânea vontade. Em vez disso, recebeu uma dose letal de alguma coisa.

Eu não consegui curá-la, tipo, de jeito nenhum. Não sei o que aconteceu, mas foi terrível. Ela começou a ter convulsões, espumando pela boca, e eu tentei, mas nada deu certo. Não consegui *enxergar* o ferimento em minha mente, de modo que a cura não funcionou.

A mulher morreu ali mesmo, sob o olhar horrorizado da Kat.

Nancy não ficou nada feliz ao vê-los retirarem o corpo sem vida da coitada. Seu humor parecia um pouco melhor no quarto dia, quando o segundo soldado que eu havia curado recebeu uma dose do Prometeu, também conhecido como LH-11. No entanto, passadas algumas horas, ele acabou batendo de cara numa parede. Não sei o que havia com aquelas cobaias e a história de colidir a toda contra paredes, mas ele foi o segundo.

No quinto dia, a terceira cobaia recebeu o soro. Ele durou cerca de vinte e quatro horas até começar a sangrar por todos os orifícios, inclusive o umbigo. Pelo menos foi o que me disseram.

As mortes foram se acumulando, uma atrás da outra. Era difícil não levar aquilo para o lado pessoal. Isso queria dizer que eu me sentia culpado? De jeito nenhum. Mas se me deixava puto e com vontade de espalhar gasolina por toda a base para em seguida acender alguns fósforos? Com certeza.

Eles me mantiveram afastado da Kat a maior parte do tempo, só permitindo que a gente se encontrasse durante as curas ou por poucos e preciosos minutos em nosso banheiro de segredos. Não era o suficiente. Kat parecia tão cansada quanto eu, o que achei que daria uma trégua aos meus hormônios, mas não. Sempre que a escutava abrir o chuveiro, precisava recorrer a toda gota de autocontrole. Os banheiros não possuíam câmeras, e eu podia ser bem silencioso, o que seria perfeito para uma pequena sessão de lesco-lesco bang-bang, mas de forma alguma iria correr o risco de gerar pequenos Daemons naquele buraco infernal.

LUX 4 ORIGINAIS

Se eu era totalmente contra a ideia de vir a ter filhos com a Kat um dia? Afora o fato de que só de pensar me dava comichões, até que não era tão ruim. Mas claro que desejava o pacote completo, casinha com cerca branca e... se isso ocorresse dali a uns dez anos e se as crianças não usassem aquele corte de cabelo bizarro nem pudessem derreter o cérebro das pessoas com seus poderes Jedi.

Não achava que era pedir muito.

O quarto soldado recebeu o LH-11 no sexto dia. Ele sobreviveu ao restante do dia e ao seguinte também. Quase que imediatamente começou a mostrar sinais de que a mutação fora bem-sucedida. Passou nos testes de estresse com nota dez.

Nancy ficou entusiasmadíssima. Achei que ela fosse me beijar — o que me levaria a bater numa mulher pela primeira vez.

— Você merece uma recompensa — declarou ela. Com certeza, um belo chute naquela bunda arrogante. — Pode passar a noite com a Kat. Ninguém vai impedi-lo.

Não respondi. Embora não pretendesse abrir mão da oportunidade, era um tanto assustador escutá-la dizer que eu podia passar a noite com a minha namorada enquanto eles nos observavam pelas câmeras. Lembrei das crianças nos andares abaixo. Isso não ia acontecer.

Kat estava tramando alguma coisa, aproximando-se sorrateiramente da bandeja com instrumentos cirúrgicos. Mas parou ao escutar a declaração da Nancy e franziu o nariz. Senti-me um pouco ofendido, mas ela provavelmente estava pensando a mesma coisa que eu.

Eles trouxeram uma nova cobaia, mais um soldado, mas eu estava distraído observando o que a Kat estava fazendo. Ela estava perto demais das bandejas, quase parada diante delas.

Uma rápida facada depois e me vi com sangue nas mãos enquanto a Nancy quicava de felicidade pela sala.

O dr. Roth havia largado a seringa usada ao lado das novas. Ao ver a Kat estender a mão para pegá-la, algo me ocorreu.

— Isso significa que estou ligado a eles? — perguntei, limpando as mãos numa toalha que tinham jogado para mim. — Aos que não colidiram de cara contra uma parede? Se eu morrer, eles morrem?

Nancy riu.

Ergui as sobrancelhas.

— Não sei qual é a graça.

— É uma pergunta muito boa, que condiz com seus próprios interesses. — Ela entrelaçou os dedos, os olhos faiscando. — O Prometeu, esse novo soro que estamos administrando nas cobaias transformadas, rompe a conexão.

Que alívio! Não gostava da ideia de ter vários calcanhares de aquiles zanzando por aí.

— Como isso é possível?

Um dos guardas abriu a porta ao ver a Nancy cruzar a sala.

— Tivemos muitos anos para aprender e aprimorar a interação entre a mutação e suas consequências, Daemon. É assim que sabemos que precisa haver uma vontade real por trás da transformação. — Ela se virou para mim, a cabeça inclinada ligeiramente de lado. — Sim, nós já sabíamos. Não é algo mágico ou espiritual, e sim um misto de competência, força e determinação.

Merda...

— Seu irmão chegou perto. — Nancy baixou a voz, e meu corpo imediatamente tencionou. — Não foi por falta de determinação ou competência. E acredite em mim, ele teve bons estímulos. A gente se certificou disso. Dawson simplesmente não era forte o bastante.

Tranquei o maxilar. A raiva percorria minhas veias como ácido.

— Não precisamos dele. Já da Bethany... bem, vamos ver. Mas você? — Encostou uma das mãos em meu peito. — Você é um verdadeiro tesouro, Daemon.

[18]

Katy

ocê é um verdadeiro tesouro, Daemon.

Pai do céu, quase enfiei a agulha no olho da Nancy. Ainda bem que consegui me segurar, caso contrário meu esforço teria sido em vão.

Com a mão fechada em volta da seringa, cruzei os braços, mantendo-a escondida. Sem dizer nada, saí da sala atrás do Daemon e do Archer, meio que esperando um ataque por trás.

Ninguém atacou.

Em meio à animação gerada por uma mutação potencialmente bem-sucedida, ninguém havia prestado atenção em mim. Na verdade, durante aquelas sessões, ninguém prestava, com exceção do Daemon e do Archer, e se ele havia captado alguma coisa em minha mente, com certeza não dissera nada.

Eu tinha agarrado o soro sem pensar, e agora, em minha mão, sabia que se fosse pega ia me arrepender de ter feito isso. Assim como o Daemon. Se o Archer estivesse lendo meus pensamentos no momento e não fosse o espião do Luc, estaríamos ferrados.

Seguimos para os elevadores enquanto a Nancy e o recém-transformado híbrido prosseguiam na direção oposta. Quando as portas finalmente se fecharam, ficamos sozinhos — somente nós três. Mal conseguia acreditar na nossa sorte. Meu coração martelava de medo e entusiasmo feito um baterista executando um solo.

Cutuquei o braço do Daemon a fim de atrair sua atenção. Quando ele me lançou um olhar de relance, baixei os olhos para minha mão e, com cuidado, abri os dedos. Só dava para ver a pontinha da seringa. Ele arregalou os olhos e ergueu a cabeça, me fitando de volta.

Ambos sabíamos o que isso significava. Não tínhamos muito tempo agora que havíamos pego o LH-11. Alguém poderia acabar dando pela falta da seringa ou vendo o que eu tinha feito nos vídeos de segurança. Não fazia diferença, agora era tudo ou nada.

Quando o elevador começou a se mover, Archer se virou para nós. Daemon deu um passo à frente e eu prendi a respiração, mas ele simplesmente estendeu a mão e apertou um botão no painel. O elevador parou imediatamente.

Archer baixou os olhos para a minha mão, inclinando a cabeça ligeiramente de lado.

— Você conseguiu pegar o LH-11? Jesus, vocês dois são... não achei que fossem fazer isso. Luc disse que fariam. — Seus olhos se fixaram no Daemon. — Mas eu não acreditava que realmente levariam esse plano a cabo.

Meu coração martelava com tanta força que meus dedos pulsavam em volta da seringa.

— O que você vai fazer a respeito?

— Sei o que está pensando. — Ele manteve a atenção no Daemon. — Por que eu não peguei o soro para o Luc, certo? Não é por esse motivo que estou aqui, mas não temos tempo para explicações. Eles vão dar pela falta da seringa logo, logo. — Fez uma pequena pausa e fixou os olhos novamente em mim. — Seu plano é loucura.

Eu tinha pensado nos originais, mas no momento estava pensando na Rainbow Brite deslizando com seu cavalo por um arco-íris. Qualquer coisa para manter o Archer fora da minha mente.

Ele fez um muxoxo.

— Sério? — perguntou ele, tirando a boina e a guardando no bolso de trás da calça. — O que vocês esperam conseguir com isso? Esse plano tem cem por cento de chance de dar errado.

— Muito espertinho — retrucou Daemon, empertigando os ombros. — Não gosto de você.

— Não estou nem aí. — Archer se virou para mim. — Me entregue o LH-11.

Meus dedos se fecharam com força em volta da seringa.

— De jeito nenhum.

Ele estreitou os olhos.

— Tudo bem. Sei o que vocês pretendem fazer. Mesmo depois de terem escutado meu aviso, estão planejando soltar a trupe de aberrações. E depois? Vão tentar fugir correndo? Afora o fato de que não sabem como chegar ao outro prédio, vão precisar das duas mãos, e não querem correr o risco de se espetar com essa agulha. Confia em mim.

Fui tomada por uma profunda indecisão.

— Você não entende. Sempre que confiamos em alguém, acabamos nos queimando. Entregar essa...

— Luc nunca traiu vocês, traiu? — Ao me ver negar com um balançar de cabeça, Archer fez uma careta. — E eu jamais trairia o Luc. Mesmo que eu tenha um pouco de medo daquele pestinha.

Olhei de relance para o Daemon.

— O que você acha?

Seguiu-se um momento de silêncio, até que ele disse:

— Se você nos trair, não vou pensar duas vezes antes de te matar, seja na frente de quem for, até mesmo Deus. Entendeu?

— Mas a gente precisa sair daqui com o LH-11 — comentei.

— Eu vou junto, quer vocês gostem ou não. — Archer deu uma piscadinha. — Ouvi dizer que o Olive Garden é um ótimo restaurante.

Lembrei da nossa conversa sobre ele ter uma vida normal e, por algum motivo, isso tornou mais fácil o que eu estava prestes a fazer. Ainda não entendia por que ele ou o Luc estavam nos ajudando, nem por que ele não havia arrumado o soro antes, mas, como o próprio Archer dissera, já estávamos afundados até o pescoço. Engoli em seco e entreguei a seringa a ele, sentindo como se estivesse entregando minha própria vida, o que de certa forma estava mesmo. Ele a pegou, tirou a boina do bolso e enrolou o soro nela. Em seguida, meteu o embrulho no bolso da frente da calça cargo.

— Vamos começar logo com o show — disse Daemon, olhando para o Archer e apertando minha mão de leve.

— Você está com o pedaço de opala? — perguntou o soldado.

— Estou. — Daemon abriu um sorrisinho orgulhoso. — A quedinha da Nancy por mim até que é útil, não? — Brandiu o punho, e o centro avermelhado da opala pareceu cintilar. — Hora de mostrar o quanto eu sou incrível.

— Transforme-se na Nancy. — Archer fez menção de apertar o botão do térreo. — Rápido.

Daemon piscou e começou a se transformar, encolhendo vários centímetros. As mechas onduladas alisaram, tornando-se um cabelo fino e escuro preso num rabo de cavalo. Os traços perderam totalmente a definição. Seios surgiram. Foi quando me dei conta do que ele estava fazendo. Assim que suas roupas foram substituídas por um terninho cinza, vi Nancy Husher parada ao meu lado.

Só que não era a Nancy.

— Isso é bizarro — murmurei, olhando para ele/ela/quem quer que fosse em busca de algum indício de que era realmente o Daemon.

Ela abriu um sorrisinho presunçoso.

Sim. Ainda era o Daemon.

— Você acha que isso vai funcionar? — perguntei.

— Eu diria que o copo está meio cheio.

Prendi algumas mechas soltas de cabelo atrás da orelha.

— Muito tranquilizador!

— Vamos soltar os garotos, voltar para o elevador e seguir para o térreo. — Daemon fitou o Archer com a mesma autoridade da Nancy. — Vou dar a opala para a Kat assim que sairmos. — Olhou de relance para mim. — Não discuta. Vamos ter que correr mais rápido do que jamais corremos, e você vai precisar dela. Acha que consegue?

Aquele estava longe de ser um bom plano. Estávamos no meio de um deserto inóspito que provavelmente se estendia por centenas de quilômetros, mas assenti com um menear de cabeça mesmo assim.

— Bom, pelo menos sabemos que eles não vão te matar. Você é um verdadeiro tesouro.

— Pode apostar. Prontos?

Senti vontade de dizer que não, mas disse sim, e o Archer apertou o botão que levava ao nono andar. Ao sentir o elevador voltar a se mover, meu coração começou a martelar.

Ele parou no quinto.

Merda. Não tínhamos previsto isso.

— Está tudo bem — disse o Archer. — Esse é o andar de acesso ao prédio B.

Com uma sensação de profundo pavor na boca do estômago, saímos para o amplo corredor. Podia ser uma armadilha ou algum outro tipo de armação, mas não havia como voltar atrás.

Archer pousou a mão em meu ombro como sempre fazia quando me conduzia a qualquer lugar. Se o Daemon ficou incomodado com isso, não deu nenhum sinal. Ele manteve uma expressão fria e desdenhosa, típica da Nancy.

Pessoas zanzavam de um lado para outro, mas ninguém parecia estar prestando atenção na gente. Seguimos até o final do corredor e entramos em outro elevador, um pouco maior. Archer apertou um botão com a letra B e a máquina colocou-se em movimento. Assim que ela parou, saímos em outro corredor e entramos em outro elevador, onde Archer apertou o nono andar.

Nove andares abaixo do solo. Ai.

Parecia um percurso longo demais para que os pequenos originais conseguissem dar um jeito de escapar, mas, por outro lado, eles eram como diminutos Einstein sob o efeito de crack.

Sentindo a boca seca, forcei meu coração a desacelerar antes que eu tivesse um ataque de pânico. Poucos segundos depois, o elevador parou e as portas se abriram. Archer deu um passo para o lado, permitindo que Daemon e eu saíssemos primeiro. Pelo canto do olho, vi quando ele apertou o botão que travava a máquina.

Saímos num saguão pequeno e sem janelas. Dois soldados vigiavam um par de portas duplas. Ambos se empertigaram imediatamente ao nos verem.

— Sra. Husher. Oficial Archer — cumprimentou o que estava à direita com um ligeiro curvar de cabeça. — Posso perguntar por que vocês a trouxeram até aqui?

Daemon deu um passo à frente e entrelaçou as mãos de um jeito tipicamente Nancy.

— Achei que seria uma boa ideia mostrar a ela nossos maiores troféus em seu próprio ambiente. Talvez assim ela compreenda melhor o que estamos fazendo aqui.

Daemon falou de um jeito tão idêntico ao da Nancy que precisei pressionar os lábios com força para não rir. De mais a mais, não seria uma risada normal, e sim uma daquelas risadinhas insanamente histéricas.

Os dois guardinhas trocaram um rápido olhar e o sr. Eloquente deu um passo à frente.

— Acho que não é uma boa ideia.

— Você ousa me questionar? — indagou Daemon, num tom de voz mais arrogante impossível.

Mordi o lábio inferior.

— Não, senhora. De jeito nenhum. Só que essa é uma área restrita a pessoas credenciadas e... e seus convidados. — O sr. Eloquente olhou de relance para mim e, em seguida, para o Archer. — Eu estou apenas seguindo suas ordens.

— O que significa que tenho o direito de trazer quem eu quiser até aqui, não é mesmo?

Nosso tempo estava se esgotando rápido. Ao sentir a mão do Archer apertar meu ombro ligeiramente, dei-me conta de que ele devia estar pensando a mesma coisa.

— T-tem razão. É só que isso contraria o protocolo — gaguejou o sr. Eloquente. — Não podemos...

— Quer saber? — Daemon deu um passo à frente e ergueu os olhos. Não vi nenhuma câmera, o que não significava que elas não estavam ali. — Que tal isso como protocolo?

Nossa Nancy/Daemon estendeu a mão e um raio de luz espocou de sua palma. O arco de luz dividiu-se em dois, atingindo ambos os guardinhas no meio do peito, tanto o sr. Eloquente quanto o sr. Silencioso. Eles despencaram no chão, colunas de fumaça emanavam de seus corpos. Um cheiro de tecido e carne queimada impregnou meu nariz.

— Bem, essa é uma forma de resolver as coisas — observou Archer secamente. — Agora não podemos mais voltar atrás.

Daemon/Nancy lançou-lhe um olhar irritado.

— Será que dá pra você abrir essas portas?

Archer se aproximou e se inclinou diante do painel. A luzinha vermelha ficou verde. Com um ligeiro estalo, as portas se abriram.

Prendi a respiração ao entrarmos no salão do nono andar, meio que esperando que alguém pulasse na nossa frente apontando uma arma para nossas cabeças. Isso não aconteceu, embora tenhamos recebido alguns olhares estranhos do pessoal que zanzava pela área.

O salão era um pouco diferente dos que eu vira antes, em formato circular e com várias portas e janelas compridas. Bem no centro havia algo que me lembrou uma daquelas ilhas onde ficam as enfermeiras.

Archer soltou meu ombro e senti algo frio ser pressionado contra minha mão. Baixei os olhos, surpresa ao perceber que estava segurando uma pistola.

— A arma está destravada, Katy. — Em seguida, ele parou ao lado do Daemon. Em voz baixa, disse: — Temos que fazer isso rápido. Está vendo aquelas portas duplas ali? É onde eles devem estar a essa hora. — Fez uma pausa. — Eles já sabem que estamos aqui.

Um calafrio desceu pela minha espinha. A pistola em minha mão parecia pesada demais.

— Isso não é nem um pouco assustador — ironizou Daemon, olhando de relance para mim. — Não se afaste.

Assenti com um menear de cabeça. Contornamos, então, a ilha e seguimos até as portas duplas com duas pequenas janelas embutidas. Archer estava logo atrás de mim.

Um homem se adiantou.

— Sra. Husher...

Daemon estendeu o braço, acertando o sujeito bem no meio do peito. Ele foi erguido no ar, as pontas brancas do jaleco farfalhando como as asas de uma pomba, e, em seguida, arremessado contra o vidro da ilha central. O vidro rachou, mas não estilhaçou enquanto o sujeito escorregava até o chão.

Alguém soltou um grito esganiçado. Outro sujeito de jaleco branco aproximou-se correndo da entrada da ilha. Archer se virou e o agarrou pelo pescoço. Um segundo depois, um vulto branco passou ao lado do meu rosto e colidiu contra a parede oposta.

O lugar inteiro sucumbiu ao caos.

Archer posicionou-se diante da entrada da ilha, que provavelmente continha coisas que não deveríamos deixá-los acessar, arremessando no ar uma pessoa atrás da outra até toda a equipe se ver amontoada diante da porta — a porta pela qual precisávamos passar.

Daemon parou na frente deles, as pupilas brancas.

— Se eu fosse vocês, sairia do caminho.

A maioria se dispersou feito ratos. Dois permaneceram.

— Não podemos deixá-los fazer isso. Vocês não sabem o que eles são capazes de...

Ergui a arma.

— Saiam da frente.

Eles saíram.

O que foi bom, porque eu jamais havia atirado antes. Não que eu não soubesse como fazer, só que apertar o gatilho me parecia mais difícil do que simplesmente mover um dedo.

— Obrigada — agradeci, sentindo-me imediatamente estúpida por dizer isso.

Daemon correu para a porta, ainda na forma da Nancy. Ao ver um painel, dei-me conta de que precisaríamos do Archer. Fiz menção de me virar para ele, porém o som das trancas sendo abertas ecoou pela sala como um trovão. Virei-me de volta, prendendo a respiração enquanto as portas deslizavam parede adentro.

Daemon recuou um passo. Eu também. Nenhum de nós estava preparado para a cena com a qual nos deparamos.

Micah nos esperava ao lado da porta da sala de aula. Todas as cadeiras estavam ocupadas por crianças de idades diferentes. Todos com o mesmo corte de cabelo, a mesma calça preta e camiseta branca. E todos virados em suas respectivas cadeiras, nos encarando com um olhar perturbadoramente inteligente. Diante da turma havia uma mulher estatelada de cara no chão.

— Obrigado. — Micah sorriu e saiu da sala. Ele parou diante do Archer e ergueu um braço. Um bracelete fino e preto circundava seu pulso.

Em silêncio, Archer correu os dedos pelo bracelete e, com um clique, ele se abriu e caiu no chão. Não fazia a menor ideia do que era aquilo, mas devia ser importante.

Micah se virou para o restante da equipe reunida num canto e inclinou a cabeça ligeiramente de lado.

— Tudo o que a gente quer é brincar. E vocês não deixam.

Foi quando os gritos começaram.

Um a um, os membros da equipe foram caindo de joelhos no chão como batatas quentes, as mãos pressionando a cabeça. Micah continuou sorrindo.

— Vamos embora — disse Archer, puxando uma cadeira em direção à porta, que usou para calçá-la, mantendo-a aberta.

Olhei rapidamente por cima do ombro para a sala de aula. Os garotos tinham se levantado e estavam vindo para a porta. É… definitivamente, era hora de ir.

Os homens no saguão continuavam desmaiados. Chamamos o elevador da direita. Uma vez lá dentro, Archer apertou o botão que levava ao térreo.

Daemon baixou os olhos para minha mão.

— Tem certeza de que não se incomoda em carregar isso?

Forcei um sorriso.

— Isso é tudo o que eu tenho até darmos o fora daqui.

Ele assentiu.

— Só não atire em você mesma… ou em mim.

— Ou em mim — acrescentou Archer.

Revirei os olhos.

— Que bom que vocês confiam tanto em mim.

Daemon encostou a testa na minha.

— Ah, eu confio em você. E tem mais…

— Nem pense em dizer algo obsceno. E não tente me beijar enquanto estiver na forma da Nancy. — Botei a mão no peito dele e o empurrei.

Daemon riu.

— Você não tem senso de humor.

— Vocês dois precisam se concentrar no que temos a fazer…

Um alarme ressoou em algum lugar do prédio. O elevador parou com um tranco no terceiro andar. As luzes enfraqueceram e, em seguida, uma vermelha se acendeu no teto.

— Agora a diversão vai começar de verdade — comentou Archer enquanto a porta do elevador se abria.

Soldados e funcionários corriam de um lado para outro do corredor gritando ordens. Archer derrubou o primeiro soldado que viu a gente e gritou. Daemon fez o mesmo. Outro puxou uma pistola e eu ergui a minha, atirando. O coice me pegou de surpresa. O tiro acertou o sujeito na perna.

Daemon abandonou a forma da Nancy e reassumiu a própria. Com os olhos arregalados, me fitou.

— Que foi? — perguntei. — Achou que eu não fosse atirar?

— Vamos pelas escadas — gritou Archer.

— Só não achei que te ver atirar seria tão sexy. — Ele me deu a mão. — Vamos.

Atravessamos o corredor em disparada, um pouco atrás do Archer. As luzes acima se apagaram, substituídas por um pulsar intermitente vermelho e amarelo. Archer e Daemon lançavam bolas de energia como se isso estivesse prestes a sair de moda, mantendo a maioria dos soldados afastada. Ao passarmos por um grupo de elevadores, dois deles se abriram e um punhado de originais saiu para o corredor. Continuamos prosseguindo, mas eu tive que olhar para trás — precisava ver o que eles pretendiam fazer. Precisava *saber*.

Eles eram a distração perfeita.

A atenção de todos estava concentrada neles. Um dos garotinhos parou no meio do corredor. Ele se curvou e pegou uma das armas caídas no chão. Percebi que não havia bracelete algum em seu pulso. A arma esfumaçou e derreteu, tomando a forma de uma bola pequena.

O garotinho riu.

Ele, então, girou no próprio eixo e lançou a arma remodelada num soldado que tentava se aproximar furtivamente por trás. A bola de metal atravessou a barriga do sujeito.

Quase tropecei. Puta merda.

LUX 4 ORIGINAIS

Será que tínhamos feito a coisa certa ao soltá-los? O que aconteceria se eles conseguissem fugir e se espalhassem pelo mundo? O tipo de dano que poderiam provocar era impensável.

Daemon apertou minha mão, me arrancando do estupor. Eu poderia me preocupar com eles depois. Com alguma sorte.

Dobramos o corredor a toda velocidade e, de repente, me vi cara a cara com o cano de uma pistola, tão perto que consegui distinguir o dedo no gatilho, o ligeiro espocar do tiro. O grito ficou preso na minha garganta. Daemon soltou um rugido aterrador.

A bala parou, a ponta queimando minha testa. Ela não foi adiante. Simplesmente parou. Com um ofego, o ar escapou de meus pulmões.

Daemon pegou a bala, me puxou de encontro a ele e nos viramos. Lá estava Micah, alguns metros atrás da gente, uma das mãos levantada no ar.

— Isso não foi muito gentil — disse ele naquela monótona vozinha infantil. — Eu gosto deles.

O soldado empalideceu e caiu de cara no chão — sem gritar nem pressionar a cabeça. Uma poça de sangue se formou debaixo dele.

Um a um, outros originais foram surgindo atrás do Micah. Os soldados que bloqueavam o acesso à escada caíram no chão com uma série de baques surdos. O caminho ficou livre.

— Vamos. — Archer nos apressou.

Virei-me para o Micah, fitando-o no fundo dos olhos.

— Obrigada.

Ele assentiu com um menear de cabeça.

Com um último olhar, virei de novo e contornei os corpos. Meus tênis de solas finas e lisas deslizavam no piso molhado — escorregadio de sangue. Já dava até para sentir certa umidade no fundo. Mas não podia pensar nisso agora.

Archer abriu a porta da escada com um empurrão. Assim que ela fechou de volta, Daemon virou e agarrou meus braços. Ele me puxou com força de encontro a ele e me suspendeu até eu ficar na ponta dos pés.

— Eu quase te perdi. De novo. — Seus lábios roçaram de leve a marca avermelhada em minha testa e, então, ele me beijou, um beijo profundo e possessivo, com resquícios de medo, desespero e raiva. E de uma intensidade entontecedora. Quando, enfim, me soltou, me senti nua. — Não temos tempo para chamegos — disse com uma piscadinha.

De mãos dadas, subimos a escada correndo. Archer derrubou o soldado que nos aguardava na primeira plataforma. Com um golpe brutal, ele o lançou por cima do corrimão. Uma série de estalos enjoativos fez meu estômago revirar violentamente.

Soldados surgiram de repente na plataforma do segundo andar, empunhando não pistolas normais, mas algo que parecia armas de choque.

Usando o corrimão como apoio, Daemon soltou minha mão e pulou para o andar de cima. Um dos soldados passou zunindo por mim, aterrissando de lado dois andares abaixo. Archer se juntou ao Daemon. Ele arrancou a arma de choque de um dos caras e a jogou para mim. Troquei a pistola de mão, segurando-a com a esquerda, e subi correndo os degraus, atirando no primeiro soldado que cruzou a minha frente.

Como eu suspeitava, era um tipo de arma de choque. Dois fios foram projetados, acertando o pescoço do soldado. Ele se contorceu como se estivesse tendo uma convulsão e desmaiou. Os fios se soltaram e se retraíram, permitindo que eu acertasse outro que tentava derrubar o Archer.

Assim que a plataforma ficou livre, Daemon arrastou dois dos soldados inconscientes e os usou para travar a porta, colocando um em cima do outro.

— Vamos — chamou Archer, cruzando a plataforma ao mesmo tempo em que tirava a camisa camuflada de manga comprida. Em seguida, enfiou as plaquinhas de identificação por dentro da camiseta branca.

Como todo o ônix e diamantes que havia no prédio, eu era praticamente imprestável sem a pistola e a arma de choque. Os músculos das minhas pernas tinham começado a queimar, mas ignorei-os e continuei avançando.

Ao alcançarmos o térreo, Archer lançou-nos um olhar por cima do ombro. Sem emitir nenhum som, transmitiu mentalmente a mensagem. *Não tentem pegar nenhum dos veículos guardados no hangar. Uma vez lá fora, nós seremos mais rápidos do que qualquer coisa que eles tenham. Vamos para o sul pela rodovia Great Basin, em direção a Las Vegas. Se por acaso nos separarmos, podemos nos encontrar em Ash Springs. Ela fica a cerca de 130 quilômetros daqui.*

Centro e trinta quilômetros?

LUX 4 ORIGINAIS

Tem um hotel lá chamado The Springs. Eles estão acostumados a hospedar pessoas estranhas. Enquanto eu imaginava que tipo de pessoas estranhas, e me dava conta de que era besteira pensar nisso agora, Archer enfiou a mão no bolso traseiro da calça e puxou uma carteira. Entregou parte do dinheiro ao Daemon. *Isso deve dar.*

Daemon assentiu com um curto menear de cabeça. Archer, então, se virou para mim.

— Pronta?

— Pronta — respondi numa voz rouca, fechando os dedos em volta das armas.

Com um gosto amargo de medo na garganta, inspirei fundo e anuí novamente, mais para mim mesma.

A porta se abriu e, pela primeira vez no que me pareceram meses, inspirei ar fresco. Seco, porém limpo, não produzido por algum sistema de ventilação. Fui tomada por uma súbita esperança que me deu forças para seguir em frente. Podia ver um pedacinho de céu atrás dos veículos, um céu típico do entardecer, de um azul clarinho entremeado por riscos vermelho-alaranjados. Era a coisa mais bonita que eu já tinha visto. Significava que a liberdade estava logo *ali*.

No entanto, entre a gente e a liberdade havia um pequeno exército. Não tantos soldados quanto eu esperava, mas o restante ainda devia estar lá embaixo lidando com os originais.

Daemon e Archer não perderam tempo. Explosões de luz branca acenderam o hangar, ricocheteando nos jipes Humvees e rasgando as lonas. Centelhas espocavam por todos os lados. Socos eram trocados num combate acirrado. Fiz minha parte — alvejando qualquer um que se aproximasse demais com minha arma de choque.

Enquanto contornava os corpos caídos, dei uma espiada nas armas guardadas na caçamba de uma caminhonete.

— Daemon!

Ele se virou e olhou para onde eu estava apontando. Voltei a avançar, escapando por pouco de ser derrubada. Girei e atirei de novo. As garras de metal se fincaram nas costas do soldado. Um brilho branco-avermelhado cintilou em torno dos ombros do Daemon, envolvendo seu braço direito. A energia pulsou e fez um arco acima do espaço entre ele e a caminhonete.

Vendo o que ele estava prestes a fazer, vários soldados correram para se esconder atrás dos enormes jipes. Fiz o mesmo, partindo em direção a uma série de veículos ao mesmo tempo que a bola de energia lançada pelo Daemon acertava a caçamba da caminhonete, fazendo-a explodir como fogos de artifício no Dia da Independência. A explosão reverberou por todo o hangar, uma onda de choque poderosa que fez minhas entranhas estremecerem e me derrubou de bunda no chão. Uma fumaça cinza e densa se espalhou por todo o espaço. Em um piscar de olhos, perdi tanto o Daemon quanto o Archer de vista. E, acima do espocar das explosões, achei ter escutado a voz do sargento Dasher.

Fiquei petrificada por um segundo, meus olhos lacrimejavam devido ao fedor tenebroso de metal queimado e pólvora. Mas um segundo foi o suficiente.

Um soldado surgiu em meio à densa fumaça. Empertiguei-me, tentando apontar a arma de choque na direção dele.

— Ah, não, de jeito nenhum — disse o sujeito, agarrando meu braço com ambas as mãos e torcendo.

Uma dor lancinante subiu pelo braço e se espalhou pelos meus ombros. Aguentei firme, girando o corpo a fim de me desvencilhar de suas mãos brutais. O soldado, porém, era experiente, e mesmo com todo o treinamento que o Daedalus me fizera passar, eu não era páreo para ele. Meu braço foi novamente capturado, a dor agora mais aguda e intensa. Soltei a arma de choque ao mesmo tempo que ele desferia um soco contra meu rosto.

Não sei o que aconteceu a seguir. A pistola estava na minha mão esquerda. Meus ouvidos zumbiam. Meus olhos ardiam devido à fumaça. Meu cérebro entrou em modo de sobrevivência. Então, ergui a pistola e, de repente, gotas de um líquido morno respingaram em meu rosto.

Por ser destra, minha mira não foi lá essas coisas. Acertei-o no lado esquerdo do peito. Sequer sabia ao certo para onde tinha mirado, só que o havia alvejado. Escutei um som semelhante ao de um gorgolejar, e achei estranho que ele soasse tão alto, acima da cacofonia de gritos, ordens e tiros. Meu estômago revirou.

A mão de alguém pousou em meu ombro.

Eu girei com um grito e por um triz não atirei no Daemon. Meu coração chegou a falhar.

— Merda. Você quase me matou de susto.

Fuzilando-o com os olhos, contornei com cuidado a traseira de um dos jipes. O céu já quase escuro parecia nos chamar como o canto de uma sereia. Archer estava alguns veículos mais atrás. Ao nos ver, olhou em direção à saída e fez um sinal com a cabeça.

— Espera — pediu Daemon.

Dasher surgiu por uma das portas, acompanhado de vários guardas. Seu cabelo geralmente arrumadinho estava uma bagunça. O uniforme amarrotado. Ele correu os olhos pelos destroços, esbravejando ordens que não consegui entender.

Daemon ergueu a cabeça e olhou para os holofotes. Um meio sorriso repuxou seus lábios, e ele se virou para mim com uma piscadinha.

— Vem comigo.

Recuamos com cuidado, protegidos atrás da lateral de um dos jipes. Com uma rápida espiada através da lona queimada, vi que o caminho estava livre. Atravessamos correndo a fileira de veículos, até que o Daemon parou diante de uma coluna de metal que ia do chão ao teto.

Ele, então, apoiou as mãos na coluna e a Fonte espocou da ponta de seus dedos. Uma onda de luz subiu pelo metal e se espalhou pelo teto. Uma a uma, todas as lâmpadas do hangar explodiram, mergulhando o lugar inteiro em escuridão.

— Legal — murmurei.

Daemon riu e me deu a mão. Retomamos a corrida até alcançarmos o Archer. Um burburinho de vozes assustadas eclodiu, criando a distração perfeita para que nós três pudéssemos seguir em direção à segunda saída, na extremidade oposta à que se encontravam Dasher e seus homens. No entanto, assim que deixamos a proteção da fileira de jipes, um brilho suave que vinha lá de fora incidiu sobre a gente.

Dasher nos localizou imediatamente.

— Parem! — gritou ele. — Isso não vai funcionar. Vocês não podem ir embora! — Ele passou pelos guardas, empurrando-os para tirá-los do caminho. O sargento estava visivelmente nervoso, sem dúvida percebendo que o menino de ouro da Nancy estava a poucos passos da liberdade. — Vocês não vão conseguir escapar!

Daemon girou nos calcanhares.

— Você não faz ideia do quanto eu sonhei em fazer isso.

Dasher abriu a boca para retrucar no exato momento em que Daemon brandiu um dos braços. O golpe invisível da Fonte arremessou o sargento no ar como uma boneca de pano. Ele colidiu contra uma das paredes do hangar e caiu. Daemon deu um passo na direção dele.

— Não! — gritou Archer. — Não temos tempo para isso.

Ele tinha razão. Por mais que eu desejasse ver o Dasher fora de cena, um segundo mais e seríamos subjugados. Agarrei meu namorado e o puxei em direção à pequena saída.

— Daemon — implorei. — Precisamos ir!

— Aquele homem está com os dias contados, eu juro. — Daemon se virou, trincando o maxilar.

O som de botas martelando o piso reverberou como um trovão. Archer se colocou na nossa frente.

— Abaixem-se.

Daemon me envolveu pela cintura e nos agachamos, ele curvado em volta do meu corpo num abraço quase esmagador. Pela pequena fresta entre os braços dele, vi o Archer encostar as palmas na traseira de um dos Humvees. Não sei como ele fez aquilo, mas o jipe de quase três toneladas foi arremessado no ar como um frisbee.

— Deus do céu! — exclamei.

O jipe colidiu contra os outros. Tal como uma peça de dominó gigante, o choque provocou uma reação em cadeia, destruindo praticamente a frota inteira e lançando os soldados no ar.

Daemon levantou num pulo, me puxando junto. Ele tirou o bracelete de prata e o prendeu no meu pulso. Senti a descarga de energia quase que de imediato. O cansaço desapareceu, meus pulmões expandiram e meus músculos flexionaram. Era como tomar diversas injeções de cafeína pura. A Fonte rugiu dentro de mim, e um jato acalentador se espalhou por minhas veias.

— Não atirem! — berrou Nancy, surgindo num dos lados do hangar. — Não atirem para matar! Precisamos deles vivos!

LUX 4 ORIGINAIS

Daemon apertou minha mão e partimos correndo, com Archer em nossos calcanhares. Cada passo nos aproximava da saída. Acelerei, e eles também.

De repente, estávamos do lado de fora, sob o céu de um azul-escuro profundo. Ergui a cabeça por um segundo e olhei para as estrelas, que cintilavam como milhares de diamantes. Senti vontade de chorar ao constatar que tínhamos conseguido escapar.

Tínhamos finalmente conseguido escapar.

[19]

DAEMON

Tínhamos finalmente conseguido escapar.
Mas ainda não estávamos livres.
Nem todos os veículos tinham sido destruídos. Eles estavam vindo atrás da gente, tanto por terra quanto por ar. Nós, porém, avançávamos rápido. Com a opala, Kat quase conseguia alcançar a minha velocidade, mas os helicópteros, uns 16 quilômetros atrás da gente, se aproximavam velozmente. Archer achou melhor nos dividirmos, e seguiu para o oeste.

Vou criar uma distração, disse ele. *Não se esqueçam, Ash Springs.*

Ele, então, partiu, um borrão que desaparecia contra o horizonte. Não tive tempo de perguntar o que ele pretendia fazer nem de tentar detê-lo. Poucos segundos depois, vi um clarão e, em seguida, outro, cerca de um quilômetro e meio adiante. Não olhei para ver se o helicóptero tinha mordido a isca e se desviado do nosso curso. Tampouco pensei no que aconteceria com o Archer se ele fosse pego. Não podia me dar ao luxo de pensar ou me preocupar com qualquer coisa além de levar a Kat para um lugar seguro, mesmo que só por uma noite.

Atravessamos o deserto em disparada, o solo sob nossos pés levantando um leve aroma de sálvia. Não encontramos nada por diversos quilômetros, até que nos deparamos com um rebanho de vacas pastando sozinhas. Depois disso, não vimos mais nada enquanto prosseguíamos próximo à rodovia.

À medida que ganhávamos distância e o tempo passava, minha preocupação foi aumentando. Mesmo com a opala, sabia que a Kat não aguentaria muito mais, não até completarmos os quase 130 quilômetros. Os híbridos cansavam rápido, mesmo com a descarga extra de energia. Ao contrário de nós, Luxen, que desprendíamos mais energia para desacelerar, ela logo iria se exaurir. Merda, 130 quilômetros era demais até para mim, mas pela Kat... por ela eu seria capaz de correr um milhão de quilômetros. E sabia que ela tentaria fazer o mesmo por mim. Só que isso iria além do que seu DNA permitiria.

Não dava tempo de parar e perguntar como ela estava se sentindo, mas o coração da Kat batia feito louco, e cada entrecortada inspiração de ar era expelida quase que imediatamente.

A ligeira apreensão que percorria minhas veias aumentava a cada passo e a cada rápida martelada do meu próprio coração. O esforço excessivo poderia matá-la, ou pelo menos provocar algum sério dano.

Lancei um breve olhar para o céu já quase negro. Nada além de estrelas; nenhuma luz ao longe. Tínhamos ainda uns 50 quilômetros a percorrer, mas seria arriscado demais assumir minha forma verdadeira para acelerar o processo. Um feixe de luz atravessando a escuridão do deserto seria demasiadamente óbvio e daria a todos aqueles apaixonados por OVNIS algo sobre o qual falar.

Desacelerei subitamente, passando um braço em torno da cintura da Kat para impedi-la de cair. Com a respiração pesada, ela ergueu os olhos para mim, a pele em volta da boca pálida e repuxada.

— Por que... por que paramos?

— Você não vai aguentar muito mais, gatinha.

Ela negou com um balançar de cabeça, mas o cabelo continuou grudado nas bochechas.

— Eu... eu consigo.

— Sei que está disposta a tentar, mas o risco é grande demais. Me dá a opala que eu te carrego.

— Não. De jeito nenhum.

— Kat. Por favor. — Minha voz falhou na última palavra, e ela arregalou os olhos. — Por favor, me deixa fazer isso.

Com as mãos trêmulas, Kat afastou do rosto o cabelo molhado de suor. Em seguida, ergueu ligeiramente o queixo com petulância, mas tirou o bracelete.

— Odeio... a ideia de ser carregada.

Ela me entregou o bracelete e eu o prendi no meu próprio braço, sentindo uma leve injeção de energia. Também peguei a pistola e a enfiei no cós da calça.

— Que tal se você montar nas minhas costas? Dessa forma não estará sendo carregada... vai estar me cavalgando. — Fiz uma pausa e dei uma piscadinha.

Kat me encarou.

— Que foi? — Ri, e ela imediatamente estreitou os olhos. — Você devia ver a sua cara agora. Parece uma gatinha com os pelos eriçados. Por isso te dei esse apelido.

Com um revirar de olhos, ela se posicionou atrás de mim.

— Melhor ficar calado e poupar energia.

— Ai, essa doeu.

— Você supera. — Ela fechou as mãos em volta dos meus ombros. — Além do mais, não vai te fazer mal algum baixar um pouco a bola.

Agachei, enganchando os braços por trás dos joelhos dela. Com um pequeno pulo, Kat envolveu meu pescoço com os braços e cruzou as pernas em volta da minha cintura.

— Meu bem, eu sou tão incrível que nada pode baixar a minha bola.

— Uau — retrucou ela. — Essa é nova.

— E você adorou. — Segurando-a com firmeza, deixei a Fonte buscar a opala e se conectar a ela. — Segure-se, gatinha. Eu vou começar a brilhar um pouco e a gente vai voar.

— Eu gosto quando você brilha. É como ter minha própria lanterna pessoal.

Dei uma risadinha.

— Que bom que você me considera útil.

Ela me deu um tapinha no peito.

— Eia, vamos garoto.

Sentindo-me um pouco melhor, peguei impulso e parti numa velocidade que não poderia empregar se ela estivesse correndo ao meu lado. Kat não pesava quase nada, o que por si só era preocupante. Precisava fazê-la degustar alguns bons bifes e hambúrgueres o mais rápido possível.

Quando vi as luzes da cidade se aproximando, fui mais para perto da rodovia em busca de sinalização. E lá estava: Ash Springs — 16 quilômetros.

— Quase lá, gatinha.

Eu tinha diminuído a velocidade o bastante para que ela conseguisse se soltar.

— Posso correr o restante do caminho.

Senti vontade de negar, mas sabia que se fizesse isso, simplesmente demoraríamos mais para chegar aonde quer que fosse, portanto não disse nada. Também sabia que o buraco era mais embaixo. Kat queria provar, não só para mim, mas para si mesma, que não era um fardo, e sim alguém que poderia nos ajudar. Essa necessidade de mostrar que podia ser tão autossuficiente quanto eu ou qualquer outro Luxen era o que a levara a confiar no Blake. Tirei a opala e a entreguei de volta a ela.

— Tudo bem, então vamos.

Ela assentiu.

— Obrigada.

De mãos dadas, corremos o restante do caminho até Ash Springs. O trajeto inteiro levou cerca de vinte minutos, mas pareceu uma eternidade. Dependendo de como o Daedalus estivesse procurando pela gente, tínhamos umas boas duas horas de vantagem. Mais até, se eles tivessem seguido o Archer.

Assim que alcançamos a periferia de Ash Springs, voltamos a caminhar normalmente, mantendo-nos afastados das calçadas e da iluminação dos postes. A cidade era pequena — à la Petersburg. Placas espalhadas por todos os lados sinalizavam alguma das várias fontes de águas termais.

— Aposto que estou fedendo mais que lixo deixado no sol. — Kat olhou com inveja para a placa que sinalizava uma das fontes. — Adoraria poder tomar um banho agora.

Nós dois estávamos cobertos por uma fina camada de poeira do deserto.

— Você realmente está exalando um cheirinho de fruta um pouco madura demais.

Ela me fuzilou com os olhos.

— Obrigada.

Rindo por entre os dentes, apertei-lhe a mão de leve.

— Certo. Seu perfume é igual ao de um broto prestes a desabrochar.

— Ah, vai se catar. Você está agindo feito um idiota.

Contornamos um arbusto com formato de... diabos, não fazia ideia do que aquilo supostamente deveria ser. Uma cruza entre um elefante e uma girafa?

— O que você estaria disposta a fazer por um banho? — Virei a fim de ajudá-la a pular um galho caído. — Algo, digamos assim, fora do convencional?

— Por que eu tenho a sensação de que você vai transformar essa conversa em algo pervertido?

— Como assim? Eu jamais faria isso. Sua mente é suja demais, gatinha. Fico chocado com essa insinuação.

Ela balançou a cabeça de maneira frustrada.

— Peço desculpas por duvidar da sua virtude e inocência.

Abri um sorrisinho ao mesmo tempo que parávamos numa encruzilhada. Vários letreiros luminosos indicavam uma série de hotéis adiante. As ruas estavam desertas. Perguntei-me que horas deveriam ser. Nem um único carro havia passado por nós.

— Acho que seria capaz de esfaquear alguém por um banho — disse Kat enquanto cruzávamos a rua. — Até mesmo você.

Soltei uma risada de surpresa.

— Você não conseguiria me derrubar.

— Não duvide da minha necessidade de me livrar desse fedor... Ei! — Ela parou, apontando para uma ruazinha vicinal. — Será que é ali?

Percebi um letreiro ao longe. O S vermelho estava apagado, de modo que parecia estar escrito THE PRINGS MOTEL.

— Acho que é. Vamos dar uma verificada.

Atravessamos a passos rápidos a ruazinha estreita, passando por uma série de lojas fechadas, até chegarmos a um estacionamento. O hotel ficava definitivamente numa área isolada.

LUX 4 ORIGINAIS

— Ó céus — disse Kat, soltando a mão da minha. — Acho que esse é um daqueles motéis que cobram por hora e que as pessoas buscam para poderem se drogar.

Ela estava certa. Ao estilo dos ranchos, a construção era composta por um único andar em forma de U, com a recepção no centro e um deque de madeira contornando toda a entrada dos quartos. A iluminação, tanto dentro quanto em torno, era bastante fraca. O estacionamento continha alguns poucos carros — do tipo que estavam às vésperas de serem mandados para o ferro-velho.

— Bem, agora sabemos que tipo de lugar o Archer gosta de frequentar — comentei, estreitando os olhos ao ver a luz amarelada que vinha lá de dentro e incidia sobre as tábuas do piso diante da recepção.

— Ele não esteve em muitos lugares. — Kat trocou o peso de um pé para o outro. — Sabia que o Archer nunca comeu num Olive Garden? Duvido que ele tenha um bom conhecimento sobre hotéis.

— Ele não conhece o Olive Garden?

Ela fez que não.

— Cara, a gente precisa pedir para ele uma porção gigante de palitinhos de queijo e salada. Que absurdo! — murmurei. — Você conversou muito com ele?

— Archer era o único que era realmente... legal comigo. Bom, do jeito dele. Ele não é do tipo falante nem carinhoso. — Ela fez uma pausa, inclinando a cabeça para trás e olhando para o céu estrelado. — Não conversamos muito, mas ele estava sempre comigo. A princípio, não diria jamais que seria ele quem iria nos ajudar. Acho que a primeira impressão realmente não significa nada.

— Acho que não. — Quando a Kat abaixou a cabeça, uma súbita expressão de preocupação se insinuara em seu rosto. Dava para perceber o peso de tudo pelo que ela havia passado. Era quase a mesma expressão que tinha visto no rosto da Beth no dia em que eu partira, pouco antes de ela surtar.

Sem saber o que dizer, atravessamos em silêncio o estacionamento. Não havia palavras para descrever o modo como a vida da Kat havia degringolado drasticamente. Nada do que eu dissesse tornaria as coisas melhores, e tentar me parecia desdenhar tudo pelo que ela havia passado. Tal como dizer a alguém que perdeu um ente amado que a pessoa está num lugar melhor. Ninguém quer escutar isso. Não muda nada, não diminui a dor nem lança uma luz sobre o motivo de isso ter acontecido.

Às vezes as palavras não têm valor. Elas podem ser poderosas, mas em algumas raras ocasiões, tal como agora, elas não significavam nada.

Paramos sob uma luz bruxuleante na lateral do hotel que dava de frente para vários bancos e mesas para piquenique. O rosto da Kat estava coberto de fuligem e sangue seco. Meu estômago revirou.

— Você estava sangrando?

Ela fez que não, voltando a olhar para o céu.

— O sangue não é meu. É de um soldado em quem eu... atirei.

O pequeno alívio que senti foi ofuscado pelo que ela havia sido obrigada a fazer e que ainda seria se as coisas se complicassem. Entreguei-lhe a arma.

— Certo. Tudo bem. — Envolvi seu rosto entre as mãos. — Fique aqui. Vou assumir uma forma diferente e pegar um quarto pra gente. Se algo estranho acontecer, atire primeiro e pergunte depois. Combinado? Não recorra à Fonte a menos que seja absolutamente necessário. Eles podem rastreá-la.

Kat assentiu com um menear de cabeça. Reparei no modo como ela torcia as mãos. A adrenalina ainda corria solta em suas veias, mantendo-a em alerta constante. Ela precisaria de uma boa dose de açúcar logo, logo.

— Não vou a lugar algum — respondeu ela.

— Ótimo. — Dei-lhe um beijo demorado, apreensivo em deixá-la sozinha. Mas de forma alguma eu podia levá-la daquele jeito comigo até a recepção. Mesmo que os outros hóspedes fossem discretos, ela definitivamente atrairia a atenção. — Já volto.

— Eu sei.

Ainda assim, não consegui me mover. Vasculhei os olhos da Kat e, ao perceber o brilho de cansaço estampado neles, meu coração acelerou. Beijei-a mais uma vez e me forcei a soltá-la e virar as costas. Enquanto contornava o prédio e seguia para a recepção, visualizei um dos soldados e assumi sua forma. Recorrendo à memória, acrescentei uma calça jeans e uma camiseta. Tudo não passava de ilusão, como o reflexo de um espelho.

LUX 4 ORIGINAIS

Exceto que a imagem que eu refletia era falsa, e se você olhasse com atenção e por tempo suficiente, começava a ver as falhas no disfarce.

Um sininho retiniu assim que entrei no saguão. O ar exalava um cheiro pungente de charutos. À direita ficava uma lojinha de quinquilharias e uma série de cadeiras antigas posicionadas diante de máquinas de refrigerantes e outras guloseimas e, à esquerda, o balcão da recepção.

Um senhor de idade aguardava atrás do balcão. Aumentados pelas lentes grossas dos óculos, seus olhos pareciam os de um inseto. E ele usava suspensórios com estampa xadrez. Maneiríssimo.

— Olá — cumprimentou o homem. — Deseja um quarto?

Aproximei-me do balcão.

— Sim. O senhor tem algum vago?

— Claro. Algumas horas ou a noite inteira?

Quase ri ao lembrar o que a Kat tinha dito.

— A noite inteira. Talvez duas.

— Bom, vamos começar com uma noite e depois a gente vê. — Ele se virou para a caixa registradora. — São 79 dólares. Só aceitamos dinheiro. Você não precisa assinar nada nem apresentar identidade.

O que não era nenhuma surpresa. Enfiei a mão no bolso e pesquei o maço gordo de notas. Puta merda, o que o Archer pretendia carregando tantas notas de cem com ele o tempo todo? Mas, também, o cara não era exatamente fácil de ler.

Entreguei a ele uma das notas de cem.

— Se incomoda se eu der uma olhadinha na loja?

— Fique à vontade. Não estou ocupado mesmo. — Ele apontou com a cabeça para a televisão sobre o balcão. — A recepção por aqui costuma falhar à noite. O mesmo acontece com a TV no seu quarto, que por sinal é o de número 14.

Assenti com um menear de cabeça, peguei o troco e a chave e fui até a lojinha. Havia uma pilha de camisetas unissex com os dizeres ROTA 375: A RODOVIA ALIENÍGENA gravado em letras grandes e verdes sobre o peito. Peguei uma G para mim mesmo e outra P para a Kat. Havia também um par de calças de moletom que seriam um pouco grandes para ela, mas que serviriam. Escolhi outro par para mim e me virei, procurando por algo para comermos.

Meu olhar recaiu sobre um boneco de pelúcia verde com uma cabeça oval e enormes olhos pretos. Peguei-o, franzindo o cenho. Por que diabos os humanos achavam que os alienígenas pareciam um monstrinho verde deformado?

O gerente do motel riu.

— Se você gosta dessas coisas de extraterrestres, então veio para o lugar certo.

Dei uma risadinha.

— Você sabia que está a cerca de 130 quilômetros da Área 51? Recebemos muitos visitantes que vêm em busca da chance de ver um OVNI. — Os óculos tinham escorregado e estavam na ponta do nariz. — Claro que eles não conseguem entrar na Área 51, mas tentam chegar o mais perto possível.

Botei o boneco de volta na prateleira e segui para as máquinas.

— O senhor acredita em alienígenas?

— Vivi aqui a vida inteira, meu filho, e já vi coisas inexplicáveis cruzando o céu. Ou são alienígenas ou algum aparato do governo. Qualquer que seja o caso, a ideia me dá arrepios.

— A mim também — respondi, pegando o máximo de guloseimas doces que consegui encontrar. Acrescentei uma sacola com os dizeres Eles Estão Entre Nós, um daqueles celulares pré-pagos vagabundos e algumas outras coisas que atraíram minha atenção. Antes de retornar ao balcão, virei e peguei também o boneco idiota.

Enquanto eu pagava pelas compras, mantive um olho pregado no estacionamento. Tudo continuava igual, mas eu estava ansioso para voltar para junto da Kat.

— Tem uma máquina de gelo aí fora se você precisar. — Ele me entregou a sacola. — E se quiser ficar outra noite, é só dar uma passadinha aqui.

— Obrigado — agradeci, dando uma olhada no relógio acima do balcão. Passava um pouco das onze. Tinha a sensação de que já era bem mais tarde. Era realmente estranho que a cidade já estivesse tão morta àquela hora.

Uma vez do lado de fora, tirei a chave do bolso e esperei até contornar o prédio para voltar a assumir a forma do Daemon com a qual a Kat estava familiarizada.

LUX 4 Originais

Ela me aguardava no mesmo lugar, recostada contra a parede, envolta em sombras. Garota esperta. Correndo as mãos pelo cabelo, ela se virou.

— E aí?

— Deu tudo certo. — Enfiei a mão na sacola. — Trouxe uma coisinha pra você.

Kat inclinou a cabeça ligeiramente de lado ao me ver parar diante dela.

— Uma banheira portátil?

— Melhor. — Tirei de dentro o boneco de pelúcia. — Me fez pensar em você.

Ela soltou uma risada curta e rouca e pegou o boneco. Senti um leve espasmo no peito. Não conseguia me lembrar da última vez em que a vira rir ou qualquer coisa que soasse como uma risada.

— Ele é a sua cara — declarou ela. — Vou chamá-lo de DB.

— Ótima escolha. — Passei o braço em volta de seus ombros. — Vamos. Nosso quarto fica por aqui. Seu banho a aguarda.

Kat apertou DB de encontro ao peito e soltou um suspiro.

— Mal posso esperar.

O quarto até que não era tão ruim quanto eu imaginava que seria. Ele tinha sido limpo recentemente, e o aroma de desinfetante e lençóis lavados foi mais do que bem-vindo. A cama era de casal e estava feita. Um pequeno móvel diante dela ostentava uma TV, a qual parecia que teria problemas de recepção a qualquer hora do dia. E colada ao lado dela havia uma mesa pequena.

Botei as compras sobre a mesa e fui verificar o banheiro. Encontrei toalhas, sabonetes entre outros itens essenciais, o que era bom, pois eu tinha esquecido completamente desses detalhes. Ao voltar para o quarto, encontrei a Kat parada no mesmo lugar, ainda segurando o boneco. Era estranho e ridículo, para não falar de mil outras coisas, mas achei que ela estava uma graça daquele jeito, coberta de pó, suor e sangue.

— Você se incomoda se eu tomar meu banho primeiro? — perguntou ela. — Falei só de brincadeira. Eu jamais esfaquearia você.

Ri com gosto.

— Tudo bem. Entra logo no chuveiro antes que eu arraste esse seu traseiro imundo até lá.

Com um franzir de nariz, Kat botou DB no meio da cama, de modo que o boneco alienígena ficou parecendo que estava prestes a assistir a algum péssimo programa de TV. Em seguida, largou a arma sobre a mesinha de cabeceira.

— Não vou demorar.

— Leve o tempo que quiser.

Ela hesitou por um momento, como se quisesse dizer alguma coisa, mas pareceu mudar de ideia. Com um último longo olhar na minha direção, se virou e seguiu para o banheiro. Abri um sorriso ao escutar o chuveiro sendo aberto imediatamente.

Fui até a sacola, peguei o telefone descartável e abri o pacote. Vinha com cem minutos para gastar. Senti vontade de ligar para o Dawson e a Dee, mas fazer isso agora seria arriscado demais. Assim sendo, botei-o de lado e fui até a janela. Ela dava para a rua e o estacionamento. Perfeito.

Enquanto espiava através das grossas cortinas em tom bordô, imaginei quanto tempo levaria para o Archer nos encontrar, se é que ele viria. Por mais que isso me fizesse parecer um canalha sem coração, não dava a mínima para o que pudesse ter acontecido com ele. Não é que eu não apreciasse o que ele tinha arriscado e feito pela gente, mas simplesmente não conseguia encontrar espaço dentro de mim para me preocupar com os outros. Tínhamos conseguido escapar e, se dependesse de mim, jamais seríamos recapturados. Seria capaz de destruir um exército, queimar uma cidade inteira e colocar o mundo numa situação caótica se com isso conseguisse manter a Kat longe daquele lugar.

[20]

Katy

O jato de água quase escaldante lavou a sujeira e qualquer meleca que estivesse agarrada à minha pele. Virei algumas vezes, até que enfim parei e cobri o rosto com as mãos trêmulas. Eu já tinha usado o frasquinho de xampu duas vezes, e precisava sair logo dali. No entanto, aquele boxe cheio de manchas de ferrugem em torno do ralo e com um chuveiro de pressão inconstante era tão diferente dos banheiros da base que eu não conseguia me forçar a sair. Era como estar numa bolha, protegida da realidade.

A água escorria pelo meu corpo, cascateando pelas cicatrizes em minhas costas e formando uma poça em volta dos meus pés. Tirei as mãos do rosto e olhei para baixo. Ela não estava escoando rápido o bastante, e se acumulava no fundo da banheira. Com uma cor ligeiramente rosada.

Engoli em seco e fechei as torneiras. Ao sair para o banheiro embaçado, peguei uma toalha e me envolvi nela, prendendo-a entre os seios. Fiz o melhor que pude para tirar o excesso de água do cabelo, trabalhando de forma metódica. Enrola. Espreme. Enrola. Espreme. Assim que terminei, dei-me conta de que não tinha motivo para continuar me escondendo ali dentro.

E era isso o que eu estava fazendo. Me escondendo. Não sabia por que, mas sentia como se minhas entranhas tivessem sido diaceradas e estivessem expostas demais. Tínhamos escapado — estávamos livres. Só isso já era motivo para comemorar, embora ainda não estivéssemos fora de perigo. Restava saber o que havia acontecido com o Archer e para onde iríamos agora. Eu tinha deixado uma vida inteira para trás em Petersburg — mamãe, a escola, os livros…

Precisava sair do banheiro antes que o Daemon achasse que eu tinha desmaiado ou algo do gênero.

Segurando a parte superior da toalha, voltei para o quarto. Daemon estava ao lado da janela, as costas retesadas como as de uma sentinela. Ele torceu o corpo, correndo os olhos por mim de cima a baixo. Mesmo com a iluminação fraca que provinha de um único abajur aceso ao lado da cama, quando ele me olhava daquele jeito era como se um holofote estivesse focado em mim. Meus dedos dos pés enroscaram sobre o carpete.

— Está melhor? — perguntou ele, sem se afastar da janela.

Assenti com um menear de cabeça.

— Bem melhor. Acho que ainda sobrou um pouco de água quente.

Um dos cantos da boca se repuxou num meio sorriso.

— Sabe que dia é hoje? — Fiz que não e ele apontou para a mesa. — Tem um calendário ali, daqueles que você vai arrancando as folhinhas. Se ele estiver certo, hoje é 18 de agosto.

— Ai, meu Deus — murmurei, profundamente incomodada. — Eu estive desaparecida… nós estivemos desaparecidos por quase quatro meses.

Ele não disse nada.

— Sabia que já fazia um tempo, só não imaginava que fosse tanto. Era tão difícil mensurar o tempo lá. Quatro meses…

— Parece uma vida, não?

— É, parece. — Aproximei-me da cama. — Quatro meses. Minha mãe deve achar que eu morri.

Ele se virou de volta para a janela, os ombros tensos. Após vários momentos de silêncio, disse:

— Consegui algumas roupas limpas. Elas estão na sacola. Acho que você vai gostar da camiseta.

— Obrigada.

— Não tem de quê, gatinha.

Mordi o lábio.

— Daemon...? — Ele se virou para mim, os olhos brilhando de maneira sobrenatural. Duas lindas contas verdes. — Obrigada por tudo. Eu não teria conseguido escapar se...

De repente, ele estava na minha frente, envolvendo meu rosto entre as mãos. Inspirei o ar bruscamente ao senti-lo colar a testa na minha.

— Não precisa me agradecer por nada. Se não fosse por mim, você jamais estaria nessa situação. Não me agradeça por algo que eu queria e precisava fazer.

— Nada disso é culpa sua — retruquei com seriedade. — Você sabe, certo?

Ele pressionou um beijo em minha testa.

— Vou tomar um banho. Se estiver com fome, tem comida na sacola também. Se não, aproveite para descansar um pouco.

— Daemon...

— Eu sei, gatinha. Eu sei. — Ele me soltou e abriu um sorrisinho arrogante. — Se alguém aparecer enquanto eu estiver no banho, não deixe entrar. Mesmo que seja o Archer, entendeu?

— Duvido que uma porta vá detê-lo.

— É pra isso que serve a arma. Não acredito que ele vá nos trair, mas não custa nada estar prevenido.

Bem colocado. No entanto, enquanto o observava pegar um par de calças de moletom e desaparecer banheiro adentro, pedi a Deus para não ter que usar a arma de novo. Se fosse obrigada, usaria. Claro! Só esperava jamais ter que repetir a experiência. Tolice, eu sabia, visto que a violência, agora presente no meu dia a dia, estava provavelmente longe de acabar.

Peguei a sacola e a levei até a cama. Enquanto me sentava e começava a vasculhar o que havia dentro, escutei a água ser aberta no banheiro. Ergui os olhos e reparei que a porta estava fechada. Um leve rubor se espalhou por minhas bochechas. Daemon estava no chuveiro. Totalmente nu. E eu enrolada numa toalha. E estávamos sozinhos pela primeira vez em meses, ainda que num motel de "beira de estrada".

Meu estômago foi parar nos pés.

O calor em meu rosto aumentou e eu gemi, exasperada.

O que diabos eu estava fazendo, pensando nesse tipo de coisa? Nos últimos dois meses, escutara o Daemon tomando banho um milhão de vezes. Não era como se estivéssemos dando uma escapadinha romântica no Ritz, a menos que fugir para salvar a própria pele pudesse ser considerado preliminar.

Balancei a cabeça, frustrada, e voltei a atenção novamente para a sacola. Encontrei uma boa variedade de doces, o que me fez piscar para conter as lágrimas, pois sabia que ele havia comprado aquelas coisas por minha causa. Céus, Daemon era tão atencioso, sempre quando eu menos esperava.

Peguei as latinhas de refrigerante e me levantei, arrumando-as sobre a mesa, juntamente com os pacotes de batatas fritas e as guloseimas doces. Sorri ao ver o que estava escrito na sacola. O sorriso aumentou ainda mais quando vi a camiseta. A sensação, porém, foi um tanto estranha, como se meu rosto fosse rachar.

Olhei de relance para o boneco de pelúcia. DB.

Retornando a verificar a sacola, encontrei um par de chinelos. Perfeito. Não queria ver aqueles tênis ensanguentados nunca mais. Meti a mão lá no fundo para ver se ainda havia mais alguma coisa, e meus dedos roçaram uma caixinha quadrada. Puxei-a para fora.

Minhas bochechas arderam ainda mais, e eu arregalei os olhos.

— Ai, ai... uau!

Escutei a água sendo fechada e, um segundo depois, Daemon apareceu só com a calça de moletom pendendo do quadril, a pele úmida e reluzente. Meu olhar foi imediatamente atraído para aquele abdômen de tanquinho e as gotas de água que escorriam sobre os gomos e desapareciam sob o cós da calça. E eu ali, só de toalha.

Segurando uma caixa de camisinhas na mão.

O rosto vermelho feito um pimentão.

Ele ergueu uma das sobrancelhas escuras.

Meu olhar recaiu sobre a caixa e, em seguida, voltei a encará-lo.

— Confiante, você, não?

— Prefiro dizer que gosto de estar preparado para qualquer ocasião.

— Daemon se aproximou da cama com um gingado que só ele conseguia empregar sem parecer um completo idiota. — Embora tenha ficado desapontado por elas não terem pequenas carinhas de alienígenas como todo o resto.

Engasguei com a respiração.

— Que tipo de hotel vende camisinhas?

— Meu tipo predileto? — Ele tirou a caixinha de meus dedos frouxos. — Você passou o tempo inteiro olhando para isso em vez de comer alguma coisa, não foi?

Eu ri — uma risada de verdade.

Daemon arregalou os olhos, o verde das íris brilhando ainda mais. A caixinha escorregou de seus dedos e caiu com um baque surdo sobre o carpete.

— Faz isso de novo — pediu ele numa voz rouca.

O som me provocou um arrepio na espinha.

— Fazer o quê?

— Rir. — Ele se inclinou ligeiramente, as pontas dos dedos roçando meu rosto. — Quero escutar sua risada de novo.

Tentei, mas meu humor se esvaiu sob a intensidade daquele olhar. Meu coração inflou como um balão amarrado por uma linha fina. Abri a boca, mas não sabia o que dizer. Todos os meus músculos tencionaram. Era como se um grupo de borboletas alojadas em meu estômago estivesse prestes a levantar voo. Levantando uma das mãos, acariciei o rosto dele. A barba por fazer pinicou minha palma, e meu coração pulou uma batida. Deslizei a mão pela curva do maxilar e continuei descendo pelos músculos retesados do pescoço até o ombro. Daemon se contraiu sob meu toque, o peito subindo e descendo visivelmente.

— Kat. — Meu nome não foi mais que um sussurro; como se ele o estivesse sugando para dentro de si, pronunciando-o como uma espécie de oração.

Não conseguia desviar os olhos, congelada. Mas, então, me estiquei na ponta dos pés e colei os lábios em sua boca. O leve roçar provocou um curto em meu sistema. Beijei-o com suavidade, me acostumando à sensação. Estranho, mas era como se aquele fosse nosso primeiro beijo. Podia sentir o sangue martelando em minhas veias, meu cérebro embotado.

Ele entrelaçou uma das mãos em meu cabelo e fechou os dedos em minha nuca. O beijo se aprofundou até o gosto dele parecer entranhado em mim, e todo o resto evaporou. Era como se não houvesse nada no mundo além de nós dois. Nenhum dos nossos problemas desapareceu de fato, mas foi como se tivessem sido colocados em modo de espera enquanto eu abria a boca para recebê-lo. A gente se beijou como duas pessoas famintas uma pela outra, o que realmente estávamos. Aqueles beijos eram intoxicantes. Daemon deslizou os dedos pelo meu maxilar e desceu pela garganta, traçando um caminho com delicadeza. Minhas mãos ávidas acariciaram seu peito, percorrendo as linhas daquele abdômen definido. O modo como ele era afetado pelo meu toque me deixava maravilhada. Daemon soltou um grunhido rouco, e eu me derreti por completo.

Ele me empurrou de costas na cama, posicionando o corpo sobre o meu e apoiando o peso num dos braços. Somente nossas bocas se tocavam numa tortura deliciosa. Já tínhamos experimentado esse tipo de intimidade antes, duas vezes, mas sentia como se agora fosse a primeira. Uma mistura de excitação e nervosismo aquecia meu sangue.

Daemon ergueu a cabeça. Entre as pálpebras semicerradas, as pupilas pareciam dois diamantes polidos acompanhando o movimento de sua mão. Minhas entranhas se contraíram quando os dedos dele se aproximaram perigosamente da borda da toalha. Cada demorada carícia por cima do tecido fazia minha pulsação martelar ainda mais. Meu olhar percorreu as maçãs salientes daquele rosto talhado e se fixaram na perfeição daqueles lábios.

Ele parou com a mão sobre o nó da toalha, os olhos perscrutando os meus.

— Não precisamos fazer isso — declarou.

— Eu sei.

— Não comprei as camisinhas imaginando que transaríamos hoje.

Abri um ligeiro sorriso.

— Quer dizer... que você não tem tanta confiança assim no seu charme?

— Tenho total confiança no meu charme. — Ele abaixou a cabeça e me beijou com suavidade. — Mas talvez esteja forçando um pouco a barra. Não quero...

Ele se calou ao sentir minhas mãos deslizando por baixo da cintura da calça, os dedos se enganchando no cós.

— Você é perfeito. Eu quero... Você não está forçando a barra.

Daemon estremeceu.

— Céus, estava rezando para que você dissesse isso. Será que isso faz de mim uma pessoa terrível?

Soltei uma curta risada.

— Não. Só comprova que você é homem.

— Ah, é? É assim? — Ele capturou minha boca novamente e, em seguida, a soltou com uma leve mordiscada. — Só comprova que eu sou homem?

— Isso mesmo — ofeguei. Arqueei as costas ao senti-lo deslizar a mão pela toalha até a bainha e subir de volta para o nó. — Certo. Você é mais do que um simples homem.

Ele soltou uma risadinha gutural.

— Era o que eu pensava.

Podia sentir o sopro quente de sua respiração contra meus lábios inchados, traçando um caminho ardente pela minha garganta. Ele pressionou um beijo sobre a veia em meu pescoço. Fechei os olhos, me deixando levar pela onda de sensações. Eu precisava disso — nós precisávamos. Um breve momento de normalidade, só nós dois, juntos, como deveria ser.

Ele me beijou, distraindo minha atenção enquanto seus dedos desfaziam o nó da toalha e a abria. O ar frio em contato com a minha pele me deixou toda arrepiada. Daemon murmurou algo naquele idioma poético, uma língua belíssima que eu adoraria conseguir compreender.

Ele ergueu a cabeça, seu olhar acalmando meus pelos eriçados, me queimando de dentro para fora. O contorno de seu corpo perdeu definição, assumindo um leve brilho esbranquiçado.

— Você é linda.

Pensei em minhas costas.

— Dos pés à cabeça — acrescentou ele, como se tivesse lido a minha mente.

E talvez tivesse, pois quando o puxei pelo cós da calça, ele cedeu, colando o corpo ao meu. Pele com pele. Entrelacei os dedos em seu cabelo enquanto cruzava as pernas em torno do seu quadril.

Daemon inspirou fundo.

— Você me deixa louco.

— O sentimento é mútuo — murmurei, levantando os quadris para me esfregar nele.

Ele soltou um grunhido gutural, os músculos do braço se retesando. Com o maxilar trincado e os lábios pressionados numa linha fina, Daemon deslizou uma das mãos entre a gente. Em um segundo, o roçar suave daqueles dedos ágeis tornou-se arrebatador, fazendo minhas entranhas se contraírem de...

O quarto foi subitamente banhado por uma reluzente luz amarela, destruindo o momento.

Ele saiu de cima de mim num piscar de olhos e correu até a janela, abrindo ligeiramente a cortina para dar uma espiada. Sentei, tateando o colchão em busca da toalha. Enrolando-me novamente nela, me levantei e peguei a pistola.

Um medo profundo me subiu à garganta. Será que eles tinham nos encontrado? Segurando a toalha em volta do corpo, me virei para o Daemon, a pistola chacoalhando em minha mão trêmula.

Daemon soltou o ar num longo suspiro.

— Não foi nada... apenas um idiota com os faróis altos saindo do estacionamento. — Ele soltou a cortina e se virou. — Só isso.

Apertei a pistola em minha mão.

— Faróis?

Ele baixou os olhos para a arma.

— É, apenas isso, Annie Oakley.

A pistola parecia grudada em minha mão. Os resquícios do medo ainda faziam meu coração martelar acelerado, o horror se esvaindo lentamente de minhas veias. Dei-me conta, então, com surpreendente clareza, de que nossas vidas tinham sido reduzidas a isso. Fugir para nos defender e entrar em modo de pânico toda vez que um par de faróis se refletisse na janela, alguém batesse à porta ou um estranho se aproximasse da gente.

Agora era assim.

Minha primeira reação a um par de faróis seria pegar uma arma e me preparar para atirar — e matar caso fosse necessário.

— Kat...?

Balancei a cabeça, frustrada. Uma queimação brotou no meu estômago e subiu pela garganta. Lágrimas arderam em meus olhos. Milhões de coisas passaram pela minha cabeça. Meu peito apertou, a pressão esmagando meus pulmões com seus dedos gélidos. Um calafrio desceu pela minha espinha. Quatro meses de lágrimas não vertidas tinham se acumulado dentro de mim.

Num piscar de olhos, Daemon estava na minha frente, tirando a arma com toda delicadeza dos meus dedos petrificados. Ele a colocou de volta sobre a mesinha de cabeceira.

— Ei — disse, envolvendo meu rosto entre as mãos. — Ei, está tudo bem. Tudo certo. Não tem ninguém aqui além da gente. Estamos bem.

Eu *sabia* disso, mas o problema não era só um par de faróis reluzindo no meio da noite. Era *tudo* — a soma de quatro meses sem controle sobre nenhum aspecto da minha vida ou do meu corpo. *Tudo* havia se acumulado — o medo que nunca se esvaía por completo, o receio de acordar a cada manhã, os exames, os testes de estresse. A dor provocada pelo bisturi e o horror de ver os humanos transformados morrerem. Todas essas coisas me rasgavam por dentro. A difícil escapada durante a qual eu havia atirado em pessoas — pessoas reais, de carne e osso, com famílias e vida própria — e a certeza de que havia matado pelo menos uma. O sangue dele tinha respingado em meu rosto.

E, somando a tudo isso, havia o Blake...

— Fala comigo — pediu Daemon. Seus olhos esmeralda transbordavam preocupação. — Vamos lá, gatinha, me diz qual é o problema.

Virei a cabeça e fechei os olhos. Eu desejava ser forte. Disse a mim mesma repetidas vezes que precisava ser forte, mas não conseguia superar *tanta coisa*.

— Ei — disse ele baixinho. — Olha pra mim.

Mantive os olhos fechados, sabendo que se olhasse para ele o dique de emoções tão precariamente contidas iria explodir. Eu estava totalmente arrasada, e não queria que ele fosse obrigado a testemunhar isso.

Daemon, então, ergueu meu rosto e deu um selinho em cada uma das minhas pálpebras fechadas.

— Está tudo bem. O que quer que você esteja sentindo agora não tem problema. Eu estou aqui, Kat. Estou aqui pra você, só pra você. Está *tudo bem*.

O dique explodiu, me levando junto.

※ ※ ※

DAEMON

Senti uma fisgada no peito ao ver a primeira lágrima rolar pelo rosto dela, acompanhada de um forte soluço.

Puxei-a de encontro a mim, envolvendo-a em meus braços enquanto ela tremia com a explosão de dor e tristeza. Não sabia o que fazer. Kat não falava nada. As lágrimas não deixavam espaço para tanto.

— Está tudo bem — continuei repetindo. — Bota pra fora. Bota tudo pra fora. — Senti-me um idiota por dizer isso. As palavras careciam de peso.

As lágrimas escorriam pelo meu peito; cada uma delas me rasgava como uma faca. Com uma sensação de impotência, peguei-a no colo e a levei para a cama. Com ela ainda em meus braços, puxei o cobertor demasiadamente rústico para uma pele tão delicada e a cobri.

Kat se aconchegou a mim, entremeando os dedos nos fios em minha nuca. As lágrimas prosseguiam numa enxurrada contínua, a respiração entrecortada por soluços partindo meu coração em mil pedaços. Jamais me sentira tão impotente. Queria poder consertar isso, fazê-la se sentir melhor, mas não sabia como.

Ela havia sido tão forte durante tanto tempo que cheguei a achar que não tinha sido tão profundamente afetada. Eu era um verdadeiro idiota. No fundo, eu *sabia*. Simplesmente esperara — não, *rezara* — para que os ferimentos e cicatrizes fossem apenas físicos. Porque isso eu podia consertar — podia curar. Não sabia era como consertar as sequelas emocionais que infectavam sua alma, mas iria tentar. Eu faria qualquer coisa para livrá-la daquela dor.

Não sei quanto tempo levou até ela se acalmar, até as lágrimas secarem, os soluços diminuírem e a Kat resvalar para o sono, exausta. Minutos? Horas? Não fazia ideia.

Puxei o restante das cobertas e me estiquei ao lado dela, aconchegando-a junto a mim. Kat não se mexeu nem uma única vez durante todo o processo. Após aninhar seu rosto em meu peito, afaguei-lhe os cabelos, na esperança de que, mesmo dormindo, o carinho a ajudasse a esquecer os problemas. Sabia que ela gostava que eu brincasse com seu cabelo. Parecia algo tão insignificante, mas era tudo o que eu tinha a oferecer no momento.

Acabei pegando no sono também. Não era a minha intenção, mas, pelo visto, o desgaste das últimas seis horas viera cobrar seu preço. Devo ter dormido por horas, pois quando abri os olhos novamente, a luz do dia penetrava pelas frestas entre as cortinas. A sensação, porém, é de que tinham sido apenas uns poucos minutos.

Kat não estava mais ao meu lado.

Pisquei algumas vezes, erguendo-me nos cotovelos. Ela estava sentada na beirinha da cama, com a calça de moletom e a camiseta que eu tinha arrumado na véspera. O cabelo cascateava pelo meio das costas. As ondas balançaram ligeiramente quando ela se virou para mim e apoiou uma das pernas dobradas sobre a cama.

— Eu te acordei?

— Não. — Pigarreei e corri os olhos pelo quarto, ainda um pouquinho desorientado. — Está acordada há muito tempo?

Kat deu de ombros.

— Não muito. Já passa um pouco das dez.

— Uau! Tão tarde assim? — Esfreguei a testa com as costas da mão e me sentei.

Ela baixou os olhos para as tiras dos chinelos. Seu rosto continuava vermelho.

— Desculpa por ontem. Não pretendia te afogar com as minhas lágrimas.

— Ei. — Aproximei-me ligeiramente, passando um braço em volta da cintura dela e a puxando para junto de mim. — Eu estava precisando de um segundo banho. Foi melhor do que o primeiro.

Ela soltou uma risada rouca.

— Nada como uma bela choradeira para cortar o clima, certo?

— No que diz respeito a você, nada pode cortar o clima, gatinha. — Afastei-lhe algumas mechas de cabelo do rosto, prendendo-as atrás da orelha. — Como está se sentindo agora?

— Melhor — respondeu ela, erguendo os olhos. Eles estavam vermelhos e inchados. — Acho... acho que estava precisando desabafar.

— Quer conversar sobre isso?

Kat umedeceu os lábios, os dedos brincando nervosamente com as pontas do cabelo. Fiquei feliz ao ver que ela ainda estava usando o bracelete com a opala.

— Eu... Aconteceu tanta coisa.

Prendi a respiração, sem ousar me mover. Sabia o quanto era difícil para ela usar as palavras de vez em quando. A Kat guardava coisas demais. Por fim, ela abriu um ligeiro sorriso.

— Senti tanto medo — murmurou ela, e meu peito apertou. — Quando vi os faróis? Achei que eram eles, e surtei, entende? Foram quatro meses naquele maldito lugar. Sei que isso não é nada se comparado ao tempo que o Dawson e a Beth passaram lá, mas... não sei como eles conseguiram.

Soltei o ar lentamente. Também não sabia como eles tinham conseguido, como não tinham ficado ainda mais surtados do que estavam. Continuei calado enquanto acariciava as costas dela com movimentos longos.

Com os olhos fixos na porta do banheiro, ela permaneceu em silêncio pelo que me pareceu uma eternidade. De repente, bem devagarinho, as palavras começaram a jorrar. Os borrifos de ônix. Os exames *minuciosos*. Os testes de estresse com os híbridos e a recusa dela em participar, e o que isso havia acarretado até ela ser obrigada a enfrentar o Blake. O modo como ele a forçara a entrar na briga e a invocar a Fonte. A culpa por tê-lo matado era evidente em sua voz. Ela me contou tudo e, durante todo o relato, tive que me segurar cerca de um milhão de vezes. Uma fúria como eu jamais sentira antes revirava minhas entranhas.

— Desculpa — pediu ela, balançando a cabeça de maneira frustrada. — Não estou dizendo coisa com coisa. É só que... precisava botar tudo pra fora.

— Não precisa se desculpar, Kat. — Senti vontade de socar a parede. Em vez disso, me aproximei ainda mais até me ver sentado ao lado dela, coxa com coxa. — Você sabe que o que aconteceu com o Blake não foi culpa sua, certo?

Kat enroscava sem parar uma mecha de cabelo entre o indicador e o dedo do meio.

— Eu o matei, Daemon.

— Mas foi em legítima defesa.

— Não. — Ela soltou o cabelo e me fitou. Seus olhos pareciam vidrados. — Não foi legítima defesa, não de verdade. Ele me instigou e eu perdi o controle.

— Kat, você precisa olhar o quadro como um todo. Você vinha sendo espancada... — Dizer isso em voz alta me deixou com vontade de voltar à base e queimar tudo até não ficar pedra sobre pedra. — Você estava sob um estresse *inacreditável*. E o Blake... quaisquer que fossem os motivos dele, colocou tanto você quanto várias outras pessoas em perigo repetidas vezes.

— Você acha que ele fez por merecer?

Meu lado sádico desejava dizer que sim, pois havia dias em que era exatamente o que eu achava.

— Não sei, só sei que ele entrou naquela sala e a provocou até obrigá-la a lutar. Sei que você não queria matá-lo, nem nenhuma outra pessoa, mas aconteceu. Isso não faz de você uma pessoa ruim. Você não é um monstro.

Ela franziu o cenho e fez menção de abrir a boca.

— E, não, você não é como ele. Então, nem começa. Você jamais seria como ele. Você é uma pessoa boa, gatinha. Traz à tona o que há de melhor na gente... até em mim. — Dei-lhe uma leve cutucada, e ela esboçou um sorriso. — Só isso já faz com que você mereça ganhar o Nobel da Paz.

Ela riu e, em seguida, se colocou de joelhos. Passando os braços em volta dos meus ombros, se inclinou ligeiramente e depositou um doce beijo em meus lábios, do tipo que a gente guarda no coração a sete chaves.

— O que significa esse beijo? — Envolvi-a pela cintura.

— Minha forma de agradecer — respondeu ela, colando a testa na minha. — A maioria dos caras teria fugido no meio da noite para escapar de uma crise histérica dessas.

— Não sou como a maioria dos caras. — Coloquei-a sentada no meu colo. — Não percebeu isso ainda?

As mãos dela repousaram sobre meus ombros.

— Sou meio lenta às vezes.

Eu ri, e ela me retribuiu com um sorriso.

— Ainda bem que não me apaixonei por você por causa do seu cérebro.

De queixo caído, Kat me deu um tapa no braço.

— Que ignorância!

— Que foi? — Franzi as sobrancelhas de maneira sugestiva. — Só estou sendo honesto.

— Ah, cala a boca! — Kat roçou os lábios nos meus.

Mordisquei-lhe o lábio inferior, fazendo-a enrubescer ligeiramente.

— Hum, você sabe o quanto eu adoro quando você fica assim, toda mandona.

— Seu louco.

Espalmei as mãos na base das costas dela e a apertei de encontro a mim.

— O que vou dizer agora é meio clichê. Prepare-se.

Ela correu o dedo pela linha do meu maxilar.

— Estou preparada.

— Sou louco por você.

Kat caiu na gargalhada.

— Ai, meu Deus. Isso realmente é clichê.

— Foi o que eu disse. — Capturei-lhe o queixo e trouxe seus lábios para junto dos meus. — Adoro o som da sua risada. Isso também é clichê?

— Não. — Ela me beijou. — De forma alguma.

— Que bom! — Deslizei as mãos pela barriga dela até parar com as pontas dos dedos logo abaixo dos seios. — Porque tenho... — Uma sensação estranha espocou em minhas veias e se alastrou por todo o meu corpo.

Kat enrijeceu, inspirando o ar com força.

— Que foi?

Fechei as mãos em seus quadris, a suspendi e a botei sentada ao meu lado na cama. Em seguida, eu peguei a arma na mesinha de cabeceira e a entreguei a ela. Kat a aceitou imediatamente, os olhos arregalados.

— Tem um Luxen aí fora.

[21]

Katy

Levantei num pulo, a arma em mãos.
— Tem certeza? — perguntei, me encolhendo.
— Ok. Pergunta idiota.
— Não foi...
A porta chacoalhou com uma forte batida. O susto foi tanto que quase soltei a pistola. Daemon me lançou um olhar preocupado, e eu corei. Realmente precisava me acalmar. Inspirei fundo e assenti com um menear de cabeça.

Ele andou até ela silenciosamente, com a graça de um predador letal. E lá estava eu, mal me equilibrando nas próprias pernas. Aproximei-me devagarinho, dizendo a mim mesma que estava preparada para usar a arma caso necessário. Recorrer à Fonte seria tão perigoso quanto e ainda mais arriscado. Um tiro atrairia a atenção, mas, com sorte, só do pessoal nas redondezas.

Daemon se inclinou e deu uma espiada através do olho mágico.
— Que merda!
— Que foi? — Meu coração pulou uma batida.
Ele me lançou um olhar por cima do ombro.
— É o Paris... aquele que trabalha com o Luc.

Levei alguns segundos para me lembrar do cara — o Luxen louro e gato com o Luc na boate.

— Ele pode ser considerado amigo?

— Veremos. — Daemon empertigou os ombros e abriu a porta um tiquinho. Não dava para ver nada além das costas dele, para variar nuas, o que pelo menos era uma bela visão. — Estou surpreso em te ver por aqui — alfinetou ele.

— E por acaso vocês deveriam estar aqui? — rebateu o cara.

— Me diga você. Qual o motivo da visita? Me dê uma boa razão para não te mandar dessa para melhor.

Minhas palmas estavam suadas. Daemon jamais faria isso com o Paris. Espera um pouco. Faria, sim, quer fosse arriscado ou não.

— Porque isso chamaria atenção demais — retrucou Paris numa voz tranquila. — Além do mais, não estou sozinho.

A julgar pelo modo como os ombros relaxaram um pouquinho, Daemon devia ter visto mais alguém. Ele deu um passo para o lado e disse:

— Bom, entrem.

Paris entrou no quarto a passos largos e determinados e olhou para mim, ainda empunhando a arma.

— Bela camiseta!

Baixei os olhos para meu peito, tendo esquecido que eu estava usando a camiseta com os dizeres sobre alienígenas.

— Obrigada.

Archer entrou em seguida, com cara de quem já tinha tomado um banho. Não parecia nem um pouco um sujeito que havia passado a noite correndo pelo deserto. Fui tomada por uma súbita e desconfortável desconfiança. Ele olhou para o Daemon.

— Estamos interrompendo alguma coisa?

Daemon estreitou os olhos e fechou a porta.

— O que está acontecendo?

Archer meteu a mão no bolso da calça jeans e puxou um estojo de vidro.

— Aqui está o LH-11. Acho que vocês deveriam fazer as honras. — Ele se virou para mim. — Está pretendendo atirar em mim, Katy?

— Talvez — murmurei, mas abaixei a arma e me sentei na beirinha da cama. — Onde você estava?

Ele franziu o cenho enquanto Paris dava um giro pelo quarto com uma careta de nojo.

— Bom, passei uma boa parte da noite tentando tirar os militares da minha cola. E depois, quando já estava vindo para cá, esbarrei no nosso amigo aqui.

— Acho que amigo é uma palavra muito forte pra ele — comentou Daemon, parando ao meu lado.

Paris levou uma das mãos ao peito.

— Assim você me magoa.

Daemon revirou os olhos e, num tom mais baixo, acrescentou:

— Pode soltar a arma agora, gatinha.

— Ah! — Corei. Estendi o braço e botei a arma sobre a mesa. Em seguida, me virei para o Archer. — Acho que precisamos te agradecer... por tudo. — Esperei que meu namorado se manifestasse também. Ao vê-lo calado, dei-lhe um chute na perna.

— Obrigado — murmurou Daemon.

Archer esboçou um ligeiro sorriso. Era a primeira vez que eu o via sorrir de verdade. Fiquei chocada com o quanto a expressão o fazia parecer mais jovem.

— Você não faz ideia de como fico feliz em escutá-lo dizer isso, Daemon.

— Posso imaginar.

— Falando sério — intervim. — Estamos superagradecidos. Jamais teríamos conseguido escapar se não fosse por você.

Ele assentiu em reconhecimento.

— Não fiz isso só por vocês.

— Se importa de explicar? — pediu Daemon.

Paris bufou e se aboletou no tampo da mesa. Graças a Deus a coitada não cedeu sob o peso dele, amarrotando suas calças bem passadas.

— Vocês acham que o Archer gostava de ser o exemplo perfeito para o Daedalus de como um original deve se comportar?

— Acho que não. — Daemon se sentou ao meu lado. — E nem o Luc.

Paris ergueu um dos ombros esguios.

— Assim como imagino que você não gostou nem um pouquinho de ser o perfeito criador de mutantes, certo?

— Ah, é, a Nancy estava caidinha por você. — Archer cruzou os braços. — Você era o Luxen dos ovos de ouro dela. Quantos humanos você transformou no pequeno período que passou lá? Mais do que qualquer outro Luxen, aposto.

Daemon enrijeceu.

— Isso não tem nada a ver com a nossa situação aqui. Por que você está nos ajudando? E por que apareceu com o Paris?

— E cadê o Luc? — acrescentei, imaginando que ele não devia estar longe.

Paris sorriu.

— Ele está por aí em algum lugar.

— Não temos muito tempo para todas as suas perguntas, mas posso dar a vocês um pequeno resumo — disse Archer. — Eu devo ao Luc um favor, e o Paris está certo. *Você* estava certa, Katy. Trabalhar com o Daedalus significa abrir mão de uma vida própria. Eles controlam todos os aspectos da sua existência. Como eu fui criado não vem ao caso. — Abriu os braços, as palmas voltadas para cima. — O que importa de verdade é *viver*.

— Por que agora? — perguntou Daemon, o tom de voz traindo a desconfiança.

— A pergunta do ano, não? — intrometeu-se Paris, sorrindo como se tivesse ingerido algumas pílulas da felicidade ou algo do gênero. — Por que o Archer escolheria esse exato momento para arriscar tudo... o pouco de vida que ele tinha?

Archer lançou um olhar irritado na direção do outro Luxen.

— Muito obrigado pelo esclarecimento, Paris. Escapar do Daedalus não é fácil. Com exceção do Luc e de alguns poucos mais, ninguém nunca conseguiu. Eu poderia ter fugido uma centena de vezes, mas eles teriam me encontrado. Precisava de uma distração.

Foi então que me toquei.

— Você nos usou para conseguir essa distração.

Ele anuiu.

— A Nancy e o sargento Dasher vão se preocupar mais em encontrar você e o Daemon. Eu não vou estar no topo da lista de prioridade deles.

Parte da tensão do Daemon se esvaiu.

— A Nancy falou que tem alguns originais aí soltos pelo mundo fingindo ser seres humanos normais.

— Verdade — confirmou Asher. — Duvido que eles venham a ser um problema no momento. Eles fazem parte da elite, portanto provavelmente não chegarão muito perto de nenhum de nós.

Havia algo que eu ainda não tinha entendido direito.

— Por que o Luc não pediu para você arrumar o LH-11? Ele poderia tê-lo ajudado a se esconder.

Paris riu baixinho.

— Você acha que existe alguma lógica na loucura do Luc?

— Eu esperava que sim — murmurou Daemon, correndo uma das mãos pelo cabelo.

— Na verdade, existe sim. Além do fato de que eu podia dar uma de espião para o Luc... e mantê-lo a par de algumas outras coisas que o Daedalus vinha fazendo, eu sabia que eles tinham alterado a fórmula do LH-11, e era essa nova versão que ele queria, o Prometeu. Nunca tinha tido acesso a ela. Ninguém tinha. Pelo menos não até vocês aparecerem — disse Archer para o Daemon. — Foi, digamos assim, a tempestade perfeita para todo mundo. Mas eu não faço ideia do que o Luc quer com a droga.

— E eu não perguntaria a ele — acrescentou Paris sombriamente.

Estremeci ao escutar o tom que ele usou, mas então lembrei de algo que o Archer tinha dito.

— E quanto aos Luxen... os que, segundo o sargento Dasher, querem dominar o planeta? Isso é verdade?

Archer lançou um olhar de relance para o Daemon.

— É, sim, e parece que seu amiguinho aqui conhece um deles.

Daemon estreitou os olhos.

— Fique fora da minha mente.

Virei-me para ele.

— Do que ele está falando?

— É uma coisa que o Ethan White disse. Lembra dele? — perguntou Daemon, e eu fiz que sim. Tinha encontrado o antigo por um breve momento. — Quando deixei a colônia para procurar você, ele falou algo sobre o fato de que a Terra não pertenceria aos humanos para sempre, mas não dei muita atenção na hora, porque, vamos lá... Tenho certeza de que existem Luxen que adorariam assumir o controle do planeta, mas isso jamais vai acontecer.

Archer não me pareceu muito convencido e, na verdade, nem eu também. De repente, o original inclinou a cabeça ligeiramente de lado.

— Falando no diabo...

Segundos depois, a porta do quarto se abriu. Daemon levantou num pulo, os olhos resplandecendo com um brilho branco, enquanto eu, com o coração na boca, estendia o braço para pegar a arma.

Luc entrou segurando uma sacola plástica e uma caixa rosa. O cabelo estava preso num rabo de cavalo, e um sorriso de orelha a orelha iluminava o rosto angelical.

— E aí, pessoal — cumprimentou ele, todo animado. — Trouxe rosquinhas!

Pisquei lentamente, tentando em recobrar.

— Pai do céu, você quase me deu um ataque cardíaco.

— Tenho certeza de que tranquei a porta — rosnou Daemon.

Luc soltou a caixa de rosquinhas sobra a mesa e eu as fitei como se elas tivessem as respostas para os mistérios da vida.

— E tenho certeza de que ela estava aberta, me convidando a entrar. Oi, Katy.

Dei um pulo ao escutar meu nome.

— Oi, Luc...

— Olha só o que eu comprei. — Ele meteu a mão na sacola e tirou uma camiseta igualzinha à minha. — Agora podemos ser gêmeos de alma.

— Ahn... Legal.

Os lábios do Paris se curvaram num meio sorriso.

— Você realmente pretende usar isso?

— Claro! Todos os dias da minha vida. É irônico. — Luc correu os olhos ametista pelo quarto e voltou a pousá-los em mim. — Agora, se não me engano, vocês têm um presentinho pra mim, certo?

Daemon soltou um assobio e pegou o estojo de vidro. Em seguida, o jogou para o Luc, que o capturou no ar.

— É isso aí.

LUX 4 ORIGINAIS

O garoto abriu o pequeno e estreito objeto, exalando o ar lentamente. De forma reverente, fechou-o de novo e o guardou no bolso de trás da calça jeans.

— Obrigado.

Tinha a impressão de que, tal como o Daemon, ele não dizia isso muito.

— Então… o que a gente faz agora? — perguntei.

— *Beeem…* — Luc pronunciou a palavra de modo arrastado. — A merda agora vai pegar pra valer. O Daedalus não vai poupar dinheiro nem pessoal para botar suas mãozinhas gananciosas em vocês, Daemon. Eles vão revirar essa cidade inteira. Na verdade, já começaram. E vão usar todo e qualquer meio para arrastá-los de volta.

Daemon enrijeceu.

— Eles vão atrás da minha família, não vão?

— Bem provável — retrucou o jovem mafioso. — Na verdade, pode contar com isso. Mas aí! — Ele se virou para o Archer tão rápido que o outro original recuou um passo. — Consegui um novo transporte pra gente.

— Não brinca! — replicou o soldado.

— E tem espaço bastante para nós cinco. — Luc se virou de novo para mim e o Daemon com um sorrisinho diabólico que não podia significar boa coisa. — Tenho uma surpresinha para vocês. Mas, primeiro, sugiro que você vista alguma coisa. — Meteu a mão na sacola, puxou uma camiseta e a jogou para o Daemon. A camiseta era simples, totalmente branca. — Eu e a Katy ficamos superbem com essas camisetas de alienígenas. Mas você ficaria com cara de idiota. Pode me agradecer depois.

Ponderei como diabos o Luc sabia que o Daemon tinha comprado uma dessas para ele também.

— E comam as malditas rosquinhas. A ordem não faz diferença.

Daemon franziu o cenho. De minha parte, estava feliz em comer. Dei uma espiada na caixa. Com cobertura de açúcar. As minhas prediletas.

— Que tipo de surpresa? — perguntou Daemon, segurando a camiseta sem fazer a menor menção de vesti-la.

— Se eu dissesse não seria surpresa. Mas precisamos partir logo. Então comam e arrumem suas coisas. Temos alguns lugares para visitar.

Daemon bufou e olhou de relance para mim. Dava para ver que ele não estava gostando nem um pouco do jeito mandão do Luc, mas eu estava com a boca cheia daquela delícia açucarada, de modo que realmente não tinha nada a acrescentar no momento.

Por fim, ele assentiu.

— Certo, mas se você...

— Eu sei. Se eu trair vocês, você vai encontrar uma forma de tornar minha morte lenta e dolorosa. Já entendi. — Luc deu uma piscadinha. — Considero-me avisado.

— A propósito — interveio Archer enquanto Daemon se debruçava por cima do meu ombro e vasculhava a caixa de rosquinhas. — Não vai esquecer a caixa de camisinhas no chão.

Meu olhar foi imediatamente para o chão. Lá estava ela, no lugar exato onde Daemon a deixara cair na véspera. Meu rosto entrou em chamas e quase engasguei com a rosquinha, enquanto a risada do meu namorado ecoava em meus ouvidos.

※ ※ ※

DAEMON

Certifiquei-me de não esquecer as camisinhas quando empacotei nossas coisas na sacola com dizeres sobre alienígenas. O rosto da Kat continuava um pouco vermelho, e precisei de toda a minha força de vontade para não implicar com ela por causa disso. Resolvi pegar leve porque, no fundo, ela estava uma graça parada ali, com aquela camiseta idiota e os chinelos de plástico, abraçando o boneco de pelúcia junto ao peito.

Com um braço em torno dos ombros dela, saímos ao encontro do brilho forte do sol de agosto.

Archer passou por nós, o olhar recaindo rapidamente na sacola em minhas mãos.

— Bela sacola!

— Cala a boca — retruquei.

Ele bufou.

Assim que contornamos o motel, tive o primeiro vislumbre do nosso meio de transporte.

— Uau! Esse é o nosso carro?

Luc jogou a camiseta sobre o ombro e deu um tapinha no para-choque de um Hummer preto.

— Gosto de pensar que ele combina comigo.

Kat trocou o boneco de braço enquanto avaliava aquela monstruosidade.

— Você veio dirigindo esse esmagador de cidades desde a West Virginia?

Ele riu.

— Não. Peguei emprestado no caminho.

Certo. Tinha a sensação de que o Luc havia "pego emprestado" aquele monstro da mesma forma que eu tinha "pego emprestado" o carro do Matthew. Contornei o lado do motorista e abri a porta de trás para a Kat.

— Acha que consegue escalar essa coisa sozinha?

Ela me lançou um olhar irritado por cima do ombro, me fazendo rir. Com um balançar de cabeça frustrado, segurou-se na moldura da porta e içou o corpo. Claro que, sendo um cara prestativo, ajudei-a com um empurrãozinho estratégico.

Kat virou a cabeça, as bochechas vermelhas.

— Às vezes acho que você é um cachorro no cio.

Dei uma risadinha e me aboletei ao lado dela.

— Lembra do que te falei sobre me fazer um carinho?

— Lembro.

— Mantenha isso em mente para mais tarde. — Estendi o braço e peguei o cinto de segurança antes que ela tivesse a chance.

Kat soltou um suspiro e tirou os braços do caminho.

— Sou totalmente capaz de fazer isso, você sabe.

— Que gracinha! — comentou Archer, parado diante da porta traseira do lado do carona. Em seguida, entrou e se ajeitou do outro lado da Kat.

— Tenho um bom motivo para fazer por você — respondi, ignorando-o e puxando a faixa que prendia a cintura por cima do colo dela. Kat soltou um ofego ao sentir minhas mãos roçarem a região do seu baixo-ventre. Ofereci-lhe um sorrisinho sacana e prendi o cinto. — Entendeu agora?

— Como eu disse, um cachorro no cio — murmurou ela. Seus olhos cinza, porém, emitiam um suave brilho.

Plantei um beijo em sua testa e levantei o braço. O cinto estava frouxo o bastante para que ela pudesse se aconchegar a mim.

— Então, a surpresa era o carro? Acho que posso aceitar isso.

Sentado no banco do carona, Luc riu.

— De jeito nenhum. Estou pensando em ficar com ele.

— Recoste-se e aproveite o passeio — interveio Paris, ligando o carro. — Na verdade, é um trajeto meio chato. Tirando os avisos engraçados sobre alienígenas na rodovia e talvez uma ou duas vacas, não tem muito o que ver.

— Fantástico. — Enquanto ajeitava as pernas, olhei para o Archer. Ele tamborilava os dedos nos joelhos da calça jeans, os olhos fixos no encosto de cabeça do banco da frente. No fundo, não confiava em ninguém ali, não cem por cento. Eles podiam estar nos conduzindo de volta para a Área 51.

Archer se virou para mim. *Não vamos trair você nem a Katy.*

Estreitei os olhos. *Pela última vez, fique fora da minha mente.*

Pedido difícil. Você tem uma cabeça tão grande! Seus lábios se repuxaram num dos cantos e ele voltou a encarar o banco da frente. *Além do mais, como eu poderia levá-los de volta? Você viu o que eu fiz para nos tirar de lá.*

Bom argumento. *Pode ser uma armação, como foi com o Blake. Ele fez a mesma coisa.*

Não sou o Blake. Quero me livrar deles tanto quanto vocês.

Não respondi. Com os olhos focados na janela, observei as pequenas casas e as placas indicando fontes de águas termais passarem feito um borrão até, por fim, desaparecerem e eu me ver cercado apenas por arbustos baixos e terra avermelhada. Mas só relaxei depois que passamos por uma placa indicando nossa direção.

— Las Vegas? Quer dizer que vamos apostar e assistir a um daqueles shows de flamingos?

Luc fez que não.

— Só se você quiser.

LUX 4 ORIGINAIS

Não saber para onde estávamos indo ou o motivo era como uma pedra em meu estômago. Mantive-me em alerta, os olhos pregados na estrada, verificando qualquer veículo suspeito que se aproximasse demais. Kat pegou no sono uns onze quilômetros após partirmos em nossa viagem de quase duas horas. Peguei o boneco antes que ele caísse no chão, aliviado por ela estar conseguindo descansar um pouco. Ela precisava.

Ficava tenso sempre que passávamos por um carro de polícia, esperando que eles nos mandassem parar por algum motivo, quer fosse o roubo do carro ou a morte de vários militares. Mas ninguém nos parou. Nada aconteceu durante todo o trajeto, exceto uma típica discussão de marido e mulher entre Luc e Paris por causa do rádio. Não conseguia entender aqueles dois. Mas também não conseguia entender nem a mim mesmo.

Pensei nas coisas mais loucas no percurso até Vegas, loucas mesmo, totalmente absurdas. Talvez fosse o fato de haver duas pessoas no carro capazes de ler meus pensamentos que me fazia pensar em coisas que eu não gostaria que ninguém tivesse acesso.

Tudo começou quando tirei os olhos da janela e os baixei para o colo. A mão esquerda da Kat estava fechada sobre minha coxa. Por vários minutos, não consegui desviar os olhos. O que havia de tão especial naquela mão esquerda? Era uma simples mão, e embora a da Kat fosse particularmente bonita, não era isso.

Era o que se costumava usar na mão esquerda, no dedo anular.

Deus do céu, pensar em anéis e mão esquerda me deixava com vontade de pular do carro e dar umas cem voltas correndo em torno de um campo de futebol. Casar com a Katy... *casar*? Meu cérebro empacava na palavra, mas não seria terrível. Não, longe disso. Seria meio que... perfeito.

Passar o resto da minha vida com a Kat era algo que eu planejava. Não tinha a menor dúvida quanto a isso. Ela era a única que eu conseguia ver em meu futuro. A ideia de dar esse passo não me fazia suar frio. Talvez porque minha espécie tivesse o costume de casar jovem, logo após terminarmos o ensino médio, e nossa versão de casamento não fosse muito diferente da dos humanos.

Mas éramos jovens demais. Ainda cheirando a leite, diria Matthew.

Por que diabos eu estava pensando nisso agora, em meio à confusão que se tornara nossas vidas? Talvez o caos e a incerteza sobre o futuro me fizesse pensar nessas coisas. Querer selar logo o acordo, por assim dizer. Odiava pensar nisso, mas talvez não tivéssemos mais dois anos para decidirmos nos casar.

Balancei a cabeça para afastar esses pensamentos, apertei a Kat de encontro a mim e foquei os olhos na estrada. Quando os arranha-céus finalmente surgiram ao longe, acordei-a com delicadeza.

— Ei, dorminhoca, dá só uma olhada.

Ela levantou a cabeça do meu ombro e esfregou os olhos. Após piscar umas duas vezes para afastar o restante do sono, inclinou-se e olhou pelo para-brisa. Seus olhos se arregalaram.

— Uau... Nunca estive em Las Vegas.

Luc se virou no banco, sorrindo.

— É mais bonito à noite, com todos os prédios iluminados.

Os olhos dela se encheram de expectativa, mas ela se recostou de volta, deixando os ombros penderem. Por mais que eu adorasse a ideia de levá-la para dar uma volta pela cidade, estava fora de cogitação. Seria arriscado demais.

Inclinei-me e, pressionando os lábios junto ao ouvido dela, cochichei:

— Da próxima vez. Prometo.

Ela se virou ligeiramente e fechou os olhos.

— Vou cobrar.

Beijei-a no rosto, ignorando o olhar especulativo que o Archer me lançou. Assim que entramos em Vegas, Kat se esticou por cima de mim a fim de tentar ver o máximo possível. As palmeiras que ladeavam a Strip deviam ser familiares, porém o navio pirata diante da Ilha do Tesouro não era algo que se visse todo dia.

Passamos uma eternidade presos no congestionamento, o que normalmente me deixaria com vontade de arrancar os olhos de impaciência, mas até que não foi tão ruim. Não com a Kat praticamente quicando no meu colo, apontando para famosos pontos turísticos, tais como o Bellagio, o Caesar's Palace e a Torre Eiffel de Paris.

Eu estava no paraíso.

Infelizmente, minha versão de paraíso vinha com plateia. Merda!

Ao alcançarmos os subúrbios de Vegas, comecei a ficar preocupado com a porcaria da surpresa, especialmente depois que o Paris saiu da avenida principal e pegou uma rua que contornava o country club e um enorme campo de golfe. Continuamos seguindo, nos afastando cada vez mais do burburinho da cidade. Não havia nada nos arredores exceto por um punhado de mansões espalhadas, até que, de repente, um muro de uns seis metros de altura surgiu do nada, uma reluzente estrutura de arenito.

Inclinei-me para a frente, apoiando uma das mãos no encosto do banco do Paris.

— Aquilo entremeado na pedra é quartzo-beta?

— Pode apostar.

Kat olhou de relance para mim, arregalando os olhos ao perceber o Paris diminuir a velocidade diante de um portão de ferro forjado com pequeninas pedras de quartzo incrustadas. Eu jamais tinha visto nada semelhante.

Paris apertou o botão do interfone e disse:

— Toc. Toc. Toc.

Seguiu-se um ruído de estática e, então, uma voz feminina respondeu.

— Quem está aí?

Kat se virou para mim, erguendo apenas uma das sobrancelhas. Dei de ombros.

— A vaca inconveniente — respondeu Paris, olhando para o Luc, que balançou a cabeça, frustrado.

A voz soou novamente através do interfone.

— A vaca incon...?

— Múúúú — retrucou Paris, rindo.

Kat soltou uma risadinha.

Archer revirou os olhos e balançou a cabeça como quem diz "idiota". Um sonoro bufar soou através do interfone.

— Que idiotice! Estou abrindo o portão. Só um segundo.

— Isso foi definitivamente imbecil — comentei.

Paris riu.

— Vi na internet e ri à beça. Conheço outras. Quer escutar?

— Não — respondi ao mesmo tempo que o Archer. Pelo menos concordávamos em alguma coisa. Hum, vai entender.

— Quem perde são vocês. — Paris passou a primeira marcha assim que os portões se abriram. — E essa nem é a melhor.

— Eu gostei — comentou Kat, rindo quando a fuzilei com os olhos. — Me fez rir.

— Você é fácil de agradar — retruquei.

Ela fez menção de me dar um tapa no braço, mas capturei-lhe a mão. Entrelacei nossos dedos e dei uma piscadinha. Ela balançou a cabeça, frustrada.

— Você não me agrada facilmente.

Eu até teria acreditado se ambos não soubéssemos que era mentira.

Levei alguns segundos para perceber que o asfalto do caminho também era incrustado com quartzo-beta. A primeira casa pela qual passamos, uma estrutura modesta, dava a impressão de ter sido mergulhada em quartzo — desde o telhado, passando pelas venezianas até a porta da frente.

Puta merda!

Uma vez que não havia nenhuma formação natural de quartzo-beta nas proximidades, ele tinha que ter sido trazido de fora a fim de proteger uma comunidade Luxen.

— Você não sabia da existência disso? — A voz do Luc transbordava surpresa.

— Não. Quero dizer, não é que pareça impossível vê-lo sendo usado desse jeito, só que deve ter custado uma pequena fortuna. Mas eu realmente não sabia que havia uma comunidade Luxen aqui.

— Interessante — murmurou Luc, trancando o maxilar.

Paris olhou de relance para ele, mas não entendi o significado da troca de olhares.

— Nem o Daedalus — informou Archer. — Um esconderijo perfeito. Bem debaixo do nariz deles.

— Isso é loucura. — Fiz que não enquanto passávamos por outras casas revestidas em quartzo, cada uma maior que a anterior. — Como eu podia não saber sobre isso? Você conhece alguém aqui, Luc?

Ele fez que não.

— Na verdade, não. Tenho alguns... amigos no Arizona, mas precisamos fazer uma paradinha aqui primeiro. Esperar as coisas se acalmarem por alguns dias para que a viagem não seja tão arriscada.

— Então daqui a gente vai pro Arizona? — perguntou Kat, olhando do Luc para mim.

Luc deu de ombros.

— É uma possibilidade. É lá que o Archer vai se esconder por um tempo, mas a decisão é de vocês. Podem aceitar minha oferta de hospitalidade ou me mandar enfiá-la no rabo.

Kat franziu o cenho.

— Pra mim tanto faz — acrescentou ele.

Ela balançou a cabeça ligeiramente, intrigada.

— Não entendo por que vocês assumiriam um risco tão grande só para nos ajudar.

Boa colocação.

Luc a fitou por cima do ombro.

— Temos um inimigo em comum, e juntos somos mais fortes. Como nos filmes de terror.

Comecei a imaginar os Luxen escondidos dentro de casa ou atrás dos muros altos que cercavam a maioria dos jardins dos fundos. Não conseguia acreditar nisso — uma comunidade inteira supostamente invisível ao Daedalus e protegida dos Arum por depósitos de quartzo-beta confeccionados manualmente.

Era de dar um nó na mente de qualquer um.

Quando por fim chegamos a outro muro, o portão se abriu automaticamente. A casa, se é que dava para chamar aquela monstruosidade de casa, surgiu à frente como uma miragem.

— É aí que vamos ficar? — perguntou Kat com uma expressão maravilhada. — Isso é um palácio!

O comentário me fez sorrir.

O lugar realmente era um absurdo. Devia ter uns 650 metros quadrados, se não mais, com três andares, uma abóboda encimando a parte do meio e uma ala para cada lado. Tal como as outras casas, ela era de arenito branco incrustada com quartzo-beta. E com um muro alto bloqueando o que quer que existisse atrás.

Paris cruzou o caminho de entrada e parou no meio de um balão de retorno diante dos degraus da frente. O centro do balão ostentava uma escultura de mármore de um golfinho. Estranho.

— Certo, crianças, chegamos! — Luc abriu a porta do carona e subiu correndo os degraus. Ao alcançar o pórtico, virou-se para nós. — Ficar esperando aqui não vai me deixar mais jovem.

Inspirei fundo e dei a mão a Kat.

— Pronta?

— Pronta. — Ela me ofereceu um ligeiro sorriso. — Estou curiosa para ver como é lá dentro.

Eu ri.

— Aposto que é um exagero de opulência.

— Eu também — murmurou Archer, saltando do carro.

Saltamos também e contornamos o Hummer. Kat pegou a sacola e guardou o boneco dentro dela, deixando só a cabeça de fora. Com um leve aperto em sua mão, subi os degraus, me preparando para Deus sabe o quê. O modo como Luc sorria me deixou apreensivo. Ele parecia...

A sensação que desceu pela minha espinha foi reconfortante e familiar, mas totalmente impossível. Assim como a descarga súbita de energia que me fez soltar a mão da Kat. Não podia ser!

Recuei um passo, me distanciando da porta.

Kat se virou com uma expressão preocupada.

— Que foi? Qual é o problema?

Continuei olhando para a porta, sem saber o que dizer. Tudo o que consegui foi balançar a cabeça uma vez. Eu estava em parte extasiado e em parte horrorizado pelo que estava sentindo — esperava que fosse só minha imaginação.

Kat se postou ao meu lado e tocou meu braço.

— O que...?

A porta vermelha se abriu e uma figura surgiu do interior sombrio. Minhas suspeitas foram confirmadas.

— Viajamos toda essa distância para salvar vocês, mas vocês acabaram salvando a si mesmos antes que tivéssemos a chance de fazer qualquer coisa. — Dee plantou as mãos nos quadris e ergueu ligeiramente o queixo de maneira teimosa. — Bela forma de roubar toda a glória para si, Daemon.

Luc bateu palmas.

— Surpresa!

[22]

Katy

Daemon estava tão chocado que não emitiu uma só palavra. Eu também. Os únicos que não estavam boquiabertos com a aparição da Dee eram o Luc e o Paris. Até mesmo o Archer estava de queixo caído, mas imaginei que isso tivesse mais a ver com a beleza da irmã do Daemon do que com o que a presença dela ali significava para ele.

E a Dee era extraordinariamente linda. Com aqueles cachos negros e brilhantes emoldurando um rosto exótico, e olhos tom de esmeralda, ela era estonteante. Uma versão mais feminina e delicada do Daemon e do Dawson, Dee fazia qualquer um parar e virar a cabeça, quer fosse humano, alienígena, híbrido e, pelo visto, original.

Archer estava com cara de quem tinha acabado de ver o menino Jesus na manjedoura ou algo do gênero.

Dee passou pela porta como um tufão, com lágrimas escorrendo pelas bochechas rosadas. Recuei bem a tempo. Ela se lançou de longe sobre o irmão e o envolveu pelo pescoço num abraço apertado.

— Jesus! — exclamou ele, as palavras abafadas por todo aquele cabelo. — O que você está fazendo aqui?

— O que você acha? — respondeu ela numa voz embargada. — A gente precisava fazer alguma coisa. Mas, como sempre, você tinha que se antecipar, né, seu panaca?

À beira das lágrimas, levei as mãos ao peito e soltei um leve ofego ao ver outra forma aparecer e sair para o pórtico. Não conseguia acreditar no quanto... no quanto o Dawson estava diferente. Ele tinha engordado e cortado o cabelo. Com o rosto já não mais encovado e sem as olheiras, Dawson era a cópia exata do irmão.

Daemon ergueu a cabeça como se tivesse sentido a aproximação. Abriu a boca, mas não disse nada. Nenhum de nós esperava vê-los ali. Tal como eu, meu namorado provavelmente achava que jamais veria os irmãos de novo.

Dawson atravessou a distância que os separava e passou os braços em volta dos dois. As três cabeças se uniram. Daemon mantinha um dos punhos fechados nas costas da camiseta da Dee e o outro na do Dawson.

— Então é verdade — disse Dawson, sorrindo. — Que diabos, mano? Sempre um passo na minha frente, hein?

Daemon fechou a mão em torno da nuca do irmão e pressionou a testa contra a dele.

— Seu idiota — replicou, soltando uma risada estrangulada. — Você já devia saber. Tenho sempre tudo sob controle.

— É verdade, mas espera um pouco... estou puta com você! — Dee se afastou e deu um soco no peito do Daemon. — Você podia ter sido morto! Seu cretino, imbecil, panaca. — Socou-o de novo.

Archer se encolheu e murmurou:

— Ai, essa garota... essa garota sabe bater.

— Ei! — Daemon capturou a mão da irmã, rindo. — Pode parar. Como está vendo, eu não morri.

— Eu estava preocupada, seu babaca. — Dee afastou o cabelo do rosto e inspirou fundo. — Mas está perdoado, afinal, você está inteiro e, aparentemente, bem, e está aqui. Mas se fizer isso de novo...

— Certo — interveio Dawson, envolvendo a irmã pelo pescoço e a obrigando a se virar. — Acho que ele entendeu. Nós *todos* entendemos.

Dee se desvencilhou e correu os olhos pelo Paris e pelo Luc. Não lhes deu muita atenção, mas ao notar o Archer seu olhar se demorou sobre ele por alguns instantes antes de seguir em frente. Eu tinha me mantido fora da reunião, perto de uma das pilastras. Não achava que a Dee tinha sequer me visto, não até então.

Num piscar de olhos, ela praticamente me nocauteou. Tinha me esquecido de como eram seus abraços. Para alguém com a compleição de uma bailarina, ela era ridiculamente forte. E seus abraços... bem, já fazia um bom tempo que eu não recebia um daqueles abraços de urso.

Pega de surpresa, demorei a retribuir, mas então larguei a sacola e joguei os braços em volta dela. Fechei os olhos com força para conter a súbita vontade de chorar. Parte da dor que eu sentia pelo que havia acontecido com a Dee se aplacou, e esse alívio se espalhou por todo o meu corpo.

— Me desculpa — pediu ela, a voz embargada. — Sinto muito, muito mesmo.

— Pelo quê?

Ela ainda não havia me soltado, mas não me importei.

— Por tudo... por não enxergar o seu lado das coisas, por ficar tão absorta na minha raiva e na minha dor a ponto de te abandonar por completo. Por não dizer o quanto eu sentia a sua falta antes...

Antes que fosse tarde demais era o que ela pretendia dizer.

Piscando para afastar as lágrimas, sorri de encontro ao ombro dela.

— Não precisa pedir desculpas, Dee. Sério. Nada disso... — Bem, tinha importância, sim. A morte do Adam era relevante. — Está tudo bem agora.

Ela me apertou ainda mais e sussurrou:

— Está mesmo? Eu estava tão preocupada com você e o Daemon e o que podia...

Meus músculos contraíram de nervoso, mas me forcei a controlar a súbita descarga de medo. Nada deveria atrapalhar aquele momento de felicidade.

— Tudo bem.

— Senti sua falta.

Algumas lágrimas escaparam.

— Também senti a sua.

— Certo. Ok. Você não está deixando a Katy respirar, Dee. — Dawson puxou o braço da irmã. — E o Daemon está começando a ficar com ciúmes.

— Azar. É a minha vez de ficar um pouco com a Katy — retrucou ela, mas me largou.

Dawson trocou de lugar com a irmã. Ele me abraçou também, não com tanta força quanto a Dee, mas, ainda assim, um abraço bem apertado.

— Obrigado — disse, baixinho, e eu pude perceber a profundidade daquela simples palavra. — Espero que saiba o quanto estou agradecido por tudo o que você fez.

Sem saber ao certo se conseguiria falar, assenti com um menear de cabeça.

— Certo. Eu *estou* ficando com ciúmes — interveio Daemon, e Paris riu.

Dawson me deu um último e leve apertão.

— Estou te devendo uma.

Queria dizer a ele que não era necessário. Que eu faria tudo de novo para ajudá-lo a resgatar a Bethany, mesmo sabendo que o Blake tinha armado para a gente. Depois de ter passado um tempo com o Daedalus, sabia mais do que ninguém o quão importante tinha sido tirá-la de lá. A única coisa que eu mudaria seria a posição em que me encontrara naquele maldito corredor em Mount Weather.

Ele se afastou e o Daemon assumiu seu lugar, pegando a sacola e passando um braço em volta da minha cintura. Dawson, então, inclinou a cabeça ligeiramente de lado.

— Que raio de boneco é esse?

— Daemon achou que me faria lembrar dele — expliquei.

— Diz pra ele o nome que você deu ao boneco — pediu Daemon, plantando um beijo no topo da minha cabeça.

Meu coração pulou uma batida e minhas bochechas queimaram.

— DB.

Dee deu uma espiada no boneco por cima do ombro do Dawson.

— Ele meio que parece com você, Daemon.

— Há-há. — Tirei o boneco da sacola e o apertei de encontro ao peito. Por algum motivo, eu adorava aquela coisa idiota.

— Que tal a gente entrar? — sugeriu Luc, balançando-se nos calcanhares de seu tênis Converse. — Estou morrendo de fome.

Dee se virou e se postou do meu outro lado. Enquanto entrávamos, ela arriscou um rápido olhar na direção do Archer, que vinha logo atrás da gente. Se eu reparei, então o Daemon também devia ter percebido. O que quer que ela estivesse pensando no momento, Archer devia estar dando uma conferida.

Eu precisava colocá-la a par desse pequeno talento o mais rápido possível.

E contar que o Archer, bem, que ele era um pouquinho diferente do resto de nós.

Mesmo com a abóbada de vidro que permitia a entrada da luz do sol, o saguão amplamente iluminado estava bem mais fresco do que lá fora. Pastilhas de quartzo-beta pontilhavam o piso de cerâmica, fazendo tudo parecer *superbrilhante*. Ao ver as plantas grandes e folhosas que decoravam os cantos, senti uma vontade louca de voltar a remexer a terra.

Remexer a terra... uau, quanto tempo fazia desde a última vez? No dia da incursão a Mount Weather, certo? Tempo demais.

— Você está bem?

— Hum? — Olhei de relance para o Daemon e me dei conta de que eu devia ter parado, visto que os demais já tinham passado para a próxima sala. — Estou. Só estava pensando nos jardins.

Uma forte emoção cruzou o rosto dele. Antes que eu pudesse decifrar do que se tratava, Daemon desviou os olhos. Estendi o braço e dei um puxão na bainha da camiseta dele.

— E você? Como foi ver o Dawson e a Dee?

Ele correu os dedos pelo cabelo.

— Não sei o que pensar. — Manteve a voz baixa. — Estou feliz em vê-los, mas... merda!

Assenti, compreendendo o que ele queria dizer.

— Você não quer vê-los envolvidos nisso, certo?

— Não. De jeito nenhum.

Queria encontrar um meio de ajudar a aliviar a preocupação dele, mas sabia que não havia nada que eu pudesse dizer ou fazer. Assim sendo, estiquei-me e dei-lhe um beijo no rosto. Era o melhor que eu tinha a oferecer.

Ele me fitou com um sorriso. Fez menção de dizer alguma coisa, mas a Dee apareceu de novo na entrada do saguão.

Com uma expressão exasperada e as mãos nos quadris, ela disse:

— Certo, vocês dois. Já pra cá. Tem um pessoal na sala grande esperando para falar com vocês. O que eles querem dizer com "sala grande" eu não faço ideia, mas ela é realmente enorme.

Céus, eu sentia tanto a falta dela!

Daemon ergueu a cabeça, sorrindo.

— Acho que sei quem está esperando.

O pessoal esperando na tal sala grande era ninguém mais, ninguém menos, do que o Matthew, a Ash e o Andrew. Eu não devia ter ficado surpresa em vê-los. Todos eles — tanto o Matthew quanto os irmãos Thompson — eram como se fossem da família. Eles se fecharam em volta do Daemon imediatamente, engolindo-o, juntamente com o Dawson e a Dee.

Permaneci afastada, uma vez que esse era o reencontro dele — e um bem merecido reencontro. A sala proporcionava uma boa distração. Carpete oriental. Mais estátuas de golfinhos. Móveis incrustados com quartzo. E um sofá grande o bastante para toda a família Duggar.

Luc despencou numa espreguiçadeira e começou a mandar mensagens via celular. Paris permaneceu ao lado dele como uma sombra sorridente. Archer se manteve afastado, tal como eu, provavelmente sem saber o que fazer ao ver a Dee recomeçar a chorar.

Até mesmo a Ash estava chorando.

Esperei sentir uma fisgada de ciúmes quando Daemon a abraçou, mas não senti. Apesar do fato de que ela fazia com que chorar parecesse algo glamoroso, esse sentimento inútil já não me afetava mais. Se eu tinha uma certeza nessa vida era de que o Daemon me amava.

Matthew deu um passo à frente e segurou meu namorado pelos ombros.

— É muito bom... é muito bom ver você.

— Digo o mesmo. — Daemon fechou as mãos nos braços dele. — Sinto muito pelo seu carro.

Imaginei o que teria acontecido com o carro do Matthew, mas a curiosidade se perdeu no bolo em minha garganta. Enquanto os observava se abraçarem, lembrei do quanto o Matthew era importante para todos eles. Ele era o único pai que eles tinham conhecido.

— É difícil, não é? — perguntou Archer, baixinho.

Olhei para ele, franzindo o cenho.

— Tá lendo minha mente de novo?

— Não. Dá pra ver o que você está sentindo na sua cara.

— Ah! — Suspirei e voltei os olhos novamente para o grupinho. — Sinto falta da minha mãe, e não sei... — Sacudi a cabeça, sem querer terminar a frase.

Quando eles enfim se soltaram, Matthew foi o primeiro a se aproximar de mim. O abraço que ele me deu foi meio desajeitado, mas o apreciei mesmo assim. Em seguida, Ash e Andrew pararam na minha frente, me deixando imediatamente apreensiva. Eles jamais tinham sido meus fãs.

Ash me fitou com aqueles vibrantes e, no momento, injetados olhos azuis, provavelmente analisando meu modelito e me descartando como um verdadeiro fiasco no quesito fashion.

— Não posso dizer que estou radiante em vê-la, mas fico feliz por você estar viva.

Engasguei com a súbita vontade de rir.

— Hum... obrigada?

Andrew coçou o queixo, o rosto contraído.

— É, digo o mesmo.

Assenti com um menear de cabeça, sem a mínima ideia do que dizer. Ergui as mãos e dei de ombros.

— Bom, estou feliz em ver vocês também.

Ash riu, um som rouco.

— Não está, não, mas tudo bem. Sério, o fato de não gostarmos de você não está no topo da nossa lista de prioridades no momento.

Archer soltou um assobio baixo e desviou os olhos deliberadamente, o que lhe conquistou um imediato interesse da Ash. Linda como era, duvidava de que a maioria dos homens conseguisse resistir a ela.

Fui salva de mais cumprimentos constrangedores pela chegada de um novo elemento. A mulher tinha mais ou menos a idade do Matthew, por volta dos trinta e poucos anos, era alta e esguia e usava um vestido branco tomara que caia com uma saia rodada que descia até os tornozelos. Com cabelos louros e compridos, parecia uma modelo.

Sem dúvida outra alienígena.

Ela sorriu de modo acolhedor e entrelaçou as mãos. As pulseiras de bambu em seus pulsos retiniram ao baterem umas contra as outras.

— Fico feliz em ver que todos chegaram bem. Meu nome é Lyla Marie. Sejam bem-vindos.

Murmurei um olá enquanto o Daemon cruzava a sala e a cumprimentava com um aperto de mão. Ele era melhor nesse tipo de coisa do que eu. Quem diria? Mas ver todos ali, pessoas que eu achava que jamais veria de novo, era um tanto atordoante. Estava ao mesmo tempo feliz e confusa, com um terrível mau pressentimento encobrindo minha pele como uma camada de suor.

Aqui estávamos, todos nós, a cerca de 300 quilômetros da Área 51.

Tentei afastar esses pensamentos enquanto o Daemon apresentava o Archer, e me sentei na beirinha do sofá com DB no colo. Dee se sentou do meu lado, o rosto corado de emoção. Sabia que ela ia começar a chorar de novo.

Dawson se aproximou da Lyla.

— A Bethany foi se deitar?

Bethany? Apurei os ouvidos. Claro que ela havia vindo com ele. Em meio a tantos rostos, eu simplesmente não dera pela falta dela. Será que ela estava doente?

Lyla deu um tapinha nas costas do Dawson.

— Ela está bem. Só precisa descansar um pouco. A viagem foi longa.

Ele assentiu, embora não parecesse muito aliviado, e se virou para o irmão.

— Já volto. Vou dar uma checada nela.

— Tranquilo — retrucou Daemon, sentando-se do meu outro lado. Ele se recostou e apoiou um dos braços no encosto. — Então... como foi que isso aconteceu? Como vocês sabiam que tinham que vir para cá?

— Seus irmãos apareceram na boate e ameaçaram incendiá-la se eu não dissesse onde vocês estavam — respondeu Luc, erguendo os olhos do telefone. — Verdade, juro!

Dee se contraiu sob o olhar do irmão.

— Que foi? A gente sabia que você tinha ido lá e que ele provavelmente sabia onde vocês estavam.

— Espera um pouco — replicou Daemon, inclinando-se ligeiramente a fim de poder olhar para a irmã. — Você se formou? Espero que sim, Dee. Falando sério.

— Ei! Olha quem está falando, sr. Não Terminei o Ensino Médio. Sim, me formei. O Dawson também. Já a Bethany... ela não voltou para a escola.

Isso fazia sentido. De forma alguma eles conseguiriam explicar a presença da Bethany.

— A gente também se formou, viu? — Ash fez uma pausa, brincando com o esmalte roxo da unha. — Só achei que devia esfregar isso na cara de vocês.

Andrew correu uma das mãos pelos cabelos louros e olhou de cara feia para a irmã, mas não disse nada. Archer parecia estar se esforçando para conter o riso — ou isso ou aquilo era uma careta para o golfinho de cristal ao seu lado.

— E quanto a esse lugar? — perguntou Daemon, referindo-se à casa.

Lyla se aboletou no braço do sofá.

— Bem, conheço o Matthew desde que éramos adolescentes. A gente se manteve em contato no decorrer dos anos, de modo que quando ele me ligou e perguntou se eu sabia de um lugar onde vocês poderiam ficar, disse que poderia ser aqui.

Daemon soltou o braço entre os joelhos e olhou para o Matthew.

— Você nunca falou nada sobre isso.

Não havia nenhum vestígio de acusação no tom do Daemon, apenas curiosidade. Matthew suspirou.

— Não é algo que eu me sinta confortável em contar às pessoas. Tampouco achava que seria necessário. Simplesmente nunca aconteceu.

Daemon não disse nada por um momento; parecia estar digerindo a informação. Em seguida, esfregou o rosto com ambas as mãos.

— Vocês não deviam estar aqui.

Ao meu lado, Dee soltou um grunhido.

— Eu sabia que você ia dizer isso. Tudo bem, sabemos que estar aqui é perigoso. Mas não podíamos deixar nada acontecer com você e a Katy. O que diabos isso diria da gente?

— Vocês não pensam antes de agir? — rebateu meu namorado.

Dei-lhe um tapa no joelho.

— Acho que o que ele está tentando dizer é que não quer ver vocês em perigo.

Andrew bufou.

— Podemos lidar com o que quer que apareça.

— Na verdade, não podem, não. — Luc baixou os pés para o chão e se sentou mais empertigado, guardando o telefone no bolso. — Mas vamos esclarecer as coisas. Eles já estavam em perigo, Daemon. No fundo, você sabe. O Daedalus teria ido direto atrás deles. Não se engane. A Nancy teria aparecido de surpresa na porta deles.

Os músculos do braço do Daemon tencionaram.

— Isso eu entendo. Mas foi como sair da frigideira para cair num maldito vulcão.

— Na verdade, não — comentou Dawson, surgindo novamente à porta. Aproximou-se de mim e do Daemon com duas carteiras pretas na mão e entregou uma para cada um de nós. — Vamos ficar aqui por um ou dois dias enquanto decidimos o que fazer e para onde ir. Depois, vamos todos desaparecer. É isso o que eu entreguei a vocês. Digam olá para suas novas identidades.

[23]

Katy

Enquanto eu lia meu novo nome pela terceira vez, continuava sem conseguir acreditar. Algo acerca dele me parecia familiar. "Anna Whitt"?

Dee quicou ao meu lado.

— Fui eu que escolhi os nomes.

As coisas começaram a fazer sentido.

— Qual é o seu, Daemon?

Ele abriu a carteira e deu uma risadinha.

— Kaidan Rowe. Hum, tem uma bela sonoridade.

De queixo caído, me virei para a Dee.

— Você tirou os nomes de um livro?

Ela riu.

— Achei que você ia gostar. Além do mais, *Sweet Evil* é um dos meus favoritos. Foi você quem me indicou, portanto...

Não consegui evitar. Baixei os olhos para a foto da identidade e comecei a rir. Era uma cópia idêntica da minha carteira de motorista, apenas com endereço e estado diferentes. Por baixo estava minha verdadeira identidade — Katy Swartz — e algumas outras folhas de papel dobrado.

Céus, como eu sentia saudade dos meus livros! Queria abraçá-los, venerá-los, cheirá-los.

— Encontrei o documento verdadeiro no seu quarto — explicou Dee, batendo nele com a ponta do dedo. — Entrei sem que sua mãe me visse, peguei algumas roupas e o documento antes de virmos para cá.

— Obrigada — respondi, guardando minha nova identidade sobre a antiga. Olhar para as duas ia acabar me gerando uma crise de identidade.

— Espera um pouco... Quer dizer que meu novo nome foi retirado de um daqueles livros? — Daemon franziu o cenho. Ele também estava com sua verdadeira identidade, mas havia um cartão de banco sob ela em nome de Kaidan. — Tenho até medo de perguntar, só espero que esse não seja o nome de algum mágico ou algo tão idiota quanto.

— Não. É uma história sobre anjos, demônios, nefilins e... — Parei no meio da frase, ciente de que todos me olhavam como se tivesse surgido um terceiro olho na minha cara. — Kaidan é a personificação da luxúria.

Um lampejo de interesse cintilou nos olhos dele.

— Bem, então a escolha não poderia estar mais de acordo. — Ele me deu uma cotovelada. Revirei os olhos. — E aí? Perfeito, não?

— Eca! — exclamou Dee.

— Para todos os efeitos — interveio Dawson, se sentando no braço do sofá. — Troquei os nomes de suas contas bancárias. Também alteramos os registros escolares, de forma que embora os dois não tenham terminado o ensino médio... — Abriu um sorriso. — Ninguém jamais irá desconfiar. Vamos todos exibir novas identidades.

— Como vocês conseguiram isso? — perguntei, totalmente ignorante no que dizia respeito a criar identidades e falsificar registros.

Luc soltou uma risadinha presunçosa.

— Criar identidades falsas e forjar documentos é um dos meus vários talentos.

Olhei para o garoto, imaginando se havia algo que ele não conseguisse fazer.

— Não. — Luc deu uma piscadinha.

Estreitei os olhos.

Daemon deu uma olhada no restante dos papéis.

— Obrigado, pessoal. De verdade. Isso já é um começo. — Ergueu a cabeça, os olhos tom de jade brilhando. — Já é alguma coisa.

Concordei com um menear de cabeça, tentando não pensar em tudo que eu perderia com esse novo começo. Tipo, minha mãe. Eu precisava encontrar uma forma de vê-la.

— Ele tem razão.

Ficamos na sala por mais um tempinho colocando a conversa em dia. Ninguém mencionou nada sobre planos, acho que porque ninguém tinha uma ideia exata de qual seria nosso próximo passo. Lyla me ofereceu um tour por sua belíssima casa quando pedi para usar o banheiro, que, por sinal, era do tamanho de um quarto e dividido internamente por paredes de vidro.

Só no primeiro andar, a casa tinha mais cômodos do que qualquer ser vivo conseguiria usar. E, ao que parecia, Lyla não tinha um companheiro, de modo que aquela casa gigantesca era todinha só para ela. De braços dados comigo, Dee acompanhou a gente em nossa incursão pela cozinha americana e pelo solário.

— Você vai adorar isso — comentou Dee. — Espera só pra ver.

Lyla lançou um rápido sorriso por cima do ombro.

— Acho que a Dee passou a última semana inteirinha aqui, tentando descobrir um meio de libertar vocês, mas... ninguém conseguiu bolar um plano possível de ser levado a cabo que não terminasse com um deles sendo capturado.

Transbordando curiosidade, deixei que elas me conduzissem até o que esperava ser um local superabafado, mas em vez disso me deparei com um verdadeiro oásis.

— Ai, meu Deus... — Soltei num ofego.

Dee se balançou nos calcanhares.

— Eu disse que você ia amar. É lindo, não é?

Tudo o que consegui fazer foi assentir com um menear de cabeça. Inúmeras palmeiras de tamanho médio estavam posicionadas ao longo de um muro incrustado com quartzo, criando uma perfeita área sombreada. O espaço era retangular, com um pátio grande contendo uma churrasqueira, um fogão à lenha e várias espreguiçadeiras. Flores de tons vibrantes flanqueavam uma passagem de cascalho, assim como alguns arbustos que eu tinha visto no deserto, mas que não reconhecia. Um forte aroma de jasmim e sálvia permeava o ar. Nos fundos da propriedade havia uma piscina com um deque de pedras naturais.

Era o tipo de jardim que a gente via na televisão.

— Quando a Dee me contou que você adorava jardinagem, percebi que teríamos algo em comum. — Lyla correu os dedos pelas folhas vermelhas e amarelas de um cróton. — Eu acho que seu amor pelas plantas contagiou a Dee. Ela tem me ajudado.

— É terapêutico. — Dee deu de ombros. — Você sabe, faz com que a gente pare de pensar num monte de coisas.

Era isso o que eu adorava na jardinagem. A melhor forma de esvaziar a mente. Após analisar tudo, desde o adubo até as pedrinhas de cores neutras, segui a Dee até o segundo andar. Daemon estava com o Dawson, o Matthew e os gêmeos Thompson. Ele precisava passar um tempo sozinho com eles. Além disso, a companhia da Dee era como um bálsamo para minha alma.

A porta de um dos quartos estava fechada, e imaginei que devia ser onde a Beth estava.

— Como está a Beth? — perguntei.

Dee diminuiu o passo até ficar do meu lado. Em voz baixa, disse:

— Bem, eu acho. Mas ela não conversa muito.

— Ela...? — Uau, como fazer uma pergunta dessas sem soar insensível?

— Surtou? — sugeriu Dee, sem sinal de desprezo no tom. — Alguns dias são melhores do que outros, mas ela tem andado muito cansada ultimamente, tem dormido bastante.

Contornei um vaso enorme carregado de espadas-de-são-jorge.

— Bom, ela não pode ter pego uma gripe ou algo do gênero. A gente não fica doente.

— Eu sei. — Dee parou diante de um quarto no final do corredor. — Acho que ela ficou estressada com a viagem. Não me entenda mal, a Beth quer ajudar, mas está com medo.

— E tem todo o direito de estar. — Afastei algumas mechas de cabelo do rosto e me concentrei no quarto. A cama era grande o bastante para cinco pessoas, com uma montanha de travesseiros arrumados contra a cabeceira. — Esse é o nosso quarto?

— Hum? — Dee me fitou e, de repente, balançou a cabeça. — Desculpa. É, sim. Seu e do meu irmão. — Deixou escapar uma risadinha.

— Uau. Já faz um ano, Katy...

LUX 4 ORIGINAIS

Um ligeiro sorriso repuxou meus lábios.

— Na época, eu teria preferido furar meu próprio olho com um garfo de plástico do que dormir na mesma *casa* que o Daemon.

— Um garfo de plástico? — Dee riu e andou até o closet. — Isso é sério!

— É mesmo. — Sentei na cama e me apaixonei imediatamente pela firmeza do colchão. — Esses garfos são usados nas situações mais bizarras.

Dee prendeu o cabelo num rabo de cavalo e entrou no closet. Dava para ver algumas das minhas roupas ali.

— Peguei um pouco de tudo, jeans, camisetas, vestidos e peças íntimas.

— Obrigada. De verdade. Isso... — falei, apontando para mim mesma. — É tudo o que eu tenho. Vai ser bom vestir algo meu depois... — Deixei a frase no ar, não vendo sentido em terminá-la. Corri os olhos pelo quarto em busca de uma distração e reparei em outra porta. — A gente tem nosso próprio banheiro?

— Ã-hã. Todos os quartos são suítes. Essa casa é um absurdo. — Ela desapareceu diante do closet e ressurgiu na cama ao meu lado. — Fica meio difícil ir embora.

Eu só estava ali havia umas poucas horas e já queria adotar a casa.

— Então, para ondes vocês pretendem ir? Vão seguir com a gente?

Ela deu de ombros.

— Para ser honesta, não sei. Não quero pensar nisso ainda, já que não sei se será possível ficarmos todos juntos. Voltar para casa está fora de cogitação por um milhão de motivos. — Fez uma pausa e olhou pra mim. — Todos na escola mudaram tanto depois que você e o Daemon desapareceram. Com o reaparecimento da polícia e dos jornalistas, as pessoas começaram a ficar realmente paranoicas. Lesa parecia fora de si, especialmente depois do que aconteceu com a Carissa. Ainda bem que ela tem um namorado. Ela acha que o Dawson e eu deixamos a cidade para visitar a família. Não deixa de ser verdade.

Forcei-me a parar de brincar com a bainha da camiseta.

— Posso te fazer uma pergunta?

— Claro. Pergunte o que quiser.

— Minha mãe... Como ela está?

Dee levou alguns instantes para responder.

— Você quer a verdade ou quer que eu diga algo para fazê-la se sentir melhor?

— Tão ruim assim? — As lágrimas assomaram tão rápido que tive que desviar os olhos.

— Você já sabe a resposta. — Ela pegou minha mão e a apertou. — Sua mãe está chateada. Ela deu um tempo no trabalho... o que não foi um problema. Pelo que escutei, o pessoal foi muito compreensivo. Mas ela não acredita que você e o Daemon tenham fugido. Essa foi a conclusão à que a polícia chegou, já que não encontraram nenhum motivo para o seu desaparecimento, do Daemon e do Blake, mas eu acho que alguns dos oficiais estavam envolvidos. Eles chegaram a essa conclusão rápido demais.

Balancei a cabeça, frustrada.

— Por que será que isso não me surpreende? O Daedalus tem gente infiltrada em tudo quanto é lugar.

— Sua mãe encontrou o laptop que o Daemon comprou. Tive que contar a ela que foi um presente dele pra você. De qualquer forma, ela sabe que você jamais teria fugido sem o maldito computador.

Soltei uma risada amargurada.

— Ela tem razão.

Dee apertou minha mão de novo.

— Mas, considerando tudo, sua mãe está bem. Ela é realmente forte, Katy.

— Eu sei. — Enfim, criei coragem de olhar para minha amiga. — Mas ela não merece isso. Não suporto a ideia de ela não saber o que aconteceu comigo.

Dee anuiu.

— Até virmos para cá, passei um bom tempo com ela, simplesmente fazendo companhia e ajudando com a casa. Tentei até manter seu jardim livre de ervas daninhas. Achei que seria uma maneira de compensá-la por tudo que a fizemos passar.

— Obrigada. — Mudei de posição a fim de encará-la. — De verdade. Obrigada por ter passado um tempo com a minha mãe e por ajudá-la, mas nada do que aconteceu comigo é culpa de vocês. Entendeu? Nem você nem o Daemon têm culpa de nada.

Com os olhos brilhando, Dee falou baixinho:

— Está falando sério?

— Claro! — Eu estava chocada. — Dee, vocês não fizeram nada de errado. Foi tudo obra do Daedalus. A culpa é deles. Eles são os únicos responsáveis. Ninguém mais.

— Isso tem me deixado superchateada. Fico feliz em saber que você não culpa a gente. A Ash falou que você provavelmente me odiava... odiava todos nós.

— A Ash é uma babaca.

Dee riu com vontade.

— Ela pode ser mesmo, de vez em quando.

Suspirei.

— Só queria que houvesse algo que a gente pudesse fazer além de fugir.

— É, eu também. — Dee soltou minha mão e desfez o rabo de cavalo, balançando o joelho nervosamente. — Posso te perguntar uma coisa?

— Claro.

Ela mordeu o lábio inferior.

— Foi tão ruim quanto eu imagino?

Tencionei. Essa era a única pergunta que eu não queria que me fizessem, mas Dee aguardava minha resposta com uma expressão tão ansiosa que tive de dizer alguma coisa.

— Alguns dias eram melhores do que outros.

— Posso imaginar — replicou ela baixinho. — Beth falou sobre isso uma vez. Ela disse que eles a machucavam.

Pensei nas minhas costas e pressionei os lábios.

— Eles fazem esse tipo de coisa. Eles fazem e dizem um monte de coisas.

Ela empalideceu e ficou calada por vários minutos.

— No caminho para cá, Luc falou que você... que o Blake morreu. É verdade?

Inspirei fundo. Archer devia ter contado a ele.

— É, o Blake está morto. — Levantei e joguei os cabelos para trás. — Mas não quero conversar sobre isso... nem sobre nada do que aconteceu lá. Sinto muito. Sei que você só está preocupada. Mas não é algo que eu queira pensar a respeito. Dá um nó na minha mente.

— Tudo bem. Mas se um dia você quiser falar sobre isso, estou aqui, combinado? — Fiz que sim. Dee abriu um lindo sorriso. — Então, vamos falar de coisas mais agradáveis. Tipo aquele belo espécime masculino que veio com vocês, aquele com o corte de cabelo ao estilo militar.

— O Archer?

— Ele mesmo. Ele é um gato. Um verdadeiro G-A-T-O.

Caí na gargalhada, e não consegui mais parar. Lágrimas começaram a escorrer pelo meu rosto enquanto a Dee me observava, perplexa.

— Que foi? — perguntou ela.

— Desculpa. — Sequei o rosto com os dedos e me sentei de novo ao lado dela. — Só que tenho certeza de que o Daemon teria um AVC se escutasse isso.

Ela franziu o cenho.

— Daemon teria um AVC se me visse interessada em qualquer cara.

— Bem, o Archer é diferente — respondi lentamente.

— Diferente como? Porque ele é mais velho? Não pode ser tão mais velho assim e, além disso, está na cara que é um sujeito bacana. Ele arriscou a vida para ajudar vocês. Mas sinto nele algo diferente. Provavelmente é essa vibe de militar.

Imaginei que estava na hora de soltar a bomba.

— Ele não é humano, Dee.

Ela franziu ainda mais o cenho.

— Então ele é um híbrido? Faz sentido.

— Hum, não exatamente. Ele é, digamos assim, algo mais. É o que eles chamam de original... o filho de um Luxen com uma híbrida.

Após digerir a informação, ela deu de ombros.

— E daí? Eu sou uma alienígena. Não vou julgar.

Sorri ao escutar isso, feliz por ela estar demonstrando interesse em alguém depois do que acontecera com o Adam.

— Bom, tem mais um detalhe. Eu tomaria cuidado com o que você pensa perto dele.

— Por quê?

— Os originais têm alguns poderes bizarros — expliquei, observando-a arregalar os olhos até eles parecerem dois pratos de sobremesa. — Ele pode ler a sua mente sem que você perceba.

Seu rosto, até então pálido, ficou vermelho feito um pimentão.
— Ai, meu Deus.
— Que foi?
Ela cobriu o rosto com as mãos.
— É que durante todo o tempo que ficamos lá embaixo, não *parei* de imaginá-lo nu.

* * *

Depois de trocar o moletom e a camiseta por um velho tubinho de tecido felpudo que não deixava à mostra nenhuma das cicatrizes, fui me juntar à Dee e aos outros no primeiro andar. Um verdadeiro banquete foi servido logo em seguida, com diferentes espécies de frutas suculentas que eu sequer sabia que existiam, vários tipos de carne picantes e adocicadas, e a maior tigela de salada que eu já vira na vida. Comi mais do que imaginava ser humanamente possível, chegando até a roubar parte da carne do prato do Daemon. Bethany veio se juntar a nós, tendo me cumprimentado com um abraço quando nos cruzamos. Afora o aspecto cansado, ela parecia bem, e com um apetite tão voraz quanto o meu.

Daemon empurrou o prato dele para mim com a ponta do dedo.
— Desse jeito você vai acabar com a reserva de comida da Lyla.

Com um dar de ombros, fisguei mais um cubinho de carne apimentada e o meti na boca.
— Faz tanto tempo desde a última vez que eu comi algo que não tivesse gosto de papel ou fosse servido num prato de plástico.

Ao vê-lo se encolher, me arrependi imediatamente de ter dito isso.
— Eu...
— Coma o quanto quiser — retrucou ele, desviando os olhos. O músculo do maxilar começou a pulsar.

Ele, então, empilhou uma montanha de espetinhos no meu prato, além de um punhado de uvas e algumas fatias de lombinho de porco. Tanta comida que se eu comesse tudo sairia dali rolando. Olhei de relance para o Dawson. Ele parecia... triste.

Meti a mão por baixo da mesa e apertei de leve o joelho do Daemon. Ele se virou para mim com uma das mechas castanhas rebeldes pendendo sobre a testa. Ofereci-lhe um sorriso, que pelo visto surtiu algum efeito, pois ele relaxou de novo.

Vendo que isso ajudava, comi o máximo que consegui aguentar. De que forma ajudava eu não fazia ideia, mas quando o jantar terminou ele estava de volta ao normal, tendo reassumido seu jeito tipicamente charmoso e babaca.

Fomos todos, então, para o jardim. Daemon se esticou numa das espreguiçadeiras com almofadas brancas e eu me sentei ao lado de suas pernas. Conversamos sobre temas leves, o que todos precisávamos. Luc e Paris vieram se juntar a nós, assim como o Archer. Até mesmo a Ash e o Andrew tinham deixado de lado seu costumeiro jeito antissocial.

Bom, na verdade, eles não me dirigiram a palavra uma única vez, mas se manifestavam sempre que o Daemon, o Dawson ou o Matthew faziam algum comentário. Não falei muito, até porque estava ocupada prestando atenção no Dawson e na Bethany.

Os dois faziam um casal adorável!

Bethany estava sentada no colo do Dawson, o rosto aninhado sob o queixo dele, enquanto ele subia e descia a mão pelas costas dela. De vez em quando, Dawson murmurava algo junto ao ouvido dela, fazendo-a sorrir ou rir baixinho.

Só parava de observá-los para dar uma conferida na Dee.

No decorrer da noite, ela vinha, de pouco em pouco, se aproximando do lugar onde o Archer estava sentado conversando com a Lyla. Estava contando os minutos para o Daemon perceber.

Foram vinte.

— Dee — chamou ele. — Pode me pegar algo pra beber?

A irmã congelou a meio caminho entre a mesa do pátio e o fogão à lenha e estreitou os olhos luminosos.

— Por quê?

— Estou com sede, e acho que você devia dar uma de irmã boazinha e pegar algo pro coitado do seu irmão.

Torci o corpo, fuzilando Daemon com os olhos. Ele ergueu as sobrancelhas e entrelaçou as mãos atrás da cabeça. Virei-me de volta para a Dee.

— Não ouse fazer isso.

— E não ia mesmo — retrucou ela. — Ele tem duas pernas boas e saudáveis.

Daemon não se deixou abater.

— Então por que você não vem até aqui e conversa um pouco comigo?

Revirei os olhos.

— Acho que não tem espaço pra mim nessa espreguiçadeira. — Ela cruzou os braços. — E por mais que eu ame os dois, não quero ficar *tão* perto assim.

A essa altura, Daemon tinha conseguido capturar a atenção de todos.

— Tem sempre espaço pra minha irmã — bajulou ele.

— Ã-hã. — Ela se virou e seguiu pisando duro em direção ao pátio. Puxando uma cadeira, sentou-se ao lado do Archer e estendeu a mão. — Acho que ainda não fomos oficialmente apresentados.

Archer baixou os olhos para a mão estendida de dedos compridos e, com um rápido olhar na direção do Daemon, a tomou na dele.

— Não, não fomos.

Mais de um metro e oitenta de alienígena enrijeceu atrás de mim. Ó céus!

— Meu nome é Dee Black. Sou a irmã do babaca conhecido como Daemon. — Abriu um sorriso de orelha a orelha. — Mas isso você já devia saber.

— Que ele é um babaca ou que é seu irmão? — perguntou Archer, fingindo inocência.

— Sim para os dois.

Contive uma risada.

Uma onda de calor emanou do Daemon.

— Será que sou o irmão que vai te dar um belo chute no traseiro se não largar a mão dela? A resposta pra isso também é sim.

Dawson soltou uma risadinha zombeteira.

Quando dei por mim, estava sorrindo. Algumas coisas jamais iriam mudar. O lado superprotetor do Daemon continuava sendo um tremendo saco.

— Ignora — pediu Dee. — Daemon não sabe as regras básicas de convívio social.

— Ela tem toda razão. Assino embaixo — declarei.

Daemon tirou o pé de cima do meu colo, me fazendo olhar para ele. Com uma piscadinha, disse baixinho:

— *Isso* definitivamente não vai acontecer.

Archer ainda não havia soltado a mão da Dee. Enquanto conversava com ela, imaginei se ele estava fazendo isso só para implicar com o Daemon ou porque não queria parar de tocá-la. Daemon abriu a boca para dizer algo idiota.

Agarrei-o pelo tornozelo.

— Deixe os dois em paz.

— De jeito nenhum.

Deslizei os dedos por baixo da bainha do jeans e o fitei no fundo dos olhos.

— E se eu pedir por favor?

Seus olhos se estreitaram até parecerem duas fendas verdes incandescentes.

— Um por favor especial?

— Bem açucarado?

— Talvez.

— É melhor que seja, e muito açucarado mesmo. — Ele se empertigou num movimento fluido e rearrumou as pernas de modo a me colocar entre elas. Em seguida, passou os braços em volta da minha cintura e apoiou o queixo no meu ombro. Virei o rosto para ele e me arrepiei toda ao sentir seus lábios roçarem meu queixo. — Eu preciso de muito açúcar — acrescentou. — O que você me diz?

— Deixe-os em paz e, quem sabe? — retruquei, mais do que um pouco ofegante diante da ideia.

— Hum... — Ele me puxou para trás até eu sentir minha bunda encostada na virilha dele. — Você é dura na barganha.

Algo totalmente sujo pipocou em minha mente, me fazendo corar.

Daemon se recostou de volta na espreguiçadeira e inclinou a cabeça ligeiramente de lado.

— No que você está pensando, gatinha?

— Nada — respondi, mordendo o lábio.

Ele não pareceu muito convencido.

LUX 4 Originais

—Está tendo pensamentos impuros a meu respeito?

—Pensamentos *impuros*? — Eu ri. — Eu não iria tão longe.

Daemon roçou os lábios pelo lóbulo da minha orelha e outro arrepio desceu pela minha espinha.

—Eu iria, e mais um pouco.

Balancei a cabeça, frustrada, dando-me conta de que tinha conseguido desviar a atenção dele da Dee. Ela estava me devendo uma. Não que me ver nos braços do Daemon e sentir seu corpo encostado no meu fosse um sacrifício ou algo do gênero. Não com aqueles dedos brincando com a bainha do meu vestido até as costas da mão roçarem, digamos, *sem querer querendo*, minhas coxas.

Dawson e Bethany foram os primeiros a irem se deitar. Ao passarem pela gente, Beth me ofereceu um sorriso acompanhado de um suave "boa noite". Matthew e Lyla foram em seguida, mas cada um tomou seu próprio rumo. Ainda bem, não queria ter que pensar nisso agora. Seria nojento, afinal, o Matthew *tinha* sido meu professor.

Pouco depois, os outros resolveram se recolher também, inclusive o Archer e a Dee. Assim que eles entraram no solário, Daemon esticou tanto o pescoço que achei que sua cabeça cairia no chão, o que não adiantou de nada, visto que ambos seguiram para o segundo andar.

Achei melhor guardar essa observação para mim mesma, caso contrário ele iria feito um trator atrás dos dois.

Ficamos apenas Daemon e eu no jardim, olhando para o céu estrelado. Assim que nos vimos sozinhos, pulei para o colo dele e aninhei a cabeça sob seu queixo. Volta e meia ele plantava um beijo em minha testa, no meu rosto, no meu nariz... e cada beijinho desses apagava mais um minuto do tempo que eu passara com o Daedalus. Aqueles beijos realmente tinham o poder de mudar uma vida. Não que eu jamais fosse admitir isso. Daemon já tinha um ego bombado demais.

Não conversamos, acho que porque havia ao mesmo tempo coisas demais e nada a dizer. Estávamos fora da Área 51, e por enquanto seguros, mas nosso futuro era incerto. O Daedalus continuava procurando pela gente, de modo que não podíamos permanecer aqui por muito mais tempo. Não só a casa ficava perto demais da Área 51, como a cidade era pequena, de modo que acabaríamos despertando olhares curiosos e perguntas indesejadas. Luc estava com o LH-11, embora eu não fizesse ideia do que o soro era realmente capaz de fazer ou do motivo de o Luc querer algo tão volátil. Havia ainda os híbridos e os Luxen que tinham ficado na base, para não falar nas crianças... aquelas crianças assustadoras.

Não fazia a menor ideia do que iria acontecer de agora em diante, e morria de medo só de pensar nisso. O amanhã não estava garantido. Nem mesmo as próximas duas horas. Ao me dar conta disso, minha respiração ficou presa na garganta e meu corpo enrijeceu. O minuto seguinte era incerto, se é que viveríamos para vê-lo.

Daemon me apertou ainda mais.

— No que você está pensando, gatinha?

Pensei em mentir, mas, por um momento, não queria dar uma de forte. Não queria fingir que tínhamos tudo sob controle, porque não tínhamos.

— Estou com medo.

Ele me puxou de encontro ao peito e pressionou o rosto contra o meu. A barba incipiente pinicava e, apesar de tudo, eu ri.

— Seria loucura não estar com medo.

Fechei os olhos e esfreguei o rosto no dele. Eu ia acabar ficando com uma queimadura por atrito, mas valia a pena.

— Você também está?

Ele riu baixinho.

— Eu? Sério? Claro que não.

— Você é incrível demais para sentir medo?

Ele beijou aquela parte sensível logo abaixo da orelha, me deixando toda arrepiada.

— Finalmente está aprendendo. Estou orgulhoso de você.

Ri com vontade.

Daemon ficou subitamente imóvel, como sempre acontecia quando eu ria. Em seguida, me apertou até eu soltar um gritinho.

— Desculpa — murmurou ele, esfregando o nariz no meu pescoço e afrouxando o abraço. — Eu menti.

— Sobre o quê? Estar orgulhoso de mim? — alfinetei.

— Não. Você sempre me deixa maravilhado, gatinha.

Meu coração deu uma pequena cambalhota e eu reabri os olhos.

Ele soltou um suspiro entrecortado.

— Fiquei apavorado durante todo o tempo que você passou com o Daedalus e eu não sabia onde você estava. Morria de medo de nunca mais vê-la ou abraçá-la. E depois que te encontrei? Fiquei com medo de nunca mais escutar sua risada ou ver esse lindo sorriso. Portanto, sim, eu menti. E continuo mentindo.

— Daemon...

— Morro de medo de não ser capaz de compensá-la por tudo o que você passou. De não conseguir devolver sua vida e...

— Para com isso — murmurei, piscando para conter as lágrimas.

— Tirei tudo de você... sua mãe, seu blog, *sua vida*. Tanto que você ficou *feliz* de comer algo só porque não tinha sido servido num prato de plástico. E suas costas... — Ele travou o maxilar e balançou a cabeça de leve. — Não faço ideia de como vou conseguir consertar tudo, mas vou dar um jeito. Vou mantê-la a salvo. E me certificar de que tenhamos um futuro com o qual sonhar. — Inspirou ao mesmo tempo que eu. — Eu juro.

— Daemon, isso não é...

— Sinto muito — continuou ele, a voz embargada. — Isso... tudo isso é culpa minha. Se eu...

— Não diga uma coisa dessas. — Virei-me no colo dele, fazendo o vestido subir um pouco, e envolvi-lhe o rosto entre as mãos. Olhando no fundo daqueles olhos brilhantes, disse: — Nada disso é culpa sua, Daemon.

— Jura? — retrucou ele, baixinho. — Fui eu quem a transformou numa híbrida.

— Ou você me transformava ou me deixava morrer. Você não arruinou a minha vida. Você a salvou.

Ele negou com um balançar de cabeça, fazendo com que algumas mechas curtas e escuras caíssem sobre sua testa.

— Eu devia ter te mantido afastada desde o princípio. Devia ter te protegido para que você não acabasse se machucando...

Meu coração doeu ao escutar aquelas palavras.

— Me escuta, Daemon. Nada disso é culpa sua. Eu não mudaria nada, ok? Tudo bem, algumas coisas foram horríveis, mas eu passaria por tudo de novo se fosse preciso. Gostaria de mudar certos detalhes, mas não você... jamais você. Eu te amo. Isso não vai mudar nunca.

Seus lábios se entreabriram e ele inspirou fundo.

— Repete.

Corri a ponta do dedo por seu lábio inferior.

— Eu te amo.

Ele mordiscou meu dedo.

— O que você falou depois também.

Plantei um beijo na ponta do nariz dele.

— Eu te amo. Isso não vai mudar nunca.

Daemon deslizou as mãos pelas minhas costas, até parar com uma logo abaixo da omoplata e envolver minha nuca com a outra. Seus olhos, então, vasculharam os meus.

— Quero que você seja feliz, gatinha.

— Eu sou feliz — repliquei, correndo os dedos pelo contorno do rosto dele. — *Você* me faz feliz.

Baixando o queixo, Daemon plantou um beijinho na ponta de cada um dos meus dedos. Todos os seus músculos tencionaram e, em seguida, ele encostou a boca junto ao meu ouvido e murmurou numa voz grave:

— Quero te fazer *muito* feliz.

Meu coração foi nas nuvens.

— Muito feliz?

Ele baixou as mãos para minhas coxas, os dedos longos deslizando por baixo do tecido.

— Absurdamente, loucamente feliz.

Eu não conseguia respirar.

— Lá vem você de novo com os advérbios.

Daemon subiu as mãos um tiquinho, fazendo meu sangue ferver.

— Você adora quando eu uso os advérbios.

— Talvez.

Seus lábios traçaram um caminho escaldante pelo meu pescoço.

— Me deixa te fazer absurdamente, loucamente feliz, Kat.

— Agora? — Minha voz soou constrangedoramente esganiçada.

— Agora — grunhiu ele.

Pensei em todas as pessoas lá dentro, mas então seus lábios se fecharam sobre os meus, e foi como se fizesse um século desde a última vez que ele me beijara. Uma das mãos se embrenhou em meus cabelos à medida que o beijo foi ficando mais intenso, mesclando nossas respirações. Ele, então, fechou o braço em minha cintura e se levantou, e minhas pernas imediatamente se cruzaram em volta de seus quadris.

— Eu te amo, gatinha. — Outro beijo ardente derreteu minhas entranhas. — E vou te mostrar exatamente o quanto.

[24]

DAEMON

Enquanto aguardava uma resposta, meus braços se fecharam com força em volta da Kat. Não que eu acreditasse que ela fosse amarelar. Não se tratava disso. Queria apenas me certificar de que estivesse pronta. Da última vez ela não estava, e não tinha sido só por causa dos faróis. Se ainda não estivesse, não seria problema. Passar a noite de conchinha seria tão maravilhoso quanto.

Mas eu precisaria de um longo banho frio.

Porque tê-la em meu colo, com a parte mais macia do corpo dela pressionada contra a mais dura do meu, era um verdadeiro teste para o meu autocontrole, já que ninguém, neste ou em outro mundo, conseguia me deixar tão excitado.

Kat ergueu o queixo e me fitou no fundo dos olhos. Tudo o que eu precisava ver, que precisava acreditar, estava estampado neles.

— Sim.

Não perdi tempo após escutar essa simples palavrinha. Estar com a Kat, de todas as formas possíveis e imagináveis, não apagaria as coisas terríveis pelas quais ela havia passado, mas era um começo.

— Segure-se — mandei, capturando sua ofegante resposta com um beijo.

LUX 4 ORIGINAIS

Ela passou os braços em volta do meu pescoço enquanto eu a segurava pelos quadris. Quando me levantei, suas pernas se cruzaram imediatamente nas minhas costas, me obrigando a morder o lábio para não soltar um gemido. Surpreso comigo mesmo pelo fato de estar tentando chegar a uma cama, não desgrudei a boca da dela. Continuei beijando-a. Sorvendo-a. Não era o suficiente, jamais seria o suficiente.

Carreguei-a para dentro de casa, passando por uma série interminável de aposentos inúteis. Kat riu de encontro à minha boca quando esbarrei em algo que provavelmente custara uma pequena fortuna. Acabei encontrando a escada e consegui subir sem que nenhum dos dois quebrasse o pescoço, e, então, segui para o quarto onde tinha deixado nossas coisas mais cedo.

Kat estendeu o braço e tateou o ar até encontrar a beirada da porta e fechá-la, enquanto eu capturava seu lábio inferior com os dentes. O som que ela emitiu ao sentir minha leve mordiscada fez meu sangue ferver. Eu ia entrar em combustão antes mesmo de começar qualquer coisa.

Virei-me na direção da cama, soltando por um breve instante aqueles convidativos lábios. Queria tirar a colcha e afastar os lençóis, a fim de proporcionar um ninho mais macio e aconchegante para ela.

Kat pressionou um leve e ardente beijo na veia em meu pescoço.

Pro inferno com tirar a colcha e afastar os lençóis.

Coloquei-a com cuidado sobre a cama, movendo-me mais devagar do que meu corpo pedia. Ela abriu um ligeiro sorriso, e meu coração deu uma pequena cambalhota ao mesmo tempo que eu me ajoelhava diante dela. Nossos olhares se encontraram.

Minha pulsação estava a mil; podia senti-la reverberando por todo o corpo.

— Não mereço você. — As palavras saíram antes que eu pudesse impedi-las. Mas era verdade. A Kat merecia o mundo e mais um pouco.

Ela estendeu o braço e tocou meu rosto, e pude sentir o toque em cada diminuta célula do meu ser.

— Você merece tudo — retrucou ela.

Virei a cabeça e beijei-lhe a palma. Inúmeras palavras brotaram na ponta da língua, mas ao vê-la se erguer e agarrar a bainha do vestido meu coração parou e as palavras se perderam no silêncio entre nós.

Kat puxou o vestido pela cabeça e o soltou no chão ao meu lado.

Não conseguia me mover. Não conseguia sequer fazer meus pulmões responderem. Diante daquela visão, pensar se tornou quase impossível. Ela me consumia. Usando somente uma diminuta calcinha e com os cabelos pendendo sobre os ombros e cobrindo os seios, Kat parecia uma deusa.

— Você é tão linda! — Levantei devagarinho, sorrindo ao observar o leve rubor que se espalhou pelo pescoço dela. — E fica mais linda ainda quando está com vergonha.

Ela abaixou a cabeça, mas capturei-lhe o queixo e a forcei a olhar de novo para mim.

— Estou falando sério — declarei. — Absurdamente linda.

Aquele sorriso suave e quase tímido surgiu de novo.

— No momento, esses elogios vão fazer com que você consiga basicamente qualquer coisa de mim.

Eu ri.

— Bom saber, porque estou planejando conseguir tudo… e sem pressa.

Kat enrubesceu ainda mais, mas estendeu o braço para agarrar minha camiseta. Fui mais rápido. Puxei-a pela cabeça e a deixei cair sobre o vestido. Ficamos parados ali por um momento, separados por apenas alguns centímetros. Nenhum dos dois disse nada. Uma corrente de eletricidade espalhou-se pelo ar, arrepiando os pelos dos meus braços. As pupilas da Kat começaram a dilatar.

Fechei a mão em volta do pescoço dela e a puxei delicadamente de encontro a mim. Um arrepio a percorreu assim que nossos peitos colaram um no outro, fazendo meus sentidos entrarem em curto. Ela roçou os lábios nos meus, entreabrindo-os imediatamente, enquanto os dedos buscavam o botão do meu jeans e os meus encontravam a tirinha delicada que lhe envolvia os quadris.

Forcei-a a se deitar de costas, os cabelos se espalhando como um halo escuro em torno de sua cabeça. Kat me fitou com os olhos semicerrados, mas pude perceber um suave brilho branco irradiando deles.

Aquele olhar me queimava de dentro para fora. Eu queria venerá-la. Precisava disso. Reverenciar cada pedacinho dela. Comecei pelas pontas dos dedos dos pés e fui subindo lentamente. Demorei-me em algumas áreas, tais como o gracioso arco de seu pé e a pele sensível atrás dos joelhos. Estava enfeitiçado pelo contorno de suas coxas, escutando o chamado do vale logo acima. O modo como ela arqueou as costas, a respiração ofegante, os suaves gemidos, e a maneira como seus dedos se enterraram em minha pele chacoalharam meu mundo. Por fim, posicionei-me sobre ela, apoiando as mãos uma de cada lado de sua cabeça.

Ao baixar os olhos para ela, apaixonei-me novamente. Entreguei-lhe meu coração ao vê-la sorrir. E encontrei um novo propósito na vida quando ela estendeu o braço entre nós e me tocou. Afastei-me por um breve instante apenas para pegar a camisinha. Assim que nos vimos sem nada entre nós, a espera acabou e qualquer intenção altruísta desapareceu. Minhas mãos estavam famintas. Eu estava faminto, acariciando-a em todos os lugares possíveis, acompanhando cada carícia com os lábios. Nossos corpos se moviam como um só, como se jamais tivéssemos passado um tempo separados. E, ao olhar para ela, para seu rosto corado e lábios inchados, soube imediatamente que jamais houvera um momento tão perfeito quanto este.

Eu estava embriagado por seu sabor, seus toques. Os únicos sons que conseguia escutar eram o de nossos corações batendo e da Kat dizendo meu nome, o que me deixou ainda mais de quatro. O quarto estava banhado numa luz branca pulsante, mas não sabia dizer se ela provinha de mim ou da Kat, e não dava a mínima.

Não consegui me mover por um longo tempo. Diabos, na verdade, nem queria. Não com a Kat deslizando as mãos pelas minhas costas, arquejando junto ao meu ouvido. Ela, porém, devia estar se sentindo esmagada pelo meu peso, mesmo que não estivesse reclamando.

Ergui-me nos cotovelos e rolei de lado. Continuei acariciando-lhe as costelas, o quadril, até que ela se virou para mim e se aconchegou de forma a não deixar nem mesmo um milímetro entre nós.

— Foi perfeito — murmurou ela, sonolenta.

Eu ainda não conseguia falar. Só Deus poderia dizer o que sairia da minha boca naquele momento, de modo que, em vez disso, simplesmente depositei um beijo em sua testa suada. Ela soltou um suspiro satisfeito e, em seguida, pegou no sono em meus braços. Eu estava errado.

Jamais houvera um momento mais bonito e perfeito do que *este*. Queria uma vida inteira de momentos assim.

✸ ✸ ✸

Katy

Acordei de manhã com nossos braços e pernas entrelaçados e o lençol enrolado na cintura. Precisei recorrer a alguns acrobáticos movimentos ninja para me desvencilhar do Daemon. Estiquei os braços acima da cabeça e soltei um suspiro de felicidade. Meu corpo estava agradavelmente dolorido.

— Hummm, isso é sexy.

Abri os olhos. Sentindo-me ao mesmo tempo chocada e exposta, fiz menção de me cobrirm com o lençol, mas o Daemon foi mais rápido e agarrou minha mão. Com o rosto queimando, olhei no fundo daqueles olhos verde-floresta.

— Que foi? — murmurou ele preguiçosamente. — Vai dar uma de recatada agora? Não vejo o sentido.

Um forte calor se espalhou pelo meu pescoço, e eu me arrepiei toda. Daemon não deixava de ter razão. Não houvera espaço para recato na véspera, mas ainda assim... Vendo a luz do alvorecer incidindo através da janela, arranquei o lençol da mão dele e me cobri.

Daemon fez um biquinho, que só nele podia parecer tão ridiculamente sexy.

— Estou tentando manter a aura de mistério — argumentei.

Ele riu, um som gutural que reverberou por todo o meu corpo. Aproximando-se mais um pouco, plantou um beijo na ponta do meu nariz.

— O mistério é supervalorizado. Quero investigar todas as suas curvas e sardas até conhecê-las de cor.

— Acho que você já fez isso ontem à noite.

— Na-na-ni-na-não. — Ele fez que não. — Aquilo foi só uma primeira introdução. Quero conhecê-las a fundo, seus segredos e sonhos.

Eu ri.

— Isso é ridículo.

— É a mais pura verdade. — Ele, então, rolou, se desvencilhando do lençol e apoiando os pés no chão.

Arregalei os olhos.

Nu como veio ao mundo, Daemon se levantou num movimento fluido, totalmente indiferente à completa exposição de seus atributos. Em seguida, espreguiçou-se, estendendo os braços bem acima da cabeça. Ao arquear as costas, os músculos foram ressaltados, os gomos do abdômen atraindo a minha atenção por mais tempo do que a decência permitia.

Por fim, forcei-me a erguer os olhos e o fitei.

— Existe um negócio chamado calça, sabia? Você devia experimentar.

Ele me presenteou com um sorrisinho sacana e se virou.

— Você ficaria devastada. Olha só o lado bom, de agora em diante, você terá a chance de ver isso todos os dias.

Meu coração deu uma pequena cambalhota.

— Sua bunda pelada? Iupi! Tô dentro!

Ele riu de novo e, em seguida, desapareceu banheiro adentro. Sentindo o sangue ferver, fechei os olhos. Todos os dias? Tipo, para o resto da vida? A simples ideia fez meu estômago revirar de maneira superagradável, algo que não tinha nada a ver com sua atual ausência de roupa. Dormir e acordar todos os dias ao lado do Daemon?

Reabri os olhos ao escutar a porta do banheiro se abrir de novo. Daemon saiu esfregando o rosto, e lá estava eu, encarando-o novamente, tipo comendo com os olhos as regiões mais impróprias. Era como saber que você não devia olhar para alguma coisa, mas seus olhos serem automaticamente atraídos para o local.

Ele abaixou o braço.

— Acho que você está babando um pouco.

— Como é que é? Não estou, não. — Mas acho que estava, sim. Puxei, portanto, o lençol e cobri o rosto. — Um verdadeiro cavalheiro jamais diria algo tão indelicado.

— Não sou um cavalheiro. — Daemon deu um passo à frente e puxou o lençol da minha mão. Segurei-o com força, provocando um divertido cabo de guerra que, claro, não durou muito. — Não adianta se esconder. Te peguei no flagra.

— Idiota!

— Pelo menos eu não babo em mim mesmo. — Arremessou o lençol do outro lado da gigantesca cama. Em seguida, me fitou de cima a baixo de tal forma que meus dedos dos pés se enroscaram. — Certo, acho que sou *eu* quem está babando agora.

Meu rosto ia derreter antes mesmo do café da manhã.

— Para com isso!

— Não consigo evitar. — Ele fechou uma das mãos em volta do meu quadril e, inclinando-se, roçou os dedos da outra pelo meu queixo. — Você me faz babar.

Rindo, plantei as mãos em seu tórax de pedra e tentei empurrá-lo.

— Você tem uma ideia exagerada do seu próprio valor.

— Ã-hã. — Ele me forçou a deitar de costas, colando o corpo no meu e posicionando uma das pernas entre as minhas. Em seguida, ergueu-se nos cotovelos e, baixando a cabeça, roçou os lábios nos meus. — Que tal um beijo?

Agarrei-o pelos braços e lhe dei um rápido estalinho.

— Pronto.

Daemon levantou a cabeça, franzindo o cenho.

— Esse é o tipo de beijo que você dá na sua avó.

— Como assim? Quer mais? — Estiquei o pescoço e botei um pouco mais de *empenho* no segundo beijo. — Que tal esse?

— Terrível.

— Isso não foi muito legal.

— Tenta de novo — mandou ele, estreitando os olhos de maneira preguiçosa.

Minha respiração ficou presa na garganta.

— Não sei se você merece outro beijo depois de dizer que o último foi terrível.

Ele remexeu os quadris de maneira absolutamente formidável, me fazendo ofegar.

— Pois então — retrucou, com um sorrisinho presunçoso. — Eu mereço outro.

É… merecia, mesmo. Beijei-o de novo, mas me afastei antes que o beijo ganhasse intensidade. Daemon franziu ainda mais o cenho, e eu ri.

— Isso é tudo o que você merece.

— Discordo. — Ele deslizou as pontas dos dedos pelo meu braço e, em seguida, pelas costelas. Aquele toque leve feito uma pluma continuou traçando um caminho pelo meu estômago, seguindo para o sul. Durante todo o tempo, seus olhos se mantiveram pregados nos meus. — Mais uma vez.

Ao ver que eu não me mexia, Daemon fez uma coisa com os dedos que levou meu coração a martelar contra as costelas. Ergui a cabeça, sentindo-me ligeiramente tonta. Rocei os lábios contra os dele, beijando-o de novo, prestando uma atenção especial ao lábio inferior. Assim que fiz menção de me afastar, ele envolveu minha nuca com uma das mãos.

— Não — falou em voz baixa. — Esse foi só um tiquinho melhor. Acho que preciso te mostrar como se faz.

Estremeci sob o calor daquele olhar. Meu corpo inteiro enrijeceu.

— Acho que sim.

E ele mostrou. Ai, meu Deus, como mostrou! A noite anterior tinha sido carinhosamente lenta, perfeita a ponto de me deixar com a mente esgotada, mas isso agora era algo totalmente diferente, embora tão devastador quanto. Havia um quê de desespero em cada beijo, em cada toque. Uma fome enlouquecedora que só aumentava a cada respiração. Daemon moveu-se sobre mim e, em seguida, dentro, alimentando meu fogo até virar um incêndio descontrolado. Agarrei-o com força ao sentir a tensão chegar ao ápice. Os contornos do corpo dele perderam definição ao mesmo tempo que o restante de seu autocontrole ia pelos ares.

Nenhum de nós se moveu pelo que me pareceu uma eternidade. Nossos quadris continuavam encaixados. Meus braços envolvendo-lhe o pescoço. Uma de suas mãos acariciando meu rosto, a outra fechada em volta da minha cintura. Mesmo depois de rolar para o lado, ele me puxou para junto de si. Não que tivesse muita escolha. Eu não queria soltá-lo. Queria que o tempo parasse para ficar ali, abraçadinha com ele. Sabia que assim que deixássemos aquela cama, o quarto, seríamos confrontados pela dura realidade. Coisas sérias precisavam ser resolvidas. Decisões às quais não poderíamos fugir teriam que ser tomadas.

Pensei, porém, naquela história de todos os dias — de para sempre. Não importava o que teríamos que enfrentar, faríamos isso juntos. Saber disso me fazia sentir preparada.

— No que você está pensando, gatinha? — perguntou ele, afastando o cabelo do meu rosto.

Abri os olhos e sorri.

— Nas decisões que precisamos tomar.

— Eu também. — Ele me beijou. — Mas acho que precisamos tomar um banho e trocar de roupa antes de qualquer coisa.

Eu ri.

— Tem razão.

— Já falei que eu adoro o som da sua risada? Não importa. Vou dizer de novo. Eu adoro o som da sua risada.

— E eu adoro você. — Beijei-o de volta e, em seguida, me sentei, trazendo o lençol comigo. — O chuveiro é meu.

Ele se ergueu num dos cotovelos.

— A gente sempre pode compartilhar.

— É, e acabar precisando de outro banho depois desse. — Enrolei o lençol em volta do corpo e me levantei. — Não vou demorar.

Ele deu uma piscadinha.

— Vou ficar esperando.

DAEMON

Se eu ainda tinha alguma dúvida sobre a Kat ser a mulher perfeita, ela se desfez por completo. Kat tomou um banho em menos de cinco minutos. Inacreditável. Sequer achava que isso era humanamente possível. Para a Dee, um banho rápido levava quinze minutos.

Ela saiu do banheiro enrolada numa toalha e espremendo o cabelo para tirar o excesso de água. Ao olhar para a cama, um belo rubor espalhou-se por suas bochechas.

Acho que eu devia ter vestido alguma coisa, mas aí não teria visto aquelas lindas faces coradas.

Levantei da cama. Ao passar por ela, dei-lhe um leve beliscão na bochecha. Seu rosto ficou ainda mais vermelho, e eu ri ao escutá-la murmurar algo nada delicado por entre os dentes.

O banheiro estava quente e embaçado. Entrei no chuveiro e deixei a água escorrer pelo rosto, pensando no que acontecera na noite anterior e agora de manhã. Meus pensamentos voltaram ainda mais no tempo, para a primeira vez que eu tinha visto a Kat sair de casa e vir até a minha em busca de informações. Mesmo que na época eu me recusasse a admitir, ela havia fincado as garras em mim e eu jamais quisera soltá-las.

A essa altura, meu cérebro resolveu me trair, despejando um monte de porcarias. Lembrei de coisas que tinha praticamente esquecido — como a Kat discutindo comigo por causa do canteiro de flores ou se recusando a me acompanhar até o lago no dia em que a Dee escondeu as chaves do meu carro. Como se eu precisasse de chaves para ir a algum lugar. Mesmo então estivera procurando uma desculpa para passar um tempo com ela. E houvera tantos momentos. Tipo quando ela deu uma de ninja para cima de um Arum após o *Homecoming*. Kat arriscara a vida por mim, mesmo depois de eu ter agido feito um verdadeiro babaca com ela. E na noite do Halloween? Ela teria morrido para salvar a mim e a Dee.

E eu teria morrido por ela.

O que a gente faria agora? Não se tratava apenas de onde iríamos morar ou coisas do tipo. Nós dois já havíamos e continuaríamos sacrificando basicamente qualquer coisa um pelo outro. Mas teríamos que dar um próximo passo. Pensei na viagem até ali, durante a qual eu ficara observando sua mão esquerda.

Meu coração fez uma coisa engraçada, algo entre uma fisgada de pânico e um pulinho de felicidade. Curvei a cabeça novamente sob o fluxo de água. Algo se desenhava em meu peito, ganhando definição até não haver como negar o que eu desejava. Cerrei os punhos e soquei o azulejo da parede.

Merda.

Eu estava realmente pensando nisso? Estava. Será que era mesmo o que eu queria? Diabos, sim. Seria por acaso a maior loucura que já havia pensado em fazer? Com certeza. Mas isso iria me deter? Não. A ideia me dava a sensação de que iria desmaiar? Só um pouquinho.

Eu já estava no banho havia mais de quinze minutos.

Parecia uma garota.

Essa sensação de pânico/empolgação só aumentou quando fechei as torneiras, desligando a água. Estreitei os olhos ao ver minha mão tremer um pouquinho.

Eu devia pensar melhor sobre isso.

Mas, por outro lado, quem eu estava tentando enganar? Quando metia uma coisa na cabeça, não havia volta. E, no fundo, já estava decidido. Não adiantava ficar de rodeios. Tampouco fazia sentido esperar. Era o certo a fazer. Eu *sabia* disso. E era o que importava — a única coisa que importava.

Eu estava apaixonado por ela. E esse sentimento era definitivo.

Enrolei uma toalha em volta dos quadris e retornei para o quarto. Kat estava sentada na cama de pernas cruzadas, com uma calça jeans e aquela camiseta com os dizeres Meu Blog É Melhor Que O Seu Vlog. É, isso selou minha decisão.

— Então, eu estava pensando... — disse antes que meu cérebro conseguisse me deter. — Um dia tem oitenta e seis mil e quatrocentos segundos, certo? Ou seja, mil quatrocentos e quarenta minutos.

Ela franziu o cenho.

— Acredito em você.

— Eu estou certo. — Bati com a ponta do dedo na cabeça. — Guardo muita informação inútil aqui. De qualquer forma... tá me acompanhando? Numa semana são cento e sessenta e oito horas. O que significa que um ano tem cerca de oitocentos e setenta mil horas e uns quebrados. Mas quer saber?

Ela sorriu.

— O quê?

— Quero passar cada segundo, minuto e hora com você. — Parte de mim não conseguia acreditar que algo tão patético estivesse saindo da minha boca, mas era a mais pura verdade. — Quero um ano inteiro de segundos e minutos com você. Uma década de horas, tantas que não sou nem capaz de somar.

Kat me fitou, o peito inflado e os olhos arregalados.

Andei até parar diante dela e me ajoelhei, num joelho só, ainda enrolado na toalha. Provavelmente devia ter posto uma calça.

— Você também quer isso? — perguntei.

Kat me encarou de volta, e sua resposta foi imediata.

— Quero. Eu quero isso. Você sabe que sim.

— Ótimo. — Meus lábios se curvaram nos cantos. — Então vamos nos casar.

[25]

Katy

O tempo parou. Meu coração falhou por um segundo e, então, deu uma série de pulinhos. Senti como se estivesse com uma nuvem de borboletas no estômago. Encarei-o em silêncio por tanto tempo que ele ergueu uma das sobrancelhas escuras.

— Gatinha...? — Daemon inclinou a cabeça ligeiramente de lado e algumas mechas molhadas caíram sobre sua testa. — Ainda está respirando?

Será que estava? Não tinha certeza. Tudo o que conseguia fazer era fitá-lo. Ele não podia ter dito o que eu achava que tinha. *Então vamos nos casar.* Uma declaração, e não uma pergunta, tão inesperada que havia me deixado sem reação.

Um sorrisinho meio de lado iluminou o rosto dele.

— Certo. Você está há mais tempo calada do que eu esperava.

Pisquei.

— Desculpa. É só que... o que foi que você me perguntou mesmo?

Ele riu com gosto e estendeu a mão, entrelaçando os dedos com os meus.

— Eu disse que a gente devia se casar.

Inspirei fundo de novo e apertei a mão dele ao mesmo tempo que meu coração dava outro pulinho.

— Está falando sério?

— Mais sério impossível — retrucou ele.

— Você por acaso bateu a cabeça tomando banho? Porque você ficou um tempão lá dentro.

Daemon soltou uma risada.

— Não. Será que eu devia ficar ofendido com essa pergunta?

Corei.

— Não é isso. É só... só... você quer se casar comigo? Tipo, casar de verdade?

— E por acaso existe mais de um tipo de casamento, gatinha? — Seus lábios se curvaram novamente. — Não seria um casamento legalmente válido, porque teríamos que usar nossas novas identidades. Então, por esse ângulo, você poderia dizer que não seria de verdade. Mas para mim seria... para *nós*. Eu quero fazer isso. No momento, não tenho um anel para te dar, mas prometo que vou arrumar um à sua altura assim que as coisas... que as coisas se acalmarem. Estamos em Las Vegas. Não existe lugar melhor. Quero me casar com você, Kat. Hoje.

— Hoje? — Minha voz soou esganiçada. Achei que fosse desmaiar.

— Isso mesmo. Hoje.

— Nós somos... — Jovens, mas, por outro lado, será que alguém poderia dizer que éramos jovens demais? Eu estava com quase dezenove anos, embora sempre tivesse imaginado que esperaria até os vinte e alguma coisa antes de tomar essa decisão. Nosso futuro, porém, era demasiadamente incerto. Se as pessoas normais já tinham que encarar seu dia a dia sem saber quanto tempo de vida teriam, nós, então, estávamos, digamos assim, no lado errado do quadro de estatísticas favoráveis. Se não conseguíssemos nos esconder e fôssemos novamente capturados, duvidava de que o Daedalus fosse permitir que ficássemos juntos. Isto é, se por acaso sobrevivêssemos. Não tínhamos como garantir que teríamos anos para desvendar nosso relacionamento.

— O quê? — perguntou ele, baixinho.

Não achava que precisaríamos de anos para decidir se queríamos ficar juntos. Eu tinha certeza de que queria passar o resto da minha vida com o Daemon, só que não era tão simples. Algo mais podia tê-lo levado a tomar essa decisão.

Ele apertou minha mão.

— Kat?

Meu coração martelava feito um louco. Era como se estivesse no topo de uma montanha-russa.

— Você quer fazer isso por não saber se teremos um amanhã? É por isso que quer se casar comigo? Porque talvez não tenhamos outra oportunidade?

Ele se afastou ligeiramente.

— Não posso dizer que isso não tenha influenciado minha decisão. Influenciou. Mas não é o único motivo, nem mesmo o principal, para eu querer me casar com você. Foi mais uma espécie de catalisador.

— Catalisador — murmurei.

Ele anuiu.

— Vou fazer tudo o que estiver ao meu alcance para assegurar que nada de ruim aconteça. Eu farei o que for preciso para me certificar de que tenhamos tempo para fazer *tudo* o que queremos, mas não sou burro o bastante para descartar o fato de que alguma coisa pode fugir ao controle. E, diabos, não quero olhar para trás e perceber que não aproveitei a oportunidade de ter você só pra mim, de provar que eu quero passar o resto da minha vida com você. Não quero ver que eu perdi essa chance.

O ar ficou preso no bolo em minha garganta. Meus olhos arderam devido às lágrimas.

— Quero me casar porque estou *apaixonado* por você, Kat. Eu *sempre* vou ser apaixonado por você. Isso não vai mudar, nem hoje nem daqui a duas semanas. Sei que daqui a vinte anos vou continuar tão apaixonado quanto estou hoje. — Ele soltou minha mão e se empertigou ligeiramente, envolvendo meu rosto. — É por isso que quero me casar com você.

As lágrimas aumentaram ainda mais, e algumas conseguiram escapar. Ele capturou cada uma delas com a ponta do polegar.

— Essas lágrimas são bom ou mau sinal?

— É só... que o que você disse foi tão lindo! — Sequei o rosto, me sentindo como uma idiota superemotiva prestes a ter um AVC. — Então é verdade? Você realmente quer se casar comigo hoje?

— Quero, Kat. Eu realmente quero me casar com você.
— Assim, de toalha?

Daemon jogou a cabeça para trás e soltou uma sonora gargalhada.

— Talvez seja melhor eu vestir alguma coisa.

Minha cabeça estava a mil.

— Mas onde?
— Tem um monte de lugar em Las Vegas.
— É seguro a gente ir até a cidade?

Ele assentiu.

— Acho que sim. Se formos rápidos.

Um casamento rapidinho em Las Vegas? Quase ri ao pensar que éramos apenas mais um entre milhões de casais que decidiam se casar lá. Parte do torpor desapareceu ao me dar conta de como era... comum isso acontecer.

Casar.

Meu coração deu uma pequena cambalhota.

— Se você acha que não está pronta, não tem problema. Não precisamos fazer isso — disse ele, os olhos buscando os meus. — Não vou ficar chateado se você achar que não está na hora, mas vou perguntar de novo. Não precisa dizer que sim nem que não. Simplesmente não diga nada. Combinado? — Inspirou fundo. — Quer fazer com que eu me sinta o cretino mais sortudo da Terra e se casar comigo, Katy Swartz?

Minha respiração falhou e meu corpo inteiro tencionou. Jamais tinha imaginado uma proposta como essa, com o cara enrolado numa toalha. Imaginara que teria um longo noivado para planejar o casamento com cuidado e que teria amigos e familiares testemunhando o momento, mas...

Mas eu estava apaixonada pelo Daemon. E, como ele mesmo dissera, continuaria apaixonada por ele amanhã e daqui a vinte anos. Isso jamais iria mudar. As emoções eram complexas, mas a resposta era simples.

Inspirei fundo, sentindo como se aquela fosse minha primeira respiração.

— Sim.

Ele me fitou com uma expressão maravilhada.

— Sim?

Meneei a cabeça vigorosamente, como uma foca.

— Sim, quero me casar com você. Hoje. Amanhã. O dia que for.

Num piscar de olhos, ele estava em pé, me abraçando com força. Daemon me suspendeu do chão e colou a boca na minha. O beijo selou melhor seu direito sobre mim do que qualquer certidão de casamento faria.

Com as mãos ainda fechadas nos ombros dele, afastei-me em busca de ar. Daemon tinha começado a emitir um lindo e suave brilho branco, e me fitava com uma expressão de êxtase.

— Bom, então vamos colocar esse show na estrada.

✽ ✽ ✽

DAEMON

Não deixei a Kat trocar a camiseta. Tinha um carinho especial por ela. Afinal, era a primeira camiseta que eu a vira usando e, na minha opinião, tinha tudo a ver.

Sentindo como se tivesse acabado de escalar o Everest em um segundo, vesti rapidamente um par de jeans e uma camiseta. Certo. Talvez não tão rápido. Os lábios da Kat não paravam de atrair a minha atenção, porque aqueles lábios tinham dito sim, o que, de repente, fez com que eles se tornassem verdadeiros ímãs para meus olhos.

Quando finalmente conseguimos descer, eles estavam inchados. Ainda era cedo, só a Lyla tinha se levantado. Não tive a menor vergonha em pedir a ela um carro emprestado. Não queria que a Kat tivesse que ir até Las Vegas a pé. Lyla cedeu de bom grado as chaves de seu Jaguar, que eu troquei pelas de um Volkswagen que tinha visto na garagem, juntamente com dois outros carros. Meus dedos coçavam de vontade de dirigir o Jaguar, mas ele atrairia atenção demais.

Não achava que iríamos nos deparar com nenhum problema. O último lugar em que o Daedalus nos procuraria seria numa daquelas "igrejinhas" de Vegas, mas, de qualquer forma, assumi a aparência do mesmo cara que tinha usado no hotel, enquanto a Kat colocou um par de óculos escuros com um chapéu de abas largas.

— Eu mais pareço uma daquelas falsas celebridades — comentou ela, observando seu reflexo no retrovisor lateral. Em seguida, virou-se para mim. — E você, como sempre, está um gato.

Bufei.

— Não sei se devia ficar incomodado com esse comentário.

Ela riu.

— Dee vai matar a gente, você sabe.

Tínhamos decidido não contar a ninguém. O Matthew provavelmente iria objetar e a Dee surtaria e, honestamente, queríamos fazer isso sozinhos. Era o nosso momento. Nossa pequena fatia de torta que não desejávamos compartilhar com ninguém.

— Ela supera — respondi, sabendo que não seria bem assim. Dee provavelmente me mataria por não ter podido participar. Enquanto tirava o VW da garagem e cruzava o caminho de acesso, dei um tapinha na coxa da Kat. — Agora, falando sério. Quando toda essa loucura terminar, se você quiser, podemos organizar outro casamento com todas as pompas e circunstâncias. É só me dizer.

Ela tirou os óculos gigantescos.

— Casamentos desse tipo custam uma fortuna.

— Tenho bastante dinheiro guardado. O suficiente para me certificar de que não precisaremos nos preocupar com nada até descobrirmos o que queremos fazer. O que significa mais do que o bastante para bancar um casamento.

Ela fez que não.

— Não quero um casamento suntuoso. Só quero você.

Quase parei o carro e pulei em cima dela.

— Apenas mantenha isso em mente, caso decida mudar de ideia. — Queria proporcionar tudo a ela... um anel grande o bastante para pesar no dedo e um casamento para ficar para a história. Nada disso era possível no momento, mas, de qualquer forma, precisava admitir que estava excitado pelo fato de ela não parecer se importar com essas coisas.

Certo. A Kat sempre me deixava excitado, mas isso não vinha ao caso.

— Sabe onde eu quero me casar? Casar. Uau! Nem acredito que acabei de dizer isso. De qualquer forma... — falou Kat, os olhos brilhando sob a aba do chapéu. — Quero aquela igrejinha, a que todo mundo vem a Vegas para se casar.

Levei alguns momentos para me lembrar.

— Está falando da Little White Wedding Chapel? A que aparece no filme *Se Beber Não Case*?

Ela riu.

— É triste saber que você só conhece a igrejinha por causa de um filme, mas sim. Acho que tem umas duas delas em Vegas. Seria perfeito. Duvido que eles exijam alguma coisa além do pagamento da taxa e das identidades.

Ofereci-lhe um sorriso.

— Se é o que você quer, vamos lá.

Não demoramos muito para chegar a Vegas e encontrar um dos centros de informações turísticas. Kat saltou do carro e pegou um punhado de panfletos. Um deles era sobre a igreja. Aparentemente, casamentos de última hora estavam na moda. Dã!

Mas precisaríamos tirar uma licença.

Ela franziu o cenho.

— Não quero fazer isso sob um nome falso.

— Nem eu. — Parei diante do fórum, mas não desliguei o motor. — Mas é arriscado demais usarmos nossos nomes verdadeiros. Além disso, a licença precisa bater com as identidades. Nós dois sempre saberemos a diferença.

Ela assentiu e fez menção de puxar a maçaneta, mas os dedos escorregaram.

— Tem razão. Tudo bem, vamos lá.

— Ei. — Eu a detive. — Tem certeza? Você quer mesmo fazer isso? Kat me encarou.

— Tenho. E quero, sim. Só estou um pouco nervosa. — Ela inclinou o corpo e, virando a cabeça ligeiramente de lado, me deu um beijo. A aba do chapéu roçou minha bochecha. — Eu te amo. Acho que é... a decisão certa.

O ar escapou de meus pulmões num suspiro.

— É, sim.

LUX 4 ORIGINAIS

Sessenta dólares depois, estávamos com a certidão em mãos, seguindo para a igrejinha, que ficava no Boulevard. Como nossas identidades falsas contavam com fotos verdadeiras, teria que mudar de aparência de novo assim que parássemos no estacionamento.

Mantive-me atento a qualquer pessoa suspeita durante todo o trajeto. O problema era que, no momento, todo mundo parecia suspeito. Mesmo sendo bem cedo, as ruas estavam repletas de turistas e pessoas indo trabalhar. Sabia que podia haver um espião em qualquer lugar, mas duvidava de que fosse alguém vestido de Elvis ou escondido numa igreja.

Kat apertou minha mão assim que a plaquinha da igreja surgiu à vista. O coraçãozinho ao lado do nome dava um toque fofo, ainda que cafona.

— A igrejinha até que não é tão pequena — comentou Kat ao entrarmos no estacionamento.

Achei uma vaga. Enquanto desligava o carro, voltei a assumir a forma com a qual a Kat estava familiarizada.

Um sorriso divertido iluminou o rosto dela.

— Melhor assim.

— Achei que você tinha dito que o outro cara era gato.

— Não tanto quanto você. — Ela deu um tapinha no meu joelho. — A licença está comigo.

Virei para a janela, quase sem conseguir acreditar que estávamos ali. Não que eu estivesse amarelando ou algo do gênero, só não conseguia acreditar que estivéssemos fazendo realmente isso, que em mais ou menos uma hora seríamos marido e mulher.

Ou Luxen e híbrida.

Entramos e tivemos uma rápida reunião com a "cerimonialista". Entregamos a ela a licença e as identidades e pagamos a taxa. A loura platinada atrás do balcão tentou nos vender todos os pacotes disponíveis, inclusive alguns que incluíam o aluguel de um smoking e de um vestido de noiva.

Kat fez que não. Havia tirado o chapéu e os óculos escuros.

— Só queremos alguém que realize a cerimônia. Só isso.

A loura abriu um sorriso de dentes superbrancos e se debruçou sobre o balcão.

— Os dois pombinhos estão com tanta pressa assim?

Passei um braço em torno dos ombros da Kat.

— Pode-se dizer que sim.

— Se vocês querem algo rápido, sem firulas nem testemunhas, então temos o ministro Lincoln. Ele não está incluído na taxa, de modo que pedimos um donativo extra.

— Beleza. — Inclinei a cabeça e rocei os lábios na têmpora da Kat. — Quer mais alguma coisa, gatinha? Se quiser, a gente faz. Seja lá o que for.

Kat fez que não.

— Só quero você. É tudo o que preciso.

Sorri e olhei de relance para a loura.

— Bom, então é isso.

Ela se levantou.

— Vocês fazem um casal adorável. Venham comigo.

Seguimos atrás da loura. Kat bateu com o quadril no meu ao entrarmos no "Túnel do Amor" — cara, uma série de comentários maldosos sobre o nome daquele lugar pipocou em minha mente, mas achei melhor guardá-los para depois.

O ministro Lincoln era um senhor de idade que mais parecia um vovô do que um sujeito que realizava casamentos em Vegas. Conversamos com ele por alguns minutos e, então, tivemos que esperar por mais uns vinte enquanto ele ajeitava as coisas. A demora estava começando a me deixar paranoico. Ficava esperando que um exército invadisse a igrejinha a qualquer momento. Precisava de uma distração.

Puxei a Kat para meu colo e passei os braços em volta de sua cintura. Enquanto esperávamos, contei a ela sobre as cerimônias que minha espécie realizava, que eram muito parecidas com um casamento humano, tirando a troca de alianças.

— Vocês fazem alguma coisa no lugar disso? — perguntou ela.

Prendi uma mecha do cabelo dela atrás da orelha e abri um ligeiro sorriso.

— Você vai achar nojento.

— Me conta.

Minha mão demorou-se na curva do pescoço dela.

— É tipo um pacto de sangue. Assumindo nossas formas verdadeiras... — Mantive a voz baixa para o caso de alguém estar escutando, embora imaginasse que fosse comum serem ditas coisas ainda mais estranhas no Túnel do Amor. — Nossos dedos são espetados e, em seguida, pressionados um contra o outro. É isso.

Ela fez um leve carinho na minha mão.

— Até que não é tão nojento assim. Esperava que você dissesse algo como ter que correr nu em círculos ou consumar a relação na frente de todo mundo.

Apoiei a cabeça no ombro dela e soltei uma sonora risada.

— Você tem uma mente tão suja, gatinha! É por isso que eu te amo.

— Só por isso? — Ela se ajeitou de modo a colar a bochecha na minha.

Apertei-a ainda mais.

— Você sabe que não.

— Podemos fazer... o que a sua espécie faz... depois? — perguntou ela, batendo em meu peito com a ponta do dedo. — Quando as coisas se acalmarem?

— Se você quiser.

— Eu quero. Acho que tornaria tudo mais real, entende?

— Srta. Whitt? Sr. Rowe? — A loura surgiu diante da porta. Tinha certeza de que a mulher tinha um nome, mas não conseguia me lembrar de jeito nenhum. — Está tudo pronto.

Tirei a Kat do meu colo e dei a mão a ela. A parte da capela era, na verdade, bem bonita. Havia espaço suficiente para amigos e familiares se você quisesse. Arranjos de rosas brancas estavam espalhados por todos os lados — nas pontas dos bancos, em vasos situados nos cantos, pendendo do teto e sobre o altar. O ministro Lincoln estava parado diante dele, segurando uma Bíblia. Ele sorriu ao nos ver.

Nossos passos não produziram som algum sobre o tapete vermelho. Na verdade, meu coração martelava com tanta força que poderíamos estar batendo os pés que eu não conseguiria ouvir. Paramos diante do ministro. Ele disse algo e eu assenti. Só Deus saberia dizer o quê. Ele nos mandou virar um de frente para o outro e, de mãos dadas, obedecemos.

O ministro continuou falando, mas era como se fosse a professora do Charlie Brown, porque não entendi uma única palavra. Meu olhar estava fixo no semblante da Kat, minha atenção concentrada na sensação das mãos dela entre as minhas e no calor de seu corpo junto ao meu. Até que, então, escutei as palavras que realmente importavam.

— Eu agora os declaro marido e mulher. Pode beijar a noiva.

Acho que meu coração explodiu. Kat me fitava, os olhos cinza arregalados e marejados de lágrimas. Por um momento, não consegui me mover. Permaneci congelado por alguns preciosos segundos, e, então, envolvi seu rosto entre as mãos e inclinei sua cabeça para trás. E a beijei. Eu já a beijara mais de mil vezes, mas dessa vez — ó céus —, dessa vez... foi diferente. A sensação de sua pele, de seu sabor, penetrou fundo em minha alma.

— Eu te amo — murmurei, beijando-a de novo. — Te amo tanto, tanto!

Ela fechou as mãos em minha cintura.

— Também te amo.

Antes que desse por mim, estava sorrindo e, então, rindo feito um idiota, mas não dei a mínima. Puxei-a para um abraço, aninhando a cabeça dela contra meu peito. Nossos corações martelavam em uníssono — *nós* éramos um só agora. Nesse momento, tudo pelo que havíamos passado, que tínhamos perdido e sido obrigados a abrir mão, pareceu ter valido a pena. Isso era o que importava — o que mais importava, para todo o sempre.

[26]

Katy

Estava me sentindo uma daquelas personagens de desenho animado que erguia a perninha quando era beijada pelo Príncipe Encantado. Estava tonta de tão feliz, absolutamente extasiada, como jamais acreditara ser possível. Tudo por causa de um simples papel em minha mão. Uma certidão de casamento entre dois nomes que não eram sequer os nossos.

Mas aquele documento representava o mundo.

Significava tudo.

Não conseguia parar de sorrir, nem engolir o bolo em minha garganta. Desde que trocáramos os votos, estava superemotiva, pronta para chorar por qualquer coisa. Daemon devia achar que eu era louca.

Ao sairmos, fomos detidos pela loura da recepção, que nos entregou uma foto.

— Essa é por minha conta — anunciou, sorrindo. — Vocês formam um belo casal. Seria um pecado e tanto não terem algo para lembrar o momento.

Daemon deu uma espiada por cima do meu ombro. A foto mostrava o nosso beijo — nosso primeiro beijo como marido e mulher.

— Deus do céu! — exclamei, sentindo as bochechas queimarem. — Estamos praticamente nos comendo.

Ele riu.

A loura sorriu e deu um passo para o lado.

— Acho que é o tipo de paixão que dura a vida toda. Vocês têm sorte.

— Eu sei. — E, naquele momento, dei-me conta da sorte que eu tinha, mesmo com todos os problemas. Olhei para meu... meu *marido*. Lá no fundo, sabia que o casamento não tinha validade, mas para mim tinha. Mais uma vez, meus olhos se encheram de lágrimas. — Sei que tenho muita sorte.

Daemon me recompensou com um beijo tão ardente que me roubou o chão. Em qualquer outra situação eu teria ficado constrangida, uma vez que estávamos em público. Mas não dei a mínima. Não quis nem saber.

Nós parecíamos dois idiotas piegas no caminho de volta para a casa, o tempo todo de mãos dadas e trocando olhares apaixonados. Levamos uns dois minutos para sair do carro. Assim que o Daemon desligou o motor, pulamos um em cima do outro. Estávamos absolutamente famintos. Beijar não era o suficiente. Pulando por cima da marcha, montei no colo dele. Minhas mãos imediatamente suspenderam a camiseta para acariciar aquele abdômen de tanquinho. Ele deslizou as dele pelas minhas costas, percorrendo a linha da coluna com as pontas dos dedos até entrelaçá-los nos meus cabelos.

Quando o Daemon finalmente se afastou e apoiou a cabeça no encosto do banco, eu estava ofegante.

— Certo — disse ele. — Se não pararmos com isso, vamos acabar fazendo algo bastante inapropriado aqui mesmo.

Soltei uma risadinha.

— Bela forma de recompensar a Lyla por ter nos emprestado o carro.

— Sem dúvida. — Daemon estendeu o braço e abriu a porta do motorista. Uma lufada de ar frio penetrou o interior. — Melhor você saltar logo antes que eu mude de ideia.

Não tinha certeza se queria que ele mudasse de ideia, mas me forcei a sair do carro. Daemon saltou logo atrás e, com as mãos em meus quadris, entramos na casa por uma porta que dava numa pequena despensa.

Assim que botamos os pés na cozinha, Matthew surgiu diante da gente, os olhos azuis cintilando de raiva.

— Onde diabos vocês estavam?

— Demos uma saída — respondeu Daemon, posicionando-se de modo a bloquear praticamente toda a minha visão do Matthew.

— Deram uma saída? — Ele pareceu chocado.

Segurando a certidão de encontro ao peito, dei uma espiada por cima do ombro do Daemon.

Meu antigo professor estava de queixo caído.

— Acho que não foi uma boa ideia — comentou Archer, surgindo subitamente no vão que conectava com a copa. — Sair para passear quando metade do governo está atrás de vocês.

Daemon enrijeceu.

— Deu tudo certo. Ninguém viu a gente. Agora, se nos derem licença...

Archer estreitou os olhos.

— Não acredito que vocês dois...

Enquanto eles falavam, eu cantarolava mentalmente "Don't Cha", tentando de forma desesperada não pensar no casamento. Um de nós devia ter se traído, porque o Archer fechou imediatamente a boca, em choque. Como se alguém tivesse acabado de explicar a ele que era possível pedir uma porção interminável de salada no Olive Garden.

Por favor, não diga nada. Por favor. Continuei repetindo as palavras mentalmente, rezando para que ele estivesse lendo minha mente no momento.

Matthew olhou de relance para o soldado, o cenho franzido.

— Está tudo bem, meu amigo?

Archer balançou a cabeça em negação e, girando nos calcanhares, murmurou:

— Deixa pra lá.

— Sei que você está puto por causa disso, Matthew. Desculpa. Não vamos fazer de novo. — Daemon estendeu o braço para trás e me deu a mão. Em seguida, começou a se afastar. — Pode gritar com a gente o quanto quiser daqui a umas... cinco horas.

Matthew cruzou os braços.

— O que você vai fazer?

Daemon ofereceu-lhe um sorrisinho sacana ao passarmos por ele.

— Não é o quê, é com quem. — Dei-lhe um tapa nas costas, que ele ignorou. — Então, dá pra segurar o sermão por um tempo?

O ex-professor não teve sequer a chance de retrucar. Saímos da cozinha e atravessamos um cômodo aparentemente sem propósito definido, com um monte de estátuas e uma mesa no centro. Dee e Ash conversavam em algum aposento próximo.

— É melhor a gente se apressar — pediu Daemon —, ou não conseguiremos escapar.

Embora eu estivesse doida para passar um tempo com a Dee, sabia por que estávamos correndo. Ao chegarmos à metade da escada, Daemon se virou e me pegou no colo.

Mordendo o lábio para conter o riso, passei os braços em volta do pescoço dele.

— Isso não é necessário.

— É, sim — retrucou ele, recorrendo a seus talentos alienígenas. Em questão de segundos, estávamos no quarto. Ele me botou no chão e fechou a porta.

As roupas não demoraram muito a desaparecer. A princípio tudo foi rápido e tumultuado. Daemon girou nos calcanhares e me forçou a recuar até eu bater com as costas na porta, me encurralando com seu corpo largo. Havia algo de diferente dessa vez. Como se o ato tivesse se tornado mais verdadeiro, com se aquele pequeno pedaço de papel que agora se encontrava no chão tivesse mudado tudo. E talvez tivesse. Cruzei as pernas em volta do quadril dele e tudo aconteceu num ritmo febril. Disse a ele que o amava, e mostrei-lhe exatamente o quanto. Ele fez o mesmo. Quando enfim conseguimos chegar à cama, as coisas se tornaram doces e carinhosas.

Horas se passaram, provavelmente um pouco mais do que as cinco que o Daemon tinha prometido ao Matthew. Para nossa grande surpresa, ninguém nos interrompeu. Eu estava confortavelmente aconchegada nos braços dele, com a cabeça apoiada em seu peito. Por mais que soasse idiota, adorava escutar seu coração batendo.

Daemon brincava com meu cabelo, enrolando algumas mechas nos dedos enquanto conversávamos sobre toda e qualquer coisa que não tivesse nada a ver com nosso futuro imediato, e sim com o futuro que esperávamos ter — onde cursaríamos uma faculdade e arranjaríamos um emprego.

Onde teríamos uma vida.

Foi legal, uma espécie de catarse para a alma.

De repente, minha barriga rugiu como o Godzilla.

Daemon soltou uma risadinha.

— Certo. Acho melhor a gente providenciar alguma coisa para comer antes que você comece a me ver como algo comestível.

— Tarde demais — retruquei, mordiscando seu lábio inferior. Ele produziu um som demasiadamente sexy no fundo da garganta, do tipo que nos faria perder mais umas duas horas ali no quarto. Forcei-me a colocar alguma distância entre nós. — A gente tem que descer.

— Pra você comer alguma coisa? — Daemon se sentou e correu uma das mãos pelo cabelo. Estava com uma aparência adoravelmente desmazelada.

— É, mas também precisamos descobrir o que os outros pretendem fazer. — A realidade era um pouco desanimadora. — Precisamos descobrir o que *nós* vamos fazer.

— Eu sei. — Ele se curvou sobre a beirada da cama e pegou minha camiseta. Em seguida, jogou-a para mim. — Mas é melhor que seus planos envolvam comida.

Graças a Deus, sim. Dee estava na cozinha preparando o almoço — ou seria o jantar? — o qual consistia basicamente numa variedade de sanduíches. Daemon escutou a voz do irmão e foi ao encontro dele, enquanto eu me postava ao lado da Dee.

— Quer ajuda? — perguntei, balançando nos calcanhares.

Ela olhou de relance para mim.

— Estou quase terminando. O que você quer? Peito de peru? Presunto?

— Presunto, por favor. — Ofereci-lhe um sorriso. — O Daemon provavelmente vai querer presunto também. Posso prepará-los, se você ainda não tiver feito isso.

— Daemon quer qualquer coisa que seja de comer. — Ela estendeu o braço e pegou um prato descartável. Achava meio engraçado que uma casa daquelas tivesse pratos desse tipo. Enquanto arrumava dois sanduíches de presunto sobre ele, uma forte risada masculina a fez lançar um rápido olhar por cima do ombro. O alívio foi evidente.

— Que foi? — perguntei, olhando na direção do corredor por onde o Daemon havia desaparecido.

— Não sei. — Um ligeiro sorriso repuxou-lhe os lábios. — Só estou surpresa que o Archer esteja com eles. Esperava escutar gritos, não risos.

— Daemon é só um pouco... surperprotetor no que diz respeito a você.

Ela riu.

— Um pouco?

— Certo. Muito. Mas não é que ele tenha nada contra o Archer, que por sinal é um cara bem legal. Ele me ajudou... nos ajudou... enquanto estávamos com o Daedalus. Mas o Archer é mais velho, é diferente e...

— Tem um pênis? — completou Dee. — Porque acho que, para o meu irmão, esse é o maior problema.

Rindo, peguei duas latinhas de refrigerante.

— Você provavelmente tem razão. Então, tem falado com ele?

Ela deu de ombros.

— Não muito. Archer não é muito de conversar.

— Ele é um homem de poucas palavras. — Recostei o quadril na bancada. — E não viu muitas coisas na vida. Provavelmente ainda está digerindo tudo.

Ela balançou a cabeça de leve, frustrada.

— É louco e tenebroso o que eles estão fazendo com as pessoas. E não para por aí, certo? Gostaria que pudéssemos fazer alguma coisa a respeito.

Pensei nos híbridos que tinha visto e nos originais que havíamos libertado. Será que algum deles tinha conseguido fugir? Botei as latinhas de lado e soltei um suspiro.

— Tem tanta coisa errada!

— Verdade.

Escutei outra sonora gargalhada que reconheci como sendo do Daemon. Antes que desse por mim, estava sorrindo feito uma retardada.

— Olha só pra você, toda alegrinha. — Dee me deu uma cotovelada. — O que tá rolando?

Dei de ombros.

— É só que estou tendo um ótimo dia. Depois te conto.

Ela me entregou um sanduíche.

— Se tem a ver com o que vocês dois andaram fazendo no quarto a tarde inteira, não quero saber.

Eu ri.

— Não vou falar sobre isso.

— Graças a Deus! — Ash se meteu no meio da gente e pegou o pote de maionese. — Porque ninguém está interessado nesse assunto.

A não ser que fosse sobre o passado dela com o Daemon. Nesse caso, ela virava uma tagarela. Melhor deixar para lá. Ofereci-lhe um sorriso, que ela me retribuiu com um olhar estranho.

Ash pegou uma colherada de maionese e a meteu direto na boca. Meu estômago revirou.

— O fato de você comer maionese de colherada e continuar magra desse jeito é um verdadeiro absurdo.

Aqueles olhos de gato deram uma piscadinha.

— Morra de inveja.

O engraçado era que eu não sentia nem um pingo.

— Por outro lado, talvez devesse ser eu a estar com inveja, *gatinha*.

Dee deu um tapa no braço da Ash.

— Não começa.

Ela riu e jogou a colher dentro da pia.

— Não estou dizendo que gostaria de ser a gatinha dele, mas se quisesse... bem, essa história provavelmente teria um final diferente.

Uns dois meses antes, eu teria ficado puta. No momento, simplesmente sorri.

Ela me fitou por um momento e, então, revirou os olhos azuis.

— Deixa pra lá.

Observei-a sair da cozinha.

— Acho que estou começando a gostar dela — falei para Dee.

Ela riu e arrumou o último sanduíche numa travessa. Devia haver pelo menos uma dúzia deles.

— Na verdade, acho que o grande problema é que a Ash *queria* não gostar de você.

— Ela disfarça bem.

— Mas não acho que ela se sinta assim. — Dee pegou a travessa e inclinou a cabeça ligeiramente de lado. — A Ash realmente gostava do Daemon. Não acho que fosse amor, mas acredito que ela sempre imaginou que eles ficariam juntos. Não é fácil superar isso.

Senti uma pontada de culpa.

— Eu sei.

— Mas ela vai. De mais a mais, Ash vai acabar encontrando alguém que aguente suas rabugices, e tudo irá se encaixar.

— E quanto a você?

Dee riu e deu uma piscadinha.

— Só quero que tudo se encaixe por uma única noite... se entende o que eu quero dizer.

Engasguei com o riso.

— Deus do céu, não deixa nem o Daemon nem o Dawson escutarem isso.

— Não brinca!

Estavam todos na sala de televisão — esparramados pelos sofás, poltronas e namoradeiras. Presa na parede estava a maior TV que eu já vira na vida, praticamente do tamanho de uma tela de cinema.

Sentado num dos sofás, Daemon bateu na almofada ao seu lado. Sentei também e entreguei a ele o prato de sanduíches e o refrigerante.

— Obrigado.

— Foi sua irmã quem preparou. Eu só vim entregar.

Dee botou a travessa sobre a mesinha de centro e olhou de relance para onde o Archer estava sentado com o Luc e o Paris. Em seguida, pegou dois sanduíches e se aboletou numa das namoradeiras vermelho-escuras. Duas bolas vermelhas surgiram em suas bochechas, e rezei para que ela não estivesse tendo nenhum pensamento impuro.

Um rápido olhar na direção do Archer, que agora a fitava fixamente, me disse que ela estava, sim.

Do meu outro lado, Dawson chegou um pouco para frente e pegou dois sanduíches, um para si próprio e outro para a Beth. A garota estava enroscada numa manta, com cara de sono. Quando nossos olhos se cruzaram, um leve sorriso iluminou-lhe o rosto.

— Como está se sentindo? — perguntei.

— Ótima. — Ela começou a arrancar pequenos nacos do pão. — Só um pouco cansada.

Mais uma vez, me perguntei o que podia haver de errado com ela, porque com certeza alguma coisa havia. Ela não parecia só um pouco cansada, parecia absolutamente exausta.

— A viagem foi longa — explicou Dawson. — Eu também fiquei um pouco cansado.

Mas não parecia. Pelo contrário, ele estava com uma aparência supersaudável. Os olhos verdes estavam ultrabrilhantes, especialmente quando fitavam a Beth.

O que era o tempo todo.

— Come — disse ele baixinho para ela. — Você precisa comer pelo menos dois.

Ela riu.

— Dois eu não prometo.

Continuamos ali por mais um bom tempo, mesmo depois que a comida havia terminado. Acho que todos estavam tentando adiar o inevitável — a conversa séria. Tanto que o Matthew saiu da sala, dizendo que voltaria dali a pouco.

Daemon se inclinou e apoiou as mãos nos joelhos.

— Hora de falarmos sobre o que interessa.

— Verdade — concordou Luc. — Precisamos seguir viagem. Amanhã seria ótimo.

— Isso a gente já sabe — disse Andrew. — Mas para onde exatamente a gente vai?

Luc abriu a boca para responder, mas o Archer ergueu a mão, silenciando-o.

— Espera um pouco. Não fala nada.

O jovem original mafioso estreitou os olhos, mas se recostou de volta no assento, trincando o maxilar. Com os punhos cerrados, Archer se levantou e saiu da sala.

— O que houve? — perguntou Daemon.

Uma sensação incômoda desceu pela minha espinha. Olhei de relance para o Dawson, que também estava subitamente alerta.

— Luc — falei, o coração na boca.

Ele se levantou, inflando o peito nitidamente. Num segundo estava parado diante de uma das namoradeiras e, no seguinte, do outro lado da sala, a mão fechada na garganta da Lyla.

— Quanto tempo? — exigiu saber.

— Puta merda! — Andrew se colocou de pé num pulo, posicionando-se diante da irmã e da Dee.

— Quanto tempo? — perguntou Luc de novo, esganando-a.

A pobre Luxen empalideceu.

— N-não sei do que você está f-falando.

Daemon se levantou devagarinho e deu um passo à frente. O irmão se postou logo atrás.

— O que está acontecendo?

Luc o ignorou, suspendendo uma assustada Lyla até tirá-la do chão.

— Vou te dar cinco segundos para responder. Um. Quatro...

— Não tive escolha — respondeu ela num ofego, segurando o pulso do garoto.

Meu sangue gelou.

À medida que a ficha foi caindo, uma expressão de horror se espalhou pela sala. Aproximei-me da Beth, que tentava se desvencilhar da manta.

— Resposta errada — disse Luc em voz baixa ao mesmo tempo que soltava a Lyla. — Existe sempre uma escolha. É a única coisa que ninguém pode tirar da gente.

Ele se moveu tão rápido que tive quase certeza de que nem mesmo o Daemon conseguiu acompanhar. O jovem mafioso estendeu o braço. Um feixe de luz branca desceu por ele e espocou de sua mão. Imediatamente, uma onda de poder e calor varreu a sala, soprando meu cabelo para trás.

A bola de energia explodiu contra o peito da Lyla, lançando-a de costas sobre uma pintura a óleo da avenida principal de Las Vegas. Uma expressão de choque cruzou o rosto dela e, então, se apagou. Com os olhos já totalmente vidrados, ela escorregou para o chão, as pernas cedendo sob o peso do corpo.

Ai, meu Deus... Recuei um passo, cobrindo a boca com a mão.

O buraco no peito da Luxen exalava fumaça.

LUX 4 ORIGINAIS

Um segundo depois, ela começou a tremelicar, como uma TV com recepção ruim, até voltar à forma verdadeira. O brilho luminoso foi se apagando gradativamente, dando lugar a uma pele translúcida com uma malha de veias azuladas.

— Se importa em explicar por que você matou nossa anfitriã? — perguntou Daemon numa voz perigosamente calma.

Archer reapareceu no vão da porta, uma das mãos fechadas na nuca do Matthew e a outra segurando um celular esmagado. Um fio de sangue escorria do nariz de nosso antigo professor, de um vermelho profundo com toques de azul.

Tanto o Daemon quanto o Dawson deram um passo à frente.

— Que diabos está acontecendo? — A voz do Daemon reverberou pela casa inteira. — Você tem dois segundos para responder antes que eu o use como um taco de beisebol para destruir essa sala.

— Seu amiguinho aqui estava fazendo uma ligação — respondeu Archer num tom tão calmo e contido que meu corpo inteiro estremeceu. — Conta pra eles, Matthew, diz pra quem você estava ligando.

Matthew não respondeu. Seus olhos estavam fixos no Daemon e no Dawson.

Archer apertou ainda mais o pescoço do nosso ex-professor.

— Esse filho da puta estava ao telefone com o Daedalus. Ele ferrou a gente. E feio.

[27]

Katy

Daemon recuou um passo, encolhendo-se fisicamente perante a acusação.

— Não. — Sua voz soou rouca. — Impossível.

— Eu sinto muito — disse Matthew. — Eu não podia deixar isso acontecer.

— Deixar acontecer o quê? — perguntou Dee. Ela estava pálida, os punhos cerrados ao lado do corpo.

Matthew não tirou os olhos do Daemon. Tanto sua voz quanto a postura corporal imploravam a ele que compreendesse o impensável.

— Eu não posso permitir que essas perdas continuem. Vocês são a minha família, e já perdi o Adam. Ele morreu por causa do Daedalus. Você precisa entender. A última coisa que eu queria era ter que passar por isso de novo.

Um frio gélido invadiu minhas veias.

— De novo?

Aqueles brilhantes olhos azuis se voltaram para mim, e foi como se a máscara tivesse finalmente caído. Pela primeira vez, pude ver a desconfiança e o desprezo em seu olhar. Um sentimento tão potente e poderoso que pareceu atravessar a sala e me envolver numa bolha.

— É por *isso* que não nos misturamos com humanos. Acidentes acontecem, e faz parte da nossa natureza salvar aqueles que amamos. Por esse motivo não nos deixamos apaixonar por eles. Sempre acaba nisso! Quando um de nós se envolve com um humano, o Daedalus aparece logo em seguida.

— Ai, meu Deus! — Dee cobriu a boca com as mãos.

Paris fez um ruído baixo de contrariedade.

— Esse é um péssimo motivo para trair aqueles que você considera da família.

— Você não entende! — Matthew lutou para se desvencilhar do Archer. — Se eu tiver que sacrificar um para salvar os outros, então que seja. Já *fiz* isso antes. Foi pelo bem maior.

Eu estava chocada. Por alguns momentos, fiquei completamente sem reação. Mas então me lembrei da noite em que o Daemon e eu tínhamos ido até ele depois de vermos o Arum entrar na casa com a Nancy — a mesma noite em que o Matthew confirmara que, se a Beth estava viva, o Dawson também tinha que estar.

Jamais havíamos questionado as coisas que o Matthew sabia, que não eram poucas. Como, por exemplo, a existência desse lugar, que ele nunca mencionara. Enquanto o fitava, fui tomada por uma profunda sensação de horror.

Luc inclinou a cabeça ligeiramente de lado.

— O que eles te prometeram? Que todos sairiam livres se você entregasse apenas um? Uma troca justa. Uma vida por um punhado de outras?

Eu ia vomitar.

— Eles querem o Daemon e a Katy — respondeu Matthew, voltando a olhar para o Daemon. — Prometeram que os outros poderiam ir embora sem problemas.

— Você surtou? — guinchou Dee. — De que forma isso iria nos ajudar?

— Ajuda, sim! — rugiu nosso ex-professor. — Por que acha que eles deixaram você e o Daemon em paz? Vocês dois sabiam do relacionamento do Dawson e que a Bethany conhecia a verdade a respeito da gente. Todos estavam em risco. Eu precisava fazer alguma coisa.

— Não é possível — A voz da Beth, embora baixa, estremeceu a sala. — Foi meu tio quem nos entregou...

— Seu tio apenas confirmou o que eles já suspeitavam — cuspiu Matthew. — Quando eles me procuraram para falar de vocês, me deram uma opção. Se eu contasse a verdade sobre o relacionamento dos dois e o que você sabia, os outros seriam deixados em paz.

— Seu filho da puta! — O contorno do corpo do Daemon começou a perder definição. — Você entregou o Dawson para eles? Meu irmão? — As palavras gotejavam veneno.

Matthew balançou a cabeça, frustrado.

— Você sabe o que acontece com os Luxen que quebram as regras. Ninguém nunca mais ouve falar deles. Eles ameaçaram pegar todo mundo. — Ele se virou para a Ash e o Andrew. — Inclusive vocês. Não tive escolha.

A energia pulsava por toda a sala.

— É, e os dois acabaram nas mãos do Daedalus — disse Archer, flexionando os dedos. — No mesmo lugar para onde você está querendo mandar o Daemon e a Katy.

— Você contou a eles sobre mim e a Beth? — A voz do Dawson falhou no meio da frase.

Matthew fez que sim.

— Sinto muito, mas você expôs todo mundo a eles.

Daemon estava arrasado, como se alguém lhe houvesse roubado subitamente o ar, mas o calor que impregnava gradativamente a sala não vinha dele. Vinha do Dawson. Uma leve descarga de energia emanava dele.

— A situação agora é a mesma. — Matthew entrelaçou as mãos como se fosse rezar. — Tudo o que eles querem é o Daemon e a Katy. Todos os outros, inclusive você e a Beth, poderão ir embora sem problemas. Eu tinha que fazer isso. Preciso proteger...

Dawson reagiu tão rápido que se alguém quisesse impedi-lo não teria tido a chance. Com um movimento do braço, lançou uma bola de energia pura e instável direto no Matthew. Ela o acertou em cheio no peito, fazendo-o girar.

Soube que ele estava morto antes mesmo que se estatelasse no chão.

Dee gritou.

Daemon me agarrou pelo braço e me tirou da sala.

A voz do Archer sobressaiu acima das demais, juntando-se à do Daemon numa série de ordens.

LUX 4 ORIGINAIS

Tínhamos que ir embora. E rápido.

Nunca imaginei que o Matthew fosse capaz de fazer uma coisa dessas, ou que o Dawson pudesse matá-lo sem a menor hesitação.

— Fica comigo, gatinha. — A voz grave do Daemon me arrancou do transe. Estávamos atravessando a cozinha. — Preciso que você...

— Estou bem — interrompi, observando o Luc se virar e puxar uma chocada Ash em direção ao vestíbulo. — Eles estão a caminho.

— Pode apostar esse seu belo traseiro — comentou Archer, estendendo a mão atrás das costas e puxando uma pistola.

— Não gosto que você fale sobre o traseiro da Kat, mas, deixando isso de lado, para onde a gente vai? — perguntou Daemon, apertando minha mão. — Qual é o plano? Fugir correndo daqui que nem um bando de baratas tontas?

— Exatamente — respondeu Andrew. — A não ser que a gente queira ser capturado.

— Não. — Luc estava de olho no Dawson e na Beth. O Luxen continuava com uma expressão de puro ódio. — Vamos sair da cidade, em direção ao Arizona. Conheço um lugar que esses imbecis jamais irão encontrar. Mas precisamos deixar logo a cidade.

Daemon olhou de relance para o irmão.

— Você concorda? — Ao ver o Dawson assentir, ele me soltou, foi até o irmão e apoiou a mão em seu ombro. — Você fez o que precisava fazer.

Dawson cobriu a mão do Daemon com a própria.

— E faria de novo.

— Certo, deixando a reuniãozinha familiar de lado, quem entrar num desses carros parados aí fora vai ter que encarar o que vier pela frente — disse Paris, sacudindo um molho de chaves. — Se algum de vocês acha que não está preparado para colocar a vida em risco pelos demais, é melhor desistir agora. Se qualquer um de vocês nos ferrar, eu mato. — Ele sorriu de maneira quase charmosa. — E provavelmente vou gostar.

Daemon fuzilou-o com os olhos, mas disse:

— E eu ajudo.

— Já vim até aqui — comentou Andrew, dando de ombros. — Posso muito bem continuar.

Todos olharam para a Ash.

— Que foi? — perguntou ela, prendendo algumas mechas de cabelo atrás das orelhas. — Vejam bem, se eu não quisesse tomar parte nessa loucura, teria ficado em casa. Mas estou aqui.

Bom argumento. Ainda assim, senti vontade de perguntar por que ela e o Andrew estavam dispostos a arriscar tudo, já que nenhum dos dois era grande fã de mim ou da Beth. Foi então que me dei conta. Não se tratava da gente. Se tratava do Daemon e do Dawson — da família.

Eu podia aceitar isso.

Partimos correndo para a porta da frente, mas, no último segundo, agarrei o Daemon pelo braço.

— Espera um pouco. Preciso dar um pulinho no quarto.

Archer se virou.

— O que quer que seja pode ficar. Não é importante.

— *Daemon*... — Enterrei os dedos no braço dele. Presumi que todos estivessem com suas respectivas identidades. Não tinha certeza, mas nós *precisávamos* dos nossos documentos. Precisávamos levá-los conosco.

— Merda. — Ele entendeu o que eu queria dizer. — Espera aí fora. Eu pego.

Assenti com um menear de cabeça e fui ao encontro do Archer.

— Sério mesmo? — rosnou ele, baixinho. — Aqueles *documentos* são tão importantes assim?

— São. — Não tínhamos as alianças, nem uma certidão com nossos nomes verdadeiros e, portanto, o casamento não era *válido*. Mas, no momento, tanto ela quanto nossas identidades falsas representavam tudo. Eram o nosso futuro.

Dawson já tinha colocado a Beth no banco traseiro de uma SUV. Ash e Andrew estavam se ajeitando para ir com eles.

— Vai com eles — falei para o Archer, sabendo que ele os protegeria. — Eu e o Daemon podemos ir com o Paris e o Luc.

Archer não hesitou. Interceptou o Dawson e se sentou atrás do volante.

— É melhor que eu esteja dirigindo caso alguma coisa aconteça. Confie em mim.

Dawson não pareceu muito convencido e, naquele momento, tornou-se uma réplica exata do irmão. No entanto, ele fez algo que o Daemon jamais faria. Não discutiu. Sem dizer nada, acomodou-se no banco do carona.

Um segundo depois, Daemon surgiu atrás de mim.

— Os documentos estão no bolso de trás.

— Obrigada.

Entramos no Hummer. Paris se postou atrás do volante e Luc ao lado dele. Assim que as portas se fecharam, o jovem original virou para trás.

— Peço desculpas pelo Matthew — disse para o Daemon. — Sei que vocês eram próximos. Que ele era da família. Que merda! Mas às vezes as pessoas tomam atitudes de merda quando estão desesperadas.

— E burras — murmurou Paris por entre os dentes.

Daemon assentiu e se recostou no banco. Em seguida, olhou de relance para mim e ergueu o braço. Não hesitei. Com o coração apertado, aproximei-me ainda mais e me aconcheguei a ele. Seu braço se fechou em volta de mim, os dedos enterrando-se no meu.

— Sinto muito — murmurei. — Muito mesmo.

— Shhh — replicou ele, baixinho. — Você não precisa se desculpar por nada.

Precisava, sim, e por um monte de coisas. Coisas que, no momento, enquanto tirávamos o carro da garagem, não conseguiria nem tentar forçar meu cérebro a digerir. Além disso, havia o fato de que o Daedalus provavelmente estava a caminho. Mas não podia ficar pensando nisso. Já estava começando a sentir o pânico tentando cravar as garras em mim. Não ajudaria em nada começar a surtar.

O portão não abriu. Daemon me apertou de encontro a si ao ver que Paris não ia parar. O carro passou feito um trator por cima das grades de metal.

— Ainda bem que estamos num Hummer — observou Luc.

Daemon estendeu o braço e pegou o cinto de segurança.

— Você devia estar usando isso.

— E quanto a você? — Deixei que ele me afivelasse ao banco do meio.

— Sou difícil de matar.

— Na verdade… — disse Luc de modo arrastado. — Provavelmente o mais difícil de matar aqui sou eu.

— Ele e sua Síndrome do Floco de Neve Especial — murmurou Daemon.

Luc bufou enquanto Paris cruzava a estradinha estreita a toda velocidade, com Archer na nossa cola.

— O Daedalus alguma vez mostrou pra vocês sua melhor e mais recente arma?

— Eles nos mostraram um monte de coisas — respondi, o corpo pendendo para o lado em decorrência de uma curva acentuada.

— Mas vocês viram a arma especial deles? — Luc apoiou um pé no painel, e rezei para que o airbag não fosse acionado sem querer. — A que pode derrubar um Luxen com um único tiro? A PEP? Que utiliza Projéteis de Energia Pulsante?

— O quê? — Meu estômago foi parar no chão. Olhei do Luc para o Daemon, e de volta para o Luc. — Que tipo de arma é essa?

— Ela usa uma espécie de pulso de energia para destruir as ondas de luz... super high-tech. Que nem o ônix, só que muito pior. — Daemon franziu as sobrancelhas. — Eu nunca vi, mas a Nancy me falou sobre elas.

— É uma arma eletromagnética — explicou Luc. — Muito perigosa para qualquer coisa à sua volta. Se eles recorrerem a ela, é porque não estão de brincadeira. A maldita destrói as emissões de sinais e pode até mesmo ferir os humanos, uma vez que tanto o cérebro quanto o coração e os pulmões são controlados por energia de baixa voltagem. Se usadas em baixa frequência, as PEP não são fatais para os humanos, mas para nós são catastróficas de qualquer forma.

Meu sangue gelou.

— Um tiro?

— Um tiro — repetiu Luc, sério. — Vocês dois provavelmente não precisam se preocupar, já que eles os querem vivos. Mas precisam entender que, se eles recorrerem a essas armas, pessoas irão morrer.

Congelei, incapaz sequer de respirar. Mais pessoas iriam morrer.

— Não podemos deixar isso acontecer. — Virei-me para o Daemon e me aproximei o máximo que o cinto permitia. — Não podemos deixar que pessoas morram por causa...

— Eu sei. — Daemon trincou o maxilar de maneira determinada. — Mas não podemos voltar. Precisamos dar o fora daqui antes que tenhamos que nos preocupar com qualquer coisa desse tipo.

LUX 4 ORIGINAIS

Meu coração martelava de encontro ao peito. Olhei de relance para o Luc. Ele não parecia muito convencido. Eu sabia que o Daemon estava tentando me tranquilizar. Por mais que apreciasse o gesto, uma pontada de culpa se sobrepôs ao medo. Se mais alguém morresse...

— Não faça isso — disse Daemon baixinho. — Sei o que está pensando. Para!

— Como posso não pensar nisso?

Daemon não respondeu. O horror que se insinuava era como um buraco sem fim, aumentando à medida que nos aproximávamos da movimentada cidade ao entardecer. Em vez de acolhedoras, as luzes dos postes, edifícios e outdoors, em tons fluorescentes de vermelho e azul, eram como um mau agouro.

O trânsito estava totalmente congestionado ao sul do Boulevard, uma fila interminável de carros que mais pareciam estacionados do que em movimento.

— Ah, droga! — Paris bateu com as mãos no volante. — Isso é inconveniente.

— Inconveniente? Inconveniente é pouco! — Daemon agarrou o encosto do banco dele. — Precisamos fugir desse congestionamento. Somos um alvo fácil demais aqui.

Paris bufou.

— A menos que você tenha um helicóptero escondido aí no bolso de trás da calça, não vejo como conseguirei nos tirar daqui. Podemos pegar algumas ruazinhas vicinais, mas só mais adiante.

Com os dedos trêmulos, soltei o cinto e cheguei mais para frente até meus joelhos baterem no compartimento atrás da marcha. Um rápido olhar por cima do ombro confirmou que o Archer continuava grudado na gente.

— Por que ninguém está andando? Olhem! — Apontei. A fila de carros que seguia rumo aos limites da cidade se estendia a perder de vista. — O trânsito está *completamente* parado.

— Não há motivo para pânico, pelo menos não ainda — observou Paris. Um sorriso encorajador iluminou-lhe o rosto. — Provavelmente é só um acidente ou algum maluco correndo pelado no meio da rua. Acontece. Afinal de contas, estamos em Vegas.

Alguém meteu o dedo na buzina.

— Ou, o que é mais provável, eles fecharam a saída para a interestadual. Só estou dizendo — rebati.

— Acho que ele só está sendo otimista, gatinha, por mais burro que isso seja. Quem somos nós para tentar fazê-lo enxergar a realidade?

Esfreguei as palmas suadas nas coxas. Cheguei a abrir a boca para responder, mas um barulho ao longe chamou minha atenção. Recostando-me de volta no banco, dei uma espiada pela janela do carona.

— Ah, merda!

Um helicóptero preto sobrevoava a cidade, voando inacreditavelmente baixo. A impressão era de que as hélices esbarrariam num dos prédios a qualquer momento. Podia ser qualquer um, mas tinha a terrível sensação de que se tratava do Daedalus.

— Vou dar uma checada — avisou Luc, estendendo a mão para abrir a porta. — Fiquem aqui. Já volto.

Luc saltou do Hummer e se meteu entre os outros carros antes que algum de nós pudesse responder. Um lampejo de irritação cruzou o rosto do Daemon.

— Você acha que isso foi inteligente?

Paris riu.

— Não. Mas o Luc faz o que bem entende. Ele vai voltar, não se preocupe.

Uma súbita batidinha no vidro lateral traseiro me fez pular. Graças a Deus era o Dawson.

Daemon abriu a janela.

— Temos problemas.

— Já imaginava. O trânsito completamente parado? Não é bom sinal. — Dawson se debruçou na janela. Como sempre, vê-los juntos era sempre um pouco desconcertante a princípio. — O Luc foi lá ver?

— Foi — respondi, pressionando as mãos entre os joelhos.

Alguém na via ao lado assobiou, mas o Dawson ignorou.

Luc reapareceu. Enquanto entrava de volta no Hummer, prendeu o cabelo num rabo de cavalo frouxo.

— Gente, tenho boas e más notícias. Qual vocês querem primeiro?

Os nós dos dedos do Daemon, cujas mãos continuavam fechadas no assento à sua frente, ficaram brancos. Sabia que ele estava prestes a dar um soco num dos rapazes.

— Não sei. Que tal começar pela boa?

— Bom, tem uma barricada a cerca de um quilômetro e meio adiante. Isso nos dá algum tempo para pensar numa saída.

Minhas palavras soaram roucas.

— Essa é a *boa* notícia? Então qual é a má?

Luc fez uma careta.

— A má é que eles têm, digamos assim, uma equipe inteira da SWAT andando entre os carros, verificando cada um, de modo que nosso tempo para tomar uma decisão é limitado.

Simplesmente olhei para ele.

Daemon soltou uma série surpreendente de palavrões. Em seguida, socou o banco da frente, fazendo o carro inteiro chacoalhar, e trincou o maxilar.

— Não vamos terminar assim.

— Adoraria pensar que não — replicou Luc. Olhando pelo para-brisa, balançou a cabeça devagarinho, frustrado. — Mas até mesmo eu acho que abandonar os carros e correr é nossa melhor opção.

— Correr para onde? — perguntou Dawson, estreitando os olhos. — Não tem nada além de deserto cercando Las Vegas, e a Beth... — Ele se afastou do carro e correu uma das mãos pelo cabelo. — Ela não vai conseguir correr por tantos quilômetros. Precisamos de outro plano.

— Alguma sugestão? — rebateu Paris. — Sou todo ouvidos.

— Não sei. — Dawson apoiou as mãos na janela. — Se vocês quiserem fugir, vou entender, mas a Beth e eu temos que encontrar um buraco onde possamos nos esconder. Vocês podem ir...

— Não vamos nos separar — interrompeu Daemon, a voz transbordando raiva. — De novo, não. Vamos ficar juntos, aconteça o que acontecer. Preciso pensar em alguma coisa. Tem que haver uma solução...

— Sua voz falhou.

Meu coração pulou uma batida.

— Qual?

Daemon piscou lentamente e, então, riu.

— Tenho uma ideia — disse.

— Estou esperando. — Luc estalou os dedos.

Daemon o fitou com os olhos estreitados.

— Estala esses dedos de novo que eu...

— Daemon! — gritei. — Concentre-se. Qual é a ideia?

Ele se virou para mim.

— É arriscada, e completamente louca.

— Certo. — Liberei minhas mãos. — Isso é bem a sua cara.

Ele abriu um sorrisinho presunçoso e, em seguida, voltou a atenção para o Luc.

— É algo que você falou uma vez. Sobre a força do Daedalus estar no fato de que ninguém sabe que eles existem... de que ninguém sabe que a *gente* existe. Se mudarmos isso, vamos ficar em vantagem. Eles vão estar ocupados demais remendando a situação para procurar pela gente.

Mal consegui forçar meu cérebro a digerir aquilo.

— Está sugerindo que a gente se exponha?

— Estou. Vamos lá para o meio criar o maior espetáculo possível. Gerar um alvoroço entre os humanos. Um espetáculo grande o bastante vai servir como distração.

— Que nem na Área 51? Exceto que dessa vez... — Dessa vez seria algo épico, totalmente incontrolável.

Dawson bateu com as mãos na lateral do Hummer, o que lhe garantiu um olhar irritado do Luc.

— Então vamos lá.

— Espera um pouco — pediu Paris.

Daemon o ignorou e estendeu a mão para abrir a porta. Seguiu-se uma série de cliques, mas ele não conseguiu ir a lugar nenhum. Virando-se, lançou um olhar chocado na direção do Paris.

— Você acionou a trava de segurança para crianças?

— Acionei. — Paris jogou as mãos para o alto. — É melhor pensar nisso direito antes.

— Não precisamos pensar em nada — rebateu Dawson. — É um plano bom o bastante. A gente cria um caos e conseguimos escapar.

Colocando-se de joelhos, Luc se debruçou sobre o banco. Os olhos ametista se fixaram nos irmãos.

— Se começarmos com isso, não poderemos voltar atrás. O Daedalus vai ficar ainda mais puto, e eles virão atrás da gente com tudo.

— Mas isso nos dará tempo para escapar — argumentou Daemon. Suas pupilas estavam começando a brilhar. — Ou você tem algum problema com impedi-los de nos capturar?

— Problema? — Luc riu. — Eu acho brilhante. Honestamente, adoraria ver a cara deles quando o noticiário da noite mostrar um bando de Luxen zanzando pela cidade.

— Então qual é o problema? — perguntou Dawson, olhando de relance para a fila de carros à nossa frente. Todos continuavam parados.

Luc deu um tapa no encosto do banco.

— Pensem bem no que vocês estão planejando fazer. Não é só o Daedalus que vai ficar puto, toda a comunidade Luxen também. Quanto a mim? Sou totalmente a favor de criarmos uma rebelião… porque isso é o que vai ser, uma rebelião.

— Não se esqueçam… — acrescentou Paris rapidinho. — De que muitos irão usar isso em benefício próprio. Eles irão tirar vantagem do caos.

Engoli em seco, lembrando do tenebroso percentual de Luxen que o sargento Dasher havia mencionado.

— Estamos presos entre a cruz e a espada.

Daemon focou os olhos em mim. Já sabia qual seria sua decisão. Entre a família e o resto do mundo, ele definitivamente escolheria a família. Fechou a mão na maçaneta.

— Abre a porta.

— Tem certeza? — perguntou Luc de modo solene.

— Apenas certifiquem-se de que os humanos não saiam machucados — falei.

Um largo e selvagem sorriso cruzou o rosto do Luc.

— Então está combinado. Vamos mostrar ao mundo o quanto somos incríveis!

[28]

DAEMON

Essa tinha que ser a ideia mais louca que eu já havia tido. Não só estava jogando tudo na cara do Daedalus e do DOD, como também quebrando todas as regras que regiam a comunidade Luxen. A decisão não afetava só a mim, afetava todo mundo. Algo com consequências tão graves deveria me fazer hesitar, pelo menos um pouco. Repensar as coisas e bolar outra saída.

Mas não tínhamos tempo. Matthew... ele havia nos traído, e agora estávamos a um passo de sermos recapturados.

Como já dissera antes, seria capaz de incendiar o planeta inteiro para proteger a Kat. O mesmo valia para a minha família. Esse seria apenas um tipo diferente de fogo.

As pessoas tinham começado a reparar na gente, tentando entender por que estávamos abandonando o carro e retornando em direção ao lugar onde o Archer nos aguardava sentado ao volante. Era notório que eu e o Dawson andando juntos estava atraindo muita atenção.

— Já sei. — Archer desligou o carro. — Acho loucura, mas pode funcionar.

— O que é loucura? — perguntou Dee, sentada ao lado dele, o que não me passou despercebido. Ela devia ter estado em cócegas para se aboletar no banco da frente assim que o Dawson saltou do carro.

— Estamos presos nesse maldito congestionamento — respondi, debruçando-me na janela. — Eles bloquearam a rua um pouco mais adiante, e um grupo de soldados está checando os veículos.

Beth inspirou fundo.

— Dawson?

— Está tudo bem. — Ele foi imediatamente até a porta traseira e a abriu. — Vem.

Ela saltou do SUV e se postou ao lado dele.

— Vamos tumultuar um pouco as coisas para distrai-los — expliquei, estreitando os olhos. Havia alguma coisa ali, além da veia naturalmente superprotetora que corria na minha família, mas não tinha tempo para tentar descobrir. — Com sorte, conseguiremos desbloquear as pistas e dar o fora daqui.

— Pode me chamar de cético, mas como vamos abrir caminho por esse congestionamento e escapar sem sermos pegos? — perguntou Andrew.

— Porque não vamos tumultuar as coisas só um pouco — respondeu Archer, abrindo a porta do carro e me forçando a recuar um passo. — Vamos acender essa avenida como eles nunca viram antes.

Dee arregalou os olhos.

— Vamos expor nossas formas verdadeiras?

— Exato.

Ash se inclinou para a frente.

— Vocês enlouqueceram?

— Bem provável — respondi, afastando uma mecha de cabelo dos olhos.

Archer cruzou os braços.

— Será que preciso lembrá-los de que ao entrarem no carro vocês concordaram em encarar o que viesse pela frente? Isso é um exemplo do que "poderia vir pela frente" que o Paris mencionou.

— Ei, eu não vou discutir. — Andrew deu uma risadinha, saltando do carro também. — Quer dizer que vamos nos expor?

Eu quase ri ao ver a cara que a Kat fez. Andrew parecia um pouco empolgado demais com a ideia.

Ele parou diante do capô do SUV.

— Vocês não fazem ideia do quanto eu sempre quis dar um susto nos humanos.

— Não sei se deveria ficar ofendida com esse comentário — murmurou Kat.

Ele deu uma piscadinha, e senti uma espécie de rugido brotar em meu peito.

— Você não é mais tão humana assim — ressaltou Andrew, olhando para mim e rindo. — Quando a gente começa?

Faltavam apenas alguns minutos para o cair da noite.

— Imediatamente. Mas, prestem atenção, não se afastem demais. Não percam ninguém de vista. Ou eu ou... — As palavras seguintes demandaram muito de mim. Machucaram fisicamente minha alma. — Ou o Archer decidiremos quando é seguro sair da cidade. Se perdermos os carros...

— Por Deus, espero que isso não aconteça — choramingou Luc.

Fuzilei-o com os olhos.

— Se perdermos os carros, a gente pega o próximo que estiver mais à mão. Não se preocupem com isso. Combinado?

Seguiram-se vários meneares de cabeça de assentimento. Ash continuava com cara de quem achava que tínhamos surtado de vez, mas meu irmão a puxou para fora do carro.

— Preciso que você faça uma coisa por mim, ok? Um grande favor — pediu ele.

Ela anuiu de forma séria.

— O quê?

— Preciso que fique com a Beth. Que a mantenha longe da confusão e a proteja se for necessário. Pode fazer isso por mim? A Beth é a minha vida. Se algo acontecer com ela, vai acontecer comigo também. Entende?

— Claro! — respondeu Ash, inspirando fundo. — Vou mantê-la longe da confusão enquanto vocês correm por aí brilhando feito um bando de vaga-lumes.

Beth franziu o cenho.

— Posso ajudar, Dawson. Não sou...

— Sei que pode, meu amor. — Dawson envolveu o rosto dela entre as mãos. — Não acho que você seja fraca, mas preciso que tome cuidado.

Ela deu a impressão de que ia discutir. Estava começando a ficar impaciente *e* a me sentir mal pelo meu irmão. Só Deus sabia quanto tempo eu já tinha perdido discutindo com a Kat para que ela não saísse se jogando na frente de um esquadrão armado. Por falar nela...

— Nem tenta — disse Kat, sem sequer olhar para mim.

Eu ri.

— Você me conhece bem demais, gatinha.

Beth cedeu e foi entregue aos cuidados da Ash. Graças a Deus, porque as pessoas estavam começando a nos copiar, saltando dos veículos e zanzando por entre eles. Um cara abriu uma lata de cerveja e se aboletou no capô de seu próprio carro, observando o céu cada vez mais escuro. Uma cerveja agora até que cairia bem.

— Pronto? — perguntei ao Andrew.

Ele estalou o pescoço.

— Isso vai ser o máximo!

— Por favor, tome cuidado — pediu Ash.

Ele assentiu.

— Estou tranquilo. — Em seguida, passou gingando por mim. — Criar um espetáculo? Deixa comigo.

Virei, prendendo a respiração. Não havia como voltar atrás. Pelo canto do olho, vi a Ash conduzir a Beth por entre os carros até o canteiro central. Elas pararam sob um punhado de palmeiras.

— Fique perto de mim — falei para a Kat.

Ela fez que sim. Observamos o Andrew navegar com facilidade pelo meio dos carros.

— Não vou a lugar algum. — Kat fez uma pausa e mordeu o lábio inferior. — Quase não acredito que vamos fazer isso.

— Eu também não.

Ela me fitou por um momento e, então, riu.

— Está querendo mudar de ideia?

Dei uma risadinha sarcástica.

— Um pouco tarde para isso.

E era mesmo. Andrew passou para a calçada, seguindo em direção a um gigantesco navio pirata. Já havia uma multidão atrás dele. Muitos traziam câmeras penduradas no pescoço. Perfeito.

— O que você acha que ele vai fazer? — perguntou Kat, ainda mordendo o lábio inferior.

Tinha que reconhecer. Ela estava dando o máximo de si para se mostrar corajosa, mas era visível o modo como suas mãos tremiam e como relanceava os olhos sem parar na direção por onde o Daedalus provavelmente apareceria. Kat era forte, e nunca falhava em me deixar maravilhado.

— Como é mesmo que você diz? — indaguei, atraindo sua atenção. — Ele vai dar uma de vaga-lume pra cima da gente.

Seus olhos se acenderam.

— Isso vai ser divertido.

Andrew subiu na mureta do laguinho que cercava o navio. Fiquei tenso ao ver vários humanos se virarem para ele. Por um longo minuto, o tempo pareceu parar, e, então, com aquele sorrisinho presunçoso estampado no rosto, ele abriu os braços.

O contorno do corpo dele perdeu definição.

Escutei a Kat inspirar fundo.

A princípio, ninguém reparou na diferença, mas então essa falta de definição se espalhou pela camiseta branca e pelo restante do corpo dele.

Um murmúrio baixo emergiu da multidão.

Em seguida, Andrew desapareceu. Puf! Como num passe de mágica.

Gritos de surpresa eclodiram numa espécie de crescendo, uma sinfonia de guinchos de empolgação e aturdimento. Dentro dos carros, motoristas observavam boquiabertos. Pessoas pararam de supetão no meio das calçadas abarrotadas de gente, criando um efeito dominó.

Andrew ressurgiu em sua forma verdadeira. Com quase dois metros de altura, seu corpo brilhava mais do que qualquer estrela no céu ou luz na avenida. Sua luz, branca com contornos azulados, era como um farol, forçando todos na rua a olharem para ele.

O burburinho cessou imediatamente.

Cara, o silêncio era tanto que dava para ouvir um gafanhoto capturando uma mosca.

LUX 4 ORIGINAIS

De repente, uma estrondosa salva de palmas abafou minhas imprecações. Lá estava o Andrew, parado diante do maldito navio pirata, reluzindo como se alguém tivesse enfiado um míssil nuclear no rabo dele, e as pessoas estavam aplaudindo?

Ao meu lado, Paris riu.

— Acho que eles estão acostumados a ver coisas ainda mais estranhas nas ruas de Las Vegas.

Hum. Bem pensado.

Um suave espocar de flashes pipocou por toda a multidão. Andrew, que aparentemente era um showman de coração, se curvou com um floreio e voltou a se empertigar. Em seguida, ensaiou alguns passinhos de dança.

Revirei os olhos. Sério mesmo?

— Uau! — exclamou Kat, os braços pendendo ao lado do corpo. — Ele não fez isso!

— Hora de me juntar ao espetáculo — disse Paris, afastando-se da gente. Ele andou até um BMW vermelho de um senhor de meia-idade que estava parado na via ao lado e assumiu sua forma verdadeira.

O homem pulou para fora do carro e começou a recuar.

— Que di...? — falou o sujeito, os olhos fixos no Paris. — Que diabos está acontecendo?

Em sua forma alienígena, Paris passou deslizando por entre os carros, seguindo ao encontro do Andrew e da multidão reunida em torno do navio pirata. Parou a alguns poucos metros de distância e sua luz pulsou uma vez, forte e intensa. Uma onda de calor emanou dele, forçando alguns estupefatos observadores a recuarem um passo rapidamente.

Um pouco mais atrás, Dee subiu no teto de um dos carros e se empertigou, deixando a brisa suave soprar seus longos cabelos em volta do rosto. Em questão de segundos, estava em sua forma verdadeira.

O casal dentro do carro fugiu correndo para a calçada, onde se viraram de boca aberta para observar a Dee.

Dawson foi o próximo. Ele permaneceu perto da Beth e da Ash, do outro lado da rua engarrafada. Ao assumir sua forma verdadeira, várias pessoas soltaram um gritinho de surpresa.

— Estou falando sério, gatinha, fique perto de mim.

Ela assentiu de novo.

Podia escutar um helicóptero ao longe, sem dúvida dando a volta para poder sobrevoar novamente o Boulevard. A coisa agora ia pegar para valer.

Uma forte inquietação se espalhou pelos humanos, tão densa quanto o ar quente e abafado. Pude senti-la como uma comichão em minha própria pele enquanto abandonava a forma humana.

Como se alguém tivesse pressionado um botão de pausa, os humanos à nossa volta congelaram. As mãos apertavam com força as câmeras e celulares. As expressões, até então maravilhadas, passaram da surpresa ao aturdimento, com leves insinuações de medo. Vários se entreolharam e alguns começaram a se afastar do Andrew, embora não tenham conseguido chegar muito longe nas calçadas abarrotadas de gente.

Precisamos esquentar um pouco as coisas. A voz do Dawson penetrou minha mente. *Está vendo o letreiro da Ilha do Tesouro? Vou arrancá-lo.*

Certifique-se de que ninguém saia machucado, respondi.

Dawson recuou um passo e ergueu o braço como se quisesse agarrar uma das estrelas do firmamento. A energia crepitou no ar, carregando-o de estática. A Fonte emergiu, envolvendo-lhe o braço como uma cobra. Uma bola de luz espocou de sua palma e subiu em direção ao céu, cruzando as quatro vias. Ela fez um arco sobre o navio pirata e colidiu contra o casco branco.

A explosão fez a noite virar dia por um breve instante. A energia se espalhou pelo letreiro e desceu, destruindo as órbitas da gigantesca caveira abaixo dele e criando uma chuva de faíscas.

Andrew olhou para o hotel Venetian com suas belas luzes douradas no topo. Em seguida, se virou para mim. Torcendo o corpo, invoquei a Fonte. Foi como respirar fundo após vários minutos debaixo d'água. A luz espocou de minha mão num arco, explodindo contra o topo iluminado do hotel e provocando um espetáculo de fogos de artifício.

Foi quando as pessoas começaram a se dar conta de que isso não era um show, uma ilusão de óptica ou algo para se parar e observar. Talvez elas não estivessem compreendendo o que estavam vendo, mas qualquer que fosse o instinto de sobrevivência que os humanos possuíam começou rapidamente a se insinuar.

Esse instinto os levou a começarem a se afastar do grande e terrível desconhecido, enquanto, ao mesmo tempo, continuavam tentando tirar fotos do espetáculo.

LUX 4 ORIGINAIS

Tinha que admirar a reação instintivamente natural dos humanos de capturar tudo em filme.

As pessoas corriam feito formigas, uma para cada lado, abandonando os carros na pressa. Um fluxo de diferentes formas e tamanhos tentando sair do meio da rua, esbarrando uns nos outros e tropeçando nos próprios pés. Um dos homens colidiu contra a Kat, empurrando-a para longe do SUV. Por um momento, perdi-a de vista em meio ao pandemônio.

Avancei alguns passos, abrindo caminho pelos humanos como Moisés no Mar Vermelho. Seus gritinhos de empolgação estavam começando a irritar meus ouvidos.

Kat!

Sua resposta ressoou tanto em minha mente quanto nos meus ouvidos.

— Estou aqui!

Ela passou tropeçando por uma mulher que tinha congelado na minha frente. A expressão de choque no rosto pálido da coitada me gerou uma pontada de culpa, mas então a Kat apareceu diante de mim, os olhos arregalados.

— Acho que nós conseguimos atrair a atenção de todo mundo — comentou, inspirando fundo.

Você acha? Toquei seu braço, absurdamente feliz ao sentir o choque que atravessou da pele dela para a minha.

De repente, Luc surgiu ao nosso lado, juntamente com o Archer.

— Que tal a gente tirar alguns carros do caminho?

Boa ideia. Mantenha a Kat com você.

Foquei a atenção nas quatro fileiras de veículos à nossa frente. Alguns com aspecto de que deveriam ser levados para o ferro-velho e outros super-luxuosos, que fiquei realmente com pena de arranhar.

Archer veio se juntar a mim.

— Vou te dar uma mãozinha.

Ele se concentrou numa via enquanto eu escolhia a que estava bem diante do Hummer. Para a gente, repelir coisas era mais fácil do que atraí--las. Tudo o que precisávamos fazer era desprender energia, como numa onda de choque.

Estiquei os braços e observei o carro diante de mim começar a tremer, as rodas chacoalhando e as engrenagens guinchando. Ele, então, foi para o lado. Um a um, os carros foram sendo tirados do caminho como se um gigante estivesse varrendo a rua com o braço. Continuei até onde conseguia ver e, então, parei, sabendo que o Daedalus já devia ter deduzido o que estava acontecendo.

Virei-me para o Archer e o vi lançando bolas de energia como se não houvesse amanhã. Escondido atrás de um ônibus de turismo vazio, um adolescente filmava tudo com o celular.

Uma leve inquietação se espalhou por minhas veias. Em segundos, a coisa toda estaria no YouTube. Escutei algumas sirenes ao longe. Com todos aqueles carros atravancando a rua atrás da gente, duvidava de que eles conseguissem chegar rápido.

— Olha lá! — gritou Kat, apontando para o céu.

Um helicóptero sobrevoava a cena, apontando seus canhões de luz para o lugar onde o Andrew se encontrava. O logotipo da KTNV 13 News na lateral me disse que se tratava da mídia, não dos militares. Merda. Eles tinham conseguido chegar antes da polícia.

— Isso vai ser transmitido ao vivo — observou Kat, recuando um passo e arregalando os olhos. — Eles estão filmando... vai passar *em tudo quanto é lugar*.

Não sei por que não tinha pensado nisso antes. Não que eu não entendesse as implicações, mas ver um helicóptero da mídia sobrevoando o Boulevard fez com que a ficha finalmente caísse. As imagens seriam recebidas pela emissora e retransmitidas para todo o país em questão de *segundos*. O governo poderia até vir a tirar do ar um ou outro vídeo, mas tantos?

Eles jamais conseguiriam impedir a divulgação de *todos* eles.

Nesse exato momento já devia haver um monte de gente sentada diante de suas TVs, assistindo a nosso pequeno espetáculo sem entender de fato o que estavam vendo, mas sabendo que devia ser sério.

— Isso vai entrar pra história — disse Luc. O cretino estava lendo a minha mente. — Você conseguiu, meu chapa. Eles não vão ter como abafar o caso. Os humanos vão descobrir que não são a única forma de vida aterrorizando este planeta.

É... isso definitivamente entraria para a história.

Corri o olhar pela avenida. Ainda havia muita gente observando fixamente o que o Andrew e o Dawson estavam fazendo. Os dois atravessavam as pistas de um lado para outro, pulando de carro em carro como uma versão alienígena daquele jogo do sapinho, Frogger.

Isso era o que as pessoas do mundo inteiro estavam assistindo.

De forma alguma o Daedalus conseguiria explicar uma coisa dessas. Eles iam surtar.

— Era o que você queria, certo? — Archer franziu o cenho ao ver um homem cruzar a avenida em disparada. — Nos expor ao público. Você conseguiu...

Um helicóptero preto surgiu subitamente entre dois hotéis gigantes — um enorme falcão negro. Não era preciso ser um gênio para deduzir que *aquele* era o helicóptero dos militares. Ele sobrevoou a área, mas não apontou nenhum canhão de luz como o da mídia estava fazendo, o qual acompanhava os movimentos do Dawson e do Andrew.

Ele circundou a Ilha do Tesouro e desapareceu atrás do imponente hotel. Minha inquietação aumentou. Fechei os dedos em torno do pulso da Kat ao mesmo tempo que gritava para chamar meu irmão.

Dawson parou no topo de uma BMW vermelha e se agachou, ainda em sua forma verdadeira. Ao pescar o que eu estava sentindo, pulou do carro, pegou a Dee, que estava sobre outro logo atrás dele, e a trouxe para o chão também.

Bem na hora.

O falcão negro fez outro círculo, subiu até ficar bem alto no céu e se posicionou de lado, como se eles estivessem se preparando para...

— Estou com um mau pressentimento — observou Luc, recuando alguns passos. — Archer, você não acha que...

Fui o primeiro a ver — a pequenina faísca nos fundos do helicóptero militar. Quase nada. Apenas uma diminuta centelha, que não devia ter congelado minhas entranhas nem me deixado petrificado. O que saiu lá de dentro movia-se rápido demais para o olho humano acompanhar. Mas o rastro de fumaça branca contra o céu escuro me disse tudo o que eu precisava saber.

Girei nos calcanhares e puxei uma estupefata Kat de encontro ao peito, me jogando com ela no chão quente e cobrindo-a com meu próprio corpo.

O *estrondo* que se seguiu fez com que ela se debatesse em meus braços. Segurei-a com mais força.

A sensação de horror foi como vidro em minhas entranhas. A raiva como ácido em minhas veias. O helicóptero da mídia começou a girar descontroladamente ao mesmo tempo que uma coluna de fumaça se desprendia da cauda. Ele rodopiou no céu, os canhões de luz iluminando ora o navio pirata ora as áreas além. Enquanto girava, foi perdendo altitude, mergulhando em direção à Ilha do Tesouro.

A explosão chacoalhou os carros. Kat gritou e se contorceu em meus braços, tentando olhar por cima do meu ombro. Mas eu não queria que ela visse. Segurei-a com força, pressionando seu rosto contra o peito. Sabia que o contato com minha pele era demasiadamente quente, quase impossível de suportar por tanto tempo, mas não queria que ela visse isso.

Ai, meu Deus... O pensamento de um dos nossos refletiu exatamente os meus. Dawson? Dee? Archer? Luc? Um dos Thompson? Não soube dizer.

As chamas brotaram no centro do hotel, um brilho alaranjado que rapidamente se espalhou por toda a abalada estrutura. Línguas de fumaça densa desprendiam-se delas, nublando o céu.

Ao lado do Hummer, Archer observava, petrificado.

— Eles fizeram isso mesmo. Puta merda... Eles atiraram... Os militares *abateram* o helicóptero da mídia.

[29]

DAEMON

O pânico se instaurou de uma forma como eu nunca vira antes. Pessoas fugiam desbaratadas do hotel — as que tinham escapado da colisão —, espalhando-se pelas calçadas e ruas.

Ainda em minha forma verdadeira, puxei a Kat para tirá-la do meio da rua. Ela disse alguma coisa, mas as palavras foram abafadas pela gritaria. Jesus, não esperava uma coisa dessas — nunca imaginei que eles fossem atrás dos humanos, que chegassem a tanto para nos manter em segredo.

— Tarde demais — disse Luc, suspendendo uma mulher que tinha caído de quatro no chão. Uma de suas faces estava em carne viva. — Eles não têm como apagar o que já foi visto. E, olhem lá!

Virei, trazendo a Kat comigo, que não conseguia tirar os olhos do rosto destroçado da mulher. O homem no carro em que a Dee tinha subido continuava filmando tudo — filmando a gente — com o celular.

Ocultando a Kat com meu próprio corpo, virei-me de volta para o Luc. Ele estava com uma das mãos na testa da mulher, que nem se mexia. O jovem original a estava curando.

— Pode ir — ordenou ao terminar. A mulher o fitou de volta sem dizer nada. Ela usava alguma espécie de fantasia... um bustiê de couro com uma saia, também de couro. — *Vai.*

Ela se afastou cambaleando.

Archer se virou para a gente.

— Eles estão vindo.

E estavam mesmo.

Homens vestidos como o esquadrão da SWAT aproximavam-se por ambos os lados da avenida. Só que não eram a SWAT de Las Vegas. Eram os militares do Daedalus. E suas armas eram enormes.

PEP!

Eles atiraram primeiro — um feixe de luz vermelha destinado ao Andrew.

Ele conseguiu se desviar, saltando da mureta e recuando alguns passos. Em seguida, lançou uma bola de energia, que atingiu o chão bem diante dos soldados. O asfalto rachou e enrugou todo feito um tapete, derrubando vários deles. Outros atiraram. Mais feixes de luz vermelha iluminaram o céu.

E eles não eram os únicos — homens de uniforme camuflado surgiram atrás dos de preto.

— Merda — resmungou Archer. — A coisa vai ficar feia.

Obrigado por declarar o óbvio, capitão Imbecil. Puxei a Kat para trás de mim e bati o pé no chão, provocando uma forte rachadura no meio da pista. Erguendo os braços, deixei a Fonte correr livre por minhas veias.

Encostei as mãos no porta-malas da Mercedes à minha frente e enviei uma descarga de eletricidade por todo o exterior. Em seguida, suspendi-a do chão e a lancei como um frisbee em cima dos soldados, que fugiram em debandada feito um bando de baratas tontas. O carro girou no ar algumas vezes até colidir contra uma palmeira, derrubando-a.

Os tiros seguintes passaram por cima das nossas cabeças, entre mim e o Archer, e quase acertaram o Luc. Virei-me lentamente. *Ah, não, isso não.*

A energia partiu de mim numa onda descontrolada, acertando quatro dos cinco soldados e os lançando de costas contra o ônibus de turismo.

Outro tiro espocou à nossa direita. Girando, agarrei a Kat e vi o Paris passar feito um tufão diante da gente. Ele se jogou sobre o Luc, tirando-o do caminho da PEP.

O tiro o acertou em cheio.

LUX 4 ORIGINAIS

Paris parou de supetão, o corpo tomado por espasmos, alternando entre a forma humana e alienígena. Uma descarga de eletricidade o percorreu de ponta a ponta, até ser expelida pelos cotovelos e joelhos. Ele ficou imóvel por alguns momentos enquanto sua luz se apagava, e então despencou no chão. Uma poça de um azul brilhante se formou rapidamente sob seu corpo.

Morto.

Luc soltou um berro animalesco e, no mesmo instante, foi engolido por um forte brilho. Em seguida, ergueu-se uns dois metros do chão. Estática e pequenos feixes de luz crepitavam sob seu corpo. Por um segundo, sua luz tornou-se ainda mais intensa, tão ofuscante quanto o sol do meio-dia e, então, vieram os gritos. Um cheiro de carne queimada impregnou o ar.

Outros tiros foram disparados; as balas passaram zunindo pela minha cabeça, mas acertaram somente os carros. Pelo visto, a cavalaria havia chegado, com suas boas e velhas armas tradicionais.

Dawson surgiu ao meu lado. Com um roçar dos dedos pela traseira de um sedã, arremessou-o contra o ônibus, esmagando os soldados.

Fique atrás de mim, avisei ao sentir a Kat tentar vir para o meu lado também.

Eu posso ajudar.

Você pode morrer. Fique atrás de mim.

Pude sentir a raiva irradiando dela. Kat, porém, trincou os dentes e permaneceu onde estava. Tínhamos problemas maiores. Um guinchar de pneus pesados atraiu nossa atenção. Liberar as pistas tinha sido um erro. Uma frota de jipes Humvee surgiu em meio à fumaça, seguidos por...

Aquilo é um tanque?

— Você só pode estar brincando — disse ela. — O que eles planejam fazer com aquela monstruosidade?

O canhão mirou na gente, que brilhávamos feito um maldito letreiro: Por Favor. Atire em Mim. Obrigado.

— Merda! — exclamou Archer.

Andrew passou correndo por entre os carros e deu um murro no capô de um caminhão. Assim que as chamas brotaram, ele o lançou contra o tanque como um coquetel Molotov. Os soldados pularam de dentro feito ratos, escapando segundos antes de o negócio explodir. O tanque modelo M1 foi arremessado no ar como um foguete, cruzando todo o Boulevard até cair sobre os jardins diante do Venetian e capotar algumas vezes pelo estacionamento.

Com o coração martelando na boca, visualizei os pedaços de asfalto quebrado se desprendendo do chão e os lancei na direção dos policiais, forçando-os a recuar. Tudo estava acontecendo muito rápido. Mais e mais soldados surgiam por todos os lados, mas Luc estava na cola deles, dando vazão a toda sua "originalidade". Policiais desciam pelo Boulevard, gritando com qualquer coisa que respirasse. Pessoas — pessoas inocentes — se escondiam atrás dos carros, aos gritos. Dee tentava tirá-las da rua, afastá-las da zona de confronto, mas elas estavam petrificadas de medo. Afinal de contas, minha irmã brilhava feito uma maldita bola de discoteca.

Dee reassumiu a forma humana diante de um casal com duas crianças.

— Saiam daqui! — berrou. — Vão! Anda!

Após um instante de hesitação, o casal pegou as crianças e partiu correndo em direção ao canteiro central onde a Ash continuava de guarda, protegendo a Beth.

Um feixe de luz vermelha passou rente ao meu rosto, me fazendo girar. Outro de luz branca passou de volta, numa trajetória em arco, e escutei um corpo despencar no chão às minhas costas. Diante de mim, as pupilas da Kat brilhavam. Virando-me devagarinho, vi o soldado estatelado no chão, a PEP ao lado da mão inerte.

— Eu posso ajudar — repetiu ela.

Você salvou minha vida. Virei-me de volta para ela. *Isso é superexcitante!*

Kat balançou a cabeça como quem diz "não tem jeito" e, em seguida, ergueu o queixo.

— A gente precisa... Ai, meu Deus, Daemon. *Daemon.*

Meu coração falhou uma batida ao escutar o medo na voz da Kat. Dei um passo na direção dela, e então *senti*. Senti lá no fundo, em cada célula do meu ser. Dawson parou. Andrew girou nos calcanhares.

Nuvens negras moviam-se inacreditavelmente rápido acima dos letreiros do Caesar's Palace e do Bellagio, bloqueando as estrelas. Só que não eram nuvens, nem uma revoada de morcegos.

Eram Arum.

LUX 4 ORIGINAIS

✺ ✺ ✺

Katy

As coisas foram de péssimas a catastróficas em questão de segundos.

Em nenhum momento, desde que o Daemon anunciara seu plano até os militares abaterem um helicóptero cheio de humanos inocentes, eu teria acreditado que as coisas acabariam desse jeito. Tudo o que a gente queria era dar um susto neles — causar uma pequena confusão para podermos escapar.

Não tínhamos planejado começar uma guerra.

Agora o Paris estava morto e algo pior do que o bicho-papão estava vindo nos pegar.

Nem por um segundo imaginei que aquelas sombras cruzando o céu estivessem aqui por acidente. Tudo bem que tinha muito abracadabra Luxen rolando no momento, mas qual era a chance de um grupo de Arum estar passando pelas redondezas e decidir vir se juntar à diversão? Fala sério!

Os Arum estavam aqui por causa do Daedalus, porque trabalhavam para eles.

A nuvem negra começou a se dividir, espalhando-se pelo céu em manchas viscosas. Elas escorreram por trás do Caesar's Palace, desaparecendo por um segundo, para então explodir a lateral do hotel. Destroços e pedaços de vidro voaram por todos os lados.

Abri a boca para gritar, mas não saiu som nenhum.

Um Arum vinha descendo o Boulevard, movendo-se tão rápido que não poderia sequer dizer que levei um segundo para perceber em que direção ele estava indo.

Ele passou voando por cima de um dos Hummers e colidiu contra o Andrew, arremessando-o vários metros no ar. O grito horrorizado da Ash reverberou em minha alma. O Arum assumiu a forma humana em pleno voo, a pele negra e brilhante como uma obsidiana. Ele havia lançado o Andrew longe como se o gêmeo da Ash não passasse de um boneco de pano.

Outro Arum surgiu correndo pela avenida, ziguezagueando por entre os carros. Ele deu um pulo, capturando o Andrew, e os dois mergulharam de cabeça no laguinho da Ilha do Tesouro.

Daemon saltou também, uma explosão de luz ofuscante cruzando o ar e colidindo contra o primeiro Arum, impedindo-o de ir se juntar ao amigo no lago. Atracados, os dois pareciam um misto de luz e escuridão rolando pelo céu como uma bala de canhão. Dawson correu para ajudar, desviando-se dos feixes de luz vermelha.

Andrew e o segundo Arum voltaram à superfície. Com um movimento rápido, o ser de sombras cravou uma das mãos no peito do Luxen. O gêmeo da Ash estremeceu, e sua luz começou a pulsar de forma intermitente.

Dei um passo na direção deles, mas um par de braços me envolveu pela cintura.

Não foi um abraço amigável.

O pânico se espalhou por minhas veias ao sentir meus pés serem levantados do chão ao mesmo tempo que via o Arum erguer o Andrew no ar. A luz dele pulsou novamente, e então... Ai, meu Deus...

O grito da Ash confirmou minhas suspeitas. Observei-a assumir sua forma verdadeira e, em seguida, retornar à humana, como se ela não conseguisse controlar a transformação. Uma onda de energia varreu as pistas.

Um segundo depois estava de costas no chão, sem um pingo de ar nos pulmões, olhando para um rosto escondido por uma viseira. Engoli em seco e, por um momento, não soube o que fazer. Estava congelada, presa entre a descrença e o pavor. Paris estava morto. Andrew também.

O cano de uma arma bizarra apontava para o meu rosto.

— Nem pense em reagir — disse o soldado numa voz abafada.

Meu cérebro parou de processar as coisas de forma normal. Enquanto olhava para o desgraçado, meus próprios olhos arregalados refletindo o capacete de guerra, meu lado humano desligou. A raiva brotou com tudo, o que foi bom. De repente não havia mais medo, pânico nem tristeza. Só uma sensação de poder.

O grito que vinha se formando um minha garganta, o tipo de grito que décadas depois ainda pode ser escutado, escapou com força. Não sei como consegui, mas de repente tanto o soldado quanto a arma desapareceram. Por toda a volta, carros chacoalharam e viraram de ponta cabeça. Vidraças racharam e, em seguida, explodiram, lançando uma chuva de cacos sobre mim e as pistas. As diminutas fisgadas de dor foram insignificantes.

Quem diabos saberia dizer para onde o soldado tinha ido? Ele simplesmente desaparecera, e isso era tudo o que importava.

Coloquei-me de pé e corri os olhos pelo entorno. Chamas elevavam-se da Ilha do Tesouro e do Caesar's Palace. O Mirage fumegava. Vários dos carros estavam sem os vidros. Corpos pontilhavam as pistas. Jamais tinha visto tamanha destruição, não na vida real. Procurei pelo Daemon e pelos meus amigos, e o encontrei primeiro. Ele lutava com um Arum, os dois nada além de um borrão branco e preto. Archer estava atracado com o Arum que caíra no lago, enquanto a Dee tentava tirar o corpo sem vida do Andrew das profundezas. Filetes de água escorriam por seu rosto e cabelo. Ela conseguiu puxá-lo por cima da mureta e o envolveu em seus braços. A cena... a cena era de uma tristeza sem fim.

Virei-me para onde a Ash continuava vigiando a Beth. Ela estava em sua forma humana, parecendo dividida entre a promessa que fizera ao Dawson e a vontade de ir até o irmão. Isso era algo que eu *podia* fazer. Podia ficar de olho na Beth e deixar a Ash ir para o lugar onde precisava estar.

O helicóptero militar sobrevoou a avenida de novo, detendo meu avanço. Archer surgiu do nada. A Fonte o envolveu como um manto de luz. Ele estendeu os braços e um raio de luz extremamente branca atingiu o helicóptero por baixo, lançando-o como um pião sobre um dos cassinos.

O impacto foi ensurdecedor, e a bola de fogo resultante acendeu o céu noturno.

Virei-me novamente para o lugar onde o tinha visto, mas ele desaparecera. Archer parecia um ninja. Jesus!

Fincando os dedos dos pés no asfalto rachado, analisei a distância que me separava da Ash e da Beth. Luc mantinha os soldados ocupados.

Ou melhor, o que restava deles. Um fedor tenebroso permeava o ar, revirando meu estômago, e então me lembrei do que os originais eram capazes de fazer. Ao que parecia, podíamos acrescentar a habilidade de cozinhar pessoas de dentro para fora à sua lista de poderes absurdos. Peguei impulso e parti, contornando um caminhão tombado.

Beth virou a cabeça na minha direção. Seus braços envolviam a cintura de maneira protetora. Ela parecia apavorada. Contornei uma palmeira caída, já quase lá.

Mas então fui arremessada de costas como um míssil.

Bati na lateral de uma van. O impacto chacoalhou meus ossos e quase quebrou meu pescoço. Fisgadas de dor irradiaram pela minha espinha. O mundo pareceu sair de foco enquanto eu despencava no chão. Caramba, que dor! Pisquei algumas vezes para clarear a visão.

Gemendo, rolei de lado e apoiei as mãos no asfalto rachado. Meus braços tremeram ao tentar me erguer. Sentia como se minhas entranhas tivessem passado por um liquidificador. Mas precisava...

Minha visão periférica escureceu. Levei um segundo para perceber que não era porque eu estivesse prestes a desmaiar. Meus pelos se eriçaram e meu sangue gelou.

Arum.

Colei o corpo no chão e me enfiei debaixo da van, na esperança de conseguir alguns segundos a mais para me recobrar. Um cheiro de óleo e fumaça bloqueou minha garganta. Fechei os olhos com força e comecei a me arrastar sob o veículo, ignorando o atrito do asfalto contra a pele. Eu consegui sair do outro lado e contornei um sedã, agarrando o para-choque para me levantar.

A van começou a tremer e, então, foi retirada do caminho.

O Arum estava em sua forma humana, pálido e estranhamente bonito, uma beleza fria e indiferente que ao mesmo tempo me roubava o ar e me repelia. Um sorriso lento e enervante repuxou-lhe os lábios, e me senti como que envolvida por uma rajada de vento gélido.

Ele não disse nada, apenas ergueu os braços.

Um forte deslocamento de ar me fez recuar alguns passos. Às minhas costas, palmeiras estremeceram e carros rangeram. Escutei o vento rugir e me agachei no último instante. Arrancadas pela raiz, as árvores rodopiavam em direção ao Arum. O carro escapou de minha mão como se ele o estivesse sugando para si. Uma pequena estante de panfletos turísticos passou girando em pleno ar. Pedaços do asfalto se soltaram, pairaram no ar por um segundo e, então, voaram em direção a ele. Em seguida, um grito agudo perfurou meus tímpanos.

Uma mulher passou voando por mim e desapareceu atrás do Arum. Outro corpo desconjuntado se juntou aos que já estavam no chão.

Ele era como um buraco negro, sugando todas as coisas à sua volta e as atraindo para si. Não fui uma exceção. Por mais que tentasse me fincar no lugar, meus pés começaram a ser arrastados.

O Arum fechou os dedos gelados em meu pescoço e abaixou a cabeça até quase encostá-la na minha. Não conseguia me lembrar de já ter encarado os olhos de um deles antes. Eles eram de um azul extremamente pálido, quase branco.

— O que temos aqui? — disse ele em voz alta. Inspirou fundo e fechou os olhos como se conseguisse sentir meu sabor. — Uma híbrida, Que delícia!

Eu não ia acabar assim, não como um lanchinho da madrugada intergaláctico.

Joguei o braço para trás e invoquei a Fonte, mas, com a mão livre, ele capturou meu pulso, apertando com força. Meu coração veio na garganta ao senti-lo pressionar o rosto frio contra o meu. Seus lábios se moveram próximo à minha orelha, provocando em mim um calafrio de repulsa.

— Isso talvez doa um pouquinho — acrescentou ele, rindo. — Certo. Talvez doa bastante.

Ele ia se alimentar.

A pequena parte do meu cérebro que ainda funcionava concluiu que esta seria uma péssima forma de morrer. Depois de tudo o que havia acontecido — o Daedalus, as armas, as balas especiais e todo o resto —, eu ia ser sugada até virar uma uva passa.

Minhas entranhas se contorceram num misto de medo e raiva, nojo e pânico. A sensação se espalhou de dentro para fora como uma mola subitamente descomprimida.

A energia rugiu por minhas veias, amplificando meus sentidos. Senti nitidamente o contato com a pele dele. Seus lábios praticamente roçando os meus. A forte inspiração de ar e o profundo estremecimento de poder em seu âmago. E senti a gélida sucção como que pequeninas garras fincando-se nas profundezas do meu ser.

Apoiei uma das mãos no peito dele, e a energia que corria por minhas veias desprendeu-se de mim como um soco. Não havia nada entre ela e o Arum, nada que diminuísse seu efeito. A Fonte irradiou de mim e o penetrou imediatamente. A explosão de luz que se seguiu foi de uma intensidade absurda. A energia *implodiu*, forçando-o a me soltar.

As estrelas pareceram rodopiar no céu.

Caí de lado no chão e rolei para ficar de costas. O Arum estava suspenso no ar, com os braços e pernas abertos. Seu corpo estremeceu uma, duas vezes. O ponto de luz branca no meio do peito dele, a marca deixada pela Fonte, espalhou-se pelo corpo como pequenas rachaduras até envolvê-lo por completo.

Ele, então, explodiu em mil pedaços.

Santos bebezinhos alienígenas...

Enquanto me colocava de pé e torcia o corpo para verificar o entorno, meus olhos encontraram os de um rapaz. Ele parecia estar no piloto automático, observando tudo, mas sem entender realmente o que estava vendo. Senti uma certa simpatia pelo coitado. Tinha certeza de que havia ostentado a mesma expressão de "que porra é essa!" quando vira o Daemon deter o caminhão e finalmente me dera conta de que não estava lidando com um simples humano.

Essa provavelmente era minha expressão no momento.

Baixei os olhos para a mão dele.

O cara segurava um smartphone com tanta força que os nós dos dedos estavam brancos. Ele havia capturado *tudo* com o celular. Ou seja, meu rosto. Era idiotice me preocupar com isso agora, principalmente levando em consideração todo o resto que ele provavelmente havia filmado também. Mas não consegui evitar pensar no vídeo caindo na internet, sendo assistido por milhões de pessoas, tal como aquelas memes Ei Garota!

Não queria que minha mãe descobrisse que eu estava viva dessa forma. Talvez não viva *e* bem, mas definitivamente viva.

Tarde demais.

LUX 4 ORIGINAIS

Dei um passo na direção dele para pegar o celular, mas ele pareceu sair do transe e fugiu correndo. Eu podia ter ido atrás, mas tinha problemas maiores com os quais me preocupar.

Um fedor de fumaça e morte impregnava o ar. Voltei mancando para o último lugar onde vira todos, usando o ônibus de turismo vermelho como referência. Enquanto avaliava os danos, uma tristeza profunda alojou-se em minha alma. As armas — aquelas malditas PEP — não eram perigosamente destrutivas só para os Luxen e híbridos. Postes de luz estavam partidos ao meio ou derretidos, prestes a tombar. Pequenos focos de incêndio iluminavam toda a Las Vegas Strip.

Para não falar nos corpos espalhados pelas pistas.

Prossegui contornando-os, fazendo uma careta ao ver as roupas queimadas ou derretidas, os buracos com contornos irregulares e as peles carbonizadas. Parecia desnecessário que tantos inocentes tivessem sido mortos. Os Luxen brilhavam como lâmpadas ambulantes, e mesmo os híbridos eram fáceis de ser distinguidos. Era como se os militares não dessem a mínima para a quantidade de gente morta em fogo amigo. Eles só podiam estar loucos!

E eu sabia como o governo lidaria com isso — a culpa seria toda nossa. Os Luxen seriam responsabilizados, mesmo que os militares tivessem sido os primeiros a atirar, matando vários inocentes.

Olhar para todos aqueles corpos me deixou enjoada, mas continuei prosseguindo, abrindo caminho em meio a eles até sentir o familiar arrepio quente na nuca. Ergui a cabeça e vi o Daemon em sua forma humana lutando com um soldado. Meu coração deu um pulo quando o maldito acertou um soco de direita no Daemon, mas ele revidou, derrubando-o com um único golpe.

Daemon ergueu subitamente a cabeça e seus olhos encontraram os meus. O cabelo estava todo molhado, emplastrado na testa e nas têmporas. Os olhos brilhavam feito diamantes. Uma expressão de alívio cruzou-lhe o rosto, e ele balançou a cabeça como que tentando se livrar da forte emoção estampada em seu olhar.

Um espocar de luz vermelha não muito longe de onde a gente estava me lembrou que o perigo continuava rondando as ruas. Dei mais um passo e vi a Ash e a Beth contornando um Humvee tombado. Fiquei feliz em ver que elas estavam bem, ainda que a Ash estivesse chorando copiosamente. O irmão dela...

Inspirei fundo. Tanta...

— Kat! — rugiu Daemon.

Um par de braços fortes me envolveu por trás. O instinto de lutar e me debater foi imediatamente acionado, mas fui puxada para trás um segundo antes de um feixe de luz vermelha passar zunindo exatamente pelo lugar onde eu estava antes. O projétil mortífero seguiu direto em direção à Beth. Escutei o grito raivoso do Dawson, e o tempo pareceu desacelerar até quase parar. Os braços em volta de mim afrouxaram. A voz do Archer ressoou em meu ouvido. Daemon pôs-se a correr, pulando por cima dos carros.

Ash se virou para a Beth tão rápido quanto uma bala. Envolvendo-a nos braços, girou o corpo, tirando-a do caminho.

O tiro a acertou no meio das costas.

A explosão de luz partiu da coluna e se espalhou pela malha de veias. Sua cabeça foi lançada para trás e os joelhos cederam sob o peso do corpo. Ash caiu de cara no chão, sem a graça natural tão inerente a ela.

E não se mexeu.

Desvencilhei-me do Archer e a alcancei ao mesmo tempo que o Daemon. Ele a pegou pelos ombros e a virou de barriga para cima. Um líquido azul brilhante escorreu de sua boca enquanto a cabeça pendia por cima do braço dele.

Em algum lugar, o grito de um homem foi interrompido pelo ruído enjoativo de ossos sendo esmagados.

— Ash — chamou Daemon, sacudindo-a de leve. — *Ash*.

Os olhos dela fitavam fixamente o céu. Parte de mim já sabia, mas meu cérebro se recusava a aceitar. Nós nunca tínhamos sido amigas, e provavelmente jamais seríamos, mas ela era incrivelmente forte e teimosa e, para ser sincera, sempre a imaginara como uma espécie de barata, capaz de sobreviver a uma guerra nuclear.

Mas aquela linda forma humana — aqueles traços absurdamente estonteantes — foi perdendo o brilho até se apagar por completo. Não havia mais nada da Ash nos braços do Daemon, apenas uma casca de pele translúcida e veias estreitas.

— Não pode ser — murmurei, olhando para o Daemon.

Ele estremeceu da cabeça aos pés.

— Merda! — exclamou Dawson. Seus braços envolviam a Beth, que chorava baixinho. — Ela...

Beth engoliu em seco.

— Ela salvou minha vida.

Ao lado do Dawson, Dee cobriu a boca com as mãos. Não disse nada, nem precisava, sua expressão já dizia tudo.

— Pessoal, a gente precisa... — Luc surgiu atrás do Daemon, parando ao ver a cena e franzindo o cenho. — Merda!

Ergui a cabeça, sem saber o que dizer. O que não fazia a menor diferença, palavras não mudariam nada. Em algum lugar, um carro explodiu.

— Consegui um SUV bem grande a cerca de um quarteirão daqui. Vai caber todo mundo — disse Luc. — Precisamos aproveitar que as ruas foram desbloqueadas. Eles vão enviar mais soldados, e dessa vez não vou conseguir acabar com todos eles de novo. Nem vocês. Nossas forças estão se esgotando.

— Não podemos deixá-los aqui — argumentou Daemon de maneira determinada.

Archer interveio.

— Não temos escolha. Se ficarmos aqui, vamos acabar como eles... A Kat vai acabar como eles.

Um músculo pulsou no maxilar do Daemon, e meu coração doeu por ele. Os Black e os Thompson tinham crescido juntos, e eu sabia que parte do Daemon amava a Ash. Não da mesma forma como ele me amava, o que não significava que fosse menos importante.

— Também não quero deixar o Paris para trás — disse Luc, olhando para o Daemon. — Ele não merece ser deixado aqui, mas *não* temos escolha.

Alguma coisa devia ter clicado na cabeça do Daemon, porque ele depositou a Ash com todo o cuidado no chão e se levantou. Fiz o mesmo.

— Onde está o carro? — perguntou, o tom sério.

Luc apontou em direção ao fim da rua.

Estendi a mão e Daemon a tomou. No começo de toda aquela confusão, éramos dez. Agora apenas sete de nós atravessavam em disparada a avenida escura, pontilhada com carros incendiados, corpos carbonizados e destroços. Forcei minhas pernas a continuarem se movendo, recusando-me a permitir que meu cérebro focasse nesses detalhes.

Luc tinha encontrado um Dodge Journey e um caminhão, mas agora só precisávamos de um deles. A conscientização desse fato me gerou uma pontada de dor. Archer se acomodou atrás do volante do Journey e Luc se aboletou ao lado dele.

— Rápido — urgiu Luc. — Temos ainda um pequeno congestionamento pela frente, mas o trânsito não está parado, e a barricada se foi. As pessoas estão fugindo da cidade. Podemos nos misturar a elas.

Dawson ajudou a Beth a entrar pelo lado do carona enquanto Daemon e eu entrávamos pelo outro. Nós dois nos acomodamos na última fileira. Dee se ajeitou ao lado do Dawson e da Beth na do meio, e Archer partiu antes mesmo de fecharmos as portas.

Sentindo o corpo como que anestesiado, virei-me no assento e mantive os olhos pregados no vidro traseiro enquanto passávamos a toda velocidade pelos outros carros, quase atropelando as pessoas que corriam em pânico pelo meio da rua. Estávamos deixando a cidade para trás... deixando o Paris, o Andrew e a Ash para trás.

Continuei olhando, observando Las Vegas queimar.

[30]
Katy

A viagem transcorreu num silêncio tenso. Além do fato de que nenhum de nós conseguia parar de lançar olhares por cima do ombro, esperando que os militares surgissem em peso na nossa cola a qualquer momento, ninguém sabia o que dizer, se é que alguma coisa poderia ser dita.

Virando-me nos braços do Daemon, pressionei o rosto contra seu peito e inalei aquele rico perfume de natureza. O fedor de morte e destruição não tinha ficado impregnado nele, graças a Deus. Se eu fechasse os olhos e prendesse a respiração até perder alguns neurônios, talvez conseguisse imaginar que estávamos apenas dando um passeio de carro pelo deserto.

Ele não havia se dado ao trabalho de prender os cintos. Em algum momento, tinha me puxado para longe da janela traseira e me aninhado entre as pernas. Não me importei. Após tamanha tragédia, estar nos braços dele era mais reconfortante do que qualquer outra coisa. E acho que ele precisava disso também. Desejei poder entrar em sua mente e descobrir o que ele estava pensando.

Corri o polegar pelo ponto logo acima do coração, traçando de maneira distraída formas estranhas sobre seu peito. Rezava para que ele não estivesse sendo corroído pela culpa. Daemon não era responsável por nada do que havia acontecido — nenhuma das mortes. Desejava poder lhe dizer isso, mas não queria quebrar o silêncio. Ao que parecia, todos no carro estavam sofrendo por alguém.

Eu nunca tinha sido próxima do Andrew ou da Ash, e não conhecia o Paris muito bem, mas suas mortes doíam mesmo assim. Todos os três tinham morrido para salvar alguém, e a maioria das pessoas jamais saberia seus nomes ou o que eles haviam sacrificado. Mas nós, sim. Perdê-los deixaria uma marca por um longo tempo, para não dizer eternamente.

Daemon correu a mão pelas minhas costas e entrelaçou os dedos em meu cabelo, acariciando minha nuca. Mudando de posição ligeiramente, roçou os lábios em minha testa. Sentindo o coração apertar, fechei os dedos com força na camiseta dele.

Estiquei o corpo e colei a boca em seu ouvido.

— Eu te amo tanto!

Ele tencionou e, em seguida, relaxou.

— Obrigado.

Sem saber ao certo por que ele estava me agradecendo, aninhei-me em seu colo, escutando as batidas uniformes de seu coração. Meu corpo inteiro doía, e eu estava cansada, mas dormir me parecia impossível. Duas horas após deixarmos Las Vegas, Luc tinha dito que o Arizona ficava muito perto e, portanto, seria arriscado demais. Nem havia percebido em que direção estávamos seguindo. O jovem original tinha outro destino em mente — numa das maiores cidades de Idaho, um lugar chamado Coeur d'Alene. Cerca de umas quinze horas de onde estávamos.

Dee se pronunciara então, perguntando como ele, que mal largara as fraldas, podia ter tantas propriedades. Achei que era uma ótima pergunta.

— A boate gera muito dinheiro, e os favores que eu presto não saem baratos — explicou ele. — Além disso, gosto de manter minhas opções em aberto, de modo que possuo alguns esconderijos espalhados pelo país. Você nunca sabe quando vai precisar deles.

Dee pareceu aceitar a resposta. De mais a mais, que opção a gente tinha?

Foi preciso parar uma vez na manhã seguinte para botar gasolina em algum lugar ao norte de Utah. Dawson e Daemon foram até a lojinha de conveniência pegar algumas bebidas e algo para comermos, mas não antes de trocarem de aparência. O resto de nós permaneceu escondido atrás dos vidros escuros do carro enquanto o Archer enchia o tanque, mantendo a cabeça abaixada e semiencoberta por um boné que achara no carro.

Ansiosa demais para permanecer quieta, cheguei um pouco para a frente a fim de dar uma checada na Beth.

— Ela está dormindo — disse Dee baixinho. — Não sei como ela consegue. Acho que nunca mais vou pegar no sono.

— Sinto muito. — Apoiei a mão no encosto do banco dela. — De verdade. Sei que vocês eram próximos, e gostaria... gostaria que muitas coisas fossem diferentes.

— Eu também — retrucou ela, cobrindo minha mão com a própria. Em seguida, encostou o rosto no banco e piscou algumas vezes. Os olhos estavam marejados de lágrimas. — Nada disso parece real. Será que sou só eu?

— Não. Não é só você. — Apertei a mão dela. — Não paro de achar que isso é um sonho.

— E que vamos acordar e ver que o baile de formatura ainda nem aconteceu, certo?

Assenti com um menear de cabeça. Esse, porém, era o tipo de coisa em que não adiantava pensar, a não ser que você quisesse acabar numa depressão profunda. Daemon e Dawson retornaram com os braços carregados de sacolas.

Assim que o Archer se sentou novamente ao volante, eles começaram a distribuir os petiscos e bebidas. Daemon me entregou um saquinho de Cebolitos. Meu hálito ia ficar uma beleza!

— Obrigada.

— Só não tenta me beijar por um tempo — comentou ele.

Abri um sorriso, que me pareceu meio fora de lugar, mas ao ver o modo como seus olhos brilharam, dei-me conta de que a regra do não beijar não ia durar muito. Não com aquela expressão nos olhos dele.

— Vocês escutaram alguma coisa interessante na lojinha de conveniência? — perguntei, curiosa.

Os dois irmãos trocaram um rápido olhar que não consegui decifrar, mas que me deixou imediatamente desconfiada quando o Daemon fez que não.

— Nada de mais.

Estreitei os olhos.

Ele arqueou uma das sobrancelhas.

— Daemon...

Ele soltou um suspiro.

— A TV atrás do balcão estava transmitindo ao vivo de Las Vegas. Mas ela estava sem som, de modo que não pude ouvir o que eles estavam dizendo.

— Algo mais?

Seguiu-se uma pausa.

— Alguns clientes estavam conversando sobre alienígenas, dizendo que sempre suspeitaram que o governo estivesse encobrindo essa história. Algo idiota sobre um OVNI ter caído em Roswell na década de 1950. Honestamente, não dei muito ouvido.

Relaxei um pouco. Era uma boa notícia. Pelo menos ninguém mencionara a intenção de criar um grupo de extermínio para caçar os alienígenas. Passamos a maior parte do dia no carro. No entanto, por mais que já tivéssemos posto uma boa distância entre nós e Las Vegas, a tensão continuava. Demoraria um tempo antes que qualquer um de nós se sentisse realmente confortável.

As primeiras coisas que reparei sobre o norte de Idaho foram os pinheiros altos e a majestosa cadeia de montanhas ao longe. A cidade próxima ao grande lago de águas profundamente azuis era pequena em comparação com Las Vegas, mas bem movimentada. Ao passarmos pela entrada de um resort, comecei a tentar prestar atenção no caminho que o Luc mostrava ao Archer, mas eu era péssima para guardar essas coisas. Já estava completamente perdida quando ele disse "vire à direita na próxima interseção".

O Dodge prosseguiu sacolejando por uma estreita estradinha de terra ladeada por pinheiros e outras árvores que serviriam perfeitamente para pendurar enfeites de Natal.

— Acho que temos uma boa chance de acabarmos virando comida de urso — comentou Daemon ao dar uma espiada pela janela.

— Talvez, mas pelo menos vocês não terão que se preocupar com os Arum. — Luc se virou no assento e abriu um sorriso cansado. — Essa região possui depósitos naturais de quartzo-beta e, até onde eu sei, nenhum Luxen vive por aqui.

Daemon assentiu.

— Bom saber.

— Por falar nos Arum... vocês acham que eles apareceram por acaso? — perguntou Dee.

— De jeito nenhum — respondeu Archer, dando uma rápida olhada pelo retrovisor. Em seguida, abriu um ligeiro sorriso, acho que direcionado à Beth. — O Daedalus mantém alguns Arum em sua folha de pagamento, que são chamados quando um Luxen... sai da linha. Pouco antes de vocês invadirem Mount Weather, escutei sobre um problema no Colorado. Algo sobre uma mulher no lugar errado, na hora errada, e um Arum foi chamado para dar um jeito na situação.

— Você o conheceu — intrometeu-se Luc, olhando por cima do ombro para o Daemon. — Aquele na boate que você tentou dar uma de He-Man pra cima dele, lembra? Pois é, ele foi convocado pelo DOD para resolver um dos problemas deles.

Olhei para o Daemon, que estava com uma cara de quem comeu algo estragado.

— Ele não me pareceu estar cuidando de nenhum problema.

O sorriso do Luc tornou-se ao mesmo tempo misterioso e triste.

— Depende de como você enxerga. — Fez uma pausa e se virou de novo para a frente. — É o que o Paris diria.

Aconcheguei-me de volta nos braços do Daemon, planejando perguntar a ele sobre o caso depois. O carro diminuiu a velocidade ao entrar numa curva, e partes de uma cabana de madeira despontaram em meio aos pinheiros — uma cabana enorme e pelo visto bem cara, com dois andares e do tamanho de duas casas normais.

A boate do Luc devia ser absurdamente lucrativa.

Archer parou diante do portão da garagem. Luc saltou e, dando a volta pela frente do carro, foi até ele, puxou um pequeno controle e rapidamente inseriu um código. O portão começou a se abrir sem o menor ruído.

— Vamos — chamou o original, passando por baixo dele antes que ele se abrisse por completo.

Aguardei com impaciência o Archer botar o carro na garagem. Minha bunda estava dormente e, quando finalmente saltei, minhas pernas tremeram um pouco. Uma vez reativada a circulação sanguínea, saí da garagem ao encontro da luz do sol. Estava razoavelmente frio para agosto, algo em torno dos vinte graus Celsius. Ou será que já era setembro? Não fazia a menor ideia de em que mês estávamos, que dirá o dia.

O lugar, porém, era lindo. Os únicos barulhos eram os trinados dos pássaros e o zanzar de pequenos animais pela mata. O céu era de um azul muito bonito. É, definitivamente um belo lugar, que me fazia lembrar... da minha casa.

Daemon surgiu atrás de mim e me envolveu pela cintura. Apoiando o queixo em minha cabeça, disse:

— Não saia fugindo assim.

— Eu não fugi. Apenas vim aqui pra fora — respondi, fechando as mãos em seus fortes antebraços.

Ele abaixou a cabeça, e a barba por fazer pinicou meu rosto.

— Longe demais pro meu gosto.

Em qualquer outra situação, eu teria dado um piti digno de uma diva, mas após tudo o que acontecera, entendia a razão por trás das palavras.

Virei de frente para ele e, passando os braços por baixo dos dele, eu o abracei também.

— Os outros já estão investigando a casa?

— Ã-hã. Luc acha que um de nós deveria dar um pulo na cidade daqui a pouco para abastecer a geladeira, antes que fique muito tarde. Ao que parece, vamos ficar aqui um tempo.

Apertei-o com força.

— Não quero que você vá.

— Eu sei. — Ele levantou um dos braços e afastou o cabelo do meu rosto. — Mas só o Dawson e eu podemos mudar de aparência. E não vou deixá-lo ir sozinho. Tampouco a Dee.

Inspirei fundo e empertiguei os ombros. Queria reclamar, criar uma cena.

— Tudo bem.

— Tudo bem? Você não vai nem me fuzilar com esses olhinhos de gata?

Fiz que não, mantendo os olhos fixos no peito dele. Uma súbita e forte emoção criou um bolo em minha garganta.

— O inferno deve ter congelado. — Seus dedos envolveram meu rosto. — Ei...

Inclinando-me, apoiei a cabeça no ombro dele e enterrei os dedos em seus quadris. Ele fechou um braço em minha cintura e me puxou de encontro a si.

— Desculpa — pedi, engolindo em seco.

— Aconteceram muitas coisas, Kat. Você não precisa se desculpar. A gente está fazendo o melhor que pode dentro das circunstâncias.

Ergui a cabeça, piscando para conter as lágrimas.

— E você? Como está lidando com tudo isso?

Ele me fitou em silêncio.

— Você não se culpa por nada do que aconteceu em Las Vegas, certo? Porque nada daquilo foi culpa sua.

Daemon continuou em silêncio por um longo tempo.

— A ideia foi minha.

Meu coração pesou.

— Mas todos nós concordamos.

— Talvez a gente pudesse ter feito algo diferente. — Ele desvirou os olhos, a garganta visivelmente apertada. Os lábios se repuxaram numa linha fina. — Fiquei pensando nisso o caminho todo até aqui. Que outras opções a gente tinha?

— Nenhuma. — Queria poder entrar dentro dele e, de alguma forma, fazê-lo se sentir melhor.

— Tem certeza? — retrucou baixinho. — Não tivemos muito tempo para pensar direito.

— Não tivemos tempo *nenhum*.

Daemon assentiu com um lento menear de cabeça, os olhos estreitados e fixos na fileira de árvores.

— A Ash, o Andrew e o Paris não mereciam isso. Sei que eles concordaram e sabiam dos riscos, mas não acredito que eles estejam...

Colocando-me na ponta dos pés, tomei o rosto dele entre as mãos. A dor se espalhou por meu peito, uma dor física.

— Sinto muito, Daemon, de verdade. Gostaria que houvesse algo mais que eu pudesse dizer. Sei que eles eram como se fossem da família. E que significavam o mundo pra você. Mas a morte deles não é sua culpa. Por favor, não pense que sim. Eu não aguentaria...

Ele me calou com um beijo — um beijo doce e carinhoso que me fez esquecer tudo o que eu ia dizer.

— Preciso te contar uma coisa — disse ele. — Você talvez venha a me odiar depois disso.

— Como assim? — Afastei-me, totalmente surpresa pelo comentário. — Eu jamais conseguiria te odiar.

Ele inclinou a cabeça ligeiramente de lado.

— Eu te dei um monte de motivos para me odiar no começo.

— É, deu mesmo, mas isso foi no começo. Agora é diferente.

— Você ainda não ouviu o que eu tenho a dizer.

— Não importa. — Senti vontade de esbofeteá-lo só por sugerir uma coisa dessas.

— Importa, sim. — Inspirou fundo. — Quando as coisas começaram a descer pelo ralo em Las Vegas, tive dúvidas. Quando vi o Paris ser morto, e depois o Andrew e a Ash, perguntei a mim mesmo se eu faria tudo de novo da mesma forma, sabendo dos riscos.

— Daemon...

— O problema é que eu sabia dos riscos quando saltei do carro. *Sabia* que pessoas poderiam morrer, mas isso não me deteve. E quando ergui os olhos e vi você parada lá, viva e bem, soube que eu faria tudo de novo. — Seus brilhantes olhos esmeralda se fixaram em mim. — E faria mesmo, Kat. Percebe o quanto isso é incrivelmente egoísta? Totalmente surtado? Acho que é motivo suficiente para você me odiar.

— Não — repliquei, e então repeti: — Entendo o que está querendo dizer, Daemon. Mas isso não faz com que eu te odeie.

Ele trincou o maxilar.

— Pois deveria.

— Olha só, não sei o que dizer. Será que foi a coisa mais correta a fazer? Provavelmente não. Mas eu entendo. Entendo o motivo do Matthew ter entregado o Dawson e a Bethany e depois tentado nos entregar. Nós todos fazemos loucuras para proteger aqueles que amamos. Talvez não seja certo... mas é assim que é.

Ele continuou me encarando.

— Você não pode ficar se martirizando por isso. Não depois de ter me dito que eu não podia ficar me martirizando pelo que aconteceu com o Adam por causa das decisões que *eu* tomei. — Minha respiração estava entrecortada. Queria apagar a dor nos olhos dele, o sofrimento. — Eu jamais conseguiria te odiar. Eu te amo, agora e para sempre. Não importa o que aconteça nem o que já aconteceu. — Lágrimas queimaram meus olhos. — Eu sempre vou te amar. Estamos nisso juntos. Nada pode mudar isso. Está me entendendo?

Ao vê-lo continuar calado, meu coração pulou uma batida.

— Daemon?

Ele se moveu tão rápido que eu me assustei. E me beijou de novo. Não foi um beijo doce ou carinhoso como o último. Foi feroz, intenso e poderoso — ao mesmo tempo um agradecimento e uma promessa. Aquele beijo me desfez por completo e, em seguida, me reconstruiu. Seus beijos... bem, eles me completavam.

Ele me completava.

E isso valia para os dois. Daemon me completava. E eu o completava.

DAEMON

Para minha grande surpresa, o trajeto até a cidade com o Dawson transcorreu sem problemas. Entramos e saímos do mercado rapidinho. Não havia como evitar as fotos de figuras reluzentes estampadas nos jornais, nem como não escutar a conversa dos outros enquanto esperávamos na fila. Algumas não passavam de um monte de bobagens, mas mesmo numa pequena cidade próxima a um lago e a um mundo de distância de Las Vegas, a tensão era palpável.

Pelo que pudemos captar, o governo não havia feito nenhum pronunciamento oficial, apenas declarado estado de emergência para Nevada e rotulado as "tenebrosas ações" como um ato de terrorismo.

As coisas iam ficar feias. Não só pelo ponto de vista dos humanos, como também dos Luxen. Muitos deles não se incomodavam em viver em segredo. E a gente havia estragado totalmente a chance de que as coisas continuassem assim. Além disso, tal como o Luc dissera, muitos tirariam vantagem dessa situação caótica. Não consegui evitar pensar no Ethan White e em seu aviso.

Já era tarde quando finalmente retornamos para a cabana. Kat e Dee prepararam uma macarronada. Na verdade quem preparou foi a Kat, já que a Dee sempre tentava aquecer tudo com as mãos, geralmente com resultados desastrosos. Beth ajudou com o pão de alho. Era bom vê-la de pé fazendo alguma coisa. Quase não conseguia me lembrar de como ela era antes do Daedalus. Não fazia ideia de que na época ela era uma pessoa muito mais falante.

E que sorria bem mais.

Depois de comermos, ajudei a Kat a limpar tudo. Enquanto ela lavava a louça, eu ia secando. A cozinha era equipada com uma máquina de lavar pratos, algo que o Luc fez questão de ressaltar, mas acho que a tarefa tediosa era de alguma forma calmante. Além disso, havia algo de íntimo no roçar de nossos cotovelos e mãos.

Kat deu um jeito de ficar com uma bolota de espuma branca no nariz. Ela sorriu quando eu limpei, e, droga, aqueles sorrisos eram como lagartear no sol. Eles sempre me faziam sentir e pensar um monte de coisas, inclusive algumas extremamente piegas que eu jamais teria coragem de dizer em voz alta.

Quando enfim terminamos as louças, ela mal conseguia manter os olhos abertos. Conduzi-a de volta para a sala de estar, e ela se jogou no sofá.

— Aonde você vai? — perguntou.

— Terminar de arrumar a cozinha. — Peguei uma velha manta e a cobri. — Descansa um pouco. Já volto.

Ao passar pela sala de televisão, escutei o Archer e a Dee conversando em um dos outros aposentos. Estava prestes a interrompê-los quando decidi parar. Fechei os olhos e soltei uma maldição por entre os dentes.

LUX 4 ORIGINAIS

Dee precisava de alguém com quem pudesse se abrir. Só gostaria que não fosse *ele*.

Fiquei ali parado no corredor escuro, olhando para o espalhafatoso painel de madeira que revestia a parede só Deus sabe por quanto tempo antes de me forçar a voltar para a cozinha.

Dee, porém, não o levaria para conhecer o Olive Garden. Isso eu não permitiria.

Peguei o pano de prato já molhado e o usei para limpar a bagunça que o Luc tinha deixado na mesa. O garoto definitivamente não sabia comer espaguete. Ao terminar, olhei de relance para o relógio. Já era quase meia-noite.

— Você mentiu pra Kat.

Virei ao escutar a voz do meu irmão, já sabendo sobre o que ele estava falando.

— Você teria feito a mesma coisa.

— Verdade, mas ela vai acabar descobrindo mais cedo ou mais tarde.

Peguei uma garrafa de água que ficara sobre a bancada e escolhi as palavras seguintes com cuidado.

— A última coisa que eu quero que ela saiba no momento é que seu rosto está estampado em todos os jornais do país. Em vez de se preocupar com as implicações disso para si própria, a Kat vai ficar preocupada com a mãe... e não há nada que possamos fazer sobre isso agora.

Dawson se recostou na bancada e cruzou os braços. Simplesmente olhou para mim, que o fitei de volta. Sabia o que aquela expressão significava, as sobrancelhas franzidas e o maxilar trincado de maneira determinada. Suspirei.

— Que foi? — perguntei.

— Sei o que você está pensando.

Tamborilei os dedos na garrafa.

— Sabe?

— É por isso que você está aqui dando uma de dona de casa. Está pensando no que você desencadeou.

Não respondi por um longo tempo.

— É, estava mesmo.

— Você não é o único responsável. Todos nós somos. *Todos* nós fizemos isso. — Dawson fez uma pausa e olhou pela janela acima da pia para a escuridão que circundava a cabana. — Eu faria de novo.

— Tem certeza? Mesmo sabendo que a Ash e o Andrew iriam morrer? — Dizer os nomes deles em voz alta me rasgou por dentro.

Ele correu uma das mãos pelo cabelo.

— Acho que você não quer que eu responda a essa pergunta.

Concordei com um menear de cabeça. Nós dois responderíamos da mesma forma. O que isso dizia da gente?

Dawson soltou o ar ruidosamente.

— De qualquer jeito, a dor é terrível. Deus do céu, eles eram como se fossem da família. Nada nunca mais vai ser o mesmo sem aqueles dois. Eles não mereciam morrer assim.

Esfreguei o queixo.

— E o Matthew...

— Foda-se o Matthew — rebateu Dawson, estreitando os olhos.

Botei a garrafa de lado e encarei meu irmão.

— A gente meio que fez a mesma coisa, mano. Arriscamos a vida de várias pessoas para manter a Dee e as meninas a salvo.

Ele fez que não.

— Isso é diferente.

— Tem certeza?

Dawson não respondeu de imediato.

— Bem, então a gente que se foda.

Soltei uma risada seca.

— É, a gente que se foda.

Ele me fitou, os lábios curvando-se de leve nos cantos.

— Cara, que merda vamos fazer?

Abri a boca para responder, mas acabei rindo de novo.

— Quem sabe? Acho que temos que esperar e ver o que vai acontecer. Preciso encontrar um meio de fazer com que a Kat pareça a vítima inocente nessa situação. Ela não pode se esconder para sempre.

— Nenhum de nós pode — declarou ele de maneira solene. Em seguida, acrescentou: — Eu daria um bom dinheiro para saber o que os antigos estão pensando.

LUX 4 ORIGINAIS

— É fácil. Eles provavelmente querem as nossas cabeças.

Dawson deu de ombros. Alguns momentos se passaram antes que ele resolvesse falar de novo. Ao vê-lo abrir e fechar a boca algumas vezes, soube que ele não tinha muita certeza se deveria ou não falar.

— Sei que não é o melhor momento de te contar isso. Diabos, não sei nem se existiria um momento certo. Depois do que aconteceu com o Andrew e a Ash, talvez eu devesse ficar de bico calado.

Meus músculos se contraíram.

— Fala logo, Dawson.

— Certo. Tudo bem. Preciso te contar isso porque... bem, acho que alguém além da gente precisa saber. — Ele enrubesceu. Eu realmente não fazia a menor ideia de onde ele pretendia chegar com aquela conversa. — Especialmente com as coisas começando a progredir e...

— Dawson.

Ele inspirou fundo e soltou três palavrinhas que me deixaram atônito.

— Beth está grávida.

Meu queixo caiu. Fiquei sem palavras. Totalmente sem palavras. Dawson despejou tudo numa verdadeira enxurrada.

— É, ela está grávida. É por isso que tem andado tão cansada e eu não quis que participasse do nosso pequeno espetáculo em Las Vegas. Era arriscado demais. E a viagem realmente a deixou exausta, mas... é isso, vamos ter um bebê.

Fitei-o fixamente.

— Puta...

— Eu sei. — Um sorriso iluminou-lhe o rosto.

— Merda! — completei. Em seguida, balancei a cabeça como que repreendendo a mim mesmo. — Quero dizer... parabéns!

— Obrigado. — Ele mudou o peso de um pé para o outro.

Quase perguntei como a Beth tinha engravidado, mas me detive antes de fazer essa pergunta idiota.

— Uau! Vocês... vocês vão ter um bebê?

— Vamos.

Agarrei a beirada da bancada. Eu estava em choque, tudo em que conseguia pensar era naqueles garotos na Área 51 — os originais. Frutos de um Luxen com uma híbrida, tão raros que se o Daedalus descobrisse...

Não consegui terminar o pensamento.

Dawson soltou um suspiro trêmulo.

— Certo. Diga alguma coisa.

— Hum. Quanto... quanto tempo tem? — Seria isso o que as pessoas perguntavam em circunstâncias normais?

Ele relaxou os ombros.

— Ela está com uns três meses.

Merda. Eles deviam ter tido um reencontro e tanto.

— Você está puto, não está?

— O quê? Não, não estou puto. Só não sei o que dizer. — E não conseguia parar de pensar que em seis meses teríamos um bebê capaz de fritar neurônios só com a força do pensamento se nos recusássemos a lhe dar a chupeta. — Não esperava isso.

— Nem eu, nem ela. Não foi uma gravidez planejada. Simplesmente... aconteceu. — O peito dele inflou visivelmente. — Não é que eu ache que ter um bebê na nossa idade seja a coisa mais esperta a fazer, mas aconteceu, e vamos dar o melhor de nós. Eu... eu já o amo mais do que qualquer outra coisa.

— Ele?

Dawson abriu um sorriso, ao mesmo tempo estranho e feliz.

— Talvez seja uma menina, mas eu sempre me refiro ao bebê como "ele". A Beth fica louca.

Forcei um sorriso. Pelo visto, Dawson não sabia sobre os originais. Será que a Beth também não sabia? Se não, eles não tinham a menor ideia do que estavam prestes a botar neste mundo. Fiz menção de contar, mas me detive. Não era a hora.

— Sei que as coisas não vão ser fáceis — continuou ele. — Não podemos ir a um médico normal. Sei disso, o que me deixa apavorado.

— Ei! — Dei um passo à frente e apoiei uma das mãos no ombro dele. — Vai dar tudo certo. A Beth e... e o bebê vão ficar bem. Vamos descobrir como lidar com isso.

O sorriso de alívio do meu irmão foi evidente.

Eu não tinha a menor ideia de como faríamos isso, mas as mulheres vinham tendo bebês desde o começo dos tempos sem o auxílio de médicos.

Não podia ser tão difícil, certo? Ainda assim, senti vontade de dar um murro na minha própria cara.

Partos me deixavam de cabelo em pé.

Conversamos mais um pouco, e prometi a ele ficar de bico fechado. Eles ainda não estavam prontos para dar a notícia aos demais, o que eu podia entender. Kat e eu não tínhamos contado a ninguém sobre o nosso "casamento".

Casamento.

Bebês.

Alienígenas em Las Vegas.

O mundo estava chegando ao fim.

Ainda em choque, voltei para a sala e parei diante do sofá. Kat se encontrava enroscada num dos cantos, com a manta presa debaixo do queixo. Dormindo.

Sentei, peguei-a com cuidado e a trouxe para o colo, deixando que as pernas dela ficassem esticadas entre as minhas. Ela se mexeu um pouco e virou de lado, mas não acordou.

Passei as horas seguintes olhando pela janela para a escuridão lá fora.

Agora mais do que nunca precisávamos fazer alguma coisa. Não apenas fugir e nos esconder. Isso seria praticamente impossível. O mundo descobrira sobre a gente. De agora em diante as coisas ficariam ainda mais perigosas.

E, em poucos meses, teríamos um bebê com o qual nos preocupar — um bebê capaz de criar toda espécie de caos.

Precisávamos fazer alguma coisa. Tínhamos que nos esforçar para mudar o futuro, ou não teríamos futuro algum.

Deslizei a mão pelas costas da Kat e fechei os dedos em sua nuca. Abaixando ligeiramente o queixo, pressionei os lábios em sua testa. Ela balbuciou meu nome de forma sonolenta, e o profundo amor que eu sentia por ela fez meu peito apertar. Recostei-me de volta no sofá e continuei olhando para a escuridão lá fora.

A incerteza do amanhã pairava sobre nossas cabeças como uma nuvem de tempestade. No entanto, de uma coisa eu tinha quase certeza, algo mais agourento do que o desconhecido.

Seríamos caçados, tanto pelos humanos quanto pelos Luxen.

E se eles achavam que expor a verdade ao mundo era o pior que eu podia fazer para proteger aqueles que amava, não tinham visto nada ainda.

Eles não tinham a mínima ideia do que eu era realmente capaz de fazer.

[37]

Katy

Tinha uma vaga lembrança do Daemon se ajeitando no sofá e me envolvendo com seu próprio corpo, mas não foi isso que me acordou horas depois. Em algum momento no decorrer da noite, seus braços haviam tencionado e me apertado até quase me esmagar.

E ele estava em sua forma verdadeira.

Por mais lindo que ficasse nessa forma, ficava também demasiadamente quente e ofuscante.

Lutando para me soltar, contorci-me em seus braços, apertando os olhos para protegê-los daquele brilho deslumbrante.

— Daemon, acorda. Você está...

Ele acordou no susto, sentando-se tão rápido que quase caí no chão. A luz foi perdendo intensidade até ele voltar à forma humana, com uma expressão profundamente atônita.

— Isso não acontece desde que eu era criança... mudar de forma sem perceber.

Afaguei-lhe o braço.

— Estresse?

Ele fez que não, o olhar recaindo em algum ponto acima do meu ombro. A expressão tornou-se tensa.

— Não sei...

Escutamos passos no andar de cima e, em questão de segundos, a turma inteira estava diante da gente, com a mesma expressão de aturdimento que o Daemon. Desvencilhei-me dele, tirei a manta de cima de mim e me levantei.

— Tem alguma coisa acontecendo, não tem?

Dee foi até a janela e abriu a delicada cortina.

— Não sei, mas sinto...

— Acordei achando que alguém estava me chamando. — Dawson passou o braço em volta dos ombros da Beth. — E eu estava brilhando.

— O mesmo aconteceu comigo — disse Daemon, levantando-se também.

Luc correu uma das mãos pelos cabelos desgrenhados. Ainda de pijamas, finalmente aparentava a idade que tinha.

— Estou me coçando todo.

— Eu também — comentou Archer, baixinho. Esfregou o queixo, apertando os olhos para observar a escuridão lá fora.

Olhei para a Beth, que deu de ombros. Pelo visto, éramos as únicas que não estavam sentindo o que quer que tivesse deixado os Luxen e os originais tão agitados.

De repente, eles enrijeceram — todos eles, com exceção de mim e da Beth. Um a um, Daemon, Dawson e Dee assumiram sua forma alienígena por um breve instante, mas logo em seguida retornaram à forma humana. Tudo aconteceu muito rápido, num piscar de olhos, como se o sol tivesse penetrado a sala por um ou dois segundos.

— Tem alguma coisa acontecendo — declarou Luc, girando no próprio eixo e seguindo até a porta da frente. — Algo grande.

Ele saiu para a varanda, seguido pelo resto de nós. Saí ao encontro do ar frio da noite, mantendo-me perto do Daemon enquanto ele atravessava o caminho de cascalho diante da varanda até chegar à grama. Embora frias, as folhinhas eram macias sob meus pés descalços.

Um estranho calafrio desceu por minha coluna e acendeu minhas terminações nervosas. A sensação de que algo estava para acontecer intensificou, enrijecendo os músculos da minha nuca. Luc passou pela gente e parou um pouco mais além no pedaço de área desmatada. A floresta mais à frente parecia escura e interminável, totalmente erma àquela hora da madrugada.

— Estou sentindo algo — disse Beth, a voz pouco mais que um sussurro. Olhou de relance para mim. — Você também?

Assenti com um menear de cabeça, sem saber ao certo o que eu estava sentindo. Ao meu lado, Daemon enrijeceu, o coração acelerando e fazendo o meu acelerar também.

— Não — murmurou ele.

Uma pequena explosão de luz iluminou o céu ao longe. Sentindo o ar arranhar a garganta, observei o pequenino ponto de luz descer como um cometa em direção ao chão, deixando um rastro iridescente e esfumaçado em sua cola. A luz desapareceu por trás das Montanhas Rochosas. Outra surgiu no céu, depois mais outra e outra… todas caindo o mais longe que os olhos conseguiam enxergar, tal como uma chuva de estrelas cadentes despencando sobre a Terra. O céu se acendeu em milhares de pequeninas explosões de luz à medida que essas "estrelas" entravam em nossa atmosfera numa chuva contínua. Eram tantas que perdi a conta, as caudas se misturando até se transformarem num borrão e a noite parecer virar dia.

Luc soltou uma risada rouca e estrangulada.

— Ah, merda! Gente, o ET ligou pra casa!

— E eles trouxeram os amigos — completou Archer, recuando um passo ao perceber várias das luzes se aproximando, desaparecendo em meio aos elmos e pinheiros altos.

Daemon estendeu o braço e entrelaçou os dedos com os meus. Meu coração pulou uma batida. A "chuva de estrelas" diante de nós continuava ininterruptamente. Pequeninas explosões estremeceram as árvores e o chão. Luzes pulsaram, acendendo o piso da floresta a cada dois segundos, até que um forte clarão iluminou tudo por alguns instantes e, então, se apagou.

A escuridão voltou. O mundo à nossa volta recaiu em silêncio. Não se escutava nem mesmo o ruído dos grilos, pássaros ou pequenos animais noturnos. Nada além de nossas respectivas respirações entrecortadas e do martelar do meu coração.

Um ponto de luz surgiu subitamente em meio aos elmos. Um a um, eles foram surgindo, numa sucessão interminável de luzes acendendo a mata. Devia haver centenas deles ali, só na floresta ao nosso redor.

— Não está na hora de batermos em retirada? — perguntei.

Daemon apertou minha mão e me puxou mais para perto. Colando o corpo no meu, passou os braços em volta de mim e disse numa voz rouca:

— É inútil, gatinha.

Senti uma súbita pressão no peito e meu coração pareceu falhar.

— Nós não conseguiríamos fugir — explicou Archer, cerrando os punhos ao lado do corpo. — Não com tantos deles aqui.

Enquanto a ficha caía, tudo o que consegui fazer foi ficar olhando. Ao alcançarem o limite da floresta, pude enfim vê-los nitidamente. Tal como o Daemon e todos os Luxen que eu já vira, tinham uma forma humanoide, com braços e pernas bem definidos. E eram todos altos. Suas luzes projetavam sombras intermitentes sobre a relva próxima às árvores. Um deles se aproximou, sua luz tão brilhante quanto o sol em pleno verão, com contornos de um vermelho profundo, tal como o Daemon quando assumia a forma verdadeira.

O sargento Dasher e o Daedalus podiam ter mentido sobre um monte de coisas, mas isso — ó céus — isso só podia ser verdade. Era uma invasão, tal como Dasher alertara. Devia haver centenas deles ali, e centenas de milhares espalhados por outros lugares.

A luz do que estava na frente piscou de novo. Um pulsar de energia se espalhou por toda a clareira, eriçando os pelos do meu corpo. Estremeci, sem saber ao certo o que estava acontecendo, mas, então, algo realmente aconteceu.

Dee foi a primeira a perder o controle de sua forma humana, seguida pelo Dawson. Não tinha certeza se era confusão, medo ou algo de outro mundo, alguma coisa dentro deles que estava respondendo à proximidade de tantos de sua espécie. Mas, um segundo depois, os braços do Daemon estremeceram e ele também assumiu a forma verdadeira.

Ele me soltou. Sem o calor que emanava de seu corpo, fui subitamente envolvida por um frio insuportável. Vi o Dawson fazer o mesmo e ir se juntar à irmã. Os três se afastaram, separando-se de nós.

— Daemon — chamei, mas ele não me escutou.

Não respondeu.

De repente, Archer estava do meu lado, e o Luc ao lado da Beth. Começamos a recuar, embora eu não sentisse meus pés se movendo ou meus músculos trabalhando. Mantive os olhos fixos no Daemon até sua luz ser engolida pela dos outros Luxen.

O medo me deixou com um gosto ruim na boca e fez meu sangue gelar. Naquele instante, não consegui evitar pensar no que o Dasher tinha dito sobre o que aconteceria quando os Luxen chegassem — e de que lado o Daemon ficaria, de sua própria espécie ou da minha.

Não tinha certeza de que ele teria a chance de escolher.

Tampouco achava que eu teria.

AGRADECIMENTOS

Tenho que dar o devido crédito à minha família e amigos por serem tão compreensivos e aguentarem meus surtos de escrita contínua.

Gostaria de agradecer a várias pessoas que foram peças fundamentais na criação da Saga Lux e de *Originais*. Meus mais sinceros vivas à equipe da Entangled: Karen Grove, Liz Pelletier e Heather Riccio. Daryl Dixon, de *The Walking Dead*, também foi de grande ajuda. Não sei bem por que, mas acho que ele e sua camiseta cortada se encaixam perfeitamente em meus agradecimentos. Obrigada também a Kevan Lyon, um agente maravilhoso, por saber quando me oferecer o apoio que eu precisava e quando demonstrar sua aprovação. Sou grata também a Stacey Morgan por escutar meus devaneios a respeito do Daemon e da Kat e insistir que houvesse mais beijos. Mais tensão. E música country. Essa última sugestão não entrou em nenhum dos livros. Não posso me esquecer de Marie Romero, por ter me ajudado a transformar *Originais* em algo legível! Tenho certeza de que não teria chegado a lugar nenhum sem *Honey Boo Boo* e *Supernanny*. Outra coisa que não sei bem por que, mas por que não? Obrigada a Lesa Kidwiler por fazer coisas que eu provavelmente não devia ter lhe pedido que fizesse. Pisca. Pisca. Cutuca. Cutuca. E obrigada a Wendy Higgins por me deixar pegar ideias emprestadas de seus maravilhosos livros.

Quero agradecer também àqueles que sempre me apoiaram, assim como a Saga Lux: Stacey O'Neale, Valerie, da Stuck in Books, a YA

Sisterhood, Good Choice Reading, Mundie Moms, Vee Nguyen, as garotas do Exército Luxen, Amanda, do Canadá (porque é assim que conheço você), Kayleigh, da Inglaterra (porque também é assim que conheço você); Laura Kaye e Sophia Jordan (duas mulheres incríveis com as quais poderia passar a vida conversando), Gaby, as meninas da Books Complete Me, Book Addict e Momo. Sei que estou esquecendo milhões de outras pessoas, mas, por favor, não me apedrejem, é que já está tarde e meu cérebro não funciona direito a essa hora. Tudo em que consigo pensar é em quando vai passar *The Walking Dead* de novo.

 Meu maior e mais importante agradecimento é para você — a pessoa que está lendo isso nesse exato momento. Se não fosse por você, Daemon Black não seria ninguém. Você é o motivo que me leva a escrever esses livros, e jamais poderei lhe agradecer o bastante.